Vivre

Lise Gold

Traduction par
Klaus Jordain

Tout l'art de vivre réside dans un subtil mélange de laisser-aller et de retenue.

— Henry Havelock Ellis

Chapitre Un

Ella enfouit ses pieds dans le sable froid, tandis que l'océan déferlait sur ses orteils. Il faisait encore nuit et la plage était déserte. Elle inspira profondément pour tenter de lutter contre la nausée qui la gagnait peu à peu, puis elle vérifia l'heure sur son téléphone. Il était 5h30 du matin. Peu importait, ce n'était pas comme si elle avait quelque part où aller après ça. Cette pensée l'amena au bord de la crise de panique, mais elle reporta son attention sur l'océan et l'affronta.

Le courant semblait fort, l'eau faisant un grand bruit à chaque fois qu'elle couvrait ses pieds, avant de se retirer silencieusement. C'était une bonne chose, supposa-t-elle. La tempête était peut-être le signe que c'était aujourd'hui le bon jour. Elle était déjà venue ici deux fois, et elle avait réussi à surmonter son désespoir à chaque fois, quelque chose en elle lui disant que demain, peut-être, elle se sentirait mieux. Mais elle ne s'était pas sentie mieux, et elle savait que rien ne pourrait faire disparaître la profonde tristesse qui l'habitait, le trou dans son âme qui, pour une raison ou une autre, ne faisait que s'agrandir, contrairement à ce que son thérapeute lui avait assuré. Elle ne se sentait plus entière, et elle ne savait pas comment vivre sans Helena.

Sa sœur avait toujours été celle qui lui permettait de garder les pieds sur terre, et elle avait été la seule à pouvoir la faire rire. Ella n'avait pas ri depuis deux ans, depuis la mort d'Helena. Elle avait travaillé dur et fait ce qu'on attendait d'elle. Elle avait traversé la vie en pilote automatique, affichant un sourire lorsque c'était nécessaire. Mais elle ne pouvait plus être dans les foules et, à part quelques apparitions pour promouvoir ses films, elle n'avait pas donné d'interview personnelle depuis cette nuit-là. C'était un miracle qu'elle ait pu poursuivre sa carrière dans l'industrie du cinéma. Partir à son apogée était probablement une bonne chose, car si elle ne le faisait pas, il n'y aurait plus de carrière si elle continuait à ignorer ses fans et les personnes importantes à Hollywood.

Le deuxième anniversaire de la mort d'Helena avait semblé être une date appropriée, deux nuits auparavant, lorsqu'elle avait conduit sans but, désespérée de fuir sa vie. La plage de Playa del Rey était l'endroit le plus paisible qu'elle avait alors pu trouver, et maintenant, elle savait que c'était son seul moyen de s'en sortir. *Le seul moyen de la revoir.*

Ella vacilla tandis que ses pieds s'enfonçaient plus profondément dans le sable humide. Elle tenait à peine debout après avoir avalé quelques tranquillisants avec une demi-bouteille de vodka, l'alcool nécessaire au cas où elle paniquerait, perdrait ses nerfs et rentrerait chez elle, comme elle l'avait fait la veille et le jour précédent. Essayant de lutter contre la nausée qui l'envahissait, elle se tint le ventre et tomba à genoux. Cela ne suffit pas à l'empêcher de vomir et, en quelques secondes, la vodka jaillit de sa bouche, créant une flaque devant elle. Elle n'avait pas mangé aujourd'hui. En fait, elle ne se souvenait pas avoir beaucoup mangé ces derniers jours. Elle ne tirait plus aucun plaisir à manger, ni de quoi que ce soit d'autre d'ailleurs.

Une vague arriva et emporta le vomi, tirant sur ses longs cheveux blonds, l'implorant de s'aventurer dans ses profondeurs. Ce serait bientôt elle. *Emportée par les vagues.* Elle grimaça au goût aigre dans sa bouche lorsqu'elle se pencha en avant et enfouit sa tête entre ses genoux. Ella avait pensé à ce qui se passerait après son départ, bien sûr. Cette pensée l'avait presque consumée. D'ici quelques heures, le réalisateur de son film actuel piquerait une colère noire sur le plateau, supposant qu'elle était en retard. Il appellerait son manager, qui se rendrait chez elle en voiture, entrerait et se rendrait compte qu'Ella n'était pas chez elle. Appellerait-il sa mère ? Avait-il au moins son numéro ? Et s'il le faisait, sa mère s'inquiéterait-elle pour elle ? Ou se contenterait-elle de secouer la tête, déçue par l'éthique de travail d'Ella, et ignorerait-elle le fait qu'elle avait disparu ? Ella n'en était pas sûre. Même si elles ne se parlaient plus, elle était presque certaine que sa mère l'aimait, et cela avait été sa seule source d'hésitation dans sa décision. Elle avait lu quelque part sur que survivre à un enfant était la pire chose qui puisse arriver à une personne, et sa mère l'avait déjà vécu une fois. Elle serait cependant très, très riche après la mort d'Ella et ce serait peut-être une maigre consolation. Sa mère s'était toujours préoccupée de l'argent, et ses filles talentueuses avaient été son moyen de l'obtenir. Alors qu'elle se relevait et restait debout sur la longue plage tranquille, elle réalisa qu'elle ne s'était jamais sentie aussi seule de toute sa vie.

C'était son anniversaire aujourd'hui, et c'était aussi celui d'Helena. Son manager avait organisé une fête en son honneur le soir-même, avec des tonnes de célébrités les plus en vue du moment. C'était censé être sa première soirée privée depuis deux ans. Privé n'était peut-être pas le bon mot, car elle ne connaissait aucun de ses invités, et il n'y avait personne qu'elle avait hâte de voir ou de rencontrer. On parlerait de la fête pendant des années s'ils ne la retrouvaient pas à temps, et même si les premiers baigneurs la trouvaient dans l'heure, la nouvelle de sa mort le jour de sa grande fête ferait certainement une histoire extraordinaire, donnant à ses invités l'occasion d'afficher leur côté "humanitaire" et de s'allier à des organisations caritatives pour la santé mentale afin d'accroître leur attrait. C'était ainsi que les choses fonctionnaient dans son industrie. Rien n'était réel.

La noirceur de la vodka se répandit au creux de son estomac et s'accentua, comme elle s'y attendait. Mais elle savait que sans elle, elle n'aurait jamais eu le courage de faire ce qu'elle s'apprêtait à faire. Avec précaution, elle mit un pied devant l'autre et se dirigea vers l'eau. Le dos de sa longue robe blanche traînait derrière elle, l'ourlet tourbillonnant dans le courant. Elle crut entendre une voix mais ne se retourna pas, s'enfonçant plus rapidement dans l'eau, qui lui arrivait maintenant aux genoux. La dernière chose qu'elle souhaitait était d'être « sauvée », car les conséquences de sa survie seraient insupportables. Encore plus de paparazzis à ses trousses, encore plus de gros titres.

« *Ella Temperley tente de se noyer sur la plage de Playa del Rey* ». Ou encore : « *La star de « Born Naked » se jette à la mer. Chasse aux gros titres ou appel à l'aide ?* ». Les gens qu'elle connaissait à peine l'entouraient d'un bras et lui demanderaient comment elle tenait le coup sans vraiment se préoccuper de sa réponse, tout en affichant leur plus beau sourire pour les paparazzis. Sa mère en profiterait probablement pour écrire un autre livre, comme elle l'avait fait après la mort d'Helena, en dévoilant ses secrets les plus intimes.

La voix derrière elle se faisait plus forte, et il ne faisait aucun doute que quelqu'un l'appelait. Ella commença à patauger aussi vite qu'elle le pouvait, mais elle ne progressait pas beaucoup. Elle avait l'impression de courir sur un tapis roulant, et même si elle n'avait pas l'air de bouger, l'eau lui arrivait maintenant à la taille. Une vague imposante s'écrasa contre elle et elle fut soudain entraînée vers le bas, la force de l'océan la faisant basculer et lui faisant perdre ses repères. Pendant les premières secondes, elle ne lutta pas, désorientée et confuse. Sa première réaction fut de remonter à la nage, mais elle continuait à tourner et ne savait plus où était le haut. La panique la frappa véritablement quand elle réalisa qu'elle ne serait plus capable de respirer. Elle venait d'expirer lorsqu'elle avait été entraînée sous l'eau, consciente qu'il n'y avait plus d'oxygène dans ses poumons. N'était-ce pas là le but recherché ? N'était-ce pas ce qu'elle désirait ? Elle se démena, cherchant désespérément le moyen de remonter, les yeux grands ouverts mais incapables de voir quoique ce soit. *Oh mon Dieu, je vais mourir.* Son cœur battait si rapidement et si fort qu'elle pouvait sentir son propre pouls comme une basse profonde, alors qu'elle commençait à s'agiter sauvagement, cherchant désespérément à prendre de l'air. Ses pieds et ses mains se tendaient vers le haut et vers le bas, mais l'eau était maintenant si profonde qu'elle ne pouvait même pas trouver le fond de l'océan. Jamais de sa vie elle n'avait été aussi effrayée et jamais elle n'avait eu autant envie de vivre. À ce moment-là, Ella savait qu'elle avait fait la plus grosse et la dernière erreur de sa vie. La douleur dans sa poitrine était atroce et l'obscurité devant ses yeux devint blanche alors qu'elle n'avait pas d'autre choix que de céder à ses poumons hurlants et d'ouvrir la bouche, inspirant, le liquide inondant son corps causant ce qui semblait être un flot sans fin de douleur, de panique et de désespoir. Ses muscles se contractèrent, s'arrêtèrent et elle ne put plus bouger. Puis, sa conscience s'évanouit dans le néant.

Chapitre Deux

Cam Saunders ouvrit les portes coulissantes de son porche et sortit, grimaçant au vent violent qui s'abattit sur son visage. Décidant d'ignorer le temps, elle s'étira, saisit un coude derrière sa tête, puis passa à l'autre côté avant de se pencher et d'appuyer ses paumes à plat sur la surface en bois recouverte de sable. Elle enfonça sa tête entre ses genoux le plus loin possible et regarda entre ses jambes, sentant ses longs membres maigres se réveiller. Les mèches les plus longues de ses cheveux bruns et courts lui soufflaient dans les yeux, qu'elle ferma un instant, gardant la même position. Il faisait encore nuit, mais comme toujours, son réveil avait sonné à six heures, et elle était debout pour faire ses exercices matinaux avant de donner son premier cours de yoga de la journée.

Il faisait un peu trop froid pour faire cela dehors aujourd'hui, avec la tempête de novembre qui faisait rage sur la côte, mais elle aimait bien la brise marine, qui la réveillait toujours. Son sweat à capuche rouge préféré lui tenait chaud, mais elle savait qu'elle allait bientôt transpirer, malgré la fraîcheur. Cam avait hâte que les saisons changent. Le mois de mai était toujours la meilleure période de l'année, lorsque les jacarandas à fleurs violettes fleurissaient dans tout Los Angeles et que la plage commençait à se remplir pendant la journée. Contrairement à ses voisins, elle n'était pas dérangée par les baigneurs du printemps et de l'été passant devant sa maison. En fait, cela lui remontait toujours le moral de voir les habitants se réjouir de l'arrivée du printemps.

La sienne étant l'une des rares maisons indépendantes le long d'une des plages les plus calmes de Los Angeles, elle était souvent photographiée. Elle était peinte en bleu clair, avec des rebords de fenêtres blancs et une porte bleu vif, coincée entre des palmiers californiens, et elle avait l'air pittoresque, elle devait l'admettre. Construite sur le prolongement qui séparait l'autoroute de la plage, elle bénéficiait d'un emplacement de choix. Plusieurs promoteurs avaient tenté en vain de la lui acheter au cours des cinq années où elle y avait vécu, et Cam savait qu'elle ne vendrait jamais la maison que sa mère lui avait laissée , quelle que soit la somme qu'ils lui offriraient. Située directement sur l'autoroute de la côte Pacifique, la maison semblait relativement petite depuis l'entrée principale, mais ce qu'elle manquait en largeur, elle le compensait en longueur, s'étendant de manière impressionnante le long de la plage, où les fondations étaient soutenues par de solides pilotis et le généreux porche qui surplombait l'océan.

Elle prit quelques respirations profondes et régulières, s'enfonçant dans la position, puis se releva lentement. Ses yeux se rétrécirent lorsqu'elle aperçut une femme agenouillée sur la plage, penchée en avant. *Qu'est-ce qu'elle fait ?* Elle l'aurait prise pour une fêtarde ivre sur le chemin du retour si elle ne l'avait pas vue les deux matins précédents exactement au même endroit. C'était une drôle de matinée pour se trouver là, sous l'orage, et la femme n'avait pas l'air de revenir d'une nuit blanche. La longue robe blanche était bien trop romantique pour la scène des clubs de Los Angeles, et pour autant que Cam puisse en juger, la femme ne portait pas de chaussures. *Est-elle malade ?* Elle se tenait le ventre et tremblait fortement. *Bon sang, elle a probablement besoin d'aide.* Cam se pencha par-dessus la balustrade pour essayer de mieux la voir, puis elle décida que quelque chose n'allait pas et descendit les marches du porche jusqu'à la plage.

Elle cria :

- Hé, madame, vous allez bien ?

La femme se leva sans lui prêter attention et commença à marcher vers la mer. Ses longs cheveux blonds s'agitaient furieusement dans les fortes rafales de vent et elle paraissait presque fantomatique dans la faible lumière.

- Hé !, cria encore Cam en accélérant le pas.

Toujours pas de réaction, mais la femme s'enfonçait dans l'océan à une vitesse alarmante.

- Vous allez vous faire tuer. Ce n'est pas un temps pour nager. La tempête est dangereuse, vous ne comprenez pas ?

C'est alors que Cam réalisa ce qui se passait, et elle se mit à courir aussi vite qu'elle le pouvait, enlevant son sweat à capuche au passage. Elle poussa un juron lorsque son orteil heurta un rocher, mais ignora la douleur et garda les yeux sur la femme au cas où elle tomberait à l'eau. Elle se trouvait à l'endroit où le courant était le plus fort, et si elle s'éloignait encore, Cam risquerait sa propre vie en allant la secourir.

- Stop !, cria-t-elle à nouveau, cette fois sa voix soulignait sa panique. Arrêtez, espèce d'idiote !

La femme disparut alors qu'une vague la frappait et l'entraînait sous l'eau. Cam se précipita dans l'eau sans même un instant d'hésitation, les yeux fixés sur l'endroit où elle l'avait vue pour la dernière fois. Il faisait encore trop sombre pour voir quoi que ce soit sous l'eau, mais elle nageait ici presque tous les jours et connaissait la direction des courants. Elle sprinta plus loin, se dirigeant vers la droite. *Où est-elle ?* Cam plongea et nagea plus loin, mais ne vit aucun signe de la robe blanche. Les vagues la frappaient durement et elle prenait soin de respirer profondément chaque fois qu'elle en avait l'occasion. Il était difficile de voir quoi que soit avec l'eau salée qui lui piquait les yeux. Il était inutile de crier à l'aide, personne n'était présent sur la plage et ses voisins dormaient encore à poings fermés. Ils ne l'entendraient jamais par-dessus les vents violents. Alors qu'elle était sur le point d'abandonner, pour éviter de se noyer, Cam sentit quelque chose contre son bras et s'en saisit. *Une main.* Elle plongea et attrapa la femme par le dos, la soulevant au-dessus de l'eau avant d'utiliser reste de son énergie pour traîner le corps inanimé jusqu'au rivage tout en luttant contre le courant incessant.

Une fois qu'elles furent en sécurité sur la terre ferme, elle s'affala sur le sable, épuisée, et retourna la femme sur le dos avant de lui pousser la tête sur le côté. De l'eau commença à s'écouler de sa bouche. *Oh mon Dieu, j'espère que je n'arrive pas trop tard.* Cam tourna la tête de la femme pour lui faire face, lui pinça le nez et respira cinq fois dans sa bouche. En l'absence de réaction, elle effectua trente compressions rapides, puis plaça son oreille contre la bouche de la femme et vérifia qu'elle respirait. Comme il n'y avait rien, elle réessaya, les mains tremblantes et le pouls battant sous l'effet de l'adrénaline. Au milieu de sa deuxième respiration, la poitrine de la femme se souleva et elle cracha de l'eau avant de prendre une profonde inspiration, puis une plus superficielle. Elle se tourna sur le côté et fut prise d'une quinte de toux, expulsant le reste de l'eau de ses poumons. Cam poussa un soupir de soulagement et réalisa qu'elle pleurait. Elle s'assit et attendit que la respiration de la femme devienne régulière et qu'elle ouvre enfin les yeux, roulant à nouveau sur le dos.

- Dieu merci, murmura-t-elle à elle-même alors que des larmes coulaient sur ses joues, brûlant sa peau froide. Vous m'entendez ?

La femme acquiesça.

- Oui.

Sa voix était faible et rauque.

- Bien. Je vais vous faire entrer, vous réchauffer et appeler les secours, d'accord ? Cam étudia le visage de la femme pour la première fois et fronça les sourcils en regardant ses yeux bleus. Elle lui semblait familière, mais elle était sûre qu'elles ne s'étaient jamais rencontrées. C'est alors que le déclic se produisit. *Bon sang, c'est Ella Temperley.*

- D'accord, Ella, poursuivit-elle lorsque la femme ne répondit pas. C'est votre nom, n'est-ce pas ? Pouvez-vous vous lever ? Vous pouvez m'aider à vous mettre à l'intérieur ?

Cam voulait éloigner Ella le plus possible du rivage. De plus, elle avait besoin de son téléphone portable pour appeler les secours et elle ne pouvait pas laisser Ella toute seule, au cas où elle déciderait de réitérer sa tentative.

Ella se redressa lentement et toussa encore un peu avant de laisser Cam l'aider à se lever. Cam pouvait la sentir trembler de façon incontrôlée alors qu'elle la soutenait pendant qu'elles marchaient jusqu'à sa maison. À mi-chemin, Ella s'effondra dans le sable, ne laissant pas d'autre choix à Cam que de la soulever et de la porter sur son épaule. De retour à l'intérieur, elle emmena Ella dans la salle de bains et fit couler la douche tout en la soutenant.

- Pouvez-vous vous lever ?

- Je pense que oui, marmonna Ella d'une voix faible.

- Est-ce que je peux l'enlever ?, Cam tira sur la robe trempée.

Les dents d'Ella claquaient tandis qu'elle acquiesça avec perplexité, son attitude hébétée tandis qu'elle fixait le sol. Elle leva les bras, permettant à Cam de lui retirer son vêtement par-dessus la tête, la laissant dans sa lingerie blanche. Puis, Cam se déshabilla elle-même, gardant ses sous-vêtements, et entraîna Ella sous la douche avec elle pour la réchauffer. Elle lui passa les mains dans les cheveux, lavant la plupart du sable et des gravillons de la plage. Ella resta là, passive, tremblante pendant que Cam la nettoyait. Elle ne prit pas la peine d'utiliser du savon ou du shampoing, consciente qu'elle devait l'emmener à l'hôpital le plus rapidement possible. Une mare d'eau boueuse mélangée à du sable et du sang se forma dans la baignoire. Cam vérifia qu'Ella n'avait pas de blessure, puis se rendit compte que le sang suintait d'une entaille sur sa propre jambe et son orteil. Elle l'ignora, estimant que ce n'était pas assez grave pour s'en préoccuper pour l'instant. Des sanglots soudains résonnèrent dans la salle de bains quand Ella se mit à pleurer, et Cam n'eut d'autre choix que de la prendre dans ses bras et de la serrer contre elle, en lui caressant doucement le dos. Ella se sentait petite, mince, faible et blessée, comme un chat affamé n'ayant nulle part où aller. Cam n'était pas sûre que ce soit approprié, mais Ella s'accrocha à elle en retour, enroulant ses bras autour de sa taille tout en posant sa joue contre son épaule.

Les minutes passèrent tandis qu'elles restaient là, sous l'eau qui continuait à couler. Lorsque Cam coupa l'eau, Ella s'était un peu calmée. Elle la sécha et l'enveloppa d'un peignoir avant d'en enfiler elle-même un.

- Restez ici pendant que j'appelle les secours, dit-elle en installant Ella sur le canapé et en enroulant une couverture autour de ses épaules encore tremblantes.

En cherchant son téléphone, elle faillit glisser sur le sol où l'eau de leurs vêtements et de leurs cheveux avait formé une petite flaque dans le salon.

- S'il vous plaît, n'appelez pas les services d'urgence. Je vais bien. Ella leva les yeux vers elle comme si elle la voyait soudain pour la première fois.

- Vous n'allez pas bien, dit Cam, en prenant deux grandes respirations pour tenter de se calmer.

Ses membres étaient endoloris par la baignade, à laquelle elle savait qu'elle avait eu de la chance de survivre. Sa jambe gauche saignait encore beaucoup, laissant des taches de sang sur le sol lorsqu'elle marchait, mais elle ne se souvenait pas de s'être fait mal. Elle saisit la première chose qu'elle trouva - une chemise en coton à manches longues qui était posée sur une chaise - et la noua autour de son mollet, espérant que cela arrêterait l'hémorragie.

- Vous avez tenté de vous noyer et vous êtes en hypothermie.

Cam entra dans la chambre et attrapa la couette de son lit. C'était la chose la plus chaude qu'elle avait dans la maison, alors il faudrait s'en contenter. Lorsqu'elle revint, Ella était voûtée sur le canapé. Cam l'enveloppa de la couette tandis que le regard d'Ella allait de Cam aux portes coulissantes, puis à la porte d'entrée. *A-t-elle peur de moi ?*

- Je ne vais pas vous faire de mal, dit-elle en attrapant son téléphone sur la table à manger. Je vais juste vous trouver de l'aide.

- Non... Ella agita ses mains vers Cam, à peine assez forte pour les tenir en l'air. Je sais que je ne vais pas bien, d'accord ? Et je sais que ça peut paraître fou, mais je veux juste oublier ce qui s'est passé, alors s'il vous plaît, ne le faites pas.Comme Cam ne répondait pas, elle éleva la voix et se remit à pleurer. Je vous en supplie, n'appelez pas les secours. Personne ne doit savoir, ça ne fera qu'empirer les choses pour moi.

- Vous devez vraiment voir un médecin. Il serait très irresponsable de ma part de ne pas vous conduire au moins à l'hôpital le plus proche. Je pourrais leur dire que c'est un accident ?, proposa Cam. Tant que je sais que vous allez bien et que vous me promettez de vous faire aider, je me fiche de ce qu'écriront les tabloïds, je leur dirai ce que vous voudrez. Ou je peux vous emmener chez un médecin privé ? Vous avez votre propre médecin ?

Ella se prit la tête dans les mains, ses épaules tremblant entre deux respirations profondes.

- Personne ne croira que c'est un accident. Si vous appelez les secours ou si vous essayez de m'emmener chez un médecin, je m'en vais tout de suite, renifla-t-elle. Je n'irai pas.

Elle se leva, mais ses jambes se dérobèrent sous elle et elle tomba sur le sol. Cam se précipita vers elle et l'aida à se rasseoir sur le canapé. Elle ressentit un vif attendrissement en voyant cette femme vulnérable. Ne pas aller à l'hôpital était une très mauvaise idée, mais c'était aussi clairement si important pour Ella qu'elle était prête à risquer sa santé pour cela. Mais elle ne s'était même pas souciée de sa vie, et encore moins de sa santé seulement trente minutes avant, se rappela Cam. Elle pouvait imaginer le cirque entourant la tentative de suicide d'une célébrité si elle était révélée. Les gros titres, les tweets, les paparazzis suivant Ella partout où elle allait, se battant pour savoir qui aurait la photo la plus triste de l'actrice mondialement connue qui avait tenté de se noyer... Ella semblait aller bien compte tenu des circonstances ; elle était lucide et réagissait bien. Cam savait qu'il y avait un risque que les symptômes d'hypothermie d'Ella s'aggravent, ou qu'elle attrape une pneumonie à cause de l'eau de mer sale qui avait pénétré dans ses poumons, mais si elle s'enfuyait maintenant dans l'état où elle se trouvait, elle n'obtiendrait probablement aucune aide. Et Cam ne pouvait pas vraiment l'enfermer et appeler les secours contre sa volonté, n'est-ce pas ? À ce moment-là, elle prit une décision, espérant ne pas le regretter, se promettant discrètement d'appeler les ambulanciers si l'état d'Ella s'aggravait.

- D'accord, alors. Restez ici. Dormez un peu, vous devez être épuisée. Elle chercha les yeux d'Ella. Mais je vais vous réveiller toutes les heures pour vérifier que vous allez bien et vous devez d'abord manger quelque chose. Elle hésita. J'ai senti de l'alcool dans votre haleine. Est-ce que vous avez pris de la drogue avec ça ?

- Un valium et quelque chose d'autre qui traînait. Je ne suis pas sûre de ce que c'était, mais c'est censé me calmer. Je pensais que ça m'aiderait... Les larmes recommencèrent à couler sur les joues d'Ella.

- Vous sentez-vous étourdie ? Confuse ?, demanda Cam, un froncement de sourcils inquiet apparaissant sur son visage.

- Non, je pense que je vais bien.

- Vous êtes sûre ? Pas de vertiges ?

- Oui, j'en suis sûre. C'est juste un peu flou, lui assura Ella. Merci de me laisser rester, dit-elle dans un murmure, le soulagement se répandant sur son visage. Merci... Quel est votre nom ? Pour la première fois, elle leva la tête et fixa ses yeux larmoyants sur ceux de Cam.

- Camila Saunders. Appelez-moi Cam.

- Merci, Cam. Vous êtes très gentille.

Cam boita jusqu'à la cuisine ouverte et réchauffa un bol

de soupe dans le four à micro-ondes. Lorsqu'elle revint, Ella dormait profondément. Elle posa le bol sur la table et appuya son oreille contre la bouche d'Ella pour vérifier sa respiration, tout en posant deux doigts sur son cou pour prendre son pouls. Comme il semblait stable, elle remonta la couette sur elle et augmenta le thermostat pour la première fois depuis des années. Craignant de laisser Ella seule dans le salon, si près de l'océan, elle se procura une couverture et s'enfonça dans le fauteuil à côté d'elle, réglant son alarme toutes les heures au cas où elle s'endormirait aussi. Son corps était engourdi, épuisé par la lutte contre les vagues. Lorsqu'elle retira la chemise de sa jambe, elle fut soulagée de constater que son mollet avait cessé de saigner, mais l'ongle de son gros orteil gauche avait disparu. Elle frissonna en l'inspectant et essaya de le remuer avec précaution. Il bougeait, donc il n'était pas cassé, mais elle se doutait qu'elle ne pourrait pas donner un cours de yoga avant au moins une semaine. Les mains tremblantes, elle envoya un message à Vanya, la directrice de son studio, afin de trouver un remplaçant pour son cours de yoga de 8 heures. Elle comprendrait que quelque chose d'important s'était produit, car Cam n'annulait jamais sa présence. Même si personne ne pouvait la remplacer aujourd'hui, Vanya pouvait toujours donner le cours elle-même.

Le soleil commençait à se lever, de petites touches d'orange apparaissant à l'horizon. Cam regardait fixement l'eau, remarquant à peine qu'elle pleurait à nouveau en silence, alors que les souvenirs qu'elle avait encore du mal à gérer lui revenaient en mémoire. Bien que onze ans se soient écoulés, le jour où deux policiers s'étaient présentés sur le pas de sa porte était encore très présent dans son esprit. Elle se souvenait également de la réaction de son père, comme si c'était hier. Il avait du mal à parler à cause des larmes après qu'elle lui ait annoncé la nouvelle.

« Maman s'est jetée dans la mer ».

C'était tout ce qu'elle avait dit, et à ce moment-là, il en a su assez, comme s'il s'y était attendu. C'était également à l'aube que sa mère avait décidé de mettre fin à ses jours, à l'endroit précis qu'Ella avait choisi. D'aussi loin que Cam se souvienne, elle avait été accablée par des problèmes de santé mentale, et Cam, d'une certaine manière, comprenait pourquoi elle l'avait fait ici. C'était sa maison depuis qu'elle avait divorcé de son père un an auparavant, et elle avait toujours aimé la mer. Mais la raison pour laquelle Ella avait choisi ce même endroit, juste devant sa maison, était un mystère pour elle

Cam se souvenait des gros titres d'il y a deux ans, quand Ella avait perdu sa sœur jumelle dans un accident. Pour elle, ce n'était qu'une histoire de plus qu'elle avait à peine oubliée avant de poursuivre sa journée, mais pour Ella, cela devait être encore très réel et brutal. Les pensées allaient et venaient tandis qu'elle pleurait, s'autorisant à se souvenir à nouveau de la mort de sa mère. Ce n'était pas comme si elle avait le choix ; les événements dramatiques de ce matin avaient violemment tout ramené à la surface. Elle essuya ses larmes lorsque son réveil sonna, réchauffa la soupe et s'approcha du canapé, caressant délicatement la joue d'Ella.

- Hé, réveillez-vous. J'ai besoin de savoir si vous allez bien.

Ella remua un instant, puis ouvrit les yeux.

- Je suis tellement fatiguée. J'ai besoin de dormir, murmura-t-elle.

- Je sais, mais j'ai quand même besoin que vous vous asseyez un moment et que vous me parliez.

Cam fit le tour du canapé et remonta les oreillers, puis elle tira Ella contre l'accoudoir.

Ella finit par s'exécuter.

- Je vais bien, dit-elle.

- Je veux juste m'en assurer, Cam lui tendit le bol de soupe. Tenez, mangez un peu. Juste deux cuillerées. S'il vous plaît.

Elle regarda Ella manger un peu de soupe, puis demanda :

- Où habitez-vous ?

- Hollywood.

- D'accord. Vous devez vous rendre quelque part aujourd'hui ? Vous allez manquer à quelqu'un ?

Ella acquiesça.

- Je suis censée être sur le plateau à neuf heures, mais ils devront se passer de moi. Je suis sûre qu'il y a d'autres scènes par lesquelles ils peuvent commencer.

Sa voix était aussi fragile que son apparence. Pâle et petite. Beaucoup plus petite que dans les films, pensa Cam.

- Je ne peux plus manger, je suis si fatiguée.

Ella tendit le bol à Cam et s'enfonça à nouveau dans le canapé. Elle tira la couette sous son menton et roula sur le côté avant de refermer les yeux . Cam baissa le thermostat, ouvrit les portes du porche et continua à la surveiller pendant des heures, la réveillant de temps en temps. Les cheveux d'Ella avaient séché pendant qu'elle dormait, transformant les mèches mouillées en ses longues et soyeuses mèches blondes emblématiques.

Chapitre Trois

Quand Ella se réveilla enfin vers midi, Cam avait mis la table sous le porche. Elle portait un pantalon de yoga et un sweat à capuche, et ses cheveux noirs coupés en biseau étaient encore humides de la douche de deux minutes qu'elle avait prise, craignant de laisser Ella seule trop longtemps au cas où elle s'aventurerait à nouveau vers le rivage.

- Vous voulez du café ?, demanda-t-elle quand Ella sortit et s'assit en face d'elle.

Ella grimaça face au soleil et se protégea les yeux avec sa main, comme si elle n'avait pas vu la lumière du jour depuis des semaines.

- Oui, s'il vous plaît, elle lui adressa un sourire poli, l'air plus que mal à l'aise.

Cam versa du café dans une tasse et poussa le lait d'amande vers elle.

- J'ai bien peur de ne pas avoir de sucre ou de lait normal à la maison, elle se sentait absurde de parler de lait et de sucre après ce qui s'était passé et réfléchit longuement à ce qu'elle allait dire. Je peux appeler quelqu'un ? Vos parents ?

Un petit ami ?, elle hésita quand Ella ne répondit pas. Votre manager ?

Ella secoua la tête, les yeux fixés sur sa tasse de café.

- Non. Je ne connais pas son numéro par cœur, mais je lui dirai que je vais bien quand je rentrerai à la maison. Je ne pense pas qu'il appellera la police pour l'instant, elle tripota la ceinture de la robe de chambre blanche et moelleuse qu'elle portait. Où est ma robe ?

- Je l'ai jetée. Vous pouvez prendre quelques-uns de mes vêtements, Cam marqua une pause. Elle était déchirée et je ne pensais pas que vous voudriez la garder parce qu'elle vous rappellerait..., elle s'arrêta, hésitant à prononcer les mots « votre tentative de suicide » à voix haute. Ce matin.

- Vous avez raison. Je n'en veux pas, je ne sais même pas pourquoi j'ai demandé.

Ella regarda l'assiette contenant un bagel grillé et des œufs brouillés que Cam lui avait préparés, puis elle prit une gorgée de son jus d'orange fraîchement pressé.

- Vous ne travaillez pas aujourd'hui ?

- Je suis en congé aujourd'hui, mentit Cam, ne voulant pas ajouter de la culpabilité en plus de toutes les autres choses qu'elle traversait manifestement. Comment vous sentez-vous ?, elle secoua la tête, se maudissant intérieurement. Je veux dire, j'imagine que vous ne vous sentez pas très bien, mais je veux dire en bonne santé. Votre poitrine ?

- Je me sens bien. Vous savez, pas super, mais je pense que ça va.

Ella prit une bouchée de ses œufs et mâcha lentement. Elles mangèrent en silence tandis que la plage se remplissait de monde. Des coureurs, des surfeurs, des mères avec leurs enfants et des groupes d'adolescents qui séchaient l'école. Ce n'était pas une plage touristique comme Santa Monica ou Venice Beach, mais elle était très fréquentée par les locaux, même en semaine

- Je ne vous ai pas encore remerciée, dit Ella en se mordillant la lèvre et en tripotant nerveusement sa serviette. Vous m'avez sauvé la vie et vous avez risqué la vôtre. Vous auriez pu vous noyer, une larme coula sur sa joue. Je suis vraiment désolée.

Cam lui adressa un sourire doux.

- Mais je ne me suis pas noyée, et vous aussi, vous êtes toujours là.

Elle remua le lait d'amande dans son café, un peu décontenancée lorsqu'elle réalisa que c'était à Ella Temperley qu'elle parlait. Elle l'avait toujours imaginée moins timide. Bien sûr, elle ne se sentait pas au mieux de sa forme en ce moment, mais elle ne se donnait pas non plus en spectacle, essayant de la convaincre qu'elle allait très bien pour sortir de là.

- Je m'attendais un peu à ce que vous soyez en colère contre moi. Je suppose que vous y êtes allée avec l'intention de mettre fin à votre vie et j'espère que vous comprendrez que je ne pouvais pas vous laisser faire.

Comme Ella ne répondait pas, elle se concentra sur son petit déjeuner et prit une bouchée de son bagel. Cam n'avait pas faim, mais elle espérait que cela l'encouragerait à manger quelque chose.

- Vous avez raison, je voulais mourir, dit Ella après un long silence. Ou du moins, je l'ai cru. Mais la seule chose à laquelle j'ai pensé avant de perdre connaissance, c'est à quel point j'avais envie de vivre. Je n'ai jamais ressenti une telle envie de vivre qu'à ce moment-là. J'ai compris que j'avais fait une terrible erreur, mais il était trop tard et je n'avais plus la force de me battre. Je sais que vous ne me croyez probablement pas, mais je n'ai pas l'intention de réessayer. Je le jure, elle croisa le regard de Cam. *Je veux vivre et je veux être heureuse. J'ai juste besoin de comprendre comment.*

Cam l'étudia. Elle ne savait pas quoi croire. Elle ne connaissait pas Ella, et Ella ne la connaissait pas. Franchement, ça ne la regardait pas. Mais quelque chose dans la façon dont Ella l'implorait du regard l'incitait à croire qu'elle disait la vérité. *Ne te laisse pas berner. C'est une actrice.*

- Je suis heureuse de l'entendre. Mais vous avez toujours besoin d'une aide professionnelle.

- Je sais.

- Vous avez un thérapeute ?

Cam ne voulait pas être curieuse, mais Ella semblait prête à lui parler et c'était peut-être ce dont elle avait besoin en ce moment. Ella acquiesça.

- Oui, mais je n'ai pas été complètement honnête avec lui. J'ai du mal à faire confiance aux gens. Je suppose que cela va à l'encontre du but de la thérapie, de mentir à son thérapeute, elle marqua une pause. On m'a prescrit des anti-dépresseurs l'année dernière, mais je me sentais bizarre, alors j'ai arrêté de les prendre au bout de quelques semaines. Je suppose que je m'attendais à me sentir un peu mieux par la suite. Ça n'a jamais été le cas, ça n'a fait qu'empirer.

- Il faut leur laisser le temps de fonctionner, expliqua Cam. Et si ça ne marche pas pour vous, il y a d'autres types de pilules que vous pouvez utiliser. Croyez-moi, j'ai essayé trois médicaments différents. Ils ne vous rendront pas heureuse, mais ils peuvent vous permettre de faire face à la situation et de vous aider vous-même.

Elle prit une gorgée de son café, repensant une fois de plus à l'année la plus difficile de sa vie. Elle allait bien maintenant et elle était passée à autre chose, mais après la nuit dernière, les moindres détails lui revenaient en mémoire, et elle se souvint de la première fois où elle avait craqué en thérapie.

- J'ai eu une très bonne thérapeute, il y a des années. Elle m'a vraiment aidée. Je peux vous donner ses coordonnées si vous voulez. Ce n'est pas une thérapeute de stars, bien sûr, mais elle a fait toute la différence pour moi.

- Merci. J'aimerais bien, Ella poussa les œufs brouillés dans son assiette, puis se força à prendre une autre bouchée. Pourquoi étiez-vous en thérapie ?

- J'ai perdu ma mère et je n'arrivais pas à y faire face.

Cam se demanda pourquoi elle partageait des détails intimes avec quelqu'un qu'elle ne connaissait pas. Bien qu'elle soit une personne très réservée, elle s'était ouverte à Ella sans même y réfléchir.

- Je suis désolée.

- Oui, moi aussi. Mais c'était il y a longtemps et je vais bien maintenant. Vous vous en sortirez aussi, même si cela semble impensable pour le moment.

Ella acquiesça et regarda l'océan. Elle avait un regard lointain et Cam se demanda ce qui lui passait par la tête.

- Pourquoi comme ça ?, demanda-t-elle. Pourquoi marcher dans l'océan ? Et pourquoi ici ?

- J'aime l'océan et j'aime cet endroit, était la réponse simple d'Ella. J'ai roulé pendant des heures, il y a trois nuits, et j'ai été attirée par cet endroit. Et il semblait…, elle secoua la tête. Je sais que ça a l'air stupide et je m'en rends compte maintenant, mais j'ai pensé que c'était une bonne façon de mettre fin à ma vie. Je ne voulais pas faire une overdose ou me taillader les poignets dans la baignoire. Je voulais m'échouer sur le rivage.

Cam s'agita sur son siège et son expression s'assombrit.

- Êtes-vous sérieuse ? Vous pensiez que mourir comme ça serait romantique ou quelque chose comme ça ?

Elle essaya de se calmer, mais la colère qui montait soudain en elle était trop forte pour être combattue. Après la mort de sa mère, elle s'était torturée en faisant des recherches en ligne sur la noyade, comme si elle allait y trouver des réponses.

- Vous pensiez vraiment que vous seriez toute belle dans votre robe blanche une fois qu'ils vous auraient trouvée ? Laissez-moi vous dire que vous auriez été loin d'être jolie. Et laissez-moi vous dire autre chose, la noyade est considérée comme l'une des pires façons de mourir.

- Je le sais. Je n'avais pas vraiment les idées claires, Ella essuya une larme, posa sa fourchette et se leva. Je suis désolée, je ne devrais pas vous déranger plus longtemps. Je vais rentrer chez moi.

- Non, attendez... Je suis désolée, Cam regretta immédiatement son emportement. Voilà une femme qui avait été désespérée au point d'envisager de s'ôter la vie et pourtant, elle élevait la voix contre elle. Je ne voulais pas vous contrarier, c'est juste que...

- Ce n'est rien, l'interrompit Ella.

À la surprise de Cam, elle fit le tour de la table et lui fit un câlin. Elle se pencha sur Cam, enfouissant son visage dans son cou en l'entourant de ses bras. Cam se leva à son tour et la serra contre elle en fermant les yeux. Les cheveux d'Ella portaient encore une légère odeur d'eau salée et cela l'attristait.

- Ma sœur Helena est morte, dit alors Ella de nulle part. Elle laissa échapper un doux gémissement en se remettant à pleurer. Elle me manque tellement.

- Je sais.

Cam resserra sa prise et elles restèrent ainsi, se tenant

l'une l'autre pendant un moment, jusqu'à ce qu'Ella recule, essuie ses joues et la regarde à travers ses yeux rouges.

- Merci, dit-elle d'une voix douce. Je promets de ne pas recommencer et de m'efforcer à aller mieux, elle se mordit la lèvre et grimaça. J'ai perdu mon téléphone dans la mer et je n'ai pas d'argent. J'ai pris un Uber pour venir ici. Pourriez-vous m'appeler un taxi ? Je pourrai les payer quand j'arriverai à mon appartement.

- Je vais vous conduire, s'entendit dire Cam.

C'était le moins qu'elle puisse faire pour se faire pardonner son emportement et elle voulait s'assurer qu'Ella rentrerait chez elle en toute sécurité, même si elle n'avait aucune idée de ce qu'elle ferait dès qu'elle aurait refermé la porte derrière elle.

- D'accord, Ella regarda l'orteil enflé de Cam qui était couvert de sang. Qu'est-il arrivé à votre... ?, elle se couvrit la bouche avec sa main. Oh mon Dieu, c'est arrivé ce matin ? C'est grave ?

- Non, ce n'est pas le cas et ne vous inquiétez pas pour cela. Vous avez d'autres choses à gérer en ce moment.

Cam ne mentionna pas la grosse entaille sur sa jambe qui lui laisserait probablement une cicatrice à vie. Elle frotta l'épaule d'Ella.

- Laissez-moi vous faire couler un bain et vous trouver des vêtements, puis je vous ramènerai chez vous.

Chapitre Quatre

- **M**erci encore pour tout.

Ella toucha le bras de Cam lorsqu'elles s'arrêtèrent devant le complexe d'appartements où se trouvait son penthouse. Elle portait un pantalon de yoga noir appartenant Cam, son sweat à capuche rouge et une paire de tongs bien trop grandes pour elle.

- Je vais les laver et vous les rapporter, dit-elle en montrant sa tenue.

Elle était beaucoup plus petite que Cam, et elle avait relevé l'ourlet de son pantalon deux fois pour ne pas trébucher sur l'excédent de tissu.

- Ne vous inquiétez pas, je n'ai pas besoin de les récupérer, Cam gara la voiture et se tourna vers elle, hésitant un instant. Mais si jamais vous voulez parler ou si vous vous sentez seule, vous savez où me trouver. Vous pouvez toujours utiliser les vêtements comme excuse pour venir chez moi, elle fit défiler son téléphone et nota le numéro de son ancienne thérapeute sur le bloc-notes qu'elle gardait dans sa voiture. Et voici le numéro de Theresa. Juste au cas où.

- Merci. Je pense que je vais l'appeler, et je vais probablement accepter votre offre, Ella l'étudia alors attentivement, ses yeux passant du visage de Cam à sa tenue sportive. Je viens de réaliser que je ne sais rien de vous. Nous avons partagé des détails intimes ce matin, mais je ne sais même pas ce que vous faites dans la vie.

- Je suis professeure de yoga.

- Oh, Ella lui sourit. D'une certaine manière, cela ne me surprend pas. Cela vous correspond bien.

- Merci, j'aime mon travail, alors oui, je pense qu'il me convient aussi.

Cam montra d'un geste le luxueux bâtiment blanc d'inspiration art déco situé sur Franklin Avenue à Hollywood, protégé par une haute clôture blanche. L'avant de la clôture était bordé de palmiers qui obstruaient la vue des fenêtres. Elle supposa qu'il y avait un jardin luxuriant et une belle piscine derrière. Ou bien , peut-être qu'Ella avait sa propre piscine privée sur le toit avec vue sur le panneau Hollywood.

- Allez vous pouvoir entrer ? Je suppose que vous avez aussi perdu vos clés ?

Ella leva la main et remua le pouce.

- L'agent de sécurité et le portier me connaissent et l'empreinte de mon pouce me permet d'entrer dans mon appartement, donc tout ira bien.

Cam leva les yeux au ciel.

- Bien sûr. Qui a besoin d'une clé dans un endroit comme celui-ci ?

Ella laissa échapper un petit rire et pour la première fois, Cam remarqua une petite étincelle dans ses yeux expressifs. Elle était jolie, et Cam ne doutait pas que son visage délicat en forme de cœur et ses grands yeux bleus avaient conquis de nombreux cœurs tout au long de la vie d'Ella. Elle était si charmante quand elle souriait, et elle ne le savait probablement même pas. Ella montra du doigt le pied nu de Cam. Cam n'avait pas pu enfiler ses claquettes, son orteil enflé lui faisant de plus en plus mal, et elle avait donc décidé de n'en porter qu'une seule pour conduire.

- J'espère que votre orteil guérira rapidement. Ça a l'air vraiment douloureux, une autre idée lui vint alors à l'esprit et ses yeux s'écarquillèrent. Oh, mon Dieu. Vous ne pourrez pas enseigner le yoga dans cet état. Puis-je vous offrir une compensation ? Vous ne pourrez certainement pas travailler ?

- Non, bien sûr que non. Ce n'est rien, juste un bleu, lui assura Cam. Ça ira mieux dans quelques jours.

Ella n'avait pas l'air convaincue, mais elle acquiesça et jeta un autre coup d'œil au pied de Cam.

- Bon, je vous inviterais bien à prendre un café, mais l'endroit est en désordre et je suis un peu gênée. Le rangement n'était pas vraiment ma priorité la semaine dernière et j'ai annulé les services de nettoyage parce que je voulais être seule, son expression devint sérieuse. Écoutez Cam, je me sens vraiment mal pour ce que j'ai fait ce matin. C'est étrange maintenant, comme un rêve, comme si ça n'était jamais arrivé, elle ferma les yeux et respira profondément, essayant désespérément de ne pas pleurer à nouveau, mais elle sentait les larmes monter malgré l'effort.

- Je ne veux pas que vous vous sentiez mal pour quoi que ce soit, dit Cam en tendant la main pour essuyer une larme. Elle marqua une pause, gardant sa main sur la joue d'Ella. Mais c'*est* arrivé, alors s'il vous plaît, n'essayez pas de le mettre sous le tapis. Travaillez dur pour aller mieux, concentrez-vous sur vous-même et parlez-en parce que ça aide vraiment. Vous ne résoudrez rien en l'ignorant.

- Vous avez raison, Ella lui serra encore le bras avant d'ouvrir la porte. J'espère que je vous reverrai.

- J'aimerais bien. Vous savez où me trouver. Prenez soin de vous, d'accord ?

- Je le ferai, Ella acquiesça, et Cam eut mal de voir une larme couler à nouveau sur son visage. Je vous promets que j'essaierai.

- C'est bien. Et vous n'avez pas à craindre que j'aille voir la presse. Je ne suis pas comme ça.

- Je sais. Vous ne m'avez pas l'air d'être ce genre de personne, Ella soupira avant de sortir de la voiture, comme si dire au revoir était difficile. Au revoir Cam.

- Au revoir Ella.

Chapitre Cinq

L e sol était jonché de bouteilles d'alcool vides et les vêtements d'Ella étaient partout. Elle donna un coup de pied dans une chaussure en se dirigeant vers le salon, puis chercha son ordinateur portable sous un tas de jetés et de coussins sur le canapé d'angle à six places. Elle n'avait jamais aimé l'appartement qu'elle avait acheté six mois après la mort d'Helena pour tenter de fuir les souvenirs et, par là même, un peu de la douleur. Elle avait stocké toutes ses affaires dans le sous-sol de sa maison de Palm Springs, qu'elle louait maintenant, et avait pris un nouveau départ. Il n'y avait pas de photos ici, et très peu d'objets personnels. Cela n'avait rien changé, et elle avait plutôt l'impression de vivre dans un hôtel.

Les grandes baies vitrées qui encadraient l'espace de vie moderne et ouvert étaient cachées derrière des rideaux fermés et sombres. L'agent immobilier avait vanté la vue sur les collines d'Hollywood lorsqu'elle avait visité l'appartement pour la première fois, mais elle ne se souvenait pas d'avoir laissé entrer la lumière du jour, car elle se sentait plus à l'aise dans l'obscurité. Les sols gris recouverts de caoutchouc et les murs presque vides lui semblaient stériles et lui rappelaient les salles d'attente des hôpitaux. Le jardin sur le toit, adjacent à sa chambre luxueuse, possédait une belle piscine qu'elle n'avait jamais utilisée, mais le paysagiste et le garçon de piscine venaient encore tous les deux jours, entretenant la grandeur de son environnement. L'immense télévision à écran plat accrochée au mur en face du canapé avait, quant à elle, été souvent utilisée. Ella ne supportait pas le silence, aussi ne dormait-elle jamais que sur le canapé en face, sans jamais vraiment regarder quoi que ce soit avant de s'assoupir une heure ou deux à la fois.

Aujourd'hui, lorsqu'elle s'était réveillée sur le canapé de Cam, elle avait d'abord été troublée. Cela faisait longtemps qu'elle n'avait pas été dans une vraie maison et c'était étrange de voir des photos sur les murs et des bibelots éparpillés dans la pièce. Cam avait quelque chose de très chaleureux et d'apaisant et sa présence avait permis à Ella de se sentir à l'aise et en sécurité. *Si ce n'était pas pour elle...*

Ella ferma les yeux et respira profondément, essayant de bloquer les flash-back qui revenaient sans cesse dans son esprit. La douleur brûlante dans sa poitrine, la panique, la sensation écrasante d'être paralysée et la réalisation qu'elle allait mourir... Elle ne s'inquiétait pas de savoir si Cam allait parler à la presse parce que, même si Ella ne la connaissait pas, d'une certaine manière, elle lui faisait confiance.

Le sentiment de morosité omniprésent et le vide pesant s'étaient réinstallés en elle dès que Cam était partie, et la solitude avait repris le dessus.

Bien qu'elle ait essayé d'éviter les gens ces dernières années - du moins en dehors du travail - elle avait trouvé du réconfort en parlant à Cam. Elle regretta de ne pas avoir posé plus de questions maintenant, et elle se demanda à quoi ressemble sa vie. Partager autant de détails personnels sans rien savoir de l'autre ne lui semblait pas correct. Elle savait que Cam était professeure de yoga et qu'elle avait perdu sa mère, c'était tout. Peut-être que leur chagrin commun avait été la raison pour laquelle elles s'étaient ouvertes l'une à l'autre, ou peut-être qu'il était simplement plus facile de parler à quelqu'un qui l'avait déjà vue au plus bas.

En se connectant à son téléphone depuis son Mac, elle vit qu'il y avait plusieurs messages, dont la plupart contenaient des points d'exclamation. Deux provenaient du réalisateur de son dernier film, lui disant qu'elle faisait perdre du temps et de l'argent à tout le monde, quatre de Tom White, son manager, lui demandant où elle pouvait bien être, et un autre de Tom, lui faisant savoir qu'il était inquiet et qu'il appellerait les secours si elle ne le recontactait pas rapidement. Elle lui envoya un message rapide, s'excusant de ne pas s'être présentée sur le plateau sans explication, et promettant qu'elle serait de retour le lendemain. Serait-elle de retour sur le plateau demain ? Ella n'était pas sûre de pouvoir simuler physiquement une autre journée de sourires, de politesse et d'interactions. Le jeu d'acteur n'était pas le problème, c'était une seconde nature pour elle. C'est tout ce qu'il y avait de véritable entre les deux qu'elle avait du mal à gérer. Les bavardages avec ses co-vedettes pendant leurs pauses, les blagues sur le plateau, et même les réunions de quinze minutes avec son assistante chaque matin devenaient presque insupportables. Cela lui demandait un effort énorme de participer, d'échanger avec les gens, mais elle ne pouvait pas non plus les ignorer. Même les rares moments où un vrai sourire se dessinait sur son visage ne duraient pas longtemps. Cela lui paraissait mal.

Elle avait continué à travailler après la mort d'Helena et ses collègues l'avaient laissée seule pendant des mois, sentant qu'elle ne voulait pas de compagnie. Mais maintenant, avec les meilleures intentions du monde, ils essayaient de la faire participer à nouveau et le fait qu'elle ne puisse même pas faire la conversation était pénible et même parfois embarrassant. Elle ne pouvait pas annuler le film ; trop d'emplois dépendaient d'elle et trop d'argent avait déjà été dépensé. De plus, se retirer en plein milieu d'un projet ruinerait sa carrière.

Ella envoya un message à Raphaël, son nouvel assistant qu'elle avait ignoré cette semaine, et lui demanda de lui procurer un nouveau téléphone et de renvoyer la femme de ménage dans son appartement le lendemain. Tom appellerait le directeur, pour qu'au moins il ne s'inquiète pas qu'elle ait été kidnappée ou blessée. Dans l'état actuel des choses, Tom était ce qui se rapprochait le plus d'un ami, et elle ne l'aimait même pas beaucoup.

Elle se souvint que c'était son anniversaire lorsqu'un message automatique lui annonça que douze mille « amis » l'avaient félicitée sur les réseaux sociaux. Peu de personnes, à part Tom, son assistant, et les réalisateurs avec lesquels elle travaillait, avaient son numéro privé et aucun d'entre eux ne lui avait envoyé de message d'anniversaire. Ella supposait qu'ils savaient que ce serait un jour difficile pour elle sans sa jumelle, mais alors pourquoi Tom avait-il organisé une fête ce soir ? Espérait-il pouvoir remplacer les souvenirs de cette nuit tragique d'il y a deux ans par des souvenirs heureux, simplement en lui organisant une fête stupide ? Bien sûr que non. Elle était son gagne-pain et il ne faisait que son travail. Il le faisait pour tous ses clients et il le faisait bien, en s'assurant que leur nuit spéciale figure dans tous les magazines. Il n'avait pas tenté de le faire l'année dernière, sachant qu'Ella était dans tous ses états, mais apparemment elle avait été si douée pour cacher la gravité de sa

dépression, qu'il avait décidé qu'elle allait mieux maintenant et qu'il était temps pour elle de revenir sous les feux de
la rampe.

Elle prit une profonde inspiration alors qu'un sentiment
d'impuissance recommençait à se faire sentir dans sa
poitrine. Elle était encore là, encore en vie, se rappela-t-elle.
Et c'était déjà un début. Elle regarda le morceau de papier
que Cam lui avait donné, chercha sur Google le cabinet de
Theresa et décida de lui envoyer un e-mail. Ensuite, elle
demanderait à Tom d'annuler la fête. Tout le reste pouvait
attendre.

Chapitre Six

En général, le deuil comporte cinq étapes, mais je suis sûre que vous en avez déjà discuté avec votre thérapeute précédent, dit Theresa en les comptant sur ses doigts. Le déni, la colère, la négociation, la dépression et l'acceptation. Les connaissez-vous ?

Elle ouvrit son carnet et croisa les jambes, s'enfonçant dans son fauteuil Eames en cuir blanc. Ella était assise dans un fauteuil similaire, en face de Theresa, dans son bureau confortable du centre-ville. La pièce était pleine de verdure et peinte dans des tons jaunes pastels, ce qui donnait à l'espace une atmosphère calme et joyeuse. Theresa devait avoir une cinquantaine d'années, selon Ella. Ses cheveux étaient d'un blond naturel, coupés à la longueur des épaules, laissant apparaître un peu de gris à la racine. Elle portait un pantalon noir, un chemisier de soie blanche et ses lunettes carrées à monture noire encadraient des yeux bleus amicaux. Il avait fallu deux semaines à Ella pour obtenir un rendez-vous et cela aurait pris beaucoup plus de temps si son assistante n'avait pas appelé plusieurs fois par jour pour vérifier si une place s'était libérée.

Ella acquiesça.

- Oui, c'est ce que j'ai évoqué lors de mes séances avec le Dr Matthews.

- C'est une bonne chose. D'après ce que j'ai compris de notre brève conversation, vous semblez bloquée au stade de la dépression, Theresa lui adressa un sourire chaleureux. Et ce n'est pas du tout anormal. Beaucoup de gens passent par là.

- Oui, nous en avons également discuté, dit Ella, se demandant silencieusement comment Theresa pourrait faire une plus grande différence que le Dr Matthews. Elle se sentait cependant plus à l'aise avec elle, et décida donc de lui donner une chance.

- Il est bon d'entendre que nous sommes tous sur la même longueur d'onde, Theresa cliqueta plusieurs fois sur le dos de son stylo. Je vais être honnête avec vous, Ella. Votre dépression semble grave, mais comme vos récentes actions l'ont prouvé, je suis sûre que vous en êtes consciente. Comme vous m'avez dit que vous n'aviez jamais souffert de dépression auparavant, nous allons partir du principe que c'est circonstanciel et qu'elle est liée à la mort de votre sœur. Je sais que cela peut vous sembler évident, mais il est important que nous l'établissions pour que je puisse vous traiter en conséquence. J'ai décelé une tristesse intense, une douleur émotionnelle, l'incapacité de vous remémorer des souvenirs heureux, l'évitement des rappels..., elle traça avec son stylo sur les notes qu'elle avait prises. J'ai également noté un détachement, un retrait social, un isolement, une anxiété, un engourdissement, un manque d'appétit, une perte de poids, des troubles du sommeil, des symptômes physiques tels que la migraine et la maladie... Et encore une fois, aucune de ces réactions n'est anormale dans votre situation. Vous étiez très proche, elle marqua une pause. Je pense que je peux vous aider à vous remettre sur pieds, Ella, mais je ne peux vous aider que si vous choisissez de travailler activement avec moi.

- Je travaillerai avec vous, Ella déglutit difficilement. Je veux aller mieux et je veux vraiment me sentir normale à nouveau, mais il semble impossible de trouver quoi que ce soit qui se rapproche d'un petit peu de joie.

- Je comprends, Theresa pencha la tête et croisa le regard d'Ella. Ce qui m'inquiète le plus, bien sûr, c'est votre tentative de mettre fin à votre vie. Regrettez-vous d'avoir été sauvée ?

- Non, Ella secoua frénétiquement la tête. J'ai même ressenti quelque chose de proche du bonheur pendant une fraction de seconde, quand j'ai réalisé que j'étais toujours en vie. Du soulagement, c'est ce que j'ai ressenti, et c'était incroyable. Si seulement j'avais pu m'accrocher à ce sentiment..., elle prit un moment pour ravaler ses larmes. Je ne veux pas mourir. Je veux vivre.

- Vous n'avez donc plus eu envie de mettre fin à vos jours depuis ?

- Non.

Theresa acquiesça.

- C'est bien, Ella. C'est un début. Beaucoup de gens qui viennent ici ont encore besoin de s'en rendre compte, elle s'arrêta un instant. Comme vous le savez probablement, je suis spécialisée dans la thérapie du deuil, qui s'est avérée être très efficace dans les cas de deuil extrême.

- Honnêtement, je ne savais pas que vous étiez une spécialiste dans ce domaine, quelqu'un m'a juste dit que vous étiez douée, dit Ella. Mais j'aimerais essayer de travailler avec vous, elle renifla. J'essaierai n'importe quoi.

- D'accord, Theresa lui tendit un mouchoir. Nous allons d'abord nous occuper de votre traumatisme, puis nous parlerons librement de votre sœur au cours de nos séances, deux fois par semaine. Pouvez-vous concilier cela avec votre emploi du temps chargé ?

Ella acquiesça.

- Je parlerai au directeur. Je lui dirai que c'est important et qu'ils n'auront qu'à s'adapter à mes rendez-vous. Il ne nous reste qu'un mois sur ce projet et je demanderai à mon manager d'ajouter une clause dans le contrat du prochain film pour lequel je suis engagée. Je ne sais pas si je dois essayer de me retirer de ce projet et prendre du temps libre, mais j'ai peur de devenir folle si je ne travaille pas.

- À mon avis, c'est bien de continuer à travailler si vous vous sentez capable de le faire, et je suis contente que vous puissiez venir à nos rendez-vous parce qu'il est important que vous veniez à chaque séance. Nous allons beaucoup parler d'Helena, ce qui vous aidera à vous détacher. Nous allons aussi parler d'émotions, et vous devez être consciente que ce sera de plus en plus difficile avant de devenir plus facile, d'accord ?, Theresa la regarda attentivement. Le plus important, c'est que vous soyez honnête avec moi, même si vous êtes gênée ou si vous avez honte. Si quelque chose est trop difficile à dire à voix haute, vous pouvez l'écrire sur le bloc-notes qui se trouve sur la table à côté de vous, mais vous finirez par devoir le verbaliser, elle sourit chaleureusement à Ella. Nous allons travailler sur les sentiments, les pensées et les souvenirs, et cela finira par aboutir à un ajustement positif. Mais je ne suis pas une faiseuse de miracles, c'est *à vous de* faire le travail. Je ne fais que vous donner les outils pour le faire.

- Je sais, Ella avait déjà tout entendu, mais elle esquissa tout de même un petit sourire.

- Et je vois ici que vous avez pris des antidépresseurs pendant un certain temps, Theresa feuilleta un dossier contenant les derniers résultats médicaux d'Ella. Quelle est la raison pour laquelle vous avez arrêté de les prendre ?

- Je n'aimais pas ce qu'ils me faisaient ressentir, physiquement, déclara Ella. J'avais des vertiges et je me sentais tout le temps malade.

- Cela peut arriver. Je ne dis en aucun cas qu'ils sont essentiels ; ils n'offrent aucune garantie et ne sont qu'un moyen de vous aider à faire face à la situation. Mais si vous êtes d'accord, j'aimerais vous prescrire un autre ISRS et voir comment vous réagissez à celui-ci. Que pensez-vous d'essayer une alternative ?

Ella y réfléchit, puis acquiesça.

- Je vais essayer. Pourriez-vous me donner quelque chose pour m'aider à dormir, aussi ?

- Je peux le faire, mais il s'agira d'une variété plus légère des somnifères que vous aviez avant. Je ne veux pas que vous vous sentiez sédatée pendant que vous travaillez sur vos sentiments parce que le processus est brut et que vous êtes censée le ressentir et embrasser vos émotions à chaque étape.

Theresa nota quelque chose avant de se tourner à nouveau vers Ella.

- J'aimerais vous revoir dans trois jours, mais avant que vous ne partiez, nous devons discuter de la manière dont vous pouvez retrouver votre routine quotidienne, car c'est vraiment important en ce moment. Nous pouvons commencer modestement, en suivant vos repas, par exemple. Comme vous l'avez dit, vous ne mangez pas régulièrement. Vous devez donc commencer à penser à reprendre une alimentation saine et régulière. Je vous conseille également de vous abstenir de boire de l'alcool, au moins dans les mois à venir.

- D'accord. Je demanderai à mon assistante de remplir

mon réfrigérateur ; je n'ai jamais grand-chose à la maison. L'idée de cuisiner et de manger me rend malade, mais je promets de faire un effort, Ella hésita. Et j'arrêterai aussi de boire. Je n'ai pas de problème d'alcool, mais je m'en sers souvent pour m'endormir, alors je bois probablement plus que je ne le devrais.

- Si vous utilisez l'alcool pour autre chose qu'un plaisir occasionnel, il y a techniquement un problème, déclara Theresa. Dans votre cas, je pense qu'il est préférable de vous abstenir. Je pense aussi que vous devriez vous occuper vous-même des courses, poursuivit-elle. C'est une chose sur laquelle vous pouvez vous concentrer en plus du travail, même si vous le faites en ligne. Ce sont de petites choses routinières comme celles-ci qui peuvent faire une réelle différence. Il s'agit d'emplois indifférenciés qui ne vous aspirent pas trop profondément et ne vous détournent pas du processus de guérison, mais qui vous permettent de reprendre le cours de votre vie. Comme vous êtes assez isolée, je vous conseille aussi d'aller marcher tous les jours. Il n'est pas nécessaire qu'elle soit longue ou éloignée, une petite promenade suffit. L'essentiel est que vous sortiez et que vous fassiez quelque chose d'actif.

- Sortir n'est pas si facile pour moi, Ella se mordit la lèvre. Si je ne suis pas dans ma voiture, j'ai toujours peur d'être reconnue. J'avais un garde du corps, mais je l'ai laissé partir après m'être isolée davantage du grand public. Je préfère ne pas en engager un autre, j'ai toujours eu l'impression que c'était une atteinte à la vie privée.

- Avant la mort de votre sœur, vous vous promeniez seule ?, demanda Theresa.

- Oui, admit Ella. Pas souvent, mais parfois. Au café du coin ou à un restaurant proche. Mais j'ai déménagé depuis.

- Alors, c'est juste votre anxiété qui joue. Essayez de

trouver un nouveau café local préféré. Si c'est trop, vous pouvez toujours appeler un taxi pour rentrer chez vous, ou peut-être avez-vous un chauffeur qui pourrait venir vous chercher ?

- J'ai un nouvel assistant, dit Ella. Je pourrais toujours lui demander de m'accompagner. La protection ne fait pas partie de sa description de poste, mais je pense que je me sentirais relativement en sécurité avec lui et certainement plus à l'aise qu'avec un type musclé en costume qui me souffle dans le cou tout le temps. Raphaël a l'air sympa, même si je ne le connais pas très bien.

-Alors, c'est Raphaël, Theresa arracha un feuillet de son carnet d'ordonnances. Ce sont vos nouvelles prescriptions. En plus des trois repas par jour et de la marche, j'ai un travail à faire pour vous. Je veux que vous écriviez trois souvenirs heureux d'Helena. Nous en discuterons lors de notre prochaine séance ; vous pouvez prendre rendez-vous avec Bree, ma réceptionniste.

Ella grimaça à la mention de ses devoirs, puis acquiesça.

- Je le ferai. Merci, Theresa. Je vous revois dans trois jours.

Chapitre Sept

Cam feuilleta rapidement les tabloïds qui se trouvaient sur le bureau de Vanya. Sa meilleure amie, qui était aussi la gérante de son studio de yoga, était en pause déjeuner, ce qui lui donnait exactement vingt minutes pour les parcourir. Cam se moquait toujours de Vanya parce qu'elle les lisait, alors elle ne voulait pas se faire prendre.

Depuis l'incident survenu trois mois auparavant, elle avait parfois jeté un coup d'œil en ligne, mais comme d'habitude, la grosse pile de tabloïds frais l'appelait de l'autre côté de leur petit bureau, alors elle était de nouveau là, essayant de trouver des preuves qu'Ella Temperley était indemne et, avec un peu de chance, qu'elle reprenait le cours de sa vie.

Elle sourit lorsqu'elle trouva enfin une photo d'elle dans le deuxième tabloïd. Ce n'était pas grand-chose ; il n'y avait jamais grand-chose à dire sur Ella. Elle semblait se tenir à l'écart, et à part une apparition occasionnelle pour promouvoir son dernier film, elle évitait manifestement les fêtes et les interviews personnelles. Mais la petite photo d'Ella avec un beau jeune homme dans un café d'Hollywood suffit à la mettre à l'aise.

« Qui est le nouveau coup de foudre d'Ella Temperley ? » disait le titre. Il n'y avait pas beaucoup d'informations et le peu qui était écrit était probablement inventé. Mais cela n'avait pas d'importance, Cam n'était pas intéressée par les ragots. Ella avait pris un peu de poids et son visage s'était étoffé. Elle avait bien meilleure mine que le matin où Cam l'avait tirée de l'océan, et elle souriait même sur la photo. Elle fronça les sourcils lorsqu'elle remarqua qu'Ella portait son sweat à capuche rouge sur la photo. Il n'était pas cool du tout, et Cam n'était même pas sûre qu'il ait été propre lorsqu'elle le lui avait donné. Mais cela avait toujours été son sweat à capuche préféré et pour une raison ou une autre, elle avait voulu qu'Ella l'ait.

Elle avait beaucoup pensé à Ella ces derniers mois. Pas de façon obsessionnelle, mais elle avait toujours été dans un coin de sa tête et Cam s'était demandé plus d'une fois pourquoi elle s'inquiétait encore pour elle. Ella n'était pas sous sa responsabilité et il était peu probable qu'elles se rencontrent à nouveau un jour. Cam referma le tabloïd après avoir regardé la photo plus longtemps que nécessaire. Elle s'apprêtait à le reposer lorsque la porte s'ouvrit brusquement.

- J'ai oublié mon portefeuille !, annonça Vanya, avant que son regard se pose sur le tabloïd dans les mains de Cam. Hé, qu'est-ce que c'est ?, un sourire taquin se dessina sur son visage tandis qu'elle traversa le bureau et l'arracha à Cam. Toi, plus que quiconque. C'est toi qui me pourris constamment parce que je lis ces « conneries », comme tu les appelles, Vanya croisa les bras, l'air suffisant. Son taco du midi était clairement passé au dernier rang de ses préoccupations. Alors ? Explique-toi, Cam Saunders. J'attends.

Cam lui adressa un sourire niais alors qu'elle tentait de

trouver une excuse valable, le tapotement impatient du pied de Vanya interrompant sa concentration.

- J'étais juste euh..., elle marqua une pause. Ce n'est pas ce que tu crois.

- C'est des conneries. C'est pour ça que tu ne voulais pas déjeuner avec moi ? Hein ? Pour que tu puisses rester ici et lire mes tabloïds en cachette ?, le sourire de Vanya s'élargit, le triomphe se lisant sur son visage. Tu ressembles à Greg quand je suis entrée dans son bureau hier soir. Je n'ai jamais vu quelqu'un cliquer sur un site web aussi rapidement que lui.

- Tu as surpris Greg en train de regarder du porno ?, Cam rit, reconnaissante pour la distraction. Qu'est-ce qu'il regardait exactement ?

- Ne changez pas de sujet, je sais ce que tu fais. La pornographie douce est une chose..., Vanya haussa les épaules. Je l'admets, j'ai vérifié son historique et c'était juste une femme qui s'envoyait en l'air avec un vibromasseur, rien de choquant. Mais toi et les tabloïds ? C'est carrément cochon.

- J'avais juste besoin de vérifier quelque chose, dit finalement Cam, un peu confuse de savoir pourquoi Vanya comparait les tabloïds au porno. Bien qu'elle dise techniquement la vérité, elle savait que cela ne tiendrait pas la route. Mais tu as raison. Je regardais, je l'admets.

- Tu n'as pas d'admettre quoi que ce soit, je t'ai prise la main dans le sac, Vanya saisit son portefeuille sur son bureau et fit un geste vers la porte. Maintenant que je connais ton plaisir coupable, tu devrais venir manger un taco avec moi. Tu pourras lire tes précieux potins en déjeunant à notre retour, elle pointa un doigt vers Cam. Mais je n'en ai pas encore fini avec toi.

- Non, ce serait prendre tes désirs pour des réalités, Cam rit et secoua la tête. Bien sûr. Allons-y.

Admettant sa défaite, elle saisit son téléphone et suivit Vanya hors du bureau.

Chapitre Huit

Ella regarda son dressing, se sentant satisfaite. Tout était parfaitement rangé : ses chaussettes et sa lingerie dans les tiroirs, ses jeans sur une étagère, sous ses T-shirts et ses sweat-shirts. Les rails de vêtements suspendus sur trois des murs de la pièce étaient également organisés ; ses robes, jupes, chemisiers et blazers étaient même classés par couleur. Ses chaussures se trouvaient toutes sur les étagères du haut, et les marchepieds roulants étaient rangés sous l'espace vide où elle venait de choisir une paire de baskets. Ses accessoires étaient rangés dans des bacs, empilés dans un coin de la pièce, et elle avait soigneusement placé ses bijoux dans une boîte en cuir devant le grand miroir qui se trouvait derrière la coiffeuse moderne et blanche, à côté de la porte. Ses sacs à main étaient encore par terre, ne sachant pas où les mettre, mais elle nota mentalement de commander d'autres boîtes de rangement. Ce n'était pas comme si elle manquait de place. Elle avait tout fait elle-même cette fois-ci, organisant tout comme elle le voulait, et elle se sentait même un peu fière en balayant la pièce du regard, à la recherche de quelque chose à se mettre.

Ella n'avait pas réussi à dormir, et essayant de s'abstenir de prendre des somnifères, elle était venue ici et avait travaillé toute la nuit. Elle n'avait jamais vraiment fait cela auparavant ; ses assistants s'en étaient toujours occupés, mais elle préférait son propre travail, décida-t-elle. *Maintenant, comment s'habiller ?* Il n'y avait pas de tournage aujourd'hui, et bien qu'Ella n'ait toujours pas envie de sortir, le rappel urgent de Theresa était toujours dans un coin de sa tête, lui disant de s'habiller et de faire quelque chose, de faire de chaque jour un jour « normal ». Elle avait donc pris un café, un petit déjeuner et une douche, après avoir fait le tour de sa penderie, et elle se sentait maintenant calme et sereine.

- C'est reparti, marmonna-t-elle en attrapant machinalement le sweat à capuche rouge que Cam lui avait donné.

Elle l'avait porté de nombreuses fois mais ne l'avait pas encore lavé et elle se demandait pourquoi elle ressentait le besoin de continuer à le porter. Il y avait quelque chose de réconfortant dans ce vêtement usé, effiloché aux bords de la capuche et déchiré à l'ourlet des manches, qui lui donnait presque l'impression d'enfiler un bouclier protecteur. Peut-être était-ce l'odeur légère du parfum d'agrumes de Cam qui persistait sur le tissu ou la sensation de douceur contre sa peau, ou peut-être était-ce simplement le fait qu'elle ne possédait pas d'autres vêtements décontractés. Tout le reste de sa garde-robe était inconfortable ou la faisait se sentir exposée d'une manière ou d'une autre, ce qui ne l'aidait pas à se fondre dans la masse

Les six derniers mois avec Theresa avaient été très durs, mais cela en valait la peine. Elle en était maintenant au point où elle pouvait parler d'Helena sans avoir envie de fondre en larmes à chaque fois qu'elle prononçait son nom. Certains jours étaient plus faciles que d'autres, mais dans l'ensemble, elle se sentait bien, et elle envoya un message à son assistant pour qu'il la rejoigne dans un café du coin plutôt que devant son appartement.

Il lui répondit : « *Vous vous sentez encore courageuse ?* » Elle en rit. Raphaël savait à quel point elle était réservée, et ils ne s'étaient rencontrés en public qu'à quelques occasions, en dehors de leurs promenades quotidiennes à 7 heures du matin. Ces promenades matinales, au cours desquelles ils avaient leur réunion quotidienne, étaient devenues son nouveau passe-temps favori. C'était plus facile quand la ville était encore à moitié endormie et que personne ne faisait attention à qui faisait quoi. Avec le temps, ils s'étaient installés dans une relation confortable qui avait été qualifiée d'idylle par les paparazzis. Ella se moquait bien de ces ragots sans fondement, et elle ne pensait pas que Raphaël s'en souciait non plus. Il n'avait jamais rien dit qui puisse indiquer qu'il s'intéressait à elle d'un point de vue romantique, et elle se sentait donc à l'aise avec lui.

Raphaël travaillait pour elle cinq jours par semaine et avait congé le week-end, contrairement à la plupart des assistants de célébrités qui étaient disponibles vingt-quatre heures sur vingt-quatre. Cela ne coïncidait pas toujours avec les temps morts d'Ella, comme aujourd'hui, mais il y avait toujours quelque chose à faire. Ella n'était pas une diva et elle n'aurait jamais imaginé lui demander de faire certaines des choses que ses collègues acteurs demandaient à leurs assistants, allant des courses d'urgence de préservatifs ou de tampons à minuit, à l'achat de drogues, aux devoirs de leurs enfants ou à des conversations scénarisées avec leurs animaux de compagnie pendant leur absence. Non, Raphaël était dans sa vie pour l'aider dans ses tâches quotidiennes. Il s'occupait de son planning de tournage, lisait son courrier, payait ses factures, l'aidait à organiser ses voyages, lui apportait son déjeuner dans sa caravane lorsqu'elle avait besoin de temps pour revoir son texte, prenait des rendez-vous avec des coiffeurs, des esthéticiennes, des médecins, des dentistes, son manager, des designers et des stylistes. Il assurait également la liaison avec sa femme de ménage, réservait ses chauffeurs et prenait ses appels lorsqu'elle ne pouvait pas le faire. Ella n'avait pas vraiment besoin d'un assistant à plein temps, surtout pas maintenant, mais le studio exigeait qu'elle soit joignable à tout moment, et elle avait donc besoin de quelqu'un qui puisse prendre les appels et transmettre les messages lorsqu'elle passait une mauvaise journée. Raphaël faisait bien son travail et Ella commençait enfin à lui faire confiance. De plus, ce n'était pas comme si elle pouvait entrer dans une épicerie ou une pharmacie sans être reconnue. Elle avait essayé une fois, quelques années auparavant, lorsque son ancienne assistante avait eu un jour de congé et, en un rien de temps, la pharmacie s'était transformée en cirque et était plus bondée que jamais. Elle avait eu un peu peur à l'époque. Les gens l'appelaient par son nom, la touchaient, la tiraient, brandissaient des appareils photo pour tenter de prendre un selfie... C'est aussi pour cette raison qu'elle avait choisi Raphaël parmi les douze personnes qu'elle avait reçues. Il était bâti comme un défenseur, ce qui contrastait fortement avec son caractère doux, tendre et enjoué, et elle savait qu'il y avait moins de risques d'être harcelée s'il était avec elle.

- C'est inhabituellement spontané, Raphaël gloussa lorsqu'Ella arriva et s'assit à la table en face de lui.

- Inhabituel mais nécessaire. J'ai vraiment besoin de sortir plus souvent, précisa Ella en lui souriant. C'est pour moi ? Merci, elle prit le café le plus proche d'elle et regarda autour d'elle.

Elle était déjà venue quelques fois en milieu de journée, quand c'était calme, mais elle ne s'était jamais assise à une table. Elle se sentait à découvert, malgré sa casquette et ses lunettes de soleil, mais il y avait aussi quelque chose de libérateur à s'asseoir ici, parmi les gens du coin.

- C'est le vôtre, oui. Un café au lait demi-écrémé, sans sucre, Raphaël l'étudia attentivement. Comment allez-vous, Ella ? Vous avez l'air en forme aujourd'hui.

- Je vous remercie. Je me sens bien, en fait, le sourire d'Ella s'élargit. C'est comme si le brouillard se levait. Je ne sais pas comment l'exprimer autrement. Le soleil m'a fait du bien en venant ici, et il y avait tellement de choses à voir. Les parents emmenaient leurs enfants à l'école, il y avait beaucoup de coureurs, les employés du bistrot préparaient les tables et l'un d'entre eux m'a même dit bonjour. Vous voyez ce que je veux dire ?

Raphaël avait l'air un peu perplexe.

- Oui, c'est une belle matinée, mais je ne sais pas ce que vous entendez par brouillard. Il a fait beau toute la semaine. Et en parlant de temps, pourquoi portez-vous encore ça ?, il désigna le sweat à capuche usé d'Ella et grimaça. Vous n'avez pas trop chaud ?

Ella rit.

- Un peu. Mais j'aime bien cette sensation.

Elle but une gorgée de son café et réfléchit à ce qu'elle venait de dire. Car elle avait vraiment l'impression qu'un brouillard se levait, que tout était plus net et plus clair. Est-ce que c'est ce qu'elle ressentait avant ? Elle n'en était pas sûre, elle avait oublié ce que c'était que de se sentir normal.

- Quoi qu'il en soit, dit-elle en reportant son attention sur Raphaël, assez parlé de moi. Comment allez-vous ?

Raphaël lui jeta à nouveau un regard confus et Ella se sentit coupable en réalisant qu'elle ne lui avait jamais posé cette question auparavant.

- Je vais bien, balbutia-t-il. Je suis allé rendre visite à ma sœur hier soir ; elle vient d'avoir un bébé.

- Félicitations. Un garçon ou une fille ?

- Un garçon, Raphaël sourit. Il s'appelle Raphaël, comme moi. Je serai son parrain.

- C'est adorable, Ella lui prit la main par-dessus la table et la serra. Vous devez être très fier.

- Je le suis. Son père n'est pas dans les parages, alors je veux qu'il ait un modèle masculin, vous savez. Quelqu'un vers qui il peut toujours se tourner s'il a des problèmes ou s'il a besoin de conseils. Ce ne sera pas facile pour lui de grandir sans père.

- Non, ce n'est pas le cas, mais il vous aura, Ella retira sa main et décida de changer de sujet, sentant que Raphaël était un peu nerveux de voir à quel point ils devenaient soudainement personnels. Et vous êtes un type vraiment génial.

- Merci, Raphaël sourit et ouvrit son téléphone, prêt à prendre des notes. Alors, qu'est-ce que vous avez besoin de faire aujourd'hui ?

Ella ouvrit l'application des rappels sur son téléphone.

- Bon, voyons voir... Pourriez-vous, s'il vous plaît, passer prendre mes scripts ? C'est comme d'habitude et ils savent que vous venez, elle plissa les yeux et zooma sur la liste. J'ai répondu au courrier des fans que vous m'avez apporté. J'ai écrit à tout le monde un petit mot de remerciement ; tout est empilé sur ma table à manger, alors si vous pouviez les poster pour moi, ce serait formidable. Comme vous le savez, j'ai une réunion avec une organisation caritative locale de santé mentale, *LA Help*, demain, alors j'ai besoin que vous organisiez un moyen de transport et que vous veniez avec moi. Je vais faire don d'un nouveau centre à East LA, et j'ai besoin d'aide pour cela aussi, une fois que nous aurons réglé les détails et que je saurai exactement ce dont ils ont besoin. Je serais ravie de m'en occuper, mais je dois être sur le plateau de tournage presque tous les jours au cours des prochaines semaines, donc je n'aurai pas beaucoup de temps pour échanger avec eux pendant que je filme. À part ça, je dois aller chercher mon linge au pressing et je n'ai plus de crème solaire. Nous tournons à l'extérieur demain, alors j'ai besoin d'un produit à indice élevé. Je n'aime pas celle qu'ils ont sur le plateau. Et puis, notre maison…, elle secoua la tête et se corrigea, essayant de ne pas penser à Helena en ce moment. *Ma* maison à Palm Springs… vous avez dit que les locataires déménageaient le mois prochain. J'ai changé d'avis sur le fait de la relouer. J'aimerais la garder libre au cas où je serais prête à y retourner, alors si vous pouviez appeler l'agent immobilier et lui dire que les plans ont changé, ce serait génial. J'appellerai moi-même Sid, le gardien, pour l'informer de ce qui se passe. Oh, et demain, c'est l'anniversaire de Neil Messenger. Vous savez, mon partenaire dans le film sur lequel je travaille actuellement.

Raphaël s'esclaffa.

- Je sais qui est Neil Messenger. Outre le fait qu'il est super célèbre, je l'ai rencontré plusieurs fois sur le plateau.

- Bien sûr, j'ai oublié, Ella leva les yeux au ciel. Bien qu'elle n'ait aucun problème à se souvenir de ses textes, son cerveau ne semblait toujours pas fonctionner comme avant. Alors oui, comme je l'ai dit, c'est son anniversaire et je pense que je devrais lui offrir un cadeau. Est-ce que vous avez une idée de ce qu'un homme d'une trentaine d'années, qui a déjà tout, pourrait aimer ?

Raphaël réfléchit un instant en terminant son café.

- Est-ce qu'il boit ?

- Je ne sais pas, admit Ella. Nous parlons sur le plateau, mais jamais de choses personnelles. Il m'a demandé de sortir avec lui plusieurs fois, donc je sais qu'il est célibataire.

- Neil Messenger vous a demandé de sortir avec lui ?

Raphaël baissa la voix en disant cela, un sourire se dessinant sur son visage.

Ella soupira.

- Oui. C'est un type sympa mais il ne m'intéresse pas, alors inutile de dire que le cadeau ne peut en aucun cas être romantique, soyons clairs là-dessus.

- D'accord, Raphaël rit de sa franchise. Et des chaussettes ?

- Des chaussettes ? Ce n'est pas un cadeau vraiment bizarre ?

- Bien sûr, c'est bizarre mais au moins ce n'est pas romantique ou personnel.

Il chercha quelque chose sur Google et tendit son téléphone à Ella.

- Cette marque de chaussettes fait fureur en ce moment. Il y a des choses vraiment aléatoires dessinées dessus, comme des moutons, des trous du cul et du bacon.

Ella lui lança un regard amusé.

- Elles sont ridicules. Mais vous avez tout à fait raison. J'ai l'impression que Neil les appréciera. Alors, lesquelles dois-je prendre ?

Ils parcoururent la liste des chaussettes et choisirent dix des paires les plus scandaleuses. Ella s'apprêtait à les commander lorsque Raphaël remarqua que des gens les regardaient.

- Je crois qu'il est temps de partir, dit-il. Montez dans ma voiture, je vous ramène chez vous.

- Oui..., Ella se leva et vit cinq personnes la dévisager.

Le reste de la clientèle lui jetait aussi des regards, mais au moins ils étaient beaucoup plus subtils. Une fille brandit son téléphone et la prit en photo, puis d'autres personnes firent de même. Bientôt, les appareils photo des téléphones cliquaient tout autour d'elle. Allons-y, elle sourit aux curieux et salua le personnel avant de se précipiter dans la voiture de Raphaël. Au moins, on a vingt minutes là-dedans.

- C'est une façon positive de voir les choses, Raphaël démarra la voiture et s'éloigna. Vous voulez que j'aille aussi chercher une carte d'anniversaire pour Neil ?

- Oui, s'il vous plaît. Prenez quelque chose que vous appréciez. Je serai à la maison pour répéter mon texte et j'aurai mon téléphone sur moi au cas où vous auriez des questions. Êtes-vous d'accord pour une promenade plus tard dans la soirée puisque nous ne l'avons pas fait ce matin ?

- Bien sûr, Raphaël gara la voiture devant l'immeuble d'Ella. Je passe vous prendre à neuf heures ?

Chapitre Neuf

Vous vous en sortez bien, Ella. Les progrès peuvent vous sembler lents, mais souvenez-vous de votre point de départ et de ce que vous avez ressenti lors de notre première séance. Vous vous êtes vraiment ouverte et je vois clairement des changements positifs, Theresa regarda Ella par-dessus ses lunettes. Si vous le souhaitez, nous pourrions réduire nos réunions à une fois par semaine. Si vous préférez rester à deux fois par semaine, cela ne pose aucun problème. Pour l'instant, je maintiens votre traitement antidépresseur, car il semble vous convenir, mais je pense que nous pourrions essayer de le réduire dans quelques mois et voir comment cela se passe. Avez-vous essayé de dormir sans somnifères, comme nous en avons discuté ?

- Oui, je l'ai fait, et je me sens bien après de longues journées de tournage parce que je suis très fatiguée. C'est plus difficile quand je ne travaille pas, alors je prends encore un demi-comprimé de temps en temps, mais j'ai remarqué que j'allais mieux aussi, Ella rencontra le regard bienveillant de Theresa.

Elle était aux antipodes de son précédent thérapeute, et même si elle savait que leur relation était purement professionnelle, elle voyait plus Theresa comme une amie maintenant.

Des pattes d'oie apparurent derrière les lunettes à monture noire de Theresa qui souriait, disant à Ella qu'elle avait foi en elle et l'assurant qu'elle allait mieux. Ella se sentait effectivement mieux, du moins le pensait-elle. Ces derniers temps, elle était de plus en plus capable de voir la situation dans son ensemble et de penser au long terme au lieu de s'appesantir sur sa douleur.

- Et je suis d'accord avec vous pour dire que je devrais essayer de sortir davantage, poursuivit-elle. C'est juste que je n'ai pas d'amis. De vrais amis, vous savez ? J'ai plus de trois cents numéros dans mon téléphone mais seulement une poignée de personnes ont le mien et honnêtement, je n'ai pas envie de passer du temps avec l'une d'entre elles non plus.

- Alors peut-être pourriez-vous essayer de vous aventurer seule dans le but de rencontrer de nouvelles personnes ? Il n'est pas nécessaire que ce soit des vacances, il suffit de vous pousser à participer à quelque chose. Cela dit, je suis ravie d'apprendre que vous avez accepté de faire du bénévolat. Si vous êtes ouverte à l'interaction, vous rencontrerez peut-être des personnes avec lesquelles vous vous sentirez à l'aise. Je sais que ce n'est pas facile pour vous parce que vous êtes une personnalité publique, mais tout le monde n'est pas opportuniste.

Theresa écarte une mèche de cheveux de son visage pâle.

- Vous avez raison, dit Ella. Les gens de l'association caritative ont été très gentils avec moi et j'ai hâte que leur nouveau centre soit opérationnel. J'accepte aussi de déjeuner avec l'équipe pendant nos pauses sur le plateau. Je veux dire que je suis vraiment à l'aise pour leur parler, je n'ai plus besoin de faire semblant. J'ai encore pris un café avec mon assistant hier, et notre prochaine rencontre se fera autour d'un déjeuner dans un restaurant.

- C'est bien, c'est vraiment bien, Theresa se pencha en avant et croisa les mains devant elle. Alors, qu'en est-il de Cam ? Vous l'avez souvent mentionnée au cours de nos séances. Avez-vous déjà pensé à la rechercher à nouveau ?

Ella acquiesça et déglutit difficilement à la mention du nom de Cam. Theresa avait raison, elle l'avait beaucoup mentionnée, probablement plus que nécessaire, et elle ne savait pas trop pourquoi. Aujourd'hui, pourtant, c'était la première fois que Theresa évoquait Cam, et maintenant qu'elle l'avait fait, cela la rendait en quelque sorte réelle, plutôt qu'un souvenir qu'elle avait peur de perdre.

- Je pense à elle tout le temps et j'aimerais vraiment la revoir, avoua-t-elle. Elle n'a pas parlé à la presse... Non que je m'attendais à ce qu'elle le fasse, ajouta-t-elle. J'ai eu une bonne impression d'elle.

Elle n'avait pas mentionné que Cam était « Camila », l'une des anciennes clientes de Theresa, et elle était certaine que Theresa n'avait pas compris pourquoi une actrice célèbre faisait quarante minutes de route dans les embouteillages pour *lui* parler au lieu d'aller voir l'un des « psy miracles » les plus coûteux d'Hollywood. Malgré tout, Theresa n'avait pas eu l'air en admiration lorsqu'elle était entrée. Elle avait traité Ella comme une personne normale au lieu d'essayer de la satisfaire et, bien que l'on puisse s'attendre à cela de la part d'un thérapeute, l'expérience d'Ella lui avait appris le contraire

- Vous venez de dire que vous aimeriez vraiment la revoir, dit Theresa, répétant la déclaration d'Ella. À quand remonte la dernière fois où vous avez eu envie de faire quelque chose de votre propre chef, juste parce que vous en aviez envie ?

Ella y réfléchit.

- Je suppose que c'était il y a longtemps. Avant la mort d'Helena, c'est sûr, elle sourit, sachant que c'était bon signe. Alors, vous pensez que je devrais aller la voir ?

- C'est à vous de voir.

- Bien sûr, Ella se mordit la lèvre et soupira. Parfois, elle souhaitait que quelqu'un lui dise ce qui était le mieux pour elle, au lieu d'avoir à se débrouiller toute seule. Et si elle ne veut pas me voir ?

- Pourquoi pensez-vous qu'elle ne le voudrait pas ?

- Aucune raison.

Ella se pencha elle aussi en avant, face à Theresa. Leur séance était presque terminée, et après cela, elle aurait deux jours entiers de repos. Deux très longues journées. Normalement, elle restait au lit et lisait les scripts que son manager lui envoyait ou répétait son texte jusqu'à ce que sa voix devienne rauque, mais il était peut-être temps de changer.

- Je pense que je me sens attirée par Cam parce qu'elle m'a fait me sentir en sécurité et parce qu'elle n'a pas brisé ma confiance, car elle aurait pu facilement tirer profit de l'histoire. Alors oui, je pense que je vais lui rendre visite cette semaine. J'aurais peut-être dû le faire plus tôt, mais je ne me sentais pas prête à l'affronter après ce qui s'est passé. Je crois que je le suis maintenant.

- C'est très bien. Parlons-en lors de notre prochaine séance, alors, Theresa sourit en regardant sa montre, apparemment satisfaite de la réponse. Eh bien, notre temps est écoulé pour aujourd'hui.

- Merci, Theresa. Ella se leva et attrapa son sac à main sur le sol, ressentant un étrange sentiment d'excitation. Je vous verrai la semaine prochaine, passez une bonne journée.

Chapitre Dix

-Maintenant, ouvrez lentement les yeux et revenez dans l'ici et le maintenant, Cam conserva une voix douce dans la salle faiblement éclairée, où douze personnes étaient allongées devant elle, fatiguées mais complètement détendues après une séance de yoga intense. Bougez vos yeux, vos doigts, vos orteils. Prenez conscience de votre corps, de votre respiration, de cette pièce, de ce moment et de cette journée... Quoi qu'il arrive, tout se passera bien, elle attendit quelques battements avant de poursuivre. Quand vous êtes prêts, asseyez-vous lentement.

Tout le monde commença à s'agiter, à l'exception d'une femme qui dormait profondément sur son tapis. Cam s'approcha d'elle et lui toucha délicatement l'épaule, la réveillant.

- Oh mon Dieu, je ne ronflais pas, n'est-ce pas ?, murmura la femme.

- Ne vous inquiétez pas, ce n'est pas le cas.

Cam lui adressa un clin d'œil rassurant, puis retourna à

son tapis et s'assit les jambes croisées devant le groupe, plaçant ses paumes l'une contre l'autre devant sa poitrine.

- Namaste, elle s'inclina et sourit à sa classe. Bon travail, tout le monde. Je vous reverrai tous bientôt.

- Namaste, répéta le groupe après elle.

Les gens se levèrent et remirent leurs chaussettes et leurs chaussures. Ceux qui devaient aller directement au travail se dirigèrent vers les vestiaires pour se changer. D'autres enfilèrent un sweat à capuche décontracté et se rendirent au bar à jus de fruits pour prendre une boisson avant de rentrer chez eux. Ils avaient tous l'air détendu, et cela rendait Cam heureuse.

Son studio de yoga à West Hollywood n'avait reçu que des critiques élogieuses depuis qu'elle l'avait ouvert huit ans auparavant, à l'âge de vingt-sept ans, et la liste d'attente pour les cours était maintenant si longue qu'elle envisageait d'en ouvrir un autre dans le centre ville. Elle avait engagé quatre autres professeurs de yoga parce qu'elle n'aimait pas refuser des gens, mais la liste ne cessait de s'allonger et il n'y avait tout simplement pas assez d'espace pour s'agrandir. Elle était fière de ce qu'elle avait construit ; le bâtiment sur Hancock Avenue n'était pas très grand, mais il abritait deux studios de yoga en miroir, deux vestiaires confortables et dotés d'équipements luxueux, un incroyable bar à jus de fruits et une grande cour à l'arrière où, par beau temps, se déroulaient certains cours tôt le matin. Il y avait aussi un petit bureau qu'elle partageait avec Vanya, qui s'occupait très bien de l'aspect commercial du studio pour qu'elle puisse se concentrer sur ses cours. Normalement, Cam prenait un peu de temps entre les cours pour passer du temps avec l'équipe du bar autour d'un jus de fruits frais, vérifier les horaires de la semaine suivante ou discuter avec Vanya. Elle attendit que tout le monde soit parti, enfila son sweat à capuche et s'apprêtait à fermer quand une femme blonde avec une casquette noire et de grandes lunettes de soleil entra dans le studio et ferma la porte derrière elle.

- Désolée, le dernier cours vient de se terminer. Êtes-vous un nouveau membre ? Il reste une place dans mon cours de l'après-midi ; nous avons eu une annulation, je peux donc vous inscrire si vous le souhaitez, Cam s'arrêta dans son élan lorsque la femme ôta ses lunettes de soleil et que ses yeux bleu clair, immédiatement reconnaissables, rencontrèrent les siens.

- Salut, dit Ella timidement, en tendant un sac d'aspect coûteux portant le logo d'un pressing. J'avais encore vos vêtements et j'ai pensé que vous voudriez les récupérer.

- Ella... Je ne vous avais pas reconnue.

Un grand sourire se dessina sur le visage de Cam et, à sa grande surprise, son cœur s'emballa. Elle ne s'attendait pas à revoir Ella un jour. Elles venaient de mondes différents et elle avait supposé qu'Ella voudrait laisser cette matinée derrière elle, aller de l'avant et tout oublier. Elle s'approcha d'Ella et hésita un moment avant de secouer la tête en signe d'incrédulité et de lui tendre les bras.

- Venez ici.

Ella se laissa tomber contre elle et passa ses bras autour de la taille de Cam. L'étreinte affecta Cam plus qu'elle n'aurait pu l'imaginer. Le simple fait de voir Ella et de savoir qu'elle allait un peu mieux lui fit monter les larmes aux yeux. La chaleur et la force avec lesquelles Ella la tenait étaient presque écrasantes et, comme sur commande, elles se mirent toutes les deux à pleurer, tremblant dans les bras l'une de l'autre. Le débordement émotionnel était venu de nulle part et elles gloussèrent entre deux reniflements, choquées par l'intensité de leur propre réaction.

- C'est si bon de vous revoir. Ella finit par lâcher Cam et essuya ses larmes.

- C'est bon de vous voir aussi, Cam prit les mains d'Ella et lui jeta un coup d'œil. Vous avez l'air d'aller beaucoup mieux, elle resta silencieuse pendant un moment, alors que ses yeux étaient aspirés par ceux d'Ella. Le blanc autour de ses iris était clair et non plus injecté de sang, ce qui faisait ressortir encore plus le bleu. Comment allez-vous ?

- Je m'en sors, a déclaré Ella. Je n'y suis pas encore arrivée, mais j'y travaille.

- Vous souriez, c'est déjà un bon début, Cam s'émerveilla de la beauté d'Ella dans ses vêtements de sport, habillée et incognito.

Elle se demanda si quelqu'un l'avait reconnue en entrant. Il était peu probable que ses élèves fassent des histoires à propos de la présence d'Ella, même s'ils l'avaient vue. Les cours de Cam n'étaient pas bon marché et la plupart de sa clientèle était aisée, dans la trentaine ou plus âgée, et n'était pas du genre à s'extasier devant quelqu'un de célèbre.

- Je pense que personne ne m'a vue entrer, dit Ella comme si elle lisait dans ses pensées. J'ai été très prudente, je ne voulais pas attirer les paparazzis sur le pas de votre porte.

- Ne vous inquiétez pas pour ça, Cam prit le sac qu'Ella lui tendait et fit un geste vers l'extérieur. La cour arrière est fermée pour le moment, alors nous l'aurons pour nous toutes seules si vous voulez un café ou un jus de fruit frais ?

- Bien sûr. J'ai vraiment besoin d'un café fort. Je viens de me réveiller et je n'ai pas encore eu ma dose de caféine.

- Vous venez de vous réveiller, hein ? Vous n'en avez pas l'air, Cam ferma la porte du studio et les conduisit à son bureau. Il était probablement plus sage d'utiliser sa propre machine à café afin qu'elles n'aient pas à attendre près du bar à jus de fruits, qui avait tendance à être très fréquenté. Alors, vous tournez aujourd'hui ?

- J'ai un jour de congé, mais je dois rencontrer mon directeur plus tard. Et vous ?

- Je donne un autre cours à 14 heures, mais je suis libre jusqu'à ce moment-là, Cam ouvrit la porte de son bureau et salua Vanya en posant le sac du pressing derrière son bureau. Bonjour, ma belle.

- Salut, les yeux de Vanya passèrent de Cam à Ella et vice-versa.

Elle ne broncha pas, mais Cam pouvait voir des taches rouges apparaître sur son visage et s'étendre à son cou.

- Vanya, voici Ella. Ella, voici mon amie Vanya, la directrice de Pure Studio, dit Cam en plaçant deux tasses sous la machine à café.

- Bonjour Ella, je suis ravie de vous rencontrer. Vous vous inscrivez aujourd'hui ?, demanda Vanya.

Ella secoua la tête et fit un geste vers Cam.

- Non, je suis juste venue rendre quelques affaires à Cam. C'est un bel endroit, vous devez être fières.

- Tout le travail de Cam, dit Vanya, sa vingtaine de bracelets s'entrechoquant comme des carillons tandis qu'elle écarta une mèche de ses longs cheveux noirs de son visage. Je m'assure juste que tout se passe bien.

- Ce n'est pas vrai, Cam tendit le lait d'amande et en versa dans la tasse d'Ella lorsqu'elle acquiesça. Vanya est tout ce que je ne suis pas et je n'aurais pas pu faire ça sans elle. Elle vit et respire Pure Studio. Je ne fais que donner les cours, elle tendit l'une des tasses à Ella et prit un trousseau de clés sur son bureau. Sucre ?

- Non merci.

Cam s'esclaffa.

- C'est un soulagement parce que nous n'en avons pas, du moins pas ici, elle se dit qu'il valait mieux sortir de là, car elle ne voulait pas que Vanya commence à poser des questions gênantes sur leur rencontre. Nous allons dans la cour, dit-elle en souriant à son amie par-dessus son épaule. Je te verrai plus tard.

- Il n'était donc pas difficile de me trouver, je suppose ?, demanda Cam lorsqu'elles furent assises sur la pelouse, à l'ombre d'un grand palmier.Elle était reconnaissante que les stores face au bar à jus de fruits soient baissés, ce qui leur permettait d'avoir de l'intimité dans la cour. Je ne vous ai jamais dit où je travaillais.

Ella haussa les épaules et but une gorgée de son café.

- Honnêtement, je n'en ai aucune idée. Mon assistant s'est renseigné sur vous hier. Je suis passée chez vous, mais vous n'étiez pas là, alors je lui ai demandé de trouver où vous travailliez. Je me souvenais de votre prénom, je savais où vous habitiez et je savais que vous étiez professeur de yoga, alors je suppose que ça n'a pas dû être trop difficile pour lui, elle fit une pause, regardant le jardin bien entretenu, protégé sur trois côtés par un mur de briques recouvert de lierre. La pelouse dense était tondue à la perfection, et elle était si accueillante qu'elle eut envie de s'y allonger. J'ai été surprise d'apprendre que vous aviez votre propre studio. La plupart des gens s'en vanteraient, mais vous m'avez seulement dit que vous enseigniez le yoga. Ça a l'air vraiment cool, et cette herbe est vraiment luxuriante..., elle enleva ses baskets et ses chaussettes et laissa ses pieds s'enfoncer dans le sol.

Cam rit. Elle-même était encore pieds nus après son

cours et elle portait rarement d'autres chaussures que des claquettes à l'intérieur du studio.

- Oui, ce n'est pas donné à entretenir, mais les gens aiment le fait qu'elle soit si douce qu'ils n'ont pas besoin de tapis de yoga. Nous fermons la cour vers midi. Il fait trop chaud pour pratiquer dehors en été et de toute façon, l'herbe a besoin de se reposer entre les cours, alors nous ne voulons pas encourager les gens à faire une sieste dessus, ou à déjeuner ici, ses yeux se posèrent sur les pieds manucurés d'Ella, dont les ongles étaient peints dans une teinte pastel de lilas. *Mon Dieu, même ses pieds sont mignons.* C'est vraiment agréable de vous revoir, Ella.

- Oui, c'est la même chose pour moi, dit Ella d'une voix douce. J'ai contacté la thérapeute dont vous m'aviez parlé. Vous aviez raison, elle est douée. Je me suis sentie beaucoup plus à l'aise avec elle qu'avec mon thérapeute précédent, elle hésita un instant, réfléchissant visiblement à ce qu'elle allait partager. Je prends des antidépresseurs depuis presque cinq mois maintenant. Il m'a fallu beaucoup de temps avant de remarquer une légère différence, mais je me sens mieux depuis peu, et je suis même sortie en public avec mon assistant. Je sais que cela n'a l'air de rien, mais cela m'a vraiment fait du bien et j'essaie donc de sortir davantage de mon appartement et de faire d'autres choses que travailler. La douleur est toujours là, et Helena me manque énormément, mais le pire de l'anxiété a disparu, et j'ai l'impression de pouvoir à nouveau faire face, vous savez ?

Cam acquiesça.

- Je sais.

- Et puis, poursuivit Ella, cette semaine, pour la première fois depuis des années, j'ai ressenti le besoin de voir quelqu'un, elle se mordit la lèvre nerveusement et Cam put voir ses joues rougir. Je voulais *vous* voir, elle resta silencieuse pendant un moment. Theresa savait déjà pour vous parce que nous avions parlé de ce matin-là lors de nos séances, et c'est elle qui a en quelque sorte abordé le sujet, Ella reporta son attention sur son café et, une fois de plus, Cam fut étonnée de voir à quel point la célèbre et toujours extravertie Ella Temperley à l'écran était timide. Alors me voilà.

- Je suis contente que vous soyez venue. J'ai beaucoup pensé à vous, je me demandais comment vous alliez.

Sans réfléchir, elle tendit la main à Ella. Elle était chaude dans la sienne, et pendant un instant, il lui sembla tout à fait naturel de la tenir. Cam secoua la tête et retira sa main lorsqu'elle réalisa ce qu'elle faisait, mais Ella la garda encore un moment avant qu'elle ne glisse hors de sa prise.

- Je me suis posé la même question, Ella but une nouvelle gorgée de son café et posa la tasse dans l'herbe. Je suis désolée d'être en retard d'une demi-année pour vous rendre vos affaires. Je ne sais pas trop pourquoi je suis ici. Je veux dire, à part pour vous remercier et vous rapporter vos vêtements. Mais je me souviens m'être sentie à l'aise avec vous. Pour une raison que j'ignore, j'ai souvent porté votre sweat à capuche et cela m'a donné un sentiment étrange de confort, si cela a un sens. Cela me dérangeait de ne pas me rappeler à quoi vous ressembliez. Toute cette semaine et surtout ce jour-là, c'était un peu flou et maintenant que je vous ai revue, vous êtes...., elle leva les yeux vers Cam, essayant de ne pas se laisser aspirer par ses yeux sombres, car ils lui faisaient quelque chose qu'elle n'arrivait pas à comprendre. Tu es..., Cam attendait qu'Ella termine, mais au lieu de cela, elle remit sa casquette sur sa tête, cachant le rougissement qui s'était installé sur ses joues. Tu es très gentille, dit-elle finalement. Et j'aimerais vraiment qu'on se revoie un jour, à moins que tu ne sois occupée ou que tu ne veuilles pas. Ce n'est pas grave si tu ne veux pas, je comprendrai.

- Bien sûr que j'aimerais te revoir, Cam adressa un sourire chaleureux à Ella pour tenter de la calmer. Quelque chose la rendait manifestement nerveuse. Peut-être qu'Ella n'avait tout simplement pas l'habitude de parler à d'autres personnes que son équipe et ses coacteurs. Tu peux te joindre à nous pour le prochain cours de yoga si tu as le temps avant ta réunion ? Comme je l'ai dit, quelqu'un s'est désisté.

- Non, pas maintenant, je dois bientôt rencontrer mon directeur. Mais j'aimerais bien essayer un jour, Ella reporta son regard sur les jambes de Cam.

Elle portait des collants de course qui révélaient une longue cicatrice sur sa jambe gauche. Puis elle regarda le pied de Cam. La moitié de son ongle de pied avait repoussé, mais à un angle étrange, créant une cicatrice triangulaire sur son orteil.

- Oh, mon Dieu. Est-ce que ça vient de... ?, elle tendit la main pour toucher la cicatrice, en faisant glisser son doigt le long de celle-ci. Je suis vraiment, vraiment désolée.

- Ne t'inquiète pas, ça ne fait pas mal du tout et d'ici un an, tu ne pourras même plus le voir, Cam plaça sa main sur celle d'Ella qui reposait sur sa jambe. Vraiment, ça va.

- Mais je suis quand même désolée, Ella sembla troublée en se levant et en tendant à Cam sa tasse vide. Il faut que j'y aille. Merci pour le café, elle se balança nerveusement d'un pied sur l'autre, tapant quelque chose sur son téléphone. Pourrais-je euh... avoir ton numéro ?

- Certainement, Cam se leva aussi, pris le téléphone d'Ella et ajouta son numéro, remarquant qu'Ella l'avait enregistrée sous le nom de 'Camila'. Tu te souviens de mon nom.

- Bien sûr. Ella remit son téléphone dans son sac. C'est un nom inhabituel, du moins pour la Californie.

- Je suppose que c'est le cas. Ma mère était espagnole.

- Oh, c'est vrai. Ta mère..., la voix d'Ella s'éteignit, son expression changeant au fur et à mesure qu'elle se souvenait de leur conversation au petit déjeuner ce matin-là.

- Oui. Elle était originaire de Séville, mais elle a grandi ici, Cam avait entendu le léger tremblement dans la voix d'Ella et changea rapidement de sujet. Quoi qu'il en soit, mon téléphone est dans le bureau, mais si tu m'appelles ou si tu m'envoies un message, j'aurai aussi ton numéro.

- D'accord, je le ferai, Ella la suivit à travers le bâtiment et protesta lorsque Cam lui ouvrit la porte d'entrée et sortit. Oh, tu n'as pas besoin de m'accompagner jusqu'à ma voiture, ça ira.

- Je sais. Mais j'en ai envie, Cam se maudit d'avoir été chevaleresque.

Elle n'essayait pas de charmer Ella, n'est-ce pas ? Parce qu'Ella avait besoin de soutien, pas de quelqu'un qui allait la regarder d'une manière autre qu'amicale. Cependant, elle ne pouvait pas nier que le fait de revoir Ella l'avait excitée et que sa présence faisait des choses inattendues à son corps.

À côté de son SUV noir, Ella scruta le parking à la recherche de badauds ou de photographes. Quand elle ne vit personne, elle réduisit la distance qui les séparait et serra Cam dans ses bras. Cam posa une main sur le dos d'Ella, caressant ses longs cheveux blonds qui dépassaient de sa casquette. L'odeur de l'eau salée avait été remplacée par celle de l'huile de coco et son parfum était léger et fruité. C'était vraiment bon de la prendre dans ses bras. - Merci d'être passée, Ella. J'aimerais beaucoup te revoir.

- Moi aussi. Je t'appellerai, Ella monta dans son SUV et baissa la vitre teintée. Hé Cam ? Ton amie, Vanya..., elle hésita, le regard incertain. Elle ne sait pas ce qui s'est passé, n'est-ce pas ? C'est juste qu'elle n'avait pas l'air surprise de me voir.

- Non, elle ne le sait pas, Cam se pencha par la fenêtre, posant son coude sur le toit de la voiture et adressant à Ella un sourire rassurant. Je n'ai rien dit à personne et Vanya était juste professionnelle, elle gloussa. Ça, ou alors elle ne t'a vraiment pas reconnue. Elle a un visage incroyablement impassible que même moi je n'arrive pas à voir parfois, mais elle a eu une petite crise d'excitation.

- Oh. Désolée, je ne voulais pas supposer que tu lui avais dit.

- Ce n'est pas grave. Je vais inventer quelque chose pour nourrir son appétit pour les ragots, Cam recula d'un pas et lui fit un signe de la main. À bientôt, Ella.

- Oui, à bientôt.

Ella s'assit sur le siège du conducteur et regarda Cam entrer, encore un peu empourprée par l'étreinte. Elle était à la fois frustrée et reconnaissante pour toutes les choses qu'elle n'avait pas dites. Pourquoi était-elle partie si brusquement ? Sa réunion n'avait lieu que cet après-midi et Cam n'était pas pressée. Il y avait tant de choses qu'elle aurait voulu demander, mais quelque chose l'avait complètement déstabilisée. Elle n'avait aucune idée de ce qu'elle attendait de leurs retrouvailles ; elle n'avait même pas été sûre que Cam serait là jusqu'à ce que la réceptionniste la conduise à son studio, et elle ne s'attendait certainement pas à se sentir aussi bouleversée en la revoyant. Ce n'était pas seulement le fait que tout lui était revenu en mémoire. Ella ne pouvait pas nier que cela avait joué un rôle important dans son débordement émotionnel, mais elle savait que la raison principale était la gratitude qu'elle ressentait envers Cam, pour lui avoir sauvé la vie. Sans elle, elle ne serait pas là aujourd'hui. Cam était la même femme douce et attentionnée dont Ella se souvenait, mais elle l'avait vue sous un jour totalement nouveau. Elle l'avait vue au travail et en charge, faisant clairement ce qu'elle aimait le plus. Elle l'avait vue avec un regard neuf, insensible aux profondeurs de sa dépression, à une gueule de bois mortelle, à un terrible mal de tête et à l'horreur de ce qui s'était passé tôt ce matin-là. Et elle a vu que Cam était très, très séduisante. Ses cheveux noirs étaient coupés court, légèrement plus longs sur le devant. La façon dont ils dansaient devant ses yeux bruns et autour de ses pommettes hautes lorsqu'elle bougeait était enjouée, et son large sourire reflétait son côté insouciant. Elle avait l'air androgyne d'une manière très mignonne et la petite fossette qui apparaissait sur sa joue gauche lorsqu'elle souriait n'était pas passée inaperçue non plus. Sa peau était hâlée et douce et son corps... Ella ne pouvait que deviner à quoi elle ressemblait sous ses collants de course et son sweat à capuche, mais elle en avait vu assez pour savoir que Cam était très en forme.

Il n'était pas étrange qu'elle n'ait pas remarqué son apparence la dernière fois, pensa Ella, compte tenu de l'état dans lequel elle se trouvait à ce moment-là. Mais il était étrange qu'elle tremble encore sur son siège. Les gens l'affectaient rarement de cette façon. Elle avait rencontré la plupart des célébrités d'Hollywood au moins une fois, et elle s'était mêlée aux magnats des médias et aux artistes qu'elle admirait, mais jamais elle n'avait tremblé. *Tu es magnifique.* Elle avait failli le dire. *Dieu merci, je ne l'ai pas fait.*

Ella ferma la fenêtre, serra les mains autour du volant et murmura un juron silencieux. L'odeur de Cam l'avait troublée dès qu'elles s'étaient enlacées. C'était le même parfum d'agrumes frais qu'elle avait essayé désespérément de retenir lorsqu'elle portait le sweat à capuche de Cam, en s'assurant qu'elle n'appliquait jamais aucun produit elle-même. Ce n'était pas la première fois qu'elle se sentait instantanément attirée par une femme et elle se doutait bien que ce ne serait pas la dernière, mais cela faisait longtemps qu'elle n'avait pas ressenti un tel frémissement au fond d'elle-même. *Est-elle homosexuelle ?* Cette pensée lui donna un autre frisson, car son instinct lui disait qu'y avait de fortes chances qu'elle le soit. Elle n'avait pas ressenti grand-chose depuis la mort d'Helena, jusqu'à aujourd'hui. Elle se ressaisit, comme elle le faisait toujours et c'est alors qu'elle leva les yeux et vit un homme avec une énorme lentille dans une voiture garée un peu plus loin.

- Connard, dit-elle à voix haute avant de pousser un long soupir de frustration.

Comment avait-elle pu le rater ? Il ne pouvait pas la voir à travers les vitres teintées, mais elle devinait qu'il était là depuis le début, prenant des photos d'elle retournant à la voiture avec Cam. L'avait-il suivie depuis la maison ? Si elle sortait de la voiture et l'affrontait, il inventerait sûrement une histoire sur le fait qu'elle était ivre et agressive, et elle n'allait pas lui donner cette satisfaction. Pour l'instant, il n'avait rien d'autre qu'une actrice sortant d'un studio de yoga, et il n'y avait pas d'argent à en tirer.

Avant, Ella était douée pour se jouer d'eux, pour transformer les gros titres en excellentes relations publiques pour elle-même. Elle s'en amusait même parfois, mais maintenant, elle détestait ces sangsues qui essayaient désespérément de documenter sa misère et de la vendre au plus offrant. Combattre les paparazzis était un jeu que l'on ne pouvaitt pas gagner, et elle ne le savait que trop bien. Pendant un instant, elle fantasma sur le fait de s'écraser sur sa Mercedes, mais au lieu de cela, elle démarra le moteur et partit, prétendant ne pas l'avoir vu.

Chapitre Onze

Qu'est-ce que c'était que ça ?

Vanya fixa longuement Cam lorsqu'elle rentra au bureau et s'assit derrière son bureau pour vérifier les réservations et les annulations. Cam essaya de ne pas rire de son amie qui n'était pas capable de cacher sa surexcitation.

- Qu'est-ce que c'était quoi ?

Elle ignora la crise dramatique de Vanya et ouvrit son agenda et sa boîte mail. Elle avait besoin de temps pour trouver une excuse crédible, mais elle n'arrivait pas à réfléchir. Voir Ella aujourd'hui l'avait affectée de manière inattendue, et elle se sentait un peu bizarre à l'intérieur.

- Sérieusement ?, Vanya fit rouler sa chaise vers Cam, la poussa à sortir de sa fausse concentration et fit de grands gestes en direction de la machine à café où Cam et Ella s'étaient tenues une demi-heure avant. Tu vas sérieusement faire comme si c'était tout à fait normal que tu viennes ici avec Ella Temperley et que tu lui prépares un café ? Et je suis censé faire quoi ? Faire comme si rien ne s'était passé ? Mon Dieu, si tu me l'avais dit, j'aurais nettoyé la machine parce qu'elle était sale !, s'écria-t-elle à moitié, se couvrant le visage de ses mains par pure gêne.

Cam soupira et se tourna vers Vanya.

- Alors tu l'as reconnue ?

- Bien sûr que je l'ai reconnue, elle était là, devant moi, en train de me parler. Pourquoi tu ne m'as pas dit que tu la connaissais ? Tu sais que je suis une fan et surtout...,Vanya fit une pause pour donner de l'effet. Pourquoi t'a-t-elle apporté ce sac de pressing ? Avec *tes* vêtements dedans ? Elle souffla. Comment as-tu pu garder ça pour toi, Cam ? Tu sais que j'adore les ragots et qu'il n'y en a pas de plus gros que ça.

- Calme-toi Vanya, ce n'est pas très important. Elle est gentille, c'est tout. Je n'ai pas couché avec elle si c'est ce que tu insinues. Cam remarqua soudain que le sac du teinturier se trouvait maintenant à côté du bureau de Vanya. Hé, est-ce que tu as fouillé dans mes affaires ?

Vanya leva les bras en l'air.

- Je suis désolée. Je devais enquêter, puisque tu as claire-ment cessé de partager des choses avec moi, dit-elle, sa voix reflétant son expression blessée qui était un peu trop exagérée pour paraître authentique.

- Comme je l'ai dit, ce n'est pas très important. On s'est juste rencontrées sur la plage et on a discuté.

Cam avait commencé à s'inquiéter de cette situation depuis le moment où elle avait présenté Ella à Vanya. Vanya était analytique et logique dans sa façon de penser. Cela faisait d'elle un excellent manager, mais aussi une interrogatrice très douée. Elle ne laissait pas passer les choses tant qu'on ne lui présentait pas une explication qui avait du sens pour elle, et comme effet secondaire malheu-reux de cela, il était pratiquement impossible de mentir à Vanya. Cam ne l'avait d'ailleurs jamais fait. C'était la première fois, et bien qu'elle en ressente une certaine culpabilité, ce petit mensonge n'était rien comparé au secret d'Ella, qu'elle s'était juré d'emporter dans sa tombe.

- Alors pourquoi a-t-elle ramené tes vêtements ?, Vanya poursuivit, étudiant attentivement Cam à la recherche d'un quelconque signe de nervosité.

- Parce qu'il a commencé à pleuvoir et qu'elle était mouillée, je lui ai prêté quelques-uns de mes vêtements pour rentrer chez elle. Est-ce si déraisonnable ?, Cam savait qu'il fallait rester simple dans ses explications pour que Vanya ne puisse pas y trouver de failles.

- Vraiment. Alors tu jures que tu n'as pas couché avec elle ? Je veux dire, je sais qu'elle est hétéro, bien sûr, et qu'elle a probablement un petit ami, mais ce n'est pas comme si ça t'avait déjà arrêté avant.

Cam leva les yeux au ciel.

- Cela n'est arrivé que deux fois, Vanya, et je ne savais pas qu'elles étaient mariées, d'accord ?

Elle fixa Vanya du regard. Elle n'avait aucun problème à détourner cette accusation, parce que c'était la vérité.

- Peu importe. Alors encore une fois, tu jures que tu n'as pas couché avec elle ? Parce que tu sais que ça ferait la une des journaux, non ? Ella Temperley devient gay pour un professeur de yoga local ? Ella Temperley impliquée dans une relation lesbienne torride ? Ella Temperley...

-Arrête, je te jure que je n'ai pas couché avec elle, d'accord ?

Cam lui coupa la parole. Elle n'était pas fâchée contre Vanya ; elle aurait été curieuse aussi si ça avait été l'inverse, mais elle voulait clore le sujet pour protéger la vie privée d'Ella.

- D'accord.

Vanya se pinça les lèvres et se tourna à nouveau vers la

feuille de calcul sur son écran, montrant clairement qu'elle était encore un peu blessée de ne pas avoir été informée juste après qu'Ella ait quitté sa maison. Cam poussa un léger soupir de soulagement, puis se crispa à nouveau lorsque Vanya fit pivoter sa chaise pour lui faire face. *Bon sang. Pourquoi ne peut-elle pas lâcher l'affaire ?*

- Quand est-ce que cette soi-disant rencontre aléatoire sous la pluie a eu lieu ? Quand l'as-tu rencontrée ?

- Hier, mentit encore Cam, remerciant sa bonne étoile qu'il ait plu la veille. Et j'allais te le dire, mais j'étais occupée ce matin.

- Oh, Vanya acquiesça, semblant mieux accepter l'explication maintenant. Elle resta silencieuse pendant une minute ou deux, le temps de ruminer, puis lança un nouvel arsenal de questions à Cam. Alors, de quoi avez-vous parlé ? Comment est-elle ? Vous allez vous revoir ? Je peux venir ?

Chapitre Douze

Parlez-moi de vos retrouvailles avec Cam, dit Theresa en ouvrant son bloc-notes.

Ella s'installa confortablement et sourit.

- Cam...

Elle répéta son nom et prit le temps de réfléchir à la question. Cela faisait une semaine qu'elles ne s'étaient pas vues. Pendant ce temps, Ella avait passé de longues journées sur le plateau, mais elle avait constamment pensé à elle entre les scènes. Elle avait été à deux doigts de lui envoyer un message à plusieurs reprises, mais elle ne savait pas quoi dire. Cela semblerait-il trop intime si elle invitait Cam à dîner ? Serait-ce trop impersonnel si elle lui proposait de prendre un café ? Faire une promenade ensemble serait-il bizarre ? Que faisaient les gens qui voulaient se faire de nouveaux amis ? Toutes ces choses qui venaient d'ordinaire naturellement à Ella étaient un mystère pour elle aujourd'-hui. Elle n'avait pas été elle-même depuis si longtemps qu'elle en avait oublié ce que ça faisait. Elle remettait en question chacun de ses gestes, comme si elle attendait un scénario qui ne viendrait jamais, et elle avait oublié comment être tout simplement.

- C'était bien, mais... très différent de ce à quoi je m'attendais, je suppose, dit-elle finalement.

- Différent ? En quoi ?

- Différent dans le sens où c'était beaucoup plus émouvant que ce que je pensais. J'ai pleuré quand je l'ai prise dans mes bras pour la première fois, et elle aussi. Je... je ne sais pas. C'était juste un peu bouleversant. On a pris un café à son studio de yoga, et on a parlé. Je ne suis pas restée longtemps parce que..., Ella soupira. Elle n'avait jamais parlé de sa sexualité avec quelqu'un d'autre qu'Helena et cela lui faisait peur de le dire à voix haute. Jusqu'à présent, ses séances avec Theresa avaient surtout tourné autour d'Helena et de sa mère. Parce que je me sentais attirée par elle, dit-elle finalement. Et j'ai été choquée, je suppose, parce que je ne l'avais vraiment pas vu venir.

Theresa ne sourcilla pas, bien sûr. Elle ne l'avait jamais fait. Au lieu de cela, elle fit un doux sourire à Ella et écrivit quelque chose sur son bloc-notes. Ella avait demandé à voir ce qu'elle écrivait une fois, et Theresa le lui avait montré. Ce n'était rien de spécial, juste un résumé de ce dont elles avaient discuté et quelques mots de jargon qu'elle ne comprenait pas mais que Theresa était heureuse d'expliquer. Après cela, la prise de notes ne l'avait plus dérangée.

- En quoi vous êtes-vous sentie attiré par elle ?, demanda Theresa.

- Sexuellement, dit Ella, en baissant la voix presque jusqu'au murmure, comme si elle partageait un secret obscène.

Elle se tripota nerveusement les ongles. Le regard de Theresa s'abaissa un instant sur les mains agitées d'Ella, puis se posa à nouveau sur ses yeux.

- Avez-vous déjà été attirée sexuellement par des femmes ?

- Oui, je crois que je l'ai toujours été.

À présent, les mains d'Ella tremblaient pendant qu'elle parlait. *Pourquoi était-ce si effrayant d'en parler ?* Theresa était sa thérapeute, et ce qu'elle lui disait ne sortirait jamais de ce bureau. Au fond d'elle-même, Ella savait pourquoi elle était terrifiée. Le fait de le dire à voix haute et d'en discuter avec Theresa le rendait réel, et cela signifiait qu'elle devrait y faire face à un moment ou à un autre.

- Parlez-moi de ça.

- Je..., Ella prit un moment pour fouiller mentalement dans son passé. Il y avait tant de choses qu'elle avait enterrées. Tant de filles qu'elle avait chassées de sa mémoire. Je crois que j'ai su quand j'avais environ quatorze ou quinze ans. J'avais le béguin pour une co-star. Nous étions amies sur le plateau, mais elle était bien plus que ça pour moi. Elle secoua la tête. Avec le recul, je ne pense pas que ce n'était qu'un coup de foudre. Je pense que j'étais amoureuse d'elle. C'était si profond que je pleurais parfois jusqu'à m'endormir parce que je ne savais pas quoi faire. Ce sentiment a duré plus d'un an, jusqu'à ce qu'elle tombe follement amoureuse d'un garçon et n'arrête pas de parler de lui. Ça m'a brisé le cœur.

- Et après elle ?, demanda Theresa.

- Il y en a eu d'autres après elle. J'ai été attirée par d'autres femmes au fil des ans, mais je n'ai jamais agi en fonction de mes sentiments, même si j'en ai toujours eu envie. Cela fait longtemps que je n'ai pas ressenti ce genre d'attirance.

- Et les hommes ? Avez-vous déjà ressenti quelque chose pour un homme ?

Ella haussa les épaules.

- J'ai eu des petits amis quand j'étais plus jeune. Ma mère, et plus tard mon nouveau manager, me proposaient parfois des rendez-vous. Ils disaient que c'était bon pour mon image d'avoir des gens qui spéculaient sur des romances avec des co-stars pour ma propre popularité, ou pour promouvoir un film. Mais non, je n'ai jamais été amoureuse d'un garçon ou, plus récemment, d'un homme.

- Avez-vous déjà eu des relations sexuelles avec un homme ?

- Oui, Ella se sentit presque malade au souvenir des quelques fois où elle avait fait l'amour avec un homme. Mais je n'ai jamais aimé ça. Je n'ai pas été forcée, ne vous méprenez pas, mais je n'ai jamais eu envie de faire l'amour avec des hommes non plus, elle se racla la gorge. Je ne sais pas trop pourquoi je l'ai fait. Peut-être que j'essayais vraiment d'être normale.

- Considérez-vous que le fait d'être homosexuel est anormal ?

- Non, mais je pense que c'était le cas quand j'étais plus jeune. Il était inhabituel d'être lesbienne à Hollywood lorsque j'étais adolescente. Les choses ont changé bien sûr, mais même aujourd'hui, les acteurs et actrices gays n'obtiennent pas de grands rôles, même si l'on dit que l'on joue pour une bonne raison.

- C'est la raison pour laquelle vous êtes restée discrète ? À cause de votre carrière ?

- Je ne sais pas... Je pense que oui.

Theresa acquiesça.

- Et vous n'en avez jamais parlé à personne ?

- J'en ai parlé à Helena. Elle était également homosexuelle, mais beaucoup plus courageuse que moi. Lorsque nous étions enfants, nous travaillions le plus souvent sur les mêmes plateaux de tournage, jouant dans des publicités et des émissions télévisées, de sorte que nous avons été témoins de nos béguins respectifs au fil des ans et que nous nous sommes soutenues mutuellement. Elle a fait son coming-out après avoir quitté l'industrie du cinéma. Pas au monde entier, mais à moi et à notre mère, et à ses amis, Ella sentit les larmes lui monter aux yeux en pensant aux discussions qu'elles avaient au téléphone tard dans la nuit, après qu'Helena soit partie étudier l'architecture à New York. Elle dévorait chaque mot qu'Helena prononçait sur les filles qu'elle fréquentait, s'imaginant un jour faire la même chose. Je n'ai jamais eu le courage de faire mon coming-out avec elle, car mon travail a toujours été ma priorité.

- Et maintenant ? Votre travail est-il toujours votre priorité ?

- Je pense que oui. Je n'ai vraiment rien d'autre.

- Votre travail vous rendait-il heureuse avant la mort d'Helena ?

- Je suppose que oui, Ella déglutit difficilement. Leur conversation prenait une tournure tout à fait différente de leurs sessions habituelles, et elle ne s'attendait pas à commencer à réévaluer toute sa vie aujourd'hui. Je ne connais rien d'autre. Je n'ai jamais été malheureuse avant, jusqu'à la mort d'Helena, donc je suppose que cela signifie que je ne détestais pas le métier d'actrice. Je ne le déteste toujours pas ; c'est juste que je ne ressens plus les choses comme avant, et parfois j'ai peur que cela fasse de moi une mauvaise actrice. Je suis maintenant très mal à l'aise sur le plateau, et ce n'est pas une situation agréable.

Theresa acquiesça.

- D'accord. Nous y reviendrons une autre fois. Revenons à votre rencontre avec Cam pour aujourd'hui parce que, comme vous l'avez dit, vous avez ressenti quelque chose et c'est un bon début. Avez-vous accepté de vous revoir ?

- Oui. J'ai dit que je l'appellerais.

- Et vous avez l'intention de le faire ?

Ella acquiesça et sourit.

- C'est tout ce à quoi je peux penser.

Chapitre Treize

Ce cours était une saloperie, Cam. Je suis épuisée, Vanya s'assit derrière son bureau et avala la moitié d'une bouteille d'eau avant d'essuyer la sueur sur son front. Maintenant, j'ai besoin d'une douche et je n'ai même pas apporté de serviette. C'était facile avant, qu'est-ce qui m'est arrivé ?

- Ce qui t'est arrivé, c'est que tu n'as pas suivi un seul cours en trois semaines. Voilà ce qui s'est passé, Cam la regarda avec un simulacre de reproche. Tu vas t'y remettre en un rien de temps, bien sûr que tu es fatiguée, tu as été paresseuse, chérie, la réprimanda-t-elle d'un ton effronté. Ce n'est pas étonnant que tu te sentes fatiguée au lieu d'être pleine d'énergie.

- Oui bon, j'ai été très occupé par le travail et les préparatifs du mariage. Ça me stresse, Vanya leva les yeux au ciel. Le mariage bien sûr, pas le travail.

- Détends-toi. Il te reste dix semaines et la salle est réservée, n'est-ce pas ?, Cam but une gorgée de son jus vert. Toujours pas de chance de trouver un organisateur de mariage, alors ?

-Non, Vanya soupira. Tous les organisateurs spécialisés dans les mariages entre Indiens et Américains sont complets et je n'oserais pas demander à n'importe quel autre organisateur de mariages. Ils démissionneraient dès la première semaine après avoir rencontré ma belle-mère. Rien n'est jamais assez bien pour elle.

Cam rit.

- Qu'elle s'en occupe alors, si elle est si experte.

- Oui, tout à fait. Et avoir mille cinq cents invités que je ne connais pas qui assistent à nos vœux ? Cinq cents, c'est déjà assez fou comme ça. J'ai demandé à Greg de dire à sa mère de se calmer un peu et crois-moi, il a essayé. Mais comme c'est sa famille qui paye le mariage, ce n'est pas comme si nous pouvions les exclure. Et mon père et ma mère n'aident pas vraiment non plus. En fait, ils apprécient ses parents et m'ont dit d'être plus respectueuse envers sa mère, tu peux y croire ? Je n'ai été que gentille avec cette femme. Je fais tout pour elle, et Sour-Face est toujours aussi ingrate.

- Sour-Face ? C'est comme ça que tu appelles la mère de Greg derrière son dos ?

- Bien sûr que je l'appelle comme ça, c'est tout à fait logique. Qui d'autre a une tête de tonnerre et me fait chier depuis que je l'ai rencontrée ?

- C'est un nom génial, dit Cam après y avoir réfléchi. Il lui va bien.

Elle fit rouler sa chaise vers le bureau de Vanya et passa un bras autour de son épaule. Elle était désolée pour elle, mais ce n'est pas comme si Vanya n'avait pas su exactement dans quoi elle s'embarquait. Cela faisait des années qu'elle se plaignait de la mère de Greg, et même Cam, qui n'avait rencontré cette femme que deux fois, avait pu constater de visu qu'elle était autoritaire et dominatrice. Avec trop de temps à perdre, un seul enfant, un mari qui n'était jamais à la maison et assez d'argent pour nourrir un petit pays, Sour-Face n'était pas une personne agréable à fréquenter.

- Je sais que c'est mal vu de s'enfuir, mais tu ne veux pas aller à Vegas pour en finir ?, Cam plaisanta. Et puis, elle ne te parlera plus jamais, tu n'auras plus l'impression de lui devoir quoi que ce soit et tous tes problèmes seront résolus.

- Je ne peux pas faire ça à Greg, il veut vraiment un mariage avec notre famille et nos amis, Vanya dit cela très sérieusement, comme si elle avait vraiment envisagé l'idée. J'aimerais juste ne pas avoir à m'inquiéter de ce genre de choses, elle s'enfonça un peu plus dans sa chaise et posa sa tête sur l'épaule de Cam. Mais je l'aime et il fait partie du paquet que j'ai décidé d'accepter.

- Un ensemble très riche, puissant et plein d'opinions.

- Oui, c'est ce que c'est. Je vais me taire et me mettre au travail. Cet après-midi, je vais chercher des lieux potentiels pour un nouveau studio de yoga dans le centre-ville. Une fois que j'aurai réduit ma sélection, nous pourrons voir ensemble les meilleures options quand tu auras le temps.

- Bon sang, tu ne tournes pas autour du pot, n'est-ce pas ? Je ne t'ai parlé de cette idée que la semaine dernière.

Cam se retournait et se dirigeait vers son bureau lorsqu'elle entendit son téléphone vibrer. Elle se mordit la lèvre, essayant de ne pas sourire lorsqu'elle vit qu'elle avait un message d'Ella.

« *Bonjour, c'est Ella. Tu es occupée ce soir ? Voudrais-tu qu'on se rencontre et si oui, connais-tu un endroit discret en ville ?* »

Cam n'eut pas à y réfléchir à deux fois. Même si elle avait eu des projets, ils seraient annulés à l'heure qu'il est.

« *Non, je suis libre. Tu veux venir dîner chez moi ? C'est très discret.* »

Elle grimaça en l'envoyant, se demandant s'il n'était pas trop personnel d'inviter Ella chez elle, ou si cela ne lui rappellerait pas de mauvais souvenirs. Elle laissa enfin échapper le souffle qu'elle retenait lorsque son téléphone s'alluma à nouveau.

« *Un dîner chez toi semble super ! Sept heures, ça te va?* »

Elle tape rapidement une réponse : « *7, c'est parfait. On se voit à ce moment-là.* »

- Hé, je connais ce regard. Qui est-ce ?

- Personne, dit Cam avec un peu trop de désinvolture.

- Menteuse !, Vanya sourit en se levant et en se penchant au-dessus de l'épaule de Cam pour lire le message. Dîner à sept heures, hein ? Tu as un rendez-vous ?

Cam était reconnaissante de ne pas avoir encore sauve-gardé le numéro d'Ella, ce qui faisait qu'il n'y avait pas de nom au-dessus des messages.

- Non, ce n'est pas un rendez-vous. Juste une nouvelle amie.

- Une nouvelle amie comme Ella Temperley ?, Vanya frappa ses mains l'une contre l'autre lorsque Cam ne put cacher son rougissement. Haha ! Je savais qu'il y avait quelque chose entre vous deux ! Je l'ai dit à Greg hier et il était convaincu que j'inventais, mais...

- Tu l'as dit à Greg ?, les yeux de Cam s'écarquillèrent. Vanya, c'est une affaire privée, tu comprends ? Tu ne peux en parler à personne, y compris à ton fiancé, d'accord ?

Le sourire de Vanya s'évanouit lorsqu'elle réalisa que Cam était sérieuse. Cam se mettait rarement en colère.

- Je suis vraiment désolée. Je n'ai pas réalisé... Je n'ai pas..., balbutia-t-elle. Eh bien, je crois que j'ai juste pensé que c'était une aventure et...

- Même s'il s'agissait d'une aventure, ce qui *n*'est *pas* le cas, dit Cam en articulant le dernier mot, Ella a droit à sa vie privée. Elle n'en a déjà pas beaucoup comme ça, alors tu dois faire attention. Et encore une fois, nous ne sortons pas ensemble et non, je n'ai pas couché avec elle, Cam se sentit coupable en voyant l'expression de Vanya et lui prit la main. Écoute, je suis désolée de m'être emportée, mais c'est important.

Vanya acquiesça et serra la main de Cam.

- Je suis désolée. Je ne dirai rien à personne.

- Merci, Cam se leva et la serra dans ses bras. Je t'aime, Vanya, mais je ne peux pas parler de ça. Pouvons-nous revenir au sujet de ton mariage et de ta future belle-mère autoritaire et grossière ?, elle fut soulagée de voir Vanya sourire à nouveau.

- S'il te plaît, non. Je pense qu'il faut que je bloque tout ça et que je laisse les choses suivre leur cours, sinon j'aurai l'air d'avoir dix ans de plus le jour de mon mariage, Vanya montra les deux serviettes posées sur une chaise derrière le bureau de Cam. Je peux en emprunter une ? J'ai besoin de me rafraîchir avant de rencontrer l'agent immobilier.

Sans attendre de réponse, elle s'empara d'une des serviettes, puis commença à fouiller dans les tiroirs de Cam.

- Bien sûr, vas-y. Il y a aussi du gel douche et du shampoing dans le..., Cam se retourna et trouva Vanya qui les tenait déjà, ainsi que sa lotion corporelle et son rasoir. C'est comme ça que je me débarrasse si vite de mon shampoing., elle fronça les sourcils. Et tu utilises toujours mon rasoir ?

Vanya lui lança un regard innocent.

- Parfois. Juste pour mes jambes, ajouta-t-elle rapidement avec un sourire.

- D'accord..., Cam marqua une pause. C'est un peu intrusif, tu ne crois pas ? J'espère que tu n'utilises pas aussi ma brosse à dents ?, elle haleta en voyant le haut de sa brosse à dents dépasser de la serviette, mais elle ne put que secouer la tête et rire. Sérieusement, Vanya..., elle tendit la main et attendit que Vanya la lui rende, des limites.

Chapitre Quatorze

— **M**erci de m'avoir invitée, dit Ella en entrant et en regardant la maison de plage de Cam, étudiant les photos sur les murs et les souvenirs de voyage de Cam.

Elle avait l'impression de tout voir pour la première fois. Le salon était décoré dans des couleurs neutres, principalement des gris et des blancs, avec des touches de bleu en référence à la plage. Le sol en bois était blanchi, partiellement recouvert d'un grand tapis bleu et blanc noué à la main sous la table basse et le canapé, qui faisaient face à la terrasse et à l'océan. La cuisine ouverte comportait des armoires en bois peintes en gris clair et un grand îlot de cuisson qui séparait la cuisine du salon, avec d'un côté quatre hauts tabourets de bar modernes blancs. L'un des murs était recouvert d'étagères contenant une sélection de polars, de livres de cuisine et de livres sur le yoga. Un meuble situé sous les étagères était rempli de plantes et d'orchidées blanches, et d'autres orchidées se trouvaient sur le rebord de la fenêtre, face à l'avant de la maison, là où se trouvait la petite allée. Ella aimait les rideaux de lin blanc cassé, longs jusqu'au sol, aux fenêtres et de part et d'autre des portes coulissantes qui étaient ouvertes, laissant entrer la brise marine.

- J'aurais dû t'apporter une plante ou quelque chose comme ça, mais je ne savais pas ce que tu aimais, et je ne savais pas non plus si tu buvais de l'alcool puisque tu m'as dit que tu étais un maniaque de la santé.

- Pas besoin d'apporter quoi que ce soit, je suis juste contente de te voir. J'ai assez de plantes, crois-moi. J'ai du mal à me souvenir de les arroser, et pour ce qui est de l'alcool, j'en ai assez aussi, Cam rit. Vanya a tendance à en boire la plus grande partie quand elle vient chez moi, elle garda un œil sur la cuisinière tandis qu'Ella se promenait, admirant la pièce et la vue.

- J'adore ta maison, dit Ella en passant la main sur une tapisserie bleue accrochée au mur. Je crois que je n'avais pas remarqué à quel point elle était belle la dernière fois. Je me souviens qu'elle était accueillante, mais pas aussi belle, elle ravala la boule dans sa gorge en repensant à cette matinée, mais décida que rien ne l'atteindrait ce soir et afficha un sourire courageux. Ton studio de yoga doit bien marcher si tu peux t'offrir un endroit comme celui-ci.

Cam s'esclaffa. Ella n'avait manifestement aucune idée du salaire moyen d'un professeur de yoga. Même si elle possédait cinq studios, elle n'aurait jamais pu s'offrir une maison en bord de mer à Los Angeles.

- C'était celle de ma mère. Elle l'a acheté après avoir divorcé de mon père et me l'a légué dans son testament, Cam tendit deux verres à vin à Ella et fit un geste vers le réfrigérateur, puis commença à couper du tofu en carrés sur son îlot. Ça te dérange de nous servir un verre de vin ? Ou préfères-tu quelque chose d'autre ? Un gin tonic ?, une idée lui vient alors à l'esprit, ou bien tu suis un programme ou quelque chose comme ça ? Je suis désolée, j'avais oublié que tu prends des médicaments. J'ai du thé ou du café et j'ai aussi de l'eau gazeuse si tu veux éviter la caféine.

- Non, le vin, c'est bien, la rassura Ella en se dirigeant vers le réfrigérateur, apparemment reconnaissante d'avoir quelque chose à faire. Je peux prendre un verre ou deux tant que ce n'est pas trop excessif. Je ne pensais pas que tu étais une buveuse, par contre, ses yeux se portèrent sur le ventre musclé de Cam, exposé entre le pantalon de yoga échancré et le crop top qu'elle portait sous son sweat à capuche ouvert.

- Je ne le suis pas vraiment. Mais j'aime bien boire un verre pendant que je cuisine et que je mange, et le vin blanc est la boisson que je préfère, elle prit le verre de vin plein qu'Ella lui tendait et sourit en le levant pour porter un toast. À la tienne, Ella. Merci d'être venue.

Ce qu'elle voulait vraiment dire, c'était : « Tu es sublime », mais cela aurait été déplacé. Mais Ella était vraiment superbe. Elle était vêtue d'un jean, de sandales en cuir et d'un haut noir au décolleté aguicheur, et Cam fit de son mieux pour ne pas fixer son décolleté.

Ella but une gorgée de vin tout en regardant Cam hacher les herbes et assaisonner le tofu.

- Qu'est-ce que tu prépares ?

- Juste différentes choses. Je ne savais pas trop ce que tu aimais, ni si tu étais végétalienne ou végétarienne. J'ai du tofu épicé, des légumes cuits à la vapeur, une salade, du riz brun et je vais faire griller un bar mariné à l'asiatique, Cam montra d'un geste le petit grill qui se trouvait sous le porche.

- Ça a l'air et ça sent très bon, Ella respira l'odeur d'ail et de gingembre venant de l'extérieur et ressentit quelque chose de proche du bonheur à ce moment-là. Es-tu végétarienne ?, demanda-t-elle. Je veux dire pescitarienne, se corrigea-t-elle.

Cam haussa les épaules.

- Je mange ce que je veux, mais je mange surtout végétarien à la maison. C'est quelque chose que je fais depuis des années. Je ne mange pas vraiment de viande, sauf si quelqu'un a fait l'effort de la cuisiner pour moi, mais je mange du poisson de temps en temps. Je fais toujours tout à partir de zéro et j'utilise des produits élevés en plein air et sans produits chimiques. Ce n'est pas difficile ; j'aime cuisiner, alors cela ne me dérange pas de faire des efforts, elle leva les yeux de sa besogne et sourit lorsqu'elle croisa le regard d'Ella. Tu cuisines ?

Ella baissa les yeux, légèrement gênée.

- Non. Mais seulement parce que je n'ai jamais eu à le faire, alors ça ne me dérangerait pas d'apprendre. Tu veux de l'aide pour quelque chose ?

- Bien sûr, Cam désigna un bol contenant de l'ail et des oignons sur le plan de travail de la cuisine. Haches-en un de chaque pour moi, s'il te plaît, elle enleva son sweat à capuche et ouvrit les portes coulissantes donnant sur le porche, laissant entrer une autre odeur de poisson grillé et le bruit venant de la plage. Je suis désolée, je vais mettre des vêtements décents d'ici peu. C'est juste que je reçois rarement des gens, alors j'oublie de m'habiller correctement quand je le fais.

- Ne t'embête pas, ça ne me dérange pas, Ella sentit la couleur lui monter aux joues, incertaine de la façon dont cette phrase avait été prononcée. Tu ne reçois jamais d'amis ?, demanda-t-elle alors, changeant de sujet tout en attrapant un oignon et un bulbe d'ail.

- Pas souvent. J'organise un dîner pour mon équipe une fois par mois, et Vanya a tendance à s'inviter elle-même, Cam rit, elle arrive généralement sans prévenir. Sa conception de la vie privée est complètement opposée à la mienne ;

en fait, elle n'y croit pas. Mais à part ça, j'aime ma propre compagnie et en plus, je me lève généralement vers cinq ou six heures pour m'échauffer, aller nager et prendre un petit déjeuner avant de donner mon premier cours, alors je me couche tôt, Cam voulait interroger Ella sur sa vie sociale, mais elle avait le sentiment qu'il s'agissait d'un sujet sensible. Tu devrais peut-être y aller mollo sur l'ail au cas où tu filmerais une scène intime demain, plaisanta-t-elle à la place, en montrant le tas d'ail qu'Ella avait coupé en gros morceaux.

Ella rit.

- Oh, tu voulais dire que tu n'avais besoin que d'une gousse d'ail, pas de tout le reste ? Elle brandit la seule gousse encore intacte. Je pensais que tu voulais dire le bulbe entier.

Cam rit aussi, sortit un sac de congélation d'un des tiroirs et y fourra la plus grande partie de l'ail avant de le placer dans le congélateur.

- Ne t'inquiète pas, je l'utiliserai un autre jour.

Ella leva les yeux au ciel d'un air amusé.

- En fait, je filme une scène intime demain, alors merci de m'avoir prévenue. Je m'assurerai d'apporter des chewing-gums supplémentaires.

- Ah oui ?, Cam sourit. Avec qui as-tu eu une scène intime ?

- Neil Messenger.

- Vraiment ? C'est un vrai bourreau des cœurs, non ?

- Oui, soi-disant, Ella fronça les sourcils. Il y avait quelque chose dans la façon dont Cam l'avait dit qui indiquait qu'elle n'était pas le moins du monde intéressée par Neil Messenger, malgré sa réputation. Tu n'as pas l'air de t'intéresser à lui.

- Non..., Cam jeta le tofu dans la poêle à frire et le

remua avant d'ajouter les herbes, le piment, l'ail et la sauce soja. Je vois bien que c'est un joli garçon, mais je suis pas attirée pas les hommes, alors je ne peux pas dire que je le trouve sexuellement attirant. C'est bien pour toi, cependant.

Ella la regarda alors fixement. Elle ne l'avait pas fait exprès, mais la façon dont le biceps de Cam fléchissait lorsqu'elle secouait la lourde poêle l'excitait au plus haut point. Cela, et le fait qu'elle venait de lui dire qu'elle aimait les femmes, était un peu trop à digérer. Elle était complètement déstabilisée et n'avait aucune idée de ce qu'elle devait dire ensuite.

- Tu vas bien, Ella ?, la voix de Cam ramena Ella à leur conversation.

- Euh... oui, je vais bien. Bien sûr que ça va.

Ella commença à massacrer l'oignon comme si sa vie en dépendait, mais cela se retourna contre elle lorsque ses yeux ne furent pas d'accord avec l'action. Des larmes commencèrent à couler sur son visage et ce fut encore pire lorsqu'elle essaya de les essuyer avec ses mains couvertes d'oignon.

- Putain, ça fait mal. C'est normal ?

- Tout à fait normal.

Cam fit le tour de l'îlot de cuisine en riant aux éclats, et Ella ressentit une nouvelle poussée d'excitation lorsqu'elle tendit la main pour essuyer les larmes sur ses joues avant de lui tendre une serviette. La sensation des mains de Cam sur sa peau était incroyable et même après qu'elle se soit éloignée, Ella pouvait encore sentir le picotement de son contact.

- Il est clair que tu n'as jamais coupé un oignon auparavant.

- Non, je ne peux pas dire que je l'ai fait, et je ne pense pas que je le ferai à nouveau. C'est affreux, Ella se tamponne les yeux avec la serviette, un peu gênée. Elle passa ses mains sur ses joues à l'endroit où s'étaient trouvés les doigts de Cam. Est-ce que j'ai gâché l'oignon aussi, maintenant ?

Elle regarda les morceaux inégaux et grossièrement coupés sur la planche.

- Pas du tout, Cam fit un geste vers le porche, mais pourquoi ne pas laisser tes yeux se reposer ? Assieds-toi sous le porche, allume les bougies, détends-toi et j'apporterai tout dans un quart d'heure.

-Tu es une cuisinière hors pair, Ella engloutit les plats avec un grand sourire. Cette nourriture est excellente et c'est adorable ici.

Elles étaient assises l'une en face de l'autre à la table extérieure de Cam et avaient déjà discuté de sujets tels que l'industrie du cinéma, la musique et la vie à Los Angeles, et toutes deux s'étaient mises à rire et à se taquiner tout au long de leur conversation, comme si elles se connaissaient depuis des années.

- Merci, Cam posa ses baguettes et se réinstalla, buvant une gorgée de vin. La lumière des bougies couvrait tout d'une lueur chaude et douce, et si Cam avait été un tant soit peu délirante, l'atmosphère sous le porche aurait pu passer pour très romantique, avec le soleil couchant en arrière-plan. Elle n'avait finalement pas changé de vêtements. Ce n'était pas un rendez-vous galant, et elle n'avait pas besoin d'impressionner Ella. Alors, tu commences tôt demain ?

- À huit heures, dit Ella en se reprenant du poisson dans l'assiette qui se trouvait entre elles. Et toi ?

- Pareil. Mais comme tu le sais, je me lève bien avant pour faire ma propre séance de yoga sur la plage. Rien de trop difficile, juste un échauffement et des étirements, et peut-être une petite baignade.

- Ça a l'air charmant. Je peux me joindre à toi ? Je veux dire que je te paierais pour une séance de yoga privée, bien sûr. Je sais que tu es très demandée et..."

- Bien sûr que tu peux te joindre à moi, l'interrompit Cam. Mais je ne veux pas de ton argent ; ma séance de 6 heures du matin n'est pas à vendre.

- Génial, le sourire d'Ella s'élargit. Ce doit être incroyable de se réveiller ici et de pouvoir commencer sa journée comme ça. C'est un endroit très agréable. Tu l'as redécoré avant d'emménager ?

- Oui, j'ai fait quelques travaux, mais pas trop. Surtout de l'ordre de l'esthétique. Un peu de peinture, de nouveaux meubles et j'ai agrandi le porche. Pour être tout à fait honnête, je ne savais pas trop comment je me sentirais en vivant dans l'ancienne maison de ma mère, mais j'ai eu des locataires avant et ils l'avaient beaucoup transformée au fil des ans, ce qui m'a un peu aidée.

- Que faisait ta mère ?, Ella se mordit la lèvre. Je suis désolée... ça ne te dérange pas que je demande ?

- Non, pas du tout. Elle était productrice de télévision, en fait. La dernière émission sur laquelle elle a travaillé était *Beach Babes,* Cam s'esclaffa. Tu sais, ce programme de rencontres stupide.

Les yeux d'Ella s'écarquillèrent. "

- C'est trop cool. Je connais *Beach Babes*. C'était mon péché mignon.

- Vraiment ?, Cam rit encore plus fort. C'était tellement de mauvais goût.

- Je sais, mais qui n'aime pas la mauvaise télévision ?, Ella se mit une main devant la bouche. Je suis désolée, je ne voulais pas insinuer que ta mère travaillait sur de mauvaises séries télévisées, c'est juste que...

- Hé, c'est rien. C'était une bonne productrice, en fait. Une très bonne productrice de très mauvaises séries télévisées. Cette émission en particulier a eu un taux d'audience méga élevé, comme toutes les autres conneries sur lesquelles elle a travaillé.

- Vous étiez proches ?

Cam y réfléchit.

- Oui et non. Ma mère avait beaucoup de problèmes de santé mentale. Elle était bipolaire et souffrait d'anxiété sévère. Elle m'aimait, et je l'aimais, mais nous passions rarement du temps ensemble quand j'étais plus jeune. Tout tournait autour d'elle. Sa carrière, son apparence, sa vie... Si elle n'était pas au centre de l'attention, elle n'était pas heureuse, mais elle était très agréable à côtoyer lorsqu'elle était de bonne humeur. Quand elle était de mauvaise humeur, ou quand elle arrêtait de prendre ses médicaments pour une raison ou une autre, je m'assurais de rester en dehors de son chemin, Cam se pinça les lèvres, le regard lointain. Elle était extrêmement vaniteuse et dépensait beaucoup d'argent pour ses vêtements et son apparence. Je pense que sa plus grande peur était de vieillir et de perdre son apparence, mais c'est peut-être ce que le travail dans l'industrie vous fait. Elle avait des liaisons avec des hommes plus jeunes et chaque fois que mon père l'apprenait, elle menaçait de se suicider s'il la quittait. Mon père était fou d'elle, mais il n'en pouvait plus et il a fini par demander le divorce.

La main d'Ella saisit celle de Cam par-dessus la table.

- Ça a dû être dur pour toi, de grandir comme ça.

- C'était ce que c'était, mais je ne connaissais rien d'autre. Les enfants sont très résilients, et je n'ai pas été malheureuse ou maltraitée. En fait, j'ai beaucoup de bons souvenirs et j'ai toujours su qu'elle m'aimait.

Cam sentit les poils de son bras se dresser au contact de la main douce d'Ella qui recouvrait la sienne.

Ella resta silencieuse pendant un moment, regardant dans le salon où une photo encadrée d'une superbe femme brune trônait sur l'étagère.

- C'est elle ?, demanda-t-elle en faisant un signe de tête en direction de la photo.

- Oui, c'est elle. Valentina Bandera. Je tiens le nom de famille un peu moins exotique de Saunders de mon père, plaisanta Cam, mais Ella pouvait lire la douleur dans ses yeux.

- Tu lui ressembles, dit Ella.

- Nous sommes très différentes.

- Bien sûr, mais votre visage est le même. Ta structure osseuse, tes yeux et tes lèvres..., Ella sentit ses yeux descendre jusqu'à la bouche de Cam. Qu'est-ce qui lui est arrivé ?

- Elle s'est noyée. Cam quitta Ella des yeux et fixa l'océan. Juste là.

Lorsqu'elle se retourna pour la regarder, elle regretta presque de lui avoir dit la vérité car le visage d'Ella devint pâle en une fraction de seconde. Mais elle ne voulait pas lui mentir, elles avaient été tout à fait honnêtes l'une envers l'autre jusqu'à présent.

- Je suis vraiment désolée, chuchota Ella. Quand j'ai..., elle ferma les yeux un instant et prit une profonde inspiration. Je ne peux pas imaginer ce que ce matin-là a dû être pour toi. Je suis vraiment désolée de t'avoir forcée à revivre cela.

- Ce n'était pas facile, mais cela m'a donné un étrange sentiment de consolation en même temps. Même si je n'ai pas pu la sauver, au moins tu es toujours là..., Cam réussit à retenir ses larmes et prit le temps de se ressaisir avant de poursuivre. Son émission a été annulée la même année que le divorce a été prononcé. Elle a eu autant de difficultés avec l'un qu'avec l'autre, je suppose. Mon père et moi étions inquiets qu'elle arrête de prendre ses médicaments si elle vivait seule, mais elle ne voulait pas non plus que je m'occupe d'elle. Elle était déprimée à l'époque et voulait être seule. Je me suis longtemps sentie coupable. Je me disais que j'aurais dû être là pour elle, mais elle ne voulait pas de moi et je devais respecter cela. Finalement, Theresa m'a fait comprendre que je n'aurais rien pu faire et que je n'étais pas responsable d'elle. C'est pourquoi je t'ai donné son numéro. Parce qu'elle a vraiment fait la différence pour moi.

Elle rencontra les yeux d'Ella. Il faisait sombre maintenant et la lumière des bougies vacillantes se reflétait dans son regard, faisant ressortir encore plus ses grands yeux. Cam frissonna à nouveau en la voyant. *Elle est si belle.*

Ella regarda sa main et la retira un peu trop brusquement, comme si elle ne réalisait que maintenant qu'elle avait tenu la main de Cam pendant toute leur conversation.

- Je suis contente que tu m'aies donné son numéro. Elle a fait une différence pour moi aussi.

- C'est formidable, je suis très heureuse de l'entendre. Ce n'est pas toujours facile de trouver un thérapeute avec lequel on s'entend bien, Cam but une gorgée de vin. Quoi qu'il en soit, c'est mon histoire. Si cela ne te dérange pas de la partager, quelle est la tienne ? Êtes-tu proche de tes parents ?

Elle se souvint d'avoir lu un article sur la mère d'Ella. D'après les tabloïds, elle était le stéréotype de la mère hollywoodienne obsédée par la célébrité, actuellement éloignée de son unique enfant. Mais elle ne connaissait pas la situation d'Ella et ne voulait pas faire de suppositions.

- On peut en parler la prochaine fois ?, Ella grimaça. Je suis désolée, mais je ne veux pas parler d'elle ce soir. Cela ne fera que gâcher mon humeur.

- Bien sûr, pas de problème, le cœur de Cam s'emballa en réalisant qu'Ella voulait qu'on se revoie. Je suis désolée, nous ne sommes pas obligés de parler d'elle si cela te met mal à l'aise.

- D'accord, Ella sourit en prenant une dernière bouchée du tofu qui restait dans son assiette. Merci, Cam, d'avoir cuisiné pour moi. Je sais que j'aurais probablement dû t'inviter à un dîner somptueux dans un restaurant chic après tout ce que tu as fait pour moi, mais c'est tellement plus agréable et privé ici et de toute façon, un dîner ne sera jamais suffisant pour te remercier de m'avoir sauvé la vie. Rien ne sera jamais suffisant pour te montrer ma sincère gratitude, alors je ne sais pas trop quoi faire ensuite, elle haussa les épaules. Je veux te donner quelque chose, mais je n'ai pas la moindre idée de quoi.

Cam secoua la tête.

- Ella, je ne veux pas que tu me remercies ou que tu me donnes quelque quoi que ce soit, je veux que tu sois heureuse. Et te voir tellement mieux, sans ce regard absent dans tes yeux, c'est plus que ce que j'aurais pu espérer, alors merci d'être venue. J'aime vraiment passer du temps avec toi.

Ella sourit et Cam aurait juré avoir vu ses joues rougir.

- J'aime bien passer du temps avec toi aussi , dit-elle. Nous devrions le faire plus souvent.

- Hé, tu as mon numéro. Appelle-moi quand tu veux, dit Cam. Je pense que ton emploi du temps est un peu plus compliqué que le mien.

- Ce n'est pas si mal, en fait, Ella remplit à nouveau leurs verres de vin. Mais seulement parce que j'ai ignoré toutes les offres ces derniers mois. Je termine le tournage dans un mois, et je n'ai rien de prévu après. Je sais qu'il faut que je me remette à travailler mon réseau rapidement et que je passe en revue les quelque trois cents scripts que j'ai reçus, mais je travaille sans relâche depuis que je suis toute petite, alors mon manager n'est pas en mesure de me mettre la pression.

- C'est bien pour toi, Cam leva son verre pour porter un toast. Alors, qu'est-ce qu'il y a sur ta liste de choses à faire, maintenant que tu as enfin un peu de temps libre ?

Ella grimaça lorsqu'elle réalisa ce qu'elle s'apprêtait à dire, mais le deuxième verre de vin lui montait à la tête, après six mois de très faible consommation d'alcool, et elle aimait pouvoir être franche avec Cam.

- En fait, je n'en ai aucune idée, elle rit et continua sur le ton de l'autodérision. Je n'ai pas d'amis proches, je n'ai pas de loisirs, je suis toujours déprimée et souvent triste à part en ce moment et franchement, ce serait assez stupide de ma part d'avoir trop de temps libre. Ce n'est sans doute pas le meilleur moment pour prendre du recul par rapport au peu de structure que j'ai.

Cam dégrisa en entendant ses paroles candides.

- Bon, si demain tu décides que tu aimes le yoga, tu auras officiellement un nouveau hobby parce que je m'assurerai que tu viennes au moins deux fois par semaine à six heures, et pour ce qui est des amis..., elle adressa un doux sourire à Ella. Tu m'auras toujours. Et imagine le temps qu'il te restera entre le yoga et moi pour lire tous ces scénarios et choisir ceux que tu veux vraiment faire.

- En fait, ça n'a pas l'air si mal que ça quand tu le dis comme ça, Ella se leva, ne voulant pas abuser de son temps.

Je devrais vraiment rentrer à la maison, je dois commencer tôt. Laisse-moi faire la vaisselle avant de partir.

Cam secoua la tête et prit les mains d'Ella pour l'empêcher de nettoyer. Elle ne voulait pas qu'elle parte tout de suite, mais elle supposait qu'Ella était fatiguée.

- Ça prend cinq minutes. Ne t'inquiète pas.

- D'accord. Mais ce sera mon tour la prochaine fois. J'ai passé une bonne soirée, Cam.

Cam la raccompagna jusqu'à la porte, où elles s'attardèrent un instant.

- Moi aussi, dit-elle. Comment rentres-tu chez toi ? Tu ne conduis pas, n'est-ce pas ?

- Non, mon chauffeur attend dehors.

- Bien sûr, tu as un chauffeur, dit Cam avec un sourire en coin, levant les yeux au ciel de manière exagérée pour faire bonne mesure.

Ella rit et leva les yeux au ciel de façon dramatique.

- Bien sûr que oui.

Elle remarqua alors que le regard de Cam se posait sur sa bouche et elle se lécha inconsciemment les lèvres. Luttant contre l'envie d'attraper le visage de Cam et de l'embrasser sans raison, Ella la serra rapidement dans ses bras et ouvrit la porte avant d'ajouter :

- Je te verrai demain matin pour notre séance de yoga.

Chapitre Quinze

Ella tira sur l'encolure de son haut à l'arrière de la voiture. *Pourquoi fait-il si chaud ici ?* Les mains moites, elle prit une bouteille d'eau dans le minibar et l'avala avant de respirer profondément. Elle savait que la climatisation de la voiture n'était pas en cause ; elle s'était sentie comme ça toute la nuit, même sous le porche de Cam. Encore sous le coup de l'émotion, elle réalisa que cela faisait longtemps qu'elle ne s'était pas sentie aussi bien, et elle repensa à leurs conversations pendant que son chauffeur se frayait un chemin à travers Los Angeles.

Cam avait connu la perte, tout comme elle, et l'enfance de Cam n'avait pas vraiment été conventionnelle non plus. Plus Ella en découvrait sur elle, plus elles semblaient avoir de points communs, même si, en apparence, elles n'auraient pas pu être plus différentes. Le frisson qu'elle avait ressenti à chaque contact de Cam, même occasionnel, était presque écrasant, et elle tendit la main pour toucher à nouveau sa joue à l'endroit où celle de Cam s'était posée. Le désir est une chose étrange, pensa-t-elle en baissant la vitre et en regardant dehors.

Les lumières de la ville, qui d'ordinaire l'angoissaient, lui semblaient magnifiques ce soir, et soudain elle comprit le charme de Los Angeles dépeint dans les films, et elle comprit pourquoi les gens aimaient cet endroit. Les palmiers dodus et barbus, les différents quartiers avec leurs propres identités, cultures et sous-cultures qui, d'une manière ou d'une autre, semblaient se fondre les unes dans les autres, les vieux théâtres de Broadway, l'architecture éclectique, les diners Googie, les hordes de gens faisant la queue pour leur camion à tacos préféré dans les grands parkings des centres commerciaux, les ruines des vieux plateaux de tournage, les néons, les bougainvilliers, les montagnes et la plage... Et puis il y avait la série d'hôtels chics qui prétendaient tous avoir été les repaires préférés de stars de cinéma emblématiques à un moment donné, les restaurants débordants du centre-ville où la plupart des employés étaient des acteurs qui attendaient leur chance pour devenir célèbre, les jeunes qui traînaient devant les magasins d'alcool, évitant les flics tout en buvant à l'avance parce que les prix dans les derniers endroits branchés étaient exorbitants... C'était comme si elle voyait la ville pour la première fois et quand le panneau Hollywood apparut pendant une fraction de seconde, elle sourit, reconnaissante de faire partie de la magie.

Oui, le désir était une chose étrange, mais si le désir pouvait lui faire oublier Helena pour un temps, et si le désir pouvait la faire se sentir vivante à nouveau, elle était heureuse de l'embrasser.

Ella est sous le choc de la révélation de l'homosexualité de Cam. Cet aveu avait tout changé, du moins pour elle. Cela ne signifiait pas que Cam était attirée par elle, bien sûr, et cela ne signifiait pas qu'il se passerait quelque chose entre elles, mais c'était agréable d'avoir à nouveau quelqu'un sur qui fantasmer après une très, très longue période.

Quand Helena lui avait raconté sa première expérience avec une femme, Ella avait tout de suite su qu'elle était gay aussi, et qu'elle voulait suivre ce train de vie. Elle avait rêvé de pouvoir un jour faire ce qu'elle voulait, de vivre sa vie librement, mais jusqu'à présent, à part deux ex- « petits amis » dont elle se fichait, n'y avait eu qu'elle et sa main droite.

- Nous sommes arrivés, dit le chauffeur par l'interphone, tirant Ella de ses pensées.

- Merci.

Ella sortit et lui donna un pourboire par la fenêtre avant de lui faire un signe amical d'adieu.

À l'étage de son appartement, Ella retira ses sandales et entra dans sa chambre. Elle ouvrit les portes coulissantes donnant sur son jardin de toit, qu'elle avait à peine utilisé depuis qu'elle avait emménagé, et sortit, inspectant la piscine et la zone environnante remplie de grandes plantes et de parterres de fleurs. La nuit était chaude et venteuse, et la terrasse était éclairée par la piscine et les guirlandes de lumières blanches qui scintillaient dans les palmiers entourant la piscine. Deux chaises longues confortables étaient ombragées par un grand parasol, protégeant les épaisses housses bleu marine du soleil et de la pluie. La piscine semblait accueillante et Ella plongea un orteil dans l'eau, testant la température. C'était agréable et elle voulait plonger, mais un soudain élan de peur l'arrêta. Elle haleta en se tenant en équilibre sur le bord, soudainement terrifiée. *Putain de merde.* Lentement, elle recula de deux pas et essaya de se calmer. *Non, non, non. Pas maintenant. Je vais bien et même si je tombe à l'eau, ça ira. Je sais nager. Je ne me noierai pas, je vivrai.* Elle se réfugia sur l'une des chaises longues et s'allongea en tentant de stabiliser sa respiration. *Tu vas bien, Ella. Tout ira bien.*

Au bout d'un moment, elle put se détendre et rouvrir les yeux. Elle se força à regarder l'eau et imagina Cam dans la piscine. Cela l'aida. La vision de Cam glissant dans l'eau transforma sa peur en quelque chose de beaucoup plus agréable et la pensée de Cam en bikini lui fit oublier sa panique soudaine. Son corps musclé, ses yeux sombres et mystérieux, son large sourire... Ella se demanda ce que cela ferait de l'embrasser et de sentir ce corps contre le sien. Un doux gémissement s'échappa de sa bouche et elle déboutonna son jean avant de glisser une main à l'intérieur. Le sexe était la dernière chose à laquelle elle pensait depuis que sa dépression avait engourdi ses sens, et cela faisait plus de deux ans qu'elle n'avait pas fait ça. Elle n'était même pas sûre que cela fonctionnait encore jusqu'à ce qu'elle sente sa propre humidité sur le bout de ses doigts. *Oh, mon Dieu.* De toute évidence, le fait de revoir Cam avait réveillé son désir. Ella pensa à son sourire et à la douceur de son toucher alors qu'elle touchait son sexe de haut en bas, frissonnant à son propre contact. *Tout fonctionne encore, c'est certain.* Elle ferma les yeux et remonta ses doigts jusqu'à son clito, le faisant tourner rapidement jusqu'à ce qu'une chaleur torride commence à se répandre au cœur de son corps. *Cam.* Son corps se convulsa lorsqu'elle atteignit l'orgasme, et elle s'émerveilla de la sensation physique qui l'avait frappée bien plus fort que prévu. Bien qu'elle se souvienne de ce qu'elle avait ressenti auparavant, la relaxation qui s'empara de tout son corps fut une agréable surprise. Allongée là, elle poussa un profond soupir et sourit, sachant qu'elle pourrait dormir cette nuit.

Chapitre Seize

Bonjour soleil.

- Le visage de Cam s'illumina d'un sourire lorsqu'elle descendit les marches menant à la plage et vit Ella qui l'attendait, vêtue d'un short en jersey gris et d'un tee-shirt blanc, les cheveux relevés en un chignon décontracté. Elle avait l'air endormie et adorable.

- Tu veux demander à ton chauffeur s'il veut se joindre à nous ? Ou puis-je lui offrir un café ?

Ella rit.

- J'ai conduit moi-même, je dois aller au plateau de tournage tout de suite après , elle regarda Cam, qui portait un pantalon de yoga gris allant jusqu'aux genoux et un crop top gris, et essaya de ne pas regarder ses abdominaux. Je peux aussi clarifier quelque chose au cas où tu me prendrais pour une connasse ?, elle donna un coup de pied dans le sable devant elle et leva les yeux vers Cam. La compagnie de limousines avec laquelle je travaille m'envoie un chauffeur différent à chaque fois. Il y en a une cinquantaine et ils n'ont pas le droit d'interagir avec leurs clients. C'est pour ça que je ne lui ai rien proposé hier soir, il pourrait se faire virer pour ça. Tu ne sais probablement pas ce genre de choses et je ne veux pas que tu me considères comme...

- Hé, je n'aurais jamais pensé à toi de cette façon, dit Cam en passant une main sur l'épaule d'Ella. Tu ne m'as pas du tout l'air d'une connasse et je suis plutôt douée pour juger de la personnalité des gens.

Elle regarda Ella de haut en bas, puis se retint de dire quelque chose qu'elle regretterait.

- Quoi qu'il en soit, devrions-nous commencer ? Discuter ne va pas te tirer d'affaire.

Les bras d'Ella brûlaient alors qu'elle se tenait dans la position du chien tête-en-bas, essayant de créer un triangle avec son corps. Ses mains étaient posées à plat sur le sable devant elle, et sa tête était entre ses épaules alors qu'elle regardait ses genoux. Elles étaient passées par une série de positions et d'étirements de différents niveaux et intensités et elle est maintenant supposée être en "position de repos". S'il s'agissait d'une séance douce pour débutants, Ella n'osait pas imaginer à quoi ressemblerait un vrai cours, car pour l'instant, tout son corps lui faisait mal. Cam était à côté d'elle dans la même position et tourna la tête pour la regarder.

- Tu te débrouilles, dit-elle. Reste comme ça. Je vais juste te corriger un peu. Cam se leva, posa une main sur le dos d'Ella et la poussa doucement, la guidant vers le bas et abaissant davantage ses épaules. C'est ça. N'oublie pas de respirer. Des respirations longues et régulières.

Son autre main repoussa les genoux pliés d'Ella, redressant ses jambes. Ella laissa échapper le souffle qu'elle avait retenu. Elle se sentait si troublée par le contact de Cam qu'elle craignait que ses jambes ne se dérobent sous elle. La séance de plaisir privée de la nuit dernière avait fait ressurgir toute une série de sentiments sexuels qui semblaient soudain ne pas vouloir s'apaiser.

- Mets-toi entre tes mains et regarde vers le haut, puis pose ton autre pied à côté et redresse tes jambes.

Ella fit ce qu'on lui demandait, le bout de ses doigts touchant toujours le sol."

- C'est parfait. Maintenant, déroule-toi lentement.

Cam tint la taille d'Ella pendant qu'elle se redressait jusqu'à ce qu'elle soit finalement en position debout. Elle la lâcha dès qu'elle fut droite.

Ella estima que Cam ne la touchait pas différemment de la façon dont elle touchait les élèves de sa classe lorsqu'elle les corrigeait, mais d'une façon ou d'une autre, cela avait un tel impact qu'il était difficile de l'ignorer.

Pressant ses paumes devant sa poitrine, Cam la contourna, fit une petite révérence et dit :

- Namaste.

- Namaste, répéta Ella, faisant de même tout en gardant les yeux rivés sur ceux de Cam, dont les traits sombres étaient maintenant encadrés par le soleil levant. Comment pouvait-elle avoir l'air si calme alors qu'Ella pouvait à peine respirer ?

- Qu'est-ce que cela signifie ?, murmura-t-elle.

- Cela signifie « le divin en moi s'incline devant le divin en toi », dit Cam en baissant aussi la voix.

Ella continuait à la fixer. Se faisait-elle des idées ou la chaleur venait-elle de monter entre elles ? *Non, tu te fais des idées, Ella. Arrête de la regarder comme ça.*

- C'est comme un salut ou un remerciement au professeur et vice-versa, poursuivit Cam, sans fuir leur intense contact visuel.

- Dans ce cas, merci, professeur. Je vous en suis très

reconnaissante, Ella adressa à Cam un sourire qui aurait très bien pu passer pour du flirt. *Je me sens bien. C'était dur, mais j'ai l'impression que mon corps est réveillé maintenant et je me sens, je ne sais pas... énergisée, je suppose.*

- C'est bien. Tu as aimé ?

Ella se pinça les lèvres.

- Oui, je pense que oui. Je veux dire, j'ai envie de le refaire, et c'est un bon signe, non ?

- C'est le cas, Cam fit un signe de tête en direction de l'océan. Je vais me baigner rapidement. Tu veux venir avec moi ou... ?, elle grimaça. Je suis désolée, j'ai failli oublier que...

- Non, c'est bon, lui assura Ella. Je ne préfère pas, mais je vais nous faire un café pendant que tu vas te baigner, qu'est-ce que tu en dis ?

- Ça m'a l'air d'être une bonne idée.

Ella pouvait voir que Cam se sentait un peu gênée quand elle retira son pantalon de yoga devant elle et le lui tendit. Elle ne portait plus qu'un bas de bikini noir et son haut gris.

- Veux-tu bien le monter pour moi ?

- Bien sûr.

Ella regarda Cam qui s'élançait vers le rivage. L'envie de courir avec elle la tiraillait profondément, mais l'idée d'aller dans l'océan la terrifiait. Les omoplates bien définies de Cam fléchissaient pendant qu'elle courait, et le bas du bikini ne couvrait pas beaucoup son cul rebondi lorsque ses hanches se balançaient d'un côté à l'autre. *Bon sang. Je suis officiellement en train de baver devant elle.*

Ella avait réussi à se ressaisir le temps que Cam revienne de sa baignade, mais lorsqu'elle passa sous la douche, au bord du porche, juste devant elle, elle dut faire appel à toute sa volonté pour détourner à nouveau son regard d'elle. Cam secoua ses cheveux, attrapa une serviette, l'attacha autour de sa taille et s'assit à la table en face d'Ella. Des gouttes d'eau coulaient encore sur son visage et ses cheveux étaient lissés en arrière, mettant en valeur ses traits sculptés et androgynes.

- Oh miam, tu as préparé le petit déjeuner, les yeux de Cam se rétrécirent lorsqu'elle vit Ella la fixer, la bouche légèrement ouverte. Ça va, Ella ?

- Oui, oui. Je vais bien, Ella se fendit d'un sourire en se tortillant sur son siège. Voilà ton café. Je ne savais pas si tu voulais autre chose, alors j'ai fait griller des bagels et j'ai coupé un avocat que j'ai trouvé dans la cuisine. Je suis désolée si c'est intrusif, mais je ne pensais pas que cela te dérangerait.

- Pas du tout. Merci, tu n'avais pas besoin de faire ça, Cam prit une gorgée de son café. Es-tu nerveuse à l'idée de filmer ta scène intime aujourd'hui ?

Ella leva les yeux au ciel et rit, la question la détournant finalement un peu du corps de Cam.

- Ce n'est rien ; ce n'est pas comme si je n'avais jamais fait de scène de sexe auparavant. Je suis juste contente d'avoir fait un peu d'exercice avant de devoir me tenir à moitié nue devant cinquante personnes avec un tas de lumières chaudes sur moi. Ce sera bien d'en finir avec la scène de sexe. La première était axée sur la luxure et celle-ci est axée sur l'amour, alors je vais lancer des regards tendres à Neil toute la journée". Ella transforma ses traits pour former le visage le plus amoureux de son répertoire et elles éclatèrent toutes les deux de rire.

- C'est impressionnant. Ton regard amoureux est très

convaincant, Cam pencha la tête avec un sourire. Maintenant, montre-moi ton regard lascif.

- Sérieusement ? Tu veux vraiment le voir ?

- Je le veux, Cam prit la moitié d'un bagel et le garnit de tranches d'avocat, le visage sérieux d'une façon moqueuse.

- D'accord...

Ella se passa une main dans les cheveux, lentement et de manière séduisante, puis se leva de sa chaise et fit le tour de la table. Elle se pencha au-dessus de Cam et regarda sa bouche, se léchant les lèvres avant de les séparer et de lever son regard pour rencontrer les yeux de Cam. Elle respirait rapidement et son regard promettait qu'elle allait l'embrasser d'une seconde à l'autre

Cam déglutit difficilement en levant les yeux vers elle.

- Putain de merde.

- Est-ce que c'est assez lascif pour toi ?

Ella gloussa mais resta un moment la bouche près de celle de Cam avant de s'éloigner et de se rasseoir, le visage se couvrant de couleur. Elle cacha ses mains tremblantes sous la table et s'assura qu'elle avait l'air prétentieux plutôt que ce qu'elle ressentait, c'est-à-dire terrifiée. Être physiquement si proche de Cam lui avait fait tourner la tête et son corps avait réagi de manière explosive et agréable.

- Putain, ouais, Cam semblait ne pas savoir quoi dire dans le silence qui suivit. Tu es une très, très bonne actrice, Ella, dit-elle finalement lorsqu'elle retrouve sa voix. Je veux dire, il n'est même pas 7 heures du matin et je suis sérieusement excitée. Je parie que Neil Messenger se languit de toi depuis que vous avez filmé cette scène lascive.

- Neil n'a aucune chance, Ella prit elle aussi un bagel. J'accepte cependant le compliment d'avoir réussi à t'exciter.

- Tu devrais, Cam se déplaça sur sa chaise, frôlant accidentellement la jambe d'Ella avec son pied nu. Pendant une fraction de seconde, Ella vit quelque chose changer dans son expression, et c'était là. Elle l'avait senti la nuit précédente, ne serait-ce qu'un bref instant, cette chose étrange entre elles. Une sorte d'énergie sexuelle qui remontait momentanément à la surface et disparaissait à nouveau lorsqu'Ella se leva, emportant le bagel avec elle.

- Il faut que j'y aille, ou je vais être en retard, dit-elle en buvant une dernière gorgée de son café. C'était amusant, merci.

Son visage était maintenant rouge vif.

- C'était le cas. Merci de m'avoir rejointe, Cam suivit Ella des yeux alors qu'elle descendait les marches en courant. Profite des baisers aujourd'hui, lui cria-t-elle.

Chapitre Dix-Sept

- **C**omment s'est passé ton rendez-vous ?, demanda immédiatement Vanya lorsque Cam entra et jeta son sac de sport dans un coin du bureau.

- Bonjour, Vanya. C'est un plaisir de te voir aussi. Comment vas-tu aujourd'hui ?, Cam répondit avec une pointe de sarcasme, bien qu'elle ne pût s'empêcher de rire face à la franchise de son amie.

- Je vais bien, je vais toujours bien, tu le sais. Alors, comment c'était ?

- Vanya, je croyais qu'on s'était mis d'accord sur le fait que je ne pouvais pas parler de ça, et que tu allais respecter mes souhaits.

- Je les respecte, mais je veux quand même connaître tous les détails croustillants. C'est Ella Temperley, pour l'amour de Dieu !, Vanya jeta ses mains couvertes de henné en l'air, ses bracelets s'entrechoquant tandis qu'elle les agitait d'un air implorant. Cam s'assit et réalisa que le choix était fait pour elle. La curiosité de Vanya était une force irrésistible et il n'y avait pas moyen de la combattre.

- Très bien, elle soupira. C'était bien. Nous avons dîné et nous avons parlé.

- Et ?

- Et, rien !, Cam a commença à enlever ses baskets et ses chaussettes. Ella est hétéro, c'est de notoriété publique.

Elle ignora la palpitation de son ventre qui ne s'était toujours pas calmée depuis la prestation d'Ella ce matin-là. Au fond d'elle-même, elle n'était plus sûre de rien, et elle ne pouvait s'empêcher de penser à la remarque qu'Ella avait faite à propos de Neil Messenger. « *Neil n'a aucune chance.* » Elle se ressaisit, se disant qu'il fallait arrêter de prendre ses désirs pour des réalités.

- Maintenant, tu me rejoins pour le cours ou quoi ?

Vanya secoua la tête.

- Je suis bien trop occupée.

- Balivernes, je viens de te voir cliquer sur ce site de ragots sur ton ordinateur portable, alors viens. Si je parviens à t'épuiser, cela t'empêchera peut-être de m'interroger pendant quelques heures.

- Très bien, très bien, Vanya leva les deux mains, s'avouant vaincue. Mais ne me fatigue pas trop, n'oublie pas que nous avons des visites cet après-midi.

- C'est sympa. Quatre heures plus tard, Vanya entama sa salade. Elles déjeunaient tardivement en ville après avoir visité les deux premiers bâtiments de la liste de Vanya. Cam voulait que le deuxième studio de yoga soit proche des studios de cinéma pour attirer les personnes qui y travaillaient, et elle avait suivi un processus de sélection rigoureux pour trouver les meilleurs.

- On ne fait plus du tout ça, juste toi et moi.

- Qu'est-ce que tu veux dire ? Tu es toujours chez moi,

Cam prit un air perplexe en buvant une gorgée de son jus vert.

- Je sais, mais nous ne sortons plus ensemble, comme avant. Les choses changent, et je deviens vieille et ennuyeuse.

- Hé, tu n'es pas vieille et ennuyeuse. Tes priorités ont changé, c'est tout, c'est tout à fait normal. Tu aimes Greg, alors bien sûr tu veux rester à la maison avec lui.

Cam planta sa fourchette dans un morceau de poivron grillé et la pointa vers Vanya. Elle lui dit :

- Attends un peu. Es-tu en train de faire une sorte de crise liée au mariage imminent parce que tu es sur le point de te marier ?

- Peut-être, Vanya se pinça les lèvres. J'ai juste l'impression de manquer d'excitation dans ma vie. Tu sors avec une célébrité, ma sœur tourne des films à Mumbai, Greg vient d'être nommé directeur financier de son entreprise et moi..., Vanya poignarda une tomate, l'air un peu défait. Je suis sur le point de me marier et d'avoir des enfants, et ce sera tout.

- Je croyais que tu voulais des enfants, dit Cam.

- Oui, mais j'ai toujours espéré faire quelque chose de spécial avant de me poser, quelque chose de grand..., Vanya se reprit. Je suis désolée, je ne parlais pas de carrière, car j'adore mon travail. Je m'attendais juste à être vraiment bonne dans au moins une chose, tu sais. Au début, je pensais que ce serait le yoga, après ce cours intensif que nous avons suivi dans ce centre de vacances à Goa, mais même si je suis maintenant une instructrice qualifiée, je n'aime pas assez cette discipline pour la pratiquer tous les jours. Ensuite, j'ai pensé que ce serait la cuisine, mais je n'ai aucun talent dans ce domaine et, l'autre jour, mon professeur de piano m'a suggéré d'essayer un autre instrument. Apparemment, je suis tellement mauvaise que la petite fortune que je lui verse ne suffit pas à compenser la souffrance qu'il subit en m'écoutant une fois par semaine. Et maintenant, même mon mariage sera médiocre si je ne trouve pas rapidement quelqu'un pour m'aider, elle gémit. Peut-être que je vais me faire tatouer sur le visage, au moins je serai connue pour aller jusqu'au bout de *quelque chose*.

Cam se pencha et prit la main de Vanya, émue par sa confession.

- Vanya, arrête ça. Tu es une personne fantastique et l'amie la plus loyale que l'on puisse souhaiter. Tu es intelligente, drôle, magnifique, et je suis sûre que tu seras un jour la meilleure mère du monde. Tu es également brillante dans ton travail et ton sens de l'organisation est plus qu'impressionnant. Tu es déjà spéciale et en ce qui concerne le mariage, pourquoi ne pas utiliser ces compétences à meilleur escient et l'organiser toi-même ?

- Merci d'essayer de me réconforter, dit Vanya en lui serrant la main, mais ma famille étant hindoue et celle de Greg chrétienne, je ne saurais pas comment organiser tout cela. Il y aura différentes cérémonies, des changements de robe, plusieurs DJ et je ne parle même pas de la nourriture ou des décorations.

Cam secoua la tête et essaya de ne pas rire.

- Mais que *veux-tu*, Vanya ? Que voulez-vous, *Greg et toi* ? Les deux personnes qui se marient devraient avoir leur mot à dire. Et Greg ? Est-ce que toutes ces choses sont importantes pour lui ? Je sais qu'elles ne le sont pas pour toi.

- Non, ce ne l'est pas. Greg veut juste une fête amusante, Vanya se mit à serrer les poings. Tu sais quoi ? Tu as raison. Aucun de nous n'est croyant, alors pourquoi je me préoccupe d'une église et d'une cérémonie hindoue ? Nous pourrions simplement payer ce fichu mariage nous-mêmes et le faire à une plus petite échelle. Je ne veux même pas me marier au Country Club. J'ai toujours voulu me marier dans un vignoble. Et je ne veux pas porter de robe de mariée ou de sari, je veux juste une jolie robe de style bohème. Aucun de nous ne veut inviter les amis des parents de Greg au Country Club ou les contacts de son père en ville ou mes parents éloignés que je n'ai jamais rencontrés auparavant et nous ne sommes pas non plus des adeptes de la haute cuisine. Nous aimons les tacos et la cuisine familiale de ma mère.

- C'est la réponse à la question de savoir pourquoi tu es stressée.

Vanya acquiesça et poussa un soupir de frustration.

- Mais il est sûrement trop tard pour changer les choses maintenant ? Je ne peux pas annuler le Country Club ? Et comment trouver un autre lieu à si brève échéance ?

- Tu trouveras quelque chose. Tu es douée pour ce genre de choses. De plus, je ne t'ai jamais vue faire quelque chose que tu ne voulais pas faire, alors pourquoi commencer le jour le plus important de ta vie ? Parle à Greg, vois ce qu'il en pense et dis à sa mère de se retirer. Prends un peu de temps libre et concentre-toi sur l'organisation du mariage de tes rêves. Je demanderai à l'un des employés du bar de s'occuper de la plupart de tess tâches quotidiennes pendant ton absence et je ferai de mon mieux pour m'occuper du reste.

- Vraiment ?, Vanya sembla surpris par la proposition.

- Oui, vraiment. En fait, je te bannis du bureau à partir d'aujourd'hui, Cam la regarda fermement mais avec de la chaleur dans les yeux. Non, attends. Finissons ces visites aujourd'hui avant que tu ne rentres chez toi pour faire ce que tu as à faire. J'ai besoin de ton avis, tu es meilleure que moi dans ce domaine.

- Merci, Cam, Vanya semblait un peu plus soulagée

maintenant. Je ne peux pas croire que l'idée ne m'ait jamais traversé l'esprit ; c'est tout à fait logique.

- Pas de problème. Et fais-moi savoir quand tu veux sortir, je suis toujours disponible, Cam fouilla dans son sac et ouvrit un dossier contenant les éléments d'information sur les deux biens qu'elles avaient déjà visités. Maintenant, tant que je t'ai encore... qu'est-ce que tu en as pensé ?

Vanya montra la photo du premier bâtiment.

- Celui-ci est peut-être trop petit. Nous pourrions y installer deux studios de yoga, mais il n'y aurait pas assez d'espace pour des vestiaires de taille décente et une zone de détente agréable.

- Je suis d'accord, Cam brandit l'autre paquet. Et celui-là ?

- Je l'aime bien, dit Vanya sans hésiter. Mais je ne suis pas sûre du jardin. C'est pourquoi je voulais que tu le vois.

- Oui, c'est assez long et étroit, Cam appréciait qu'elles soient toujours sur la même longueur d'onde lorsqu'il s'agissait du travail. Mais je ne l'écarte pas encore, et j'ai de grands espoirs pour le prochain, avec la terrasse sur le toit. Ce serait vraiment cool d'avoir des cours sur le toit en pleine ville.

- On dirait que c'est un espace super, reconnut Vanya. Le prix, lui, n'est pas terrible. Nous devrons augmenter le coût de l'adhésion si tu veux opter pour celui-là.

- C'est vrai. Mais si nous..., la voix de Cam baissa lorsque son téléphone s'alluma.

« *Merci encore pour la séance de yoga de ce matin, je me sens toujours aussi bien. La scène d'amour s'est terminée avec succès, je suis donc en congé demain. Tu veux prendre un café pendant ta pause ? X Ella.* »

Elle essaya cacher son excitation en tapant sa réponse.

« *Le café semble parfait. Je suis contente que la scène* »

d'amour se soit bien passée, mais je ne suis pas surprise. » Cam envisagea de terminer par quelque chose d'aguicheur. *« J'attends avec impatience d'autres regards lascifs ? »* Non, se dit-elle. C'était ridicule et elle se sentait un peu gênée d'envisager cette option. *« J'ai hâte de te voir demain »*, finit-elle par taper. À peine l'avait-elle envoyé qu'un autre message arrivait.

« J'ai hâte de te voir aussi. X. » Cam se leva rapidement avant que Vanya n'ait le temps de s'interroger sur le sourire soudain qu'elle arborait et entra pour prendre l'addition. Vraiment ? Pourquoi envisageait-elle de flirter maintenant ? Elle secoua la tête en remettant sa carte de crédit. Malgré leurs interactions ludiques, Ella était probablement hétérosexuelle, et même si elle ne l'était pas, elle était probablement loin d'être prête ou désireuse de nouer une quelconque relation. *Ne flirte pas avec elle, cela ne finira jamais bien.*

Chapitre Dix-Huit

Un latte au lait d'amande pour toi.

Ella tendit à Cam le grand café à emporter lorsqu'elles se retrouvèrent sur le parking devant le studio de yoga de Cam. Comme si elles s'étaient donné le mot, elles affichèrent toutes les deux un grand sourire et se tortillaient sur place, un peu mal à l'aise. Soudain, le ton insouciant de leurs messages était remplacé par quelque chose qui semblait plus proche de la timidité.

Cam baissa les yeux sur sa main lorsque les doigts d'Ella effleurèrent les siens en prenant la tasse. *L'avait-elle fait exprès ?*

- Tu es incroyable, Ella. J'en avais besoin. Quel est le tien ?

- Latte glacé à la cannelle. C'est bon, essaye-le.

Ella donna à Cam sa tasse et elle en prit une gorgée, consciente que ses lèvres étaient repliées autour des marques de rouge à lèvres couleur pêche d'Ella sur la paille.

- Pas mal, Cam le lui rendit, son cœur s'emballant lorsqu'Ella tendit la main et effaça un peu de couleur de ses lèvres. Tu veux aller te promener ? Le parc de West Hollywood n'est pas loin, et tu as l'air d'avoir un bon déguisement, alors ça ne devrait pas poser de problème. Elle rit et tapota la visière de la casquette blanche d'Ella, souhaitant voir ses yeux cachés derrière une paire d'énormes lunettes noires. Ella portait une jolie robe d'été lilas et des sandales en cuir blanc, la couleur du vernis à ongles sur ses orteils étant assortie à sa robe.

- Tu es très jolie d'ailleurs.

Ella rougit timidement au compliment.

- Merci. Toi aussi.

- Moi ?, Cam sourit. Je porte juste ma tenue d'entraînement.

- Je sais, j'aime ça.

Ella hésita.

- J'espère que ça ne t'a pas dérangé que je t'envoie encore des messages hier.

- Non, pas du tout. Comme je te l'ai dit, j'adore passer du temps avec toi, Cam but une gorgée de son café. Qu'est-ce que tu fais aujourd'hui ? Des projets ?

- Je devais lire des scénarios aujourd'hui, mais jusqu'à présent, je me suis contentée de prendre une douche et de faire quelques achats en ligne, Ella haussa les épaules. Mais ce n'est pas grave. Je suis passée de ne rien faire à faire quelque chose pendant mon temps libre, alors c'est un début, elle adressa un sourire à Cam. Oh, et devine quoi ? J'ai fait trente minutes de yoga ce matin aussi. Je me suis sentie si bien toute la journée d'hier que je me suis dit que je devais continuer.

- C'est super, Ella. Est-ce que ça veut dire que je t'ai convertie ?

Ella rit. *Si seulement elle savait à quel point cette question était tendancieuse.*

- Je t'ai jeté un regard lascif, n'est-ce pas ?, plaisanta-t-elle en se cachant derrière sa tasse de café.

Cam leva les yeux au ciel et rit aussi.

- Tu sais ce que je veux dire. N'hésite pas à me rejoindre le matin quand tu veux. Je suis là à six heures tous les jours et je sais que la route est longue, alors viens ou que ne viens pas, je ne suis pas difficile.

- Je le ferai. Merci encore pour l'offre.

Tout en discutant et en marchant, elles passèrent devant des magasins, des clubs et des restaurants aux façades ornées de drapeaux arc-en-ciel et traversèrent les passages zébrés aux couleurs de l'arc-en-ciel sur le boulevard Santa Monica. Ella ne les avait jamais remarqués en conduisant jusqu'ici, mais aujourd'hui, elle s'en aperçut. C'était agréable de se promener et de profiter à nouveau de la ville en dehors de son propre quartier, et pour autant qu'elle le sache, personne ne la suivait. Cela faisait trop longtemps qu'elle ne s'était pas promenée en ville, décida-t-elle, et elle se dit qu'elle allait le faire plus souvent. La circulation était moins dense qu'à l'heure de pointe, mais le parc était très fréquenté, plein de jeunes mères avec leurs enfants, de couples, d'employés de bureau en pause déjeuner et d'adolescents travaillant sur leur ordinateur portable. Elles trouvèrent un banc juste à l'intérieur du parc, avec une belle vue sur le Pacific Design Center, dont les bâtiments rouges, bleus et verts se détachaient sur le ciel clair.

- Je suis désolée, il faut que je réponde, dit Cam en déverrouillant son téléphone lorsqu'il émit un bip. Vanya est en congé pour une semaine et je couvre la plupart de ses responsabilités. Elle fit défiler les messages et envoya quelques brèves réponses, puis rangea son téléphone. C'est fait, elle sourit. J'ai une annulation pour cet après-midi si tu es d'humeur à faire un peu plus de yoga.

- Oh, je ne sais pas si c'est une bonne idée..., Ella avait l'air dubitative. Malheureusement, le luxe de me ridiculiser anonymement ne m'est pas accordé, elle aimait cependant l'idée de pouvoir fixer Cam pendant une heure avec une excuse légitime. De plus, je n'ai pas de pantalon de yoga ou de T-shirt sur moi de toute façon.

- Allez, mes élèves ne jugent pas et Vanya a une réserve de vêtements de rechange dans le bureau que tu peux emprunter. Je crois que vous faites à peu près la même taille, dit Cam en essayant de la convaincre. Et tu n'auras pas besoin de chaussures, nous sommes tous pieds nus.

- Je ne peux pas emprunter les vêtements de Vanya, je ne la connais même pas.

- Oh, mais elle te connaît et crois-moi, elle sera ravie d'apprendre que tu les as portés. En fait, elle ne les lavera probablement plus jamais, Cam rit. D'accord, ça m'a fait froid dans le dos. Je te promets que ce n'est pas une personne effrayante, juste une grande fan.

- D'accord, dit Ella, abandonnant tout semblant d'hésitation. Je viendrai. Mais seulement parce que je meurs d'envie de te voir en mode professeur.

- Vraiment ?, le sourire de Cam s'élargit. Dans ce cas, je ferai de mon mieux pour t'impressionner.

Elle se maudit d'avoir encore fait une remarque pleine de sous-entendus sans y avoir réfléchi. Elle ne pouvait pas s'en empêcher quand Ella était là.

- Tu n'as pas besoin de m'impressionner, Cam. Je pense déjà beaucoup de bien de toi, Ella lui adressa un doux sourire et lui prit la main. Ok, je vais faire une déclaration dramatique maintenant, mais seulement parce que j'ai besoin que tu saches ceci. Je n'ai jamais vraiment donné à qui que ce soit une chance de devenir proche de moi, parce que je ne savais pas s'ils étaient après moi pour ma célébrité ou mon argent. Tu as changé ça. Tu as tout changé après avoir risqué ta vie pour moi et gardé mon secret. Et me voilà, assise dans un parc à boire un café avec toi, et sur le point d'assister à un cours de yoga collectif. Cela aurait été impensable il y a seulement quelques mois.

- Ce n'est pas moi. C'est toi qui as fait tout le travail. Tu t'es battu pendant des mois pour sortir du trou noir dans lequel tu étais, et tu n'en es peut-être pas encore sortie, mais tu es en train de remonter la pente. Je ne veux donc pas que tu me remercies ou que tu me rappelles, n'importe qui aurait fait la même chose. Apprécie le fait que tu te sentes mieux et n'y pense pas trop. Regarde en arrière en thérapie, regarde en avant dans la vie et essaye toujours de vivre dans le présent. Je suis sûre que Theresa te l'a dit aussi.

Ella acquiesça.

- Oui, elle l'a fait. C'est le seul conseil qu'elle m'ait jamais donné. Pour le reste, j'ai dû me débrouiller toute seule. Pourquoi les thérapeutes ne donnent-ils jamais les réponses ?

- Ça ne marcherait pas s'ils le faisaient, Cam haussa les épaules. Tes pensées doivent être formées en toi si tu veux changer les choses, c'est comme ça que fonctionne la psyché humaine. Personne ne sait ce qui est le mieux pour toi à part toi, et parfois tu as besoin d'aide pour le voir.

- Je suppose que tu as raison.

Ella but une gorgée de son café et lâcha à contrecœur la main de Cam.

- J'ai lu que ta sœur était morte dans un accident de la route, dit Cam, sentant qu'Ella était un peu plus ouverte à en parler maintenant.

- Oui. C'est arrivé à New York, où elle a passé les quatre

dernières années de sa vie. Helena était la seule victime du bus, qui transportait trente-cinq personnes ce jour-là. J'étais pleine de colère à l'époque, parce que c'était tellement injuste qu'elle meure alors que tous les autres avaient survécu. Je sais que cela semble horrible quand je le dis comme ça, et je ne souhaite la mort à personne, mais c'est ce que j'ai ressenti pendant longtemps. Le fait de parler de sa mort m'a aidée à lui donner une place et m'a permis d'oublier la colère et le désespoir. Parfois, j'ai encore envie de frapper du poing contre un mur de briques, mais la plupart du temps, je suis stable et je me sens devenir plus forte chaque jour.

Elle se tourna vers Cam.

- Tu as l'air stable et heureuse, alors la thérapie a dû fonctionner pour toi.

- C'est vrai, c'est pourquoi je t'ai recommandé Theresa. Mais le temps guérit aussi, Cam fit une pause. Tout l'art de vivre réside dans un subtil mélange de laisser-aller et de retenue. Je ne sais pas trop où j'ai lu ça, mais ça m'a toujours marquée.

- J'aime bien, Ella lui lança un regard curieux. Tu as toujours été professeur de yoga ?

- Non. Cela ne m'a jamais traversé l'esprit quand j'étais plus jeune. Avant cela, je travaillais comme cadre commercial, expliqua Cam.

- Toi ?, les yeux d'Ella s'écarquillèrent. Elle avait du mal à croire que Cam ait jamais fait partie du monde de l'entreprise. Tout en elle respirait le calme et le zen.

- Oui, moi. J'ai travaillé pour un fabricant de produits alimentaires après avoir obtenu mon diplôme de vente et de marketing. C'était aussi de la restauration rapide, crois-le ou non, Cam lui adressa un petit sourire. Le deuil peut avoir des effets étranges sur les gens. Il peut vous faire remettre en question des choses que vous avez toujours acceptées pour ce qu'elles étaient, et parfois c'est une bonne chose. Je t'ai dit que j'ai aussi souffert de dépression après la mort de ma mère. Je me renfermais sur moi-même et je détestais aller au travail. Je n'ai peut-être jamais été heureuse dans mon travail, je ne m'en souviens même pas. On fait ce qu'on est censé faire, tu sais ? Après avoir obtenu ton diplôme, tu trouves un emploi et tu vas travailler tous les jours, en espérant que ça ira mieux au fur et à mesure que tu graviras les échelons, elle jeta un coup d'œil à Ella, puis réalisa que celle-ci n'avait probablement aucune idée de ce dont elle parlait. Je suis désolée, j'avais oublié que ça n'avait pas été comme ça pour toi.

- Non, la voix d'Ella était douce. Je comprends ce que c'est que de faire ce qu'on est censé faire. D'agir en pilote automatique.

- Oui, bien sûr que tu le comprends, Cam prit un moment. Quoi qu'il en soit, la vie telle que je l'avais toujours connue m'a soudain semblé inutile et vide, alors j'ai essayé un cours de yoga un jour, pensant que ça ne pouvait pas faire de mal. J'ai pensé que cela me permettrait de me sentir un peu mieux, ou au moins un peu plus vivante, et je me suis dit que cela me permettrait de me concentrer sur quelque chose. Pour être honnête, je n'avais pas beaucoup d'espoirs, mais j'étais prête à tout, et puis ça a marché un peu. J'ai senti une différence physique après mon premier cours et, pour la première fois depuis la mort de ma mère, j'ai eu l'impression d'aller de l'avant. J'ai commencé à m'entraîner à la maison et j'ai ensuite pris trois cours par semaine. En l'espace de deux mois, j'ai même commencé à manger mieux et de manière plus naturelle, car je pouvais sentir ce dont mon corps avait besoin. Environ six mois plus tard, j'ai réalisé que c'était la vie qu'il me fallait, alors j'ai décidé de m'inscrire à un cours pour devenir professeur de yoga et, comme on dit, le reste appartient à l'histoire.

- C'est courageux, dit Ella. Faire un grand changement comme ça lorsque tu as déjà une carrière stable.

Cam haussa les épaules.

- À l'époque, je ne savais pas si c'était courageux ou stupide. J'ai dû quitter mon travail pour assister aux cours quotidiens, alors j'ai trouvé un emploi dans un bar le soir pour payer les factures, elle sourit. Après avoir obtenu mon diplôme d'enseignant, je suis allée à Goa, en Inde, et je me suis inscrite à un cours de six mois pour perfectionner mes compétences, et c'est là que j'ai rencontré Vanya. À l'époque, elle était comptable, elle aussi originaire de Los Angeles, et nous nous sommes tout de suite entendues. À notre retour, je lui ai demandé de m'aider à ouvrir mon propre studio de yoga. J'ai utilisé l'argent de l'héritage de ma mère et, heureusement, tout s'est bien passé.

- J'ai l'impression que la chance n'a rien à voir là-dedans, Ella sourit en essayant d'imaginer Cam dans la vente. Et ton père ? Il vit à Los Angeles ?

Cam secoua la tête.

- Il a déménagé à Boston avec sa nouvelle petite amie il y a deux ans. On ne se voit plus beaucoup, mais on se parle au téléphone et je suis contente qu'il soit passé à autre chose et qu'il soit amoureux. Je l'aime bien, elle regarda sa montre. Ça te dérange si on commence à rentrer à pied ? Je ne veux pas être en retard à mon propre cours. Cam se leva et accrocha son bras à celui d'Ella, tandis qu'elles se dirigeaient vers la sortie. Alors, qu'en est-il de toi ? Tu as toujours voulu être actrice ?

- Je n'ai jamais vraiment eu le choix, a déclaré Ella, appréciant le contact du bras de Cam. Notre mère nous a mis, Helena et moi, dans des publicités avant que nous ne sachions marcher, alors je n'ai jamais rien connu d'autre. J'ai grandi à Palm Springs. Ma mère était elle-même actrice, pas un grand nom, mais elle avait un travail régulier et parvenait à ne pas s'endetter. Elle était sur le point de percer à l'adresse lorsque nous sommes arrivées, résultats d'une soirée arrosée avec un inconnu. Le grand rôle qu'elle avait attendu toute sa vie a été donné à quelqu'un d'autre quand ils ont découvert qu'elle était enceinte, et je ne pense pas qu'elle nous l'ait jamais pardonné, alors elle a commencé à gagner de l'argent sur notre dos à la place. Il y avait une étincelle de colère dans les yeux d'Ella. Je sais que ça semble dur, mais tu n'as jamais rencontré ma mère ; c'est *une* mère hollywoodienne jusqu'au bout des ongles. Les jumeaux étaient populaires dans la publicité à l'époque et l'agence qu'elle utilisait avait beaucoup de travail pour nous. Couches, marques de vêtements, jouets,... Il y avait bien sûr des lois strictes concernant la durée de présence d'un bébé ou d'un jeune enfant sur le plateau de tournage, mais le travail ne s'arrêtait jamais, même lorsque les caméras cessaient de tourner. À l'âge de quatre ans, elle nous emmenait à des cours de théâtre et de danse après le tournage. Je ne me souviens pas d'avoir jamais eu du temps pour moi. Le travail ne cessait d'affluer et elle ne nous laissait jamais de répit. Elle haussa les épaules. Mais tu sais, me voilà maintenant avec une carrière stable d'actrice.

Cam resserra sa prise sur le bras d'Ella.

- Bon sang, ça craint, ça n'a pas dû être facile.

- Avec le recul, ce que notre mère a fait n'était pas bien, déclara Ella. Je ne priverais jamais mes enfants de leur enfance si je devenais mère à mon tour. Mais comme tu l'as dit, quand on est enfant, on l'accepte et ce n'est pas comme si j'étais malheureuse. Je me souviens que j'aimais toute l'attention qu'on me portait. Lorsque nous avions cinq ans,

Helena et moi avons obtenu un rôle dans une sitcom télévisée, jouant le même enfant, de sorte qu'il y avait toujours Helena ou moi sur le plateau. Si ma mère n'avait pas encore compris que les jumelles blondes et mignonnes étaient une mine d'or à Hollywood, elle l'a fait à ce moment-là. Après cette sitcom, qui a duré cinq ans, elle nous a conduites à des auditions, et nous avons obtenu un autre rôle nécessitant de jouer la même enfant. Helena et moi détestions être séparées. Nous étions scolarisées à domicile, mais nous ne nous en sommes jamais plaintes, car cela nous permettait au moins d'être ensemble pendant les heures d'étude. À l'âge de quinze ans, nous étions sur le plateau la plupart du temps et nous ne fréquentions que des adultes, Ella leva les yeux vers Cam, alors non, ce n'était pas un choix, mais j'ai le choix maintenant. Et le fait est que j'aime jouer et que je ne saurais pas quoi faire d'autre.

- Eh bien, tu es sacrément douée pour ça.

Elles traversèrent le parking et Cam ouvrit la porte à Ella. Elle avait de la peine pour elle, sachant qu'elle n'avait jamais pu faire ses propres choix, mais elle l'admirait aussi pour être une personne si décente et si gentille, malgré son enfance un peu folle. Il y avait tant d'autres choses qu'elle voulait savoir sur cette femme qu'elle trouvait si captivante, mais les gens entraient déjà dans le studio 1, alors elle décida de laisser le reste de ses questions pour une autre fois.

- Viens, on va te trouver des vêtements.

Chapitre Dix-Neuf

Ella s'allongea, se sentant agréablement fatiguée. Cam avait raison ; la séance qu'elles avaient faite sur la plage n'était vraiment qu'un étirement comparé à celle-ci. C'était la première fois de sa vie qu'elle suivait un cours collectif, et c'était incroyable d'être parmi d'autres personnes normales qui faisaient la même chose ordinaire. Elle avait toujours tout fait en privé - professeurs de sport privés, tuteurs privés, chauffeurs privés - et elle n'avait jamais réalisé à quel point elle était isolée jusqu'à présent. Le simple fait d'être allongée ici, à côté des autres étudiants, lui donnait l'impression de faire partie de quelque chose, et c'était incroyablement excitant.

Elle essaya en vain de se détendre lorsque la voix de Cam résonna dans la pièce, leur demandant de fermer les yeux, des images de Cam dans les positions les plus séduisantes inondant sa conscience. Sa puissance et son contrôle, sa grâce et sa souplesse. Ses muscles se contractant et se détendant. C'était un plaisir de la regarder et d'écouter sa voix apaisante. Mais l'attirance physique n'était qu'une petite partie de la raison pour laquelle Ella aimait passer du temps avec elle. Cam avait été la première personne depuis des années à la traiter comme une personne normale. Elle ne marchait pas sur des œufs avec Ella et n'essayait pas de lui plaire tout le temps, comme le faisaient les autres personnes qui la flattaient constamment. Elle lui parlait comme à une égale, comme à une amie. Et elles étaient amies, n'est-ce pas ? Ella savait qu'elle était censée faire le vide dans son esprit, mais pour l'instant, il y avait trop de pensées qui se bousculaient, interrompant son flux de relaxation. Elle sentit une présence tout près d'elle, puis entendit la voix de Cam qui s'agenouillait derrière elle.

- Puis-je te toucher ?

Ella acquiesça, réprimant à peine un gémissement à la voix sulfureuse et au souffle chaud contre son oreille. Elle respira profondément lorsque Cam plaça une main sous sa tête et la tira un peu en arrière, puis plaça la paume de son autre main au milieu de la poitrine d'Ella. Ella sentit un délicieux étirement dans son cou et ses épaules, et poussa un profond soupir lorsque Cam retira sa main.

- Continue à respirer, lentement et régulièrement, murmura-t-elle. De longues et profondes inspirations et expirations.

Ella rougit. Cam avait-elle remarqué qu'elle avait cessé de respirer dès qu'elle avait posé ses mains sur elle ? Le groupe resta allongé pendant encore quelques minutes, Cam aidant maintenant les autres à maîtriser leur technique. Lorsque le son d'une cloche retentit pour indiquer que le cours était terminé, Ella se sentait plus détendue qu'elle ne l'avait été depuis longtemps. Lentement, elle se redressa et regarda autour d'elle tandis que les autres rassemblaient leurs tapis et leurs bouteilles d'eau.

- Vous avez aimé le cours ?, lui demanda une femme à côté d'elle.

- Oui, c'était super, Ella lui sourit. Je pense que je vais me mettre sur la liste d'attente.

- Vous devriez, la femme enroulait son tapis, j'ai trois enfants et vous n'imaginez pas la différence que le yoga a faite sur mon état mental, en essayant de jongler avec un travail à temps plein et une famille. Avant, j'étais tellement en colère tout le temps que je pensais sincèrement que j'allais faire une dépression, mais le yoga m'a enfin appris à me détendre.

- Je comprends pourquoi. Cam semble être un excellent professeur.

- C'est la meilleure de la ville, je m'en porte garante. Eh bien, j'espère que je vous reverrai. Bonne journée.

La femme salua Ella en partant, et Ella lui rendit son salut. D'autres personnes se levaient et partaient, certaines lui adressant un sourire et un bref salut, comme si elles la reconnaissaient comme l'une des leurs à présent. Personne ne lui avait demandé d'autographe ou de photo, et personne ne l'avait dévisagée. Ils n'avaient même pas chuchoté entre eux. Il s'agissait simplement d'un cours agréable avec des gens sympathiques qui n'attendaient rien d'elle et se moquaient éperdument de savoir si elle était célèbre ou non. Elle n'avait jamais rien vécu de tel et se rendait douloureusement compte de tout ce qu'elle avait manqué. Elle se leva à son tour et enfila le sweat à capuche de Vanya.

- Merci, dit-elle à Cam lorsqu'elle s'approcha d'elle.

- Pas de problème, je suis contente que tu aies apprécié. Penses-tu que tu aimerais le refaire ?

- Oui, Ella ressentit une nouvelle poussée d'excitation en regardant les bras et les épaules musclés de Cam. Elle croisa les bras, craignant qu'elle ne la touche si elle ne le faisait pas. Je vais m'inscrire. Je sais que cela peut prendre un certain temps avant qu'une place ne se libère, mais en attendant, je viendrai me joindre à toi pour des séances tôt le matin sur la plage. Comme ça, je pourrai peut-être mieux suivre la prochaine fois.

- C'est absurde, tu t'es bien débrouillée, Cam lui donna une tape dans le dos. Tu t'es vraiment bien débrouillée. Je te regardais dans le miroir et tu es naturellement souple. Tu as l'air assez forte aussi, je vois que tu t'es beaucoup entraînée.

Elle secoua la tête :

- Bien que cela n'a pas d'importance ; le but du yoga n'est pas d'être le meilleur, mais de se sentir au mieux de sa forme.

- Eh bien, je me sens plutôt bien en ce moment, Ella attrapa le tapis emprunté et commença à le rouler, ayant un besoin urgent de distraction. Elle espérait seulement que Cam supposerait que la couleur qui lui était montée aux joues était due à l'exercice et non à la vue de son corps transpirant et séduisant. Je ferais mieux d'y aller, dit-elle, je vais laver les vêtements de Vanya et les ramener. Appelle-moi si tu veux qu'on se voie.

- Je le ferai. Je t'appellerai bientôt.

Chapitre Vingt

Vanya, qu'est-ce que tu fais ici ? Tu es censée être en congé.

Cam tourna sa chaise pour faire face à son amie, qui se tenait dans l'embrasure de la porte de son bureau, les yeux écarquillés.

- Ne t'en fais pas, je suis ici pour affaires personnelles. Vanya brandit son téléphone en traversant la pièce. Jason, du bar à jus de fruits, vient de m'envoyer ça. J'ai pensé que tu devrais le voir avant que les gens ne commencent à parler de toi, alors je suis venue tout de suite.

- Quoi ? Qu'est-ce qui ne va pas ?

Cam lui prit le téléphone et fut surprise de voir une photo d'elle et d'Ella avec un message de Jason en dessous qui disait : « *Super marketing ! C'est ton idée, Vanya ? Et surtout, est-ce que c'est vrai ? !!* ». La capture d'écran d'un magazine montrait Ella serrant Cam dans ses bras sur le parking devant son studio de yoga. Il y avait une autre photo, prise alors qu'elles marchaient côte à côte, et une autre où elles étaient assises sur un banc dans le parc de West Hollywood, montrant Ella tenant la main de Cam pendant leur conversation. Les photos étaient accompagnées d'un article ridiculement spéculatif et de la légende : « *ELLA TEMPERLEY EN TRAIN DE S'ACOQUINER AVEC UN PROFESSEUR DE YOGA.* »

Elles n'étaient pas intimes, bien sûr. Elles n'avaient jamais été intimes. Mais oui, il y avait bien quelque chose sur les photos qui suggérait qu'il y avait quelque chose entre elles. Peut-être était-ce la façon dont Ella la regardait, ou la façon dont elle regardait Ella. Ou peut-être était-ce leur langage corporel, la façon dont elles se penchaient l'une vers l'autre en marchant.

- Qu'est-ce que c'est que ce bordel ?, marmonna-t-elle en commençant à le lire, puis se ravisa. Comment ?, elle rendit son téléphone à Vanya. Je n'ai jamais vu de paparazzi traîner dans les parages.

- N'est-ce pas le but ? Que vous ne les voyiez pas ?, Vanya commença à lire l'article, probablement pour la dixième fois. Elle était manifestement fascinée. - Et alors ? C'est vrai ?

- Quoi donc ?

- Qu'elle s'acoquine avec toi, Vanya poursuivit sans attendre de réponse. Ils mentionnent ton nom et celui du studio. C'est du bon marketing, c'est sûr, Jason n'avait pas tort sur ce point.

- Ils mentent et tu ne devrais pas lire ces conneries. Jason non plus. Ils ont probablement pris des centaines de photos et choisi les plus suggestives, Cam se frotta les tempes. C'est tellement intrusif, comment osent-ils ?

- Tu dois admettre que vous semblez très proches tous les deux, Vanya chercha ensuite le nom de Cam sur Google et, bien sûr, d'autres articles apparurent. Oh mon Dieu, il y en a d'autres. Ils utilisent tous la même photo, je pense qu'ils l'ont simplement copiée.

- Arrête de le lire, Vanya, Cam prit le téléphone et le mis dans le sac à main de Vanya qui pendait toujours à son bras. Ce ne sont que des mensonges et c'est un problème. Il n'y a rien d'extraordinaire là-dedans, ça va s'envenimer, elle se rassit et soupira. Ella a prit un cours collectif ici, ce qui n'est pas rien pour elle. Elle était très enthousiaste, mais maintenant elle ne pourra plus revenir pendant des mois parce qu'il y aura probablement des photographes qui rôderont autour du bâtiment.

- Ella a pris un cours ici ?, Vanya leva les yeux au ciel.- Fais-moi confiance pour prendre un peu de temps libre et mon actrice préférée se pointe à nouveau. Quand est-ce que c'est arrivé ?

- Il y a deux jours. Elle a emprunté certains de tes vêtements, mais elle me les rendra la prochaine fois que je la verrai., Cam pencha la tête sur le côté en regardant des taches rouges apparaître sur le visage de Vanya. Tu souffres à nouveau d'une éruption d'excitation, dit-elle, notant qu'elle s'étendait maintenant à son cou. Bon sang, c'est encore pire que lorsque Greg t'a demandée en mariage.

Vanya hocha la tête d'un air rêveur en s'asseyant sur sa chaise et en se grattant la nuque. Je n'arrive pas à croire qu'elle ait porté mes vêtements, ses yeux s'écarquillèrent à nouveau. J'espère que tu lui as au moins donné quelque chose de bien à porter ? Pas ce vieux pantalon de yoga en jersey ?

- Je ne sais pas. J'ai juste pris quelque chose, Cam se mordit la lèvre. De toute façon, ce n'est pas vraiment notre plus gros problème. Qu'est-ce qu'on fait ? Devons-nous assurer la sécurité du parking ? Enregistrer les plaques d'immatriculation de nos clients ? Cela va être un gros travail.

Vanya croisa les bras et fit de son mieux pour se calmer et se remettre en mode résolution de problèmes. Cam pouvait presque entendre son cerveau analytique tourner dans sa tête.

- Je ne pense pas que ce soit utile, dit-elle après un long silence. Ils pourraient s'installer sur le trottoir ou même s'asseoir au café d'à côté. Avec leurs objectifs, cela ne ferait aucune différence que nous sécurisions le parking ou non. De plus, ils n'en veulent qu'à Ella, et potentiellement à toi. Nous n'avons pas d'autres clients célèbres à protéger, à part cette femme mariée à l'un des quarterbacks des Rams de Los Angeles et quelques anciens présentateurs qui sauteront probablement sur l'occasion de revenir sous les feux de la rampe. Elle grimaça. Si tu veux mon avis, nous ne pouvons rien faire d'autre que d'attendre que les gens se lassent de l'histoire. Enfin, si ce n'est pas vrai, comme tu le soutiens. Et je te crois, bien sûr, ajouta-t-elle rapidement lorsque Cam lui lança un regard d'avertissement. Mais honnêtement, il semble que ce soit l'histoire de l'année jusqu'à présent et qu'elle se répande comme un virus. C'est loin d'être fini.

- Putain, Cam enfouit son visage dans ses mains. Ok, laisse-moi parler à Ella, voir ce qu'elle pense que nous devrions faire. Je suis sûre qu'elle a beaucoup d'expérience en matière de ragots infondés.

Elle déverrouilla son téléphone, gémissant en voyant qu'elle avait d'innombrables messages à propos de l'article, dont un de son père. Décidant de les ignorer pour l'instant, elle envoya un message à Ella : « *Qu'est-ce que tu fais ?* »

Chapitre Vingt-Et-Un

T u veux que je fasse quoi ?

Ella fixa Tom White, son directeur, avec incrédulité. Elle avait été convoquée à une réunion d'urgence après une longue journée de tournage et se trouvait maintenant assise en face de Tom, à son énorme bureau dans le centre-ville. Les murs étaient couverts de photographies d'acteurs et d'actrices qu'il avait représentés, à l'exception du mur derrière son bureau, qui était uniquement consacré à Ella. Elle détestait être confrontée à ces photos d'elle dans les poses les plus ridicules, mais elle avait appris à les ignorer au fil des ans.

Tom prit son ton le plus persuasif.

- Ce n'est rien, juste un petit rendez-vous au moment du déjeuner pour que les gens spéculent. C'est bon de faire parler de soi, Ella. Tu dois recommencer à sortir et à te faire photographier, il est temps. Et avouons-le, Tyler Kane n'est pas vraiment choquant à regarder. Il est dans le top 5 de toutes les listes des « hommes les plus séduisants » et il est en vogue depuis des mois. Qui sait ? Tu pourrais même l'apprécier.

- Je ne vais pas l'apprécier parce que c'est un idiot, Ella secoua la tête et grimaça de dégoût. La dernière fois que je l'ai vu, il portait un cache-œil en diamant juste pour avoir l'air d'un dur à cuire. Je veux dire, ça n'a aucun sens. Pourquoi je ne pourrais pas déjeuner avec quelqu'un avec qui j'ai envie de passer du temps pour au moins m'amuser ?, plaida-t-elle en pensant à Cam. On pourrait aller dans un endroit public, si c'est si important ?

- Ce n'est pas que ça, Tom se réinstalla et croisa les mains devant lui, comme il le faisait lorsqu'il était sérieux. À part ton assistant, ça fait un moment qu'on ne t'a pas vue avec un homme, Ella. Cela fait quoi... trois ans depuis que tu es sortie avec Justin ?

Ella arqua un sourcil, un peu confuse à présent.

- Quel est le rapport ?

- Eh bien... les gens pourraient commencer à spéculer si vous passez plus de temps avec votre professeur de yoga qu'avec les célibataires les plus séduisants d'Hollywood, il fit un signe de tête vers le magazine posé sur le coin de son bureau. Ça a été publié aujourd'hui. Ella le prit et ouvrit les pages que Tom avait marquées d'une note autocollante.

- Salauds, murmura-t-elle, pourquoi l'ont-ils entraînée là-dedans ?

Elle étudia la photo d'elle et de Cam, toutes deux avec un café, revenant du parc au studio de yoga, et sentit une pointe de colère monter dans sa poitrine. Ella n'avait aucune idée que sa vie privée avait été violée. Elle avait passé un très bon moment et le fait de savoir que quelqu'un les avait espionnées la rendait un peu malade. Il y avait aussi une photo d'elles sur le banc, sur laquelle Ella tenait la main de Cam, et une autre d'elles prise plusieurs semaines avant, quand Ella avait rendu visite à Cam au travail pour la première fois . Sur cette dernière, elles s'étreignaient sur le parking. Ella ne pouvait s'empêcher de sourire car, pour être tout à fait honnête avec elle-même, elles avaient l'air mignonnes ensemble.

- Qu'y a-t-il de si drôle ?, l'étudia Tom, je veux dire, bien sûr, je peux voir en quoi c'est drôle pour toi. Toi avec une femme... c'est ridicule, je sais, mais je vais te dire quelque chose, Ella. Ce n'est pas drôle pour moi parce que j'ai reçu plus de coups de fil sur ta sexualité que sur des rôles au cinéma aujourd'hui et ce ne sera certainement pas drôle pour toi non plus quand tu seras au chômage.

- C'est un peu dur, tu ne trouves pas ?, Ella croisa les jambes, se pencha et le regarda droit dans les yeux. Es-tu en train de dire que ma carrière serait finie si j'étais gay ? Parce que je peux t'assurer qu'il y a beaucoup d'acteurs gays qui se débrouillent très bien. Nous ne sommes plus au Moyen-Âge, Tom.

- Pas besoin de me dire ça, Tom pencha la tête, mais aucun de ces acteurs gays n'est de ton calibre. Ils ne reçoivent pas de scripts tous les jours et ils ne peuvent pas choisir ce qu'ils veulent faire et avec qui ils veulent travailler. Te rends-tu compte de la chance incroyable que tu as ?

Ella y pensait en tripotant son téléphone. Bien sûr, elle était dans la meilleure position possible pour une actrice et elle savait très bien à quel point elle avait de la chance. Pourtant, à quoi bon avoir toute cette gloire et tout cet argent si elle ne pouvait pas vivre une vie honnête, jamais. Si elle ne pouvait pas sortir avec qui elle voulait.

- Écoute, je sais que tu as eu des années difficiles et je ne veux pas te mettre la pression, poursuivit Tom, mais tu n'as accepté qu'une poignée d'invitations à des événements depuis 2016 et il est important qu'on parle de toi, Ella. Il est important qu'on en parle d'une bonne manière. Il est temps que tu retournes sur le terrain et que tu te fasses des relations. Fais-toi des amis. Il leva les mains et fit des guillemets au mot "amis". Tu sembles un peu plus toi-même maintenant, et peut-être que cela te fera du bien de fréquenter à nouveau des gens, et quand je dis des gens, je veux dire d'autres célébrités. Amuse-toi, vas à des fêtes, bois du champagne, ris devant la caméra, montre-leur ton joli sourire. Il gratta sa barbe parfaitement taillée et soupira lorsqu'elle ne répondit pas. Je tiens à toi, Ella, et je veux que tu sois heureuse.

Et tu veux que ton compte en banque soit heureux. Ella était contente de ne pas l'avoir dit à voix haute. Tom *était* un ami, d'une façon un peu bizarre. Il avait toujours été là pour elle, mais dans ce cas, ses intentions étaient discutables car elle était sa plus grande source de revenus. Un message de Cam arriva sur son téléphone et elle sourit.

« *Qu'est-ce que tu fais ?* »

« *Je passerai te voir ce soir si tu es à la maison* », a-t-elle répondu.

« *Génial. Je serai là avec une pizza et je t'attendrai . On se voit à 7 heures ?* »

- Ella ? Est-ce que tu m'écoutes au moins ?, Tom leva les yeux au ciel en réalisant qu'il avait perdu son attention.

- Oui, désolée, Ella se leva. Je dois y aller. Organise un déjeuner avec Tyler, peu importe. Dis-moi juste où et quand et je serai là. Je ne peux pas promettre que j'aurai envie de le refaire, cependant.

Les yeux de Tom s'illuminèrent à sa réponse.

- D'accord, bien sûr. J'arrangerai quelque chose pour cette semaine. Il se leva à son tour avant qu'Ella n'ait le temps de s'échapper. Attends, nous n'avons pas encore fini. Je t'ai envoyé d'autres scripts par mail. Les as-tu déjà lus ? Tu auras bientôt fini de filmer et tu dois choisir ton prochain projet. J'ai présélectionné ceux que je pense être les meilleurs pour toi.

- Merci, Ella lui donna une tape amicale sur l'épaule. J'ai été un peu distraite, mais j'y jetterai un coup d'œil cette semaine et je reviendrai vers toi, d'accord ?, elle n'attendit pas de réponse et se dépêcha de franchir la porte. Au revoir Tom, bonne journée !

Chapitre Vingt-Deux

– Tu es une voyante ou la femme de mes rêves ?, plaisanta Ella en entrant dans le salon de Cam.

Des bougies brûlaient dans de profonds plats en céramique et une légère brise soufflait dans la pièce. Le canapé était recouvert de couvertures et d'oreillers moelleux, et Cam l'avait tiré vers les portes coulissantes du porche, faisant entrer dans la pièce l'atmosphère de maison située au bord de plage. Une délicieuse odeur de pizza flottait dans la cuisine et, surtout, Cam se tenait derrière l'îlot de cuisson dans une tenue légère, composée d'un pantalon de yoga allant jusqu'aux genoux et d'un crop top.

Ella s'était un peu mise sur son trente-et-un avant de venir. Elle avait longuement réfléchi à ce qu'elle allait porter avant de choisir un short noir ajusté, des sandales noires et un haut en satin blanc suffisamment échancré pour attirer l'attention sur son décolleté, mais pas assez audacieux pour laisser entendre qu'elle essayait d'attirer l'attention de Cam. Ses cheveux étaient lâchés et elle avait utilisé un minimum de maquillage, se contentant d'un peu de mascara pour mettre en valeur ses yeux bleus.

Cam pointa Ella du doigt et rit, mal à l'aise, ne parvenant que difficilement à détacher son regard d'elle.

- Crois-moi, si tu aimais les femmes, tu serais tout en haut de ma liste. Son rire s'estompa lorsqu'elle vit la chaleur monter aux joues d'Ella. Je suis désolée, je ne voulais pas dire ça comme ça, mais l'article... Je suis sûre que tu l'as vu et...

- Non, c'est bon, je..., Ella se mordit la lèvre. Disons que je suis honorée d'être en haut de ta liste.

Elle se dirigea vers le réfrigérateur et servit des verres de vin pour elle et Cam. Pour une raison étrange, elle se sentait chez elle dans la maison de plage confortable où elle avait passé la pire matinée de sa vie seulement sept mois avant. Elle s'attarda près du réfrigérateur, remit la bouteille en place et but une gorgée de vin, puis poussa l'autre verre dans la direction de Cam.

- Et oui, j'ai lu l'article aussi, poursuivit-elle en laissant échapper un petit rire nerveux. Mon manager me l'a mis sous le nez avant de me proposer un rendez-vous avec Tyler Kane. Elle se trémoussa sur place et leva les yeux au ciel, l'air un peu nerveux. Il craint que cette révélation n'affecte ma carrière et pense qu'une tactique de diversion serait notre meilleure option.

- Merde... Je suis vraiment désolée, Ella, Cam prit une grande gorgée de sa boisson et posa ses coudes sur l'îlot de cuisine, face à Ella. Si j'avais su que cela arriverait, je n'aurais pas..., elle marqua une pause. En fait, tu sais quoi ? Je n'ai rien fait, et toi non plus. C'est des conneries, alors pourquoi je me défends ? C'est ce que tu vis à chaque fois que tu sors en public ?

- Bienvenue dans mon monde, Ella lui adressa un petit sourire. Et oui, ce sont des conneries, mais tu dois admettre que les photos ont l'air plutôt agréables.

- C'est vrai, acquiesça Cam. J'y aurais cru si je n'avais pas su que c'était moi qui étais impliqué.

- Voilà. Le sourire d'Ella s'estompa. La situation ne fera qu'empirer à partir de maintenant, et je veux que tu saches que je suis vraiment, vraiment désolée que tu te sois faite entraîner là-dedans. Ce n'est pas juste pour toi. Si tu ne veux plus me voir pendant un certain temps, je comprendrai et...

- Non !, Cam ne voulait pas élever la voix, mais l'idée de ne pas voir Ella à cause d'un mensonge ridicule lui semblait plus que stupide. Je m'en fiche. Je veux dire, je m'en soucie ; c'est dégueulasse, mais ce n'est pas moi la victime, c'est toi. Alors, si tu ne veux pas *me* voir, ce n'est pas grave, mais si tu le veux, alors nous trouverons un moyen de gérer le problème. Elle avala une longue gorgée de vin. Je ne peux qu'imaginer ce que tu ressens lorsque ta vie personnelle est constamment envahie.

Ella haussa les épaules comme si ce n'était pas grave.

- J'ai l'habitude d'ignorer les magazines et les trucs en ligne. Mon manager n'intervient que lorsque les choses menacent d'échapper à tout contrôle, et je suppose que c'est le cas maintenant.

- Ouais mais quand même... Tyler Kane, Cam se renfrogna et serra les dents. Sauf si tu l'aimes bien, bien sûr. Dans ce cas, je ne dirai pas un mot sur lui. Je ne le connais évidemment pas personnellement, et c'est totalement injuste de juger quelqu'un sur le même genre de ragots que ceux dont je viens d'être victime moi-même... mais quand même, il a l'air un peu imbu de sa personne.

Cam n'avait aucune idée de la raison pour laquelle elle s'était mise à divaguer tout d'un coup, mais elle avait l'impression que cela avait quelque chose à voir avec une petite chose appelée jalousie. L'idée qu'Ella ait un rendez-vous avec cet homme à femmes apparemment égocentrique lui faisait mal au ventre, et elle essayait de toutes ses forces de chasser cette vision de son esprit.

- Non, je ne l'aime pas, Ella rit. Il ne m'attire pas le moins du monde, et honnêtement, je préférerais encore être photographiée avec toi qu'avec lui, mais jusqu'à ce que je trouve quoi faire, je vais suivre le plan de Tom, juste pour les arrêter sur les rumeurs qui nous entourent.

Leur conversation fut interrompue par la sonnerie de la minuterie du four, indiquant à Cam que la pizza était prête. Ella regarda Cam la sortir et la placer sur l'îlot. Elle sentait divinement bon. *Elle est douce, digne de confiance, incroyablement sexy et elle sait cuisiner.* - Je ne t'ai jamais demandé pourquoi tu étais célibataire, dit alors Ella, sincèrement perplexe. Je n'étais même pas sûre que tu sois gay jusqu'à ce que tu me le dises. Même si j'avais le sentiment que tu l'étais.

- Oh... Comment as-tu deviné ?, Cam fit de son mieux pour paraître décontractée alors qu'elle coupait la pizza maison en triangles avant de les placer dans une grande assiette. Est-ce que c'était vraiment si évident ? Elle se sentait frustrée de ne pas avoir réussi à cacher son attirance pour Ella.

- Je ne sais pas, c'est juste un sentiment que j'ai eu quand je t'ai vue, ce premier jour après... tu sais... quand je t'ai rencontrée dans ton studio de yoga, Ella déglutit difficilement et secoua la tête. Peu importe, peut-être que je l'ai imaginé.

- Non, continue, s'il te plaît, dit Cam. Je veux savoir.

Son cœur battait dans sa gorge tandis qu'elle saupoudrait de roquette la pizza au fromage de chèvre et aux légumes grillés, puis arrosait les tranches de sauce piquante pour tenter de se distraire de la conversation insensée qui avait surgi de nulle part. Lorsqu'elle leva les yeux, les doigts d'Ella tapotaient la surface en bois de l'îlot de cuisson, trahissant sa nervosité.

- D'accord, Ella prit une grande inspiration et ses yeux se posèrent sur ceux de Cam. C'est juste une impression que j'ai eue de toi. Elle garda son regard fixe, lui faisant comprendre qu'elle n'avait pas peur de parler. Une énergie.

- Il est donc évident que je te trouve attirante...

Ella secoua la tête.

- Je ne le savais pas jusqu'à présent, mais je suis contente que tu me l'aies dit.

Cam eut l'air surpris lorsqu'elle cessa de s'occuper des feuilles de roquette et poussa l'assiette contenant la pizza sur le côté.

- Je n'attends rien de toi, Ella. J'aime notre amitié et je ne veux pas que tu te sentes mal à l'aise avec moi. Je suis désolé si je t'ai fait ressentir cela.

- Je ne suis pas du tout mal à l'aise, répondit Ella honnê-tement. Tu me fais me sentir bien, et tu me comprends comme personne d'autre ne le fait. J'aime quand tu me regardes comme tu le fais parfois.

Ella se rendit compte qu'elle tapotait ses doigts et s'ar-rêta. Elle pouvait voir les yeux de Cam s'assombrir, d'abord de confusion, puis de quelque chose d'autre, quelque chose qu'Ella n'avait jamais vu auparavant, le désir.

- Avez-tu déjà ressenti quelque chose pour une femme ?

Ella acquiesça lentement.

- Cinq, six fois, dit-elle en baissant la voix. Mais je n'ai jamais eu de relation avec une femme.

Elle vit Cam froncer les sourcils, encore plus surprise. Ses lèvres étaient si belles lorsqu'elle les pinçait, comme elle le faisait maintenant. Sa lèvre supérieure se retroussait légè-rement vers le haut, rendant sa bouche presque irrésistible, et à ce moment-là, Ella mourait d'envie de l'embrasser. Mais elle était terrifiée par les conséquences. Cam était la seule véritable amie qu'elle avait, et c'était la seule personne qui lui permettait de se sentir normale et qui lui donnait une certaine stabilité. Elle ne pouvait pas risquer de perdre cela.

Cam resta silencieuse pendant ce qui lui sembla être une éternité, étudiant Ella alors qu'elle buvait une nouvelle gorgée de vin. Ella savait qu'elle avait perçu son hésitation, et elle la regarda prendre une profonde inspiration, comme si elle essayait de se ressaisir.

- Depuis combien de temps le sais-tu ?, demanda-t-elle enfin. Depuis combien de temps sais-tu que tu es gay ?

Ella haussa les épaules.

- Depuis toujours, je suppose.

Cam lui jeta à nouveau un regard surpris. Ella s'attendait à un discours sur la nécessité d'être authentique à soi-même, mais au lieu de cela, l'expression de Cam s'adoucit.

- Bon sang, ça a dû être très dur pour toi, de faire semblant d'être quelqu'un que tu n'es pas toute ta vie... Est-ce que ta famille est au courant ? Ton manager ?

- Non. Je n'ai pas vraiment de famille, à part ma mère à qui je ne parle pas et mon manager n'en a aucune idée ; c'est pour cela qu'il m'envoie à ce rendez-vous ridicule. Je n'y vais que pour qu'ils nous lâchent un peu. Les hommes ne m'intéressent vraiment pas.

Cam fit le tour de l'îlot et prit la main d'Ella.

- Tant que tu ne fais pas ça pour moi. Je ne suis personne, ils m'auront oubliée en quelques jours. Et ce que tu viens de me dire reste entre nous, bien sûr. Elle regarda Ella, ses yeux se posant à nouveau sur ses lèvres. Mais cela ne te rend-il pas folle ? Et le fait que ton manager veuille t'envoyer à un faux rendez-vous ne te rend pas furieuse ? Tu n'es pas obligée d'y aller, tu sais.

- Je sais, mais c'est mieux si je le fais. J'aime beaucoup passer du temps avec toi, et je ne veux pas t'entraîner dans ce cirque. Ça devient délirant, les photographes te suivent partout, te bloquent le passage, t'attendent dès que tu sors de chez toi... Je ne veux pas que tu souffres juste parce que tu traînes avec moi. Alors, il vaut mieux que je leur donne une autre histoire. Ella se mordit la lèvre. Je ne veux pas te perdre en tant qu'amie. Je ne me suis pas sentie aussi à l'aise avec quelqu'un depuis longtemps. Pas depuis..., sa voix s'estompa.

- Hé, tu ne vas pas me perdre, Cam entoura Ella de ses bras et l'attira dans ses bras. Je me fiche de tout ça. Je veux juste que tu sois heureuse.

Ella soupira en se laissant aller contre Cam et en enfouissant son visage contre sa poitrine. Son parfum familier d'agrumes inonda ses sens. Les papillons étaient de retour, et il y en avait des millions cette fois-ci.

- Tu dis ça maintenant, mais tu n'as aucune idée de l'ampleur que ça peut prendre. Je suis un poison médiatique rien que par association, Ella se dégagea de l'étreinte, ayant besoin d'un peu de distance pour se calmer. Quoi qu'il en soit, tu vas me dire pourquoi tu es célibataire ou pas ? Parce que j'ai du mal à croire que quelqu'un comme toi n'ait pas une petite amie géniale.

Cam sourit.

- La flatterie est clairement ton point fort.

- Ce n'est pas de la flatterie, c'est la vérité.

- D'accord..., Cam réfléchit un moment. C'est une question qu'elle ne s'était jamais posée. Elle était heureuse avec sa propre compagnie et ne cherchait pas l'amour. Je crois que je n'ai jamais rencontré la bonne personne. J'ai eu des relations, deux longues et deux plus courtes. Les plus courtes se sont terminées abruptement car aucune d'entre elles ne m'a dit qu'elle était mariée. Elle s'esclaffa. À des hommes, j'ajouterais.

- Aïe, Ella grimaça. Clients ?

- J'ai arrêté de sortir avec des clients privés après le deuxième drame, lorsque le mari de la femme nous a surpris alors que nous sortions ensemble. Manifestement, je n'avais pas retenu la leçon après le premier drame. Disons que je suis partie et que je n'ai jamais regardé en arrière. Je déteste la malhonnêteté.

- Je comprends. Et celles à long terme ?, demanda Ella.

- Ma dernière vraie relation s'est terminée peu de temps après que j'ai démissionné de mon poste de vendeuse et décidé de devenir professeur de yoga. Je pense que ma petite amie de l'époque nous voyait comme une sorte de couple puissant et espérait une grande maison, une voiture tape-à-l'œil et des vacances aux Bahamas. Lorsqu'elle a réalisé que je serais un nouvelle cheffe d'entreprise en difficulté, enseignant le yoga pour le reste de ma vie, elle a rompu avec moi, disant que nos objectifs n'étaient plus alignés.

- C'est ridicule.

- Oui, pour finir je n'ai jamais vraiment lutté, et mon entreprise est en plein essor, alors c'est sa perte, Cam haussa les épaules. Et ma première relation à long terme s'est tout simplement éteinte. Nous étions jeunes quand nous nous sommes rencontrées, et en grandissant, nous sommes devenus différentes. Nous nous sommes séparés à l'amiable, mais, ce n'est pas comme si nous étions toujours amies. Elle a déménagé à San Francisco et je suis restée ici. Nous ne sommes plus en contact.

- Tu es donc plus ou moins célibataire depuis long-temps, conclut Ella.

- Je pense que l'on peut dire cela. Je sors parfois, et ce

n'est pas comme si j'avais du mal à rencontrer des femmes, mais j'aime ma vie. Je suis occupée et je suis heureuse. Je suis ouverte à l'amour, mais je ne le cherche pas, et si je ne vois pas où ça va me mener, je ne perds pas mon temps. Cam ramassa la pizza et fit signe à Ella de la suivre sur le canapé. Je te demanderais bien pourquoi tu es célibataire, mais je crois que je connais déjà la réponse à cette question, elle s'assit et attendit qu'Ella s'asseye à côté d'elle. Tu as déjà pensé à faire ton coming-out ?

Ella grimaça.

- J'y ai pensé, mais cela me fait peur. Mon travail est à peu près tout ce que j'ai en ce moment, et je ne veux pas risquer de compromettre ma carrière. De plus, ce n'est pas la même chose que de faire son coming-out à sa famille. Je dois faire mon coming-out devant le monde entier, Elle prit une part de pizza et s'installa dans le canapé. Mais inutile de dire que j'y pense tout le temps. Je l'ai dit à Theresa aussi.

- Tu l'as bien caché, dit Cam. Je n'aurais jamais pensé que tu aimais les femmes. Pas au début en tout cas.

- Pas au début..., répéta Ella. Et maintenant ? Maintenant que tu me connais mieux ?

- Je ne sais pas, Cam hésita. Je crois que j'ai remarqué quelque chose. C'est... Leurs yeux se croisèrent, et c'était encore là, cette tension électrisante. Laisse tomber, je ne sais pas vraiment ce que j'essayais de dire. Elle se racla la gorge et détourna le regard. Merci de me l'avoir dit. Je suis là pour toi si tu veux en parler.

- Merci. Ella poussa un long soupir. Elle se sentait libérée d'en parler à quelqu'un d'autre que sa thérapeute. Elle ne savait pas si c'était plus facile de parler à Cam parce qu'elle se sentait à l'aise avec elle, ou parce qu'elle s'était ouverte davantage à sa thérapeute. Quoi qu'il en soit, le sentiment de soulagement la rendait déjà plus légère, mais en même temps, le « quelque chose » que Cam avait mentionné avait éveillé en elle un désir qui faisait des choses folles à son corps. Quand as-tu fait ton coming-out ?, demanda-t-elle.

- Quand j'avais douze ans, je crois, Cam prit une bouchée de sa pizza. Ou j'avais peut-être treize ans, je ne m'en souviens pas. Ce n'était pas vraiment un moment mémorable, mes parents étaient très détendus, et ma mère avait eu une relation avec une femme quand elle était plus jeune, alors elle n'a même pas sourcillé. Ils m'ont simplement demandé un jour si je préférais les filles et j'ai répondu par l'affirmative. Je suis sûr qu'ils l'ont su bien avant que je m'en rende compte.

- C'est adorable. Ella gémit en prenant elle aussi une bouchée de sa pizza. Mmm... tu es une cuisinière extraordinaire. Elle étudia la part recouverte de fromage de chèvre, d'asperges grillées, de poivrons rouges et de tomates. Ça a même l'air bon pour la santé.

- C'est bon pour la santé. Cam gardait les yeux fixés sur la part de pizza qu'elle tenait dans sa main, consciente de leur proximité. Ta sœur savait-elle que tu étais gay ?, demanda-t-elle, se souvenant qu'Ella lui avait dit à quel point elles étaient proches.

- Oui, Helena le savait. En fait, elle était gay aussi. Je ne le lui ai dit qu'après qu'elle m'ait fait son coming-out. Le monde entier a découvert sa sexualité l'année dernière, lorsque notre mère a écrit un livre "révélateur" sur elle et y a inclus des chapitres de son journal intime. C'était une chose horrible à faire ; je suis surprise que tu n'en aies pas entendu parler.

- Je ne le savais pas. D'habitude, je ne lis pas les potins, tout simplement parce qu'ils ne m'intéressent pas du tout. C'est pour ça que tu ne parles plus à ta mère ?

Ella acquiesça.

- C'était la goutte d'eau qui a fait déborder le vase. Nos relations n'étaient déjà pas au beau fixe depuis que je l'avais virée de son poste de manager, il y a sept ans, parce qu'elle prenait des décisions dans mon dos et qu'elle me volait. Je ne suis pas une personne déraisonnable et, malgré nos différences, je lui aurais donné tout ce qu'elle voulait en plus de son salaire et de ses commissions déjà élevés si elle l'avait demandé au lieu de me mentir. Mais le livre qu'elle a écrit sur Helena était vraiment un coup bas. Les journaux intimes sont des journaux intimes pour une raison. Helena a choisi de vivre une vie privée à la fin, et donc quand maman a vu l'opportunité de se faire de l'argent sur la dignité de ma sœur décédée, j'ai décidé que j'en avais assez d'elle. Je ne sais même pas comment elle a mis la main sur les journaux intimes. Helena les gardait sous son lit dans notre maison de Palm Springs, alors elle a dû se frayer un chemin pour les voler.

- Bon sang.

- Oui. J'ai commencé à lire le livre quand il est sorti, mais je me suis arrêtée à mi-chemin. Quand je suis arrivée aux sections du journal intime, en particulier celles où Helena écrivait ses premières pensées sur le fait d'avoir des sentiments pour une femme - c'était comme si je lisais mes propres pensées et le fait de savoir que c'était public m'a vraiment angoissée. Bien sûr, maman avait laissé de côté les passages qui lui faisaient du tort.

- Alors, tu ne lui as pas parlé depuis ?

- Non, et je n'en ai pas l'intention, Ella se servit une nouvelle part de pizza, le visage sévère et indifférent. Elle avait appris à faire abstraction de toute émotion lorsqu'il s'agissait de sa mère. J'ai entendu dire qu'elle avait quitté Los Angeles il y a quelque temps, mais je n'ai aucune idée de l'endroit où elle est allée. Je suis juste contente qu'elle soit partie..., Elle grimaça. Je suis désolée, ce n'est pas juste de dire ça, vu que ta mère...

- Ne t'inquiète pas pour ça, Cam lui sourit. Tu n'as pas à faire attention à ce que tu dis autour de moi. Je ne connais pas ta mère. Je ne te connais même pas très bien, mais si le fait qu'elle ne soit plus là te rend la vie plus facile, alors je suis pour.

- Je sais que nous ne nous connaissons pas très bien, dit Ella. Mais j'aimerais mieux te connaître. Il y a tellement de choses qui m'intriguent.

Cam leva les mains et sourit.

- Hé, je suis un livre ouvert, et j'ai toute la nuit. Vas-y, demandes-moi tout ce que tu veux.

Cam n'arrivait pas à dormir après le départ d'Ella. Il était presque deux heures du matin et elle regardait encore le plafond, des pensées et des regrets plein la tête. Elle n'aurait pas dû admettre qu'elle était attirée par Ella, mais elle avait été complètement déstabilisée par son aveu. Elle avait à peine pu la regarder lorsqu'elles étaient assises ensemble sur le canapé parce qu'à chaque fois qu'elle le faisait, son souffle était coupé et elle se sentait attirée par la bouche d'Ella comme si elle n'avait aucun contrôle sur elle. Leur brève conversation, insinuant qu'il y avait quelque chose entre elles, avait suscité des fantasmes qu'il valait mieux qu'elle ait seule, et elle avait rapidement chassé ces pensées sur-le-champ. Un petit flirt innocent était une chose, mais là, c'était une tout autre affaire.

Elle se sentait protectrice envers Ella comme jamais elle

ne l'avait été envers quelqu'un d'autre auparavant. Peut-être parce qu'elle l'avait sauvée ou peut-être parce qu'Ella n'avait tout simplement personne d'autre pour veiller sur elle et qu'elle ne voulait pas risquer de briser le lien de confiance qu'elles avaient tissé en cherchant à savoir s'il y avait plus entre elles.

Cependant, ce n'était pas seulement pour Ella qu'elle s'inquiétait, mais aussi pour elle-même. Ella lui faisait des choses qu'elle ne pouvait pas expliquer, et il n'était plus aussi facile de mettre ses sentiments de côté. Cam ne voulait pas être une expérience parce qu'elle savait qu'avec Ella, il serait impossible de revenir en arrière une fois qu'elles auraient franchi la ligne. Mais maintenant qu'elle était seule, il était encore plus difficile de ne pas imaginer ce que cela ferait de l'embrasser et d'effleurer de ses lèvres le cou délicat d'Ella. *N'y pense pas, Cam. Cela n'arrivera jamais.*

Chapitre Vingt-Trois

Tu es super canon, Ella, dit Tyler Kane avec un sourire en coin avant de prendre une bouchée de son hamburger gourmet. J'espérais qu'ils te choisiraient, poursuivit-il la bouche pleine de nourriture.

- Je te remercie. Tu as l'air..., Ella se creusa la tête, cherchant les mots justes. Tu as l'air plutôt intéressant toi aussi.

Les petits pains dorés à soixante-dix dollars du Gold Burger étaient ridicules, tout comme la tenue de Tyler, remarqua Ella en étudiant son ensemble à trois jeans. Sa chemise, son pantalon et sa veste étaient tous couverts de clous, et le tissu semblait bien trop chaud pour les températures élevées. Il avait gardé ses lunettes de soleil à l'intérieur et Ella pouvait y voir son propre reflet à chaque fois qu'il levait les yeux.

Son maquillage la démangeait, ses talons étaient inconfortables et sa robe noire était trop serrée et révélatrice à son goût, mais son styliste avait insisté sur le fait que c'était parfait pour un premier rendez-vous. Elle était tellement heureuse de porter ses vêtements de yoga ces derniers temps qu'elle avait presque oublié ce que cela faisait d'être habillée comme un sapin de Noël. *Qu'est-ce que je fais ?* Elle était ennuyée de gaspiller son après-midi libre avec Tyler, mais elle se réconforta en se disant qu'elle devait terminer le tournage dans deux semaines. Elle aurait alors tout le temps de s'adonner à son nouveau passe-temps favori. *Cam.*

Il y avait eu une étrange tension entre elles, après qu'elle lui ait fait son coming-out. La façon dont Cam l'avait regardée était différente maintenant, comme si elle avait réalisé que l'occasion était là, mais Ella savait qu'elle ne ferait jamais un pas en avant à moins qu'elle ne lui fasse clairement comprendre qu'elle le voulait et qu'elle était prête. Ella essaya d'analyser l'attirance qu'il y avait entre elles. Il ne s'agissait pas seulement d'une profonde affection, combinée à une attirance physique mutuelle, elle en était sûre. C'était aussi très sexuel. Elle pouvait le sentir dans chaque terminaison nerveuse, et si elle était honnête avec elle-même, cela faisait des semaines qu'elle le ressentait. Il était difficile de rester concentrée sur quoi que ce soit quand elle ne pouvait s'empêcher de fantasmer sur ce que ce serait d'embrasser Cam, de la voir nue, de la toucher...

- Ella ?, la voix de Tyler la sortit de ses pensées érotiques.

- Désolée, Ella feignit un sourire chaleureux, consciente des photographes qui les observaient depuis la fenêtre. Cela faisait plus de deux ans et demi qu'elle n'avait pas fait cela, et elle manquait un peu d'entraînement. *Ou peut-être suis-je simplement distraite.* Qu'est-ce que tu as dit ?, elle tenta d'épousseter l'or de son pain d'hamburger au saumon, mais se maudit lorsqu'il se colla à ses doigts.

- J'ai dit que mon nouveau film sortirait bientôt. Il est génial, se vanta Tyler. Je suis sûr que tu as vu la bande-annonce.

- Non, je ne l'ai pas fait. C'est ce film Marvel ?, demanda Ella, se rappelant vaguement que Tom en avait parlé lors de leur rencontre avant le rendez-vous, au cours de laquelle elle avait signé un accord de confidentialité l'empêchant de parler publiquement de Tyler sans l'autorisation de sa direction. Elle fouilla dans son sac à main pour se nettoyer les doigts et remarqua que Tyler avait maintenant de la poussière d'or dans les sourcils.

- Oui, murmura-t-il, les yeux écarquillés par l'excitation. J'ai fait la plupart des cascades moi-même. Il n'y a pas beaucoup d'acteurs qui font ça, tu sais.

- Je sais, c'est assez impressionnant, Ella fit de son mieux pour paraître intéressée.

- Oui, c'est vrai. Ils m'ont surnommé « Thunder Boy » sur le plateau, Tyler sourit et prit une autre énorme bouchée de son hamburger. Alors, mon manager et moi avons pensé que ce serait bien que tu viennes à la première avec moi. C'est dans deux mois.

- Dans deux mois ?, Ella eut l'air choqué. C'est un peu long pour sortir ensemble, tu ne trouves pas ?

Elle agita un doigt entre Tyler et elle avant de s'essuyer les mains. Elle pensa à lui tendre le désinfectant et à lui dire de se nettoyer le visage, mais décida cruellement de ne pas le faire.

- Non. Deux mois, c'est fini plus vite que tu ne le penses, surtout si on s'amuse., Tyler repéra l'un des autres convives qui les filmait et lui prit la main. Pourquoi ne viendrais-tu pas chez moi ce soir ? Apporte ton bikini pour qu'on puisse tester mon nouveau jacuzzi.

Ella dut s'empêcher de retirer instinctivement sa main. L'idée de s'asseoir dans un jacuzzi avec Tyler la dégoûtait au plus haut point, et elle se demandait si elle aurait été attirée par lui si elle avait été hétérosexuelle. *Aucune chance.*

- Écoute, Tyler. C'est strictement professionnel, dit-elle en gardant la voix basse. Elle attendit quelques secondes avant de retirer sa main et de prendre ses couverts. Elle ferait en sorte d'avoir toujours quelque chose dans les mains à partir de maintenant. Je ne suis pas intéressée par quoi que ce soit de plus, et je n'ai aucune idée de la raison pour laquelle tu pensais que je le serais. Nous ne nous sommes rencontrés qu'une seule fois avant, et nous nous sommes à peine parlés.

Tyler lui fit un doux sourire, prétendant qu'ils avaient une conversation romantique alors qu'il baissait la voix et chuchotait.

- Tu es sérieuse ? Tu ne veux même pas baiser ? Qu'est-ce que j'y gagne, alors ?

Ella haleta à ses paroles, manquant de s'étouffer avec le morceau de hamburger qu'elle était en train de mâcher.

- Sérieusement ? Ce genre de connerie ne fait jamais partie du plan, murmura-t-elle en se penchant vers lui et en esquissant un autre sourire. C'est une exposition, pour nous deux. C'est ce qu'il y a en jeu pour toi. Nous sommes dans les dix premières listes des célibataires les plus désirables aux États-Unis, et c'est juste un putain de jeu pour faire la une des tabloïds et augmenter notre nombre de followers. Non pas que je me soucie du nombre de followers que j'ai, je ne sais même pas pourquoi je suis ici, elle soupira. Je suis désolée, c'était une erreur. Je n'aurais pas dû venir.

- As-tu la moindre idée de toutes les célébrités qui donneraient un bras pour sortir avec moi ?, Tyler souffla, incapable de cacher sa frustration plus longtemps. Il s'assit, croisant les bras.

-Alors sors plutôt avec elles.

Ella se pencha également en arrière, imitant son langage corporel.

- Je le ferai, Tyler ressemblait à un enfant têtu sur le point de piquer une colère. Je vais passer à l'action ce soir, que tu en fasses partie ou non. Il y a des milliers de nanas qui meurent d'envie de ça. Il se tapota la poitrine, puis plissa les yeux. Hé, attends une minute. Tu n'as pas été pris en photo en train de faire un câlin à ta prof de yoga ou quelque chose comme ça ?, il fit défiler son téléphone, à la recherche des derniers potins sur Ella Temperley. Il sourit lorsqu'il trouva les photos et tourna discrètement son téléphone pour qu'Ella puisse le voir. C'est à cause d'elle que tu es venue à ce rendez-vous ?, chuchota-t-il. Elle t'a convertie ? Je parie qu'elle t'a draguée pendant un de tes cours particuliers et que tu as sauté sur l'occasion pour essayer. Je ne t'imagine pas lesbienne, mais puisque...

- Puisque quoi ?, Ella lui coupa la parole. Puisque je ne veux pas coucher avec toi ? Bon sang, es-tu vraiment si imbu de ta personne ? Ce n'est pas ton problème de savoir avec qui je couche. Mais je vais te dire une chose, Tyler, ce ne sera certainement pas avec toi. Elle se leva et le pointa du doigt. Et ne t'avise pas d'entraîner Cam là-dedans. Elle est trop bien pour faire partie de cette mascarade ridicule.

- Alors, j'avais raison. Tu *es* lesbienne, Tyler lui adressa un sourire suffisant. Sinon, pourquoi serais-tu sur la défensive ?

- Va te faire foutre, Tyler, Ella se sentait sur le point d'exploser de rage, et elle avait besoin d'un exutoire. Elle regarda son hamburger à moitié mangé, le saisit et le lança vers Tyler sans réfléchir. Puis elle sortit, le laissant à la table, de la mayonnaise au wasabi vert dégoulinant sur son visage.

Chapitre Vingt-Quatre

« ELLA TEMPERLEY LARGUE TYLER KANE
AU GOLD BURGER »
Ella soupira en lisant le titre. Elle devrait
vraiment arrêter de regarder ces sites de potins sur les célébrités, mais elle ne pouvait pas s'en empêcher. L'article était accompagné d'une photo d'eux se souriant l'un à l'autre pendant le déjeuner, puis d'une autre photo d'Ella en pleine action avec un visage de tonnerre. Elle n'aimait pas se voir ainsi, mais elle se sentit tout de suite un peu mieux lorsqu'elle tourna la page et vit une photo du visage couvert de mayo de Tyler. *Je l'ai largué ?* Cela signifiait que les médias supposaient qu'ils sortaient déjà ensemble et, après seulement une demi-heure passée avec lui, elle ne pouvait imaginer rien de pire. Enfin, ça pourrait être pire, bien sûr. C'était toujours possible. Tyler serait furieux maintenant et chercherait probablement à se venger

Même si Tyler avait également signé un accord de confidentialité, elle s'était comportée de manière inappropriée, ce qui signifiait que leur contrat pouvait être rompu. Se faire outer par Tyler était le pire cauchemar d'Ella, qui se sentait sale et honteuse d'avoir pris part à cet arrangement. Personne ne l'avait forcée ; elle avait accepté le plan de Tom, et elle ne pouvait s'en prendre qu'à elle-même pour ce bazar. Elle n'avait pas fait quelque chose d'aussi stupide depuis longtemps parce qu'elle s'était renfermée sur elle-même.

Dernièrement, quelque chose lui pourtant avait redonné vie. Ou plutôt quelqu'un. Elle se remettait à rire, à manger, à discuter avec les gens et à s'amuser. Elle aimait même s'aventurer hors de chez elle, mais ce regain de liberté s'accompagnait de la présence des médias, qui étaient toujours là, où qu'elle aille. Elle savait que la raison de ce nouveau souffle de vie était Cam, et elle ne savait pas du tout quoi en faire. Comme Tom l'avait mentionné, elle obtenait toujours les rôles qu'elle voulait, mais cela n'allait pas durer éternellement si elle ne revenait pas sous les feux de la rampe. Cela signifiait des interviews, des talk-shows, des fêtes, des soirées de remise de prix... Que se passerait-il si elle faisait son coming-out au monde ? Elle n'obtiendrait certainement pas les rôles de comédies romantiques qui payaient si bien. Les gens veulent des couples crédibles à l'écran. Mais avait-elle vraiment besoin d'argent ? Et voulait-elle encore ce genre de rôles ? C'était une décision qu'elle devait prendre le plus tôt possible. Son téléphone vibra et son cœur s'emballa lorsqu'elle vit qu'il s'agissait d'un message de Cam.

« *Hé, comment s'est passé le « rendez-vous » ?* »

« *Pas comme prévu* », répondit Ella. Puis elle ajouta : « *Vérifie les derniers ragots. Tyler va faire de ma vie un véritable enfer, je pense que je vais devoir m'absenter quelque temps après la fin du film. Tu veux venir chez moi à Palm Springs pour quelques jours ? C'est très privé là-bas.* »

Elle s'attendait à un message, mais, à la place, son téléphone sonna.

- Tu vas bien, Ella ?, Cam avait l'air inquiet.

- Ouais. Je lisais juste des articles merdiques sur moi, c'est tout. Il ne leur a pas fallu plus de quarante minutes pour le mettre en ligne. Tyler était un vrai connard. Je n'arrive pas à croire que j'ai accepté cette merde.

- Je suis vraiment désolée, Cam fit une pause. Que s'est-il passé ?

- Il pensait que je coucherais avec lui. Quand je lui ai fait comprendre que ce n'était pas le cas, il m'a dit que c'était à cause de toi, ce qui m'a rendu furieuse. Je lui ai alors jeté un hamburger à la figure et je suis partie.

Cam rit, et Ella pouvait imaginer à quoi elle ressemblait à ce moment-là. Rayonnante, en sueur et sexy après son cours, et tout ce qu'elle voulait, c'était être près d'elle.

- Je suis désolée, je ne voulais pas rire, mais je te salue pour cela et je le tuerai si jamais il croise mon chemin.

- Merci, mais je risque de te devancer, Ella hésita un instant, alors, à propos de Palm Springs... tu veux venir ?

- Oui, j'aimerais bien, dit Cam. Mais j'ai des clients privés le week-end et je ne peux pas annuler. Je peux venir du lundi au jeudi, si je peux trouver quelqu'un pour me remplacer à mes cours. Vanya sera bientôt de retour, je suis sûre qu'elle pourra arranger les choses.

- Vraiment ? Ce serait formidable, Ella ne put s'empêcher de sourire en sentant son cœur se réchauffer et ses frustrations s'envoler. Je peux passer te prendre lundi matin, la semaine suivant la prochaine ? Je ne te verrai probablement pas avant. Nous faisons des journées extra-longues sur le plateau car c'est la dernière ligne droite, alors nous commençons à sept heures chaque matin et nous finissons tard.

- Ça semble épuisant, assure-toi de prendre soin de toi.

175

- Je le ferai. J'ai hâte de te revoir bientôt.

- Oui, moi aussi.

Il y a eut une courte pause.

- Et Ella ? Appelle-moi si tu veux parler, d'accord ? Je sais que tu as dû traverser cette épreuve plus d'une centaine de fois, et je peux paraître naïve si je dis que nous pouvons combattre ces enfoirés, mais je suis là pour toi et toujours de ton côté.

- Je sais. Merci, et tu me manques et..., Ella hésita. J'ai hâte de te revoir.

Elle souriait d'une oreille à l'autre après avoir raccroché. Apparemment, le simple fait d'entendre la voix de Cam suffisait à lui remonter le moral. En outre, quatre jours avec Cam étaient une perspective excitante, et elle espérait être capable de passer les dernières scènes sans être trop distraite. Leur récente conversation tournait en boucle dans sa tête et tout ce à quoi elle pouvait penser maintenant, c'était l'expression sombre de Cam lorsqu'elle lui avait dit qu'elle aimait les femmes. Elles étaient toutes les deux clairement conscientes de leur attirance mutuelle, mais elles étaient également conscientes de la valeur de leur amitié et pour Ella, le fait d'avoir enfin quelqu'un en qui elle avait de nouveau une entière confiance était tout ce qu'il y avait de plus important.

Il devenait de plus en plus difficile de garder ses distances, et plus elles passaient de temps ensemble, plus elle se sentait proche de Cam. Elle mourrait d'envie de l'embrasser, de la toucher... Merde, elle désirait lui arracher ses vêtements et de faire ce qu'elle voulait avec elle, même si elle n'avait aucune idée de ce qu'il fallait faire. Ce n'était pas tout à fait vrai. Elle avait regardé plus de scènes d'amour entre femmes qu'elle ne voulait l'admettre, et dans ses fantasmes, elle savait toujours exactement quoi faire. Des années de désir pour le toucher d'une femme avaient fait des ravages, et Ella se sentait sur le point d'exploser chaque fois qu'elle pensait à Cam et elle comme étant plus que des amis. Le simple fait de penser à elle avait rendu sa dernière scène d'amour avec Neil Messenger si convaincante qu'ils l'avaient bouclée en deux prises, ce qui était probablement un record dans son secteur d'activité. Même le réalisateur l'avait regardée avec curiosité à un moment donné, suppo-sant probablement qu'elle était follement amoureuse de Neil. Ella ferma son ordinateur portable et se replongea dans le scénario posé sur le petit bureau de sa caravane. *Remets-toi au travail, Ella. Concentre-toi.*

Chapitre Vingt-Cinq

Ella regarda son téléphone pour la dixième fois de l'heure. Les cinq jours pendant lesquels elle n'avait pas vu ou parlé à Cam lui avaient paru une éternité. Elle lui manquait énormément, et elle l'avait donc invitée sur le plateau aujourd'hui. Cam avait immédiatement répondu :

« Vraiment ? J'aimerais beaucoup venir sur le plateau. Tu es sûre que c'est possible ? Je peux venir entre deux cours. À plus tard X C »

Ella n'était pas censée inviter des gens ici, il y avait des règles strictes à ce sujet, mais elle avait finalement réussi à mettre la main sur l'assistant du réalisateur, qui était souvent plus occupé que le réalisateur lui-même, et il lui avait imprimé un accord de non-divulgation pour que Cam le signe à son arrivée. Ella avait une pause de trois heures entre les scènes, et même si ce n'était pas beaucoup, c'était mieux que de ne pas la voir du tout. Elle se sentait dépendante d'elle, et cinq jours d'interruption l'avaient rendue évasive et même un peu triste.

Maintenant, elle tapotait des doigts sur son bureau,

attendant nerveusement que quelqu'un fasse venir Cam pour qu'elle puisse lui faire visiter le plateau. La longue robe de soirée qu'elle portait après avoir tourné la scène du matin la mettait légèrement mal à l'aise, mais elle n'avait pas pris la peine de se changer, sachant qu'elle devrait à nouveau s'habiller, se coiffer et se maquiller cet après-midi. On frappa à la porte et Ella se regarda une dernière fois dans le miroir.

- Ella, ton rendez-vous de midi est arrivée. Cam Saunders ?, lui signala Raphaël.

- Hey, un sourire se dessina sur les lèvres d'Ella lorsqu'elle ouvrit la porte et vit Cam à côté de Raphaël. Cam portait un jean bleu moulant et une chemise décontractée en lin à rayures bleues et blanches. Les quatre premiers boutons étaient défaits, donnant à Ella une belle vue sur son décolleté. Je suis ravie que tu aies pu venir. Tu veux venir dans ma caravane ?, elle battit des cils.

Cam lui lança un regard amusé en s'appuyant sur l'embrasure de la porte.

- Aucune femme ne m'a jamais proposé ça auparavant, alors je ne vais certainement pas refuser. Au fait, tu es superbe. Je suppose que ça a quelque chose à voir avec le film ?

- Qui sait ?, taquina Ella. Peut-être que je me suis juste habillée pour ma professeure de yoga incroyablement sexy qui est sur le point de faire une visite guidée du studio.

Elle sentit ses joues rougir lorsque les yeux de Cam se plantèrent dans les siens.

- Tu flirtes avec moi, Ella ?, Cam pencha la tête sur le côté, un sourire taquin se dessinant sur son visage. Parce que si tu flirtes avec moi, tu obtiendras autant que tu donneras. Je ne suis qu'un être humain, et il y a des limites à la retenue que je peux avoir avant de commencer à déverser mes charmes sur toi.

- Teste-moi.

Ella capta son regard et le soutint. Cam laissa échapper un petit rire et entra, se rappelant d'arrêter de mordre à l'hameçon. Quoi qu'il en était, ce qu'elles faisaient en ce moment les rapprochait de plus en plus du point de non-retour, et elle tenait trop à Ella pour laisser leur relation être ruinée par une aventure qui ne manquerait pas de changer toute la dynamique entre elles. *Que Dieu me vienne en aide. Je suis dans le pétrin.* Elle laissa dehors un Raphaël déconcerté, qui avait été témoin de leur flirt, et le salua.

- Merci, Raphaël, j'ai été ravie de vous rencontrer.

- Merci Raphaël, tu peux y aller si tu veux. Je te vois demain pour notre petit-déjeuner de travail, lui dit Ella avant qu'il ne parte. C'est un bon gars, dit-elle lorsqu'il fut hors de vue. Et loyal. C'est difficile de trouver des gens comme ça.

- J'ai vu une photo de vous deux dans un magazine. L'article supposait que vous sortiez ensemble.

- Je te dirais bien de ne pas croire tout ce que tu lis, mais je suppose que tu le sais maintenant.

Ella suivit Cam des yeux alors qu'elle passait devant elle. Elle n'avait pas l'intention de flirter avec elle, mais il était difficile de ne pas le faire, vu l'allure de Cam aujourd'hui. Elle aimait voir Cam en tenue de yoga, mais là, c'était un tout autre niveau d'indulgence.

- Bon sang, on se croirait dans un manoir, Cam observait la caravane qui était recouverte de cuir blanc et qui abritait un long canapé qui s'étendait d'un côté. Il y avait une table de salle à manger pour quatre personnes et une kitchenette chic avec des appareils modernes, dont un presse-agrumes industriel, une cafetière et une machine à glaçons. La porte du fond était fermée, mais elle imaginait une chambre à coucher tout aussi neuve et élégante derrière. J'adore.

- Oui, c'est pas mal, n'est-ce pas ?, Ella ouvrit le réfrigérateur. Tu veux quelque chose ? Café, thé, jus de fruit, eau, champagne ? Je n'ai pas encore fini de tourner, alors je vais me faire un café.

- Un café, c'est bien, Cam s'assit sur le canapé et caressa le cuir souple. Tu as un bon projet, Ella. Merci de m'avoir invitée, je n'ai jamais été sur un plateau de tournage auparavant.

- Alors, tu es impatiente de le voir ?, Ella sourit en introduisant une capsule Nespresso dans la machine et en plaçant une tasse à emporter en dessous.

- Oui, absolument. Je ne savais même pas qu'il était possible d'entrer ici en tant qu'étranger. Ma mère m'a toujours dit que c'était strictement interdit sur son plateau.

Ella ajouta du lait d'amande dans la tasse de Cam - ravie d'avoir demandé à Raphaël d'en acheter ce matin-là - et la lui tendit.

- Tu as raison. On n'a pas vraiment le droit de laisser entrer les gens, mais je suis importante pour le film, alors je savais qu'ils n'allaient pas refuser, elle sourit en se préparant un café. Il est rare que je fasse des demandes, mais tu me manquais. Désolée, ça a l'air idiot, je...

- Non... Ce n'est pas idiot, tu m'as manquée aussi, dit Cam en se levant et en suivant Ella dehors et dans le studio en plein air avec des douzaines de décors intérieurs et extérieurs. Elle fut surprise quand Ella les conduisit à une voiturette de golf, garée derrière la caravane. - C'est vraiment cool. J'ai toujours voulu en essayer une.

- Ah oui ? Tu veux conduire ?, Ella se dirigea vers le siège passager et attendit que Cam s'installe au volant, puis lui tendit la clé. Cam sourit en l'inspectant.

- Est-ce que c'est électrique ? Comment ça fonctionne ?

- Électrique, quarante-huit volts, dit Ella. Il n'y a rien à faire, elle se conduit comme une voiture automatique, elle montra les deux pédales et rit lorsque Cam tourna la clé et appuya sur la pédale, les faisant avancer. Elle rit encore plus fort en voyant l'expression perplexe de Cam. Oui, plus ou moins comme ça. Je pense que tu as compris l'idée de base.

- C'est vrai... Je pensais que ce serait un peu plus sensible, mais apparemment, ce n'est pas le cas. Peu importe, j'ai compris maintenant, Cam lui fait un clin d'œil et sourit. Alors, on va où, cheffe ?

- Tout droit, puis à gauche au prochain carrefour, Ella salua un groupe de collègues qui passaient devant elles et leur jetaient des regards curieux. Elle ne s'attendait pas à autre chose, à être vue en train de conduire avec Cam après tous les ragots récents, mais la réalité était qu'elles n'étaient vraiment que des amies, et qu'elle n'allait pas s'abstenir de la voir juste parce que les gens voulaient faire des spéculations. Le premier arrêt, c'est ce bâtiment là-bas, elle désigna un grand entrepôt en béton à environ 800 mètres devant elle, après que Cam eut tourné au coin de la rue. Une partie de la longue rue ressemblait à une petite ville, avec une église, des devantures de magasins et de jolies petites maisons. Plus loin, se trouvait une zone plus suburbaine avec des jardins impeccables et de vrais arbres.

Cam trouvait surréaliste de conduire à travers le plateau, passant devant un mélange de différents styles architecturaux et de demi-bâtiments, certains d'entre eux étant même dépourvus de murs latéraux. Cela avait ressemblé à un labyrinthe lorsque Raphaël l'avait emmenée ici et, à en juger par les nombreuses rues qu'elles traversaient maintenant, le studio couvrait plus de terrain qu'une petite ville.

- Tout est pour le film sur lequel tu travailles ?, demanda-t-elle.

- Non, nous tournons principalement en intérieur. Les décors de cet entrepôt ont été construits spécifiquement pour ce film. Nous avons terminé le tournage des scènes extérieures dans les collines d'Hollywood il y a deux mois, et il ne nous reste plus que les scènes d'intérieur. L'une des raisons pour lesquelles j'ai choisi de participer à ce film est que je n'avais pas envie de voyager l'année dernière, mais pour le prochain, je réfléchirai au type de projet que je veux faire, plutôt que de restreindre la sélection en fonction du lieu de tournage. Je pense faire quelques films indépendants, peut-être. Quelque chose d'un peu plus substantiel qu'une comédie romantique.

- C'est un sacré changement par rapport à ce que tu fais maintenant, Cam fit un signe de la main. Non pas que je pense que les films que tu as faits sont nuls, même si je dois admettre que je n'en ai regardé que quelques-uns.

- Exactement, c'est ce que je veux dire. Je ne les regarderais pas non plus. J'aimerais jouer un personnage qui m'oblige à sortir de ma zone de confort pour une fois et à travailler sur un film que j'aimerais regarder moi-même. Tout ça... c'est facile pour moi. Je l'ai toujours fait, et j'ai l'impression que c'est maintenant que je dois changer. Sinon, le seul moyen de rester à la page sera d'avoir de faux rendez-vous avec des idiots et d'assister à des fêtes stupides.

- On dirait que tu as bien réfléchi, dit Cam. Je pense que c'est une décision courageuse. Qu'en pense ton manager ?

- Tom ?, Ella lui lança un regard malicieux. Il n'est pas encore au courant, et mon manager non plus, elle fit signe à un jeune homme qui marchait dans la même direction avec un presse-papiers, et celui-ci lui fit signe en retour. C'est l'un des assistants du réalisateur. Nous en avons deux sur ce plateau. Les assistants du réalisateur supervisent une équipe d'assistants de production, ou AP, comme nous les appelons. Ils sont comme les yeux et les oreilles sur le plateau, et ils s'assurent que les choses sont là où elles doivent être à tout moment. C'est probablement le travail le plus stressant de l'industrie cinématographique ; les pauvres assistants de production se font constamment renvoyer parce qu'ils oublient des choses ou sont incapables de trouver des objets que d'autres ont égarés. C'est injuste, mais c'est ainsi qu'il faut commencer si l'on veut gagner sa vie dans le cinéma. Là-bas, c'est la station de charge pour les talkies-walkies que tout le monde porte sur soi, poursuivit-elle lorsqu'elle vit Cam étudier la tente blanche.

- Tu en as un ?

- Oui, j'en ai un, mais je ne commence à le porter qu'une heure avant d'être de service.

- Ce n'est pas du tout ce à quoi je m'attendais, Cam remarqua qu'il n'y avait pas beaucoup de monde en général. Elle s'attendait à un chaos, mais au lieu de cela, tout semblait très bien organisé. Au moins, je n'aurai pas à faire attention à la circulation ici, plaisanta-t-elle en conduisant lentement pour pouvoir observer tout ce qui se passait. Des rails de vêtements roulaient d'un bâtiment à l'autre, des maquilleurs traînaient des mallettes derrière eux, leurs ceintures remplies de pinceaux de maquillage et d'autres accessoires. Il y avait un grand kiosque avec une station de cuisine en plein air remplie de longues tables et de bancs, où des groupes de personnes vêtues de vêtements d'époque prenaient leurs repas. Un homme et une femme vêtus de chemises noires « AP » accrochaient des décorations à un arbre dans l'une des fausses cours de banlieue, en prenant grand soin de positionner les accessoires. Hé, ce n'est pas Neil Messenger ?, elle plissa les yeux en regardant par-dessus son épaule tout en passant devant un homme en tenue de soirée.

Ella regarda aussi par-dessus son épaule.

- Bien repéré, gare-toi. Veux-tu le rencontrer ?

- Je suis sûre que Neil a mieux à faire que de me parler, Cam gara la voiturette à côté du bâtiment et rendit la clé à Ella.

- Je ne pense pas que ce soit le cas. Il a une pause de trois heures, tout comme moi, et d'habitude il s'assoit dans sa caravane et joue à des jeux vidéo avec son assistant.

Ella se retourna et cria :

- Hé, Neil ! Viens par ici une seconde.

Cam regarda le bel homme d'une trentaine d'années se retourner et regarder Ella avec surprise. Puis il se mit à marcher dans leur direction alors qu'elles descendaient de la voiturette.

- Ella. Qu'est-ce qu'il y a ?, il sourit en regardant d'Ella à Cam et vice-versa. Qu'est-ce que tu fais à te promener pendant ta pause ? D'habitude, tu disparais.

- Je sais, mais pas aujourd'hui , Ella lui adressa un sourire radieux. Voici mon amie Cam. Je lui fais visiter le plateau.

- Ah, Cam..., Neil serra la main de Cam. C'est un plaisir de rencontrer la tristement célèbre professeure de yoga.

Cam rit.

- Ne croyez pas tout ce que vous lisez.

- Oh, je ne lis jamais rien, mais c'était difficile à rater, plaisanta Neil. Alors, est-ce qu'il va y avoir une séance de yoga torride pendant la pause d'aujourd'hui ? Je peux y participer ?

Ella leva les yeux au ciel et secoua la tête.

- Désolée de te décevoir. Il n'y a pas de séance de yoga,

juste du tourisme. Tu sais si le studio treize est libre ?, elle fit un geste vers l'entrepôt.

- Les dernières personnes viennent de partir pour le déjeuner, alors amusez-vous bien, Neil sourit en tendant un hamburger. Le buffet pour les extras est toujours ouvert si vous voulez des glucides. Je n'aime pas trop les super-aliments qu'ils nous donnent à manger.

- C'est pour ça que tu rôdais autour quand on a fait une pause pour le déjeuner ?, Ella gloussa et le montra du doigt. Pour le buffet des extras ?

- Où d'autre je pourrais être nourri ?, Neil haussa les épaules. Je n'ai pas de petite amie pour m'apporter de fast-food et mon assistant a démissionné hier parce qu'il a reçu une meilleure offre d'un cheikh du pétrole à Abu Dhabi, il se tourna vers Cam. Alors, c'est à cause de toi qu'Ella ne veut pas sortir avec moi, hein ?

Cam sourit, ne sachant pas trop quoi répondre à cela.

- Hé, je suis sûre qu'il n'y a rien de personnel. Peut-être que je suis juste une meilleure cuisinière.

- Oui, mais est-ce qu'elle t'achète des chaussettes ?, Neil arqua un sourcil suggestif en soulevant l'ourlet de son pantalon, révélant une paire de chaussettes beiges avec des morceaux de bacon marron partout. Il avait remonté ses chaussettes extravagantes, et elles avaient l'air si ridicules que Cam et Ella éclatèrent de rire.

- Non, je n'ai pas eu autant de chance, alors vous gagnez, je suppose, dit Cam.

- Si seulement j'avais quelqu'un pour les admirer sur mes mollets musclés, Neil fit une grimace.

- Je doute que tu manques de petites amies, Neil, les interrompit Ella. Mais si jamais tu te sens super seul ou si tu as super faim, fais-le moi savoir, et nous pourrons te laisser nous rejoindre. Pour le dîner seulement, précisa-t-elle. Sa soi-disant liaison lesbienne faisait déjà l'objet de toutes les attentions, alors elle décida qu'elle pouvait bien s'en amuser un peu. Neil savait aussi bien qu'elle qu'il y avait rarement de fondement ragots, mais en même temps, elle était presque sûre qu'il se demandait pourquoi elle ne s'intéressait pas du tout à lui.

- Ça m'a l'air bien, je vous le rappellerai, les filles, il leur fit un signe de la main, ajusta sa veste de smoking et tourna les talons en sifflant.

- Merci, j'ai passé un excellent moment, Cam prit son sac dans la caravane d'Ella et retourna à l'extérieur.

- Je suis contente que ça t'ait plu, Ella vérifia l'heure sur son téléphone et soupira. Je ferais mieux de retourner à la coiffure et au maquillage. Nous répétons et tournons à nouveau bientôt.

- Ah oui ? Qu'est-ce que tu portes cet après-midi ?

C'est reparti. Cam ne voulait pas que le flirt s'arrête, maintenant qu'il avait commencé. C'était trop amusant, et en plus, c'était innocent, n'est-ce pas ? *Non, Cam, c'est loin d'être innocent.*

- Un déshabillé, taquina Ella.

- Hmm... Dommage que je vais rater ça.

- Je pourrais le garder et venir chez toi plus tard, une bouffée de chaleur traversa Ella à l'idée de se présenter sur le pas de la porte de Cam en déshabillé et d'avoir les yeux de Cam braqués sur elle. Elle aimait la façon dont Cam la regardait. *Qu'est-ce que je fais ?* Je pourrais apporter des plats à emporter et nous pourrions simplement passer du temps ensemble, ajouta-t-elle rapidement pour tenter de dissimuler son désir.

- Vraiment ? À quelle heure tu finis ?, demanda Cam, l'air positivement surpris.

- Vers sept heures, je crois. Je ne peux pas rester long-temps parce que je dois me lever à cinq heures, mais j'aime-rais bien qu'on se retrouve, c'est ennuyeux sans toi. À moins que tu n'aies quelque chose de prévu ?, Ella attrapa son sac à main, son talkie-walkie et son téléphone et referma la porte de la caravane derrière elle.

- Non, rien n'est prévu, dit Cam en se rappelant qu'elle devait terminer les horaires du personnel dès qu'elle rentre-rait à la maison afin d'avoir sa soirée libre. Tu peux toujours rester chez moi. Cela t'évitera de faire la route, et j'ai une chambre de libre.

Elle s'attendait à ce qu'Ella rejette son offre, mais au lieu de cela, Ella acquiesça et sourit.

- Tu es sûre ? J'adorerais ça.

- Super, Cam salua et monta dans la voiture avec Raphaël, qui venait de s'arrêter à la caravane pour la ramener à la sortie. On se voit plus tard alors.

Chapitre Vingt-Six

O ù est le déshabillé que tu m'as promis ?, Cam plaisanta en ouvrant la porte à Ella, qui portait un short en jean et un T-shirt couleur pêche avec une écriture japonaise.

- Désolée, pas de chance pour la chemise de nuit. J'ai dû la rendre, nous tournons la même scène demain matin, alors tu devras te contenter de ça, Ella tendit les bras et se regarda.

- Cela fera très bien l'affaire, dit Cam en jetant un coup d'œil peu subtil sur les jambes nues d'Ella. À présent, elle n'était plus sûre de se faire des illusions, car elle aimait vraiment, vraiment, l'aspect de ses jambes bronzées dans le short. Tu veux du vin ?, elle ouvrit le frigo, puis le referma. J'ai du gin tonic froid, ou du vin tiède parce que j'ai oublié de le mettre au frigo, elle lança un regard d'excuse à Ella. Ou du thé à la menthe frais, j'ai ça aussi.

Ella sourit.

- Je pense que je vais prendre un thé à la menthe. Tu veux que j'aille en chercher sous le porche ?, elle avait repéré les différents pots d'herbes aromatiques lors de sa visite précédente et ouvrit donc les portes sans attendre de réponse, sortit et revint avec un gros bouquet de menthe provenant du pot en terre cuite situé sous la fenêtre. Tu en veux un aussi ?

- Bien sûr. Il y a du miel dans le panier là-bas, Cam indiqua la direction générale des condiments, puis ouvrit le sac à emporter qu'Ella avait apporté. Miam, falafel. Bon choix, elle se tourna à nouveau vers Ella. Tu veux regarder un film ?

- Un film ?, Ella arqua un sourcil comme si elle n'avait aucune idée de ce dont elle parlait.

- Oui. Tu sais, un film. Comme ceux sur lesquels tu travailles tous les jours.

Ella secoua la tête et ricana.

- Je sais ce qu'est un film, mais je ne pense pas avoir déjà regardé un film avec quelqu'un d'autre pour le plaisir, son sourire s'élargit. J'aimerais bien, tant que ce n'est pas l'un des miens.

Cam rit aussi.

- Je suis contente que des choses banales t'excitent. Au moins, tu ne te lasseras pas de moi, ses yeux scintillèrent, visiblement amusée. Ne t'inquiète pas, je ne mettrai aucun de tes films. Ce n'est pas vraiment mon truc.

Elle ouvrit davantage les portes du porche, puis déplaça la télévision à l'extérieur, démêlant l'amas de câbles avant de la poser sur la table du porche. C'était une belle soirée et elle aimait profiter de la brise marine pour se détendre après une journée bien remplie. Elle avait été très occupée sans Vanya et Cam réalisait plus que jamais à quel point elle avait besoin d'elle.

- Tu détestes mes films, n'est-ce pas ?, Ella fronça le nez. Tu peux me le dire, je ne serai pas vexée.

Elle saisit l'accoudoir du canapé et aida Cam à le déplacer dans l'embrasure de la porte avant de s'y installer.

- Non, ce n'est pas ça, mais tu sais... une comédie romantique impliquant un homme et une femme, ça ne me dit rien, Cam la rejoignit avec le thé, une couverture et la nourriture. Elle répartit les pitas, la salade, le houmous, la sauce à la menthe et les falafels dans deux assiettes et en tendit une à Ella. J'ai regardé quelques films, avec Vanya. Elle a un véritable béguin pour toi, et je ne peux pas lui en vouloir. Tu étais tellement sexy dans ce film à thème hawaïen, elle se couvrit le visage de ses mains lorsqu'elle réalisa ce qu'elle venait de dire. Oh mon Dieu, maintenant je parle comme un homme.

Ella rit.

- Hé, c'est bon, je suis flattée. Et puis, je ne te cache pas que j'aime bien te regarder aussi. Tu ressembles à une sculpture fluide quand tu fais du yoga. C'est magnifique.

Elle sourit en voyant les joues de Cam prendre une teinte rose plus foncée et décida de changer de sujet.

- Bref, qu'est-ce qu'on regarde ?, demanda-t-elle en prenant une bouchée de son falafel.

- Tout ce que tu veux, Cam se tourna vers elle, encore un peu troublée. Qu'est-ce que tu aimes ?

- Qu'est-ce que j'aime..., répéta Ella d'un ton suggestif. Je ne suis pas sûre de ce que j'aime parce que je manque d'expérience... dans le domaine du visionnage de films, ajouta-t-elle. Elle réfléchit un instant, puis secoua la tête. Je n'en ai aucune idée. Je n'ai rien regardé depuis longtemps, mais mes coéquipiers s'extasient tous sur cette nouvelle série policière en ce moment. *Les marais ?* Et si on regardait ça ? Au moins, je pourrai participer aux conversations sur le plateau. Elle sourit. Et ça me donnera une excuse pour revenir regarder le reste.

- Ça me va, je ne l'ai pas encore vue non plus, Cam alluma la télévision et rechercha la série sur sa chaîne à la demande. Je dois t'avertir que tu risques passer beaucoup de temps ici. J'ai entendu dire que c'était addictif. Elle arqua un sourcil. Et tu dois me promettre de ne pas regarder d'épisodes sans moi. C'est une règle tacite.

- Bien sûr. Qu'y aurait-il d'amusant à cela ?, Ella ramena ses jambes sous elle, faisant à moitié face à Cam. Lorsque leurs yeux se croisèrent, elle eut le souffle coupé. La noirceur du regard de Cam, sa peau bronzée, ses lèvres, ses épaules sculptées... *C'était si fort.* Elle pouvait sentir le shampoing de Cam et son parfum unique d'agrumes, et elle lutta contre l'envie de tendre la main et de la passer dans ses cheveux. Il y eut un moment où elle fut presque sûre que Cam ressentait le besoin de la toucher aussi, mais au lieu de cela, Cam reporta son attention sur la télécommande et lança la série.

- Tu avais raison. C'est tellement addictif, déclara Ella après le troisième épisode.

- Oui, c'est plutôt bien, Cam se tourna vers elle. Tu as l'air fatiguée. Tu veux continuer une autre fois ?

- C'est peut-être mieux. Je ne veux pas m'endormir en plein milieu, et nous devons toutes les deux commencer tôt demain.

- Le lit est fait et il y a une serviette sur la coiffeuse si tu veux prendre une douche. Cam éteignit la télévision.

- Une douche serait la bienvenue, Ella tira la couverture davantage sur elles. La brise marine était plus fraîche maintenant, mais elle aimait la vue et le simple fait d'être assise à côté de Cam lui faisait tellement de bien qu'elle n'avait pas envie de se lever tout de suite. Pouvons-nous rester ici un peu plus longtemps ?

- Bien sûr, Cam s'enfonça davantage dans le canapé et posa ses pieds sur le pouf. Si elle était tout à fait honnête avec elle-même, elle aurait pu rester là pendant des jours. C'était amusant et facile avec Ella, et elle se sentait tellement à l'aise avec elle qu'elle n'avait même pas besoin d'essayer. La seule chose qui l'empêchait de se détendre complètement était l'attraction constante entre elles qui faisait palpiter son estomac comme un essaim d'abeilles. *Si seulement elle n'était pas aussi belle.*

Elles restèrent assises en silence, écoutant les bruits de l'océan. Au bout d'un moment, les yeux d'Ella se fermèrent quand elle se pencha sur Cam. Cam pouvait sentir à sa respiration lente et régulière qu'elle s'endormait. Son cœur s'emballa à la sensation du corps chaud d'Ella contre le sien et elle se tourna pour la regarder. Le bras nu d'Ella reposait contre le sien, sa tête inclinée vers Cam sur le dossier du canapé provoquait des respirations douces qui chatouillaient la peau de son cou. Cam souleva délicatement son bras et le plaça autour d'Ella pour la mettre un peu plus à l'aise. En conséquence, le poids d'Ella se déplaça et sa tête descendit vers la poitrine de Cam. Ce n'était pas intentionnel et c'était tout à fait innocent, mais néanmoins, cela fit quelque chose à Cam qu'elle n'avait pas ressenti depuis très longtemps.

La proximité d'Ella, qu'elle commençait à voir sous un jour nouveau, la remplissait de chaleur. Elles étaient devenues très proches en seulement cinq semaines, et bien qu'elle avait essayé de ne pas penser à Ella d'une manière sexuelle, ce n'était pas facile. Elle était tout simplement sexy, et son sourire - son vrai sourire, plus encore que son sourire à l'écran - était hypnotisant. Elle avait souri davantage au cours des dernières semaines, et le fait de savoir qu'Ella recommençait à profiter de la vie signifiait tout pour Cam.

Chaque jour, elle se disait qu'il fallait faire attention, ne pas trop se rapprocher. Dans une telle situation, il était facile de se blesser. Ella était instable, et si quelqu'un savait à quel point la dépression pouvait être imprévisible, c'était bien Cam. Ella avait besoin de son amitié en ce moment, et Cam avait besoin de sa présence, pour la seule raison qu'elle la rendait heureuse. Elle savait que le flirt devenait incontrôlable, et elle se rappela encore une fois de faire attention, de garder plus de distance. Cependant, alors qu'Ella se blottissait plus près d'elle, Cam se retrouva à faire le contraire, resserrant son étreinte autour d'elle. Elle s'attendait à moitié à ce qu'Ella se réveille, mais ce ne fut pas le cas, alors elle inspira contre les cheveux blonds ébouriffés et se maudit. *Qu'est-ce qu'elle va penser quand elle va se réveiller ? On dirait que j'essaie de lui faire des avances.* L'idée de mettre un bras autour d'Ella lui avait semblé si naturelle qu'elle n'y avait pas réfléchi, mais maintenant qu'elles étaient assises si intimement, toute une série d'autres pensées se bousculaient dans son esprit, et elles étaient loin d'être pures. *Putain. Elle m'attire tellement.*

Il fallut un peu de temps à Ella pour analyser la situation lorsqu'elle se réveilla. L'adrénaline commença à monter en elle lorsqu'elle sentit un corps chaud contre le sien, et les respirations lentes et régulières de Cam contre ses cheveux. Elle était à moitié couchée sur Cam, qui dormait encore. Sa tête reposait sur la poitrine de Cam, qui l'entourait d'un bras. Le cœur d'Ella battait si fort qu'elle craignait qu'il ne la réveille. Elle n'avait aucune idée de l'heure qu'il était, mais elle ne voulait pas attraper son téléphone sur la table. Être si proche d'elle était sécurisant, merveilleux et excitant, et elle était agréablement choquée par la façon dont son corps réagissait à cette proximité. La chaleur se répandit entre ses jambes lorsqu'elle réalisa que la douceur qu'elle sentait contre son oreille était le sein de Cam. Puis elle regarda sa main sur le torse nu de Cam. *Putain...* Le T-shirt de Cam était remonté et apparemment Ella s'était mise à l'aise pendant qu'elle roupillait. Elle resta allongée sans bouger, essayant de contrôler sa respiration alors que ses fantasmes menaçaient de prendre le dessus sur son esprit.

Le temps s'écoula dans une brume délicieuse, tandis qu'elle regardait le ciel sombre de l'extérieur devenir d'un bleu plus pâle. Son cou lui faisait mal à force d'être recroquevillée dans la même position depuis des heures, et au bout d'un moment, elle n'eut d'autre choix que de se déplacer un peu. Cam remua, puis sursauta lorsqu'elle se réveilla et la regarda.

- Oh mon Dieu, je suis tellement désolé Ella. Je ne voulais pas...

- Quoi ?, Ella fit semblant de se réveiller et se retourna pour la regarder à travers des yeux endormis. Inquiète que Cam puisse sentir sa main trembler sur sa peau, elle la rétracta et se redressa, s'étirant. Non, *je suis* désolée. Je n'aurais pas dû m'endormir sur toi. Elle réussit à sourire malgré sa nervosité. Tu as dû être très mal installée. Quelle heure est-il ?

- Je ne sais pas, Cam eut l'air troublé en attrapant son téléphone. Il est quatre heures et demie. Elle soupira. J'allais te réveiller pour que tu ailles te coucher, mais je me suis assoupie et j'ai dormi si profondément.

- J'ai dormi comme un bébé aussi. Le contact manquait

déjà à Ella. Tout ce qu'elle voulait, c'était remonter le temps et se blottir contre le corps chaud de Cam, mais à la place, elle simula un bâillement. Il est bientôt l'heure de partir de toute façon, alors autant prendre une douche et rester debout.

- D'accord, je vais te faire un café ; Cam s'apprêtait à se lever, mais Ella l'en empêcha.

- Non, vraiment, ce n'est pas la peine, insista-t-elle, craignant de ne pas pouvoir agir normalement avec Cam avec tous les sentiments qui la traversaient à ce moment-là. Rendors-toi encore une heure. Je te verrai la semaine prochaine.

Chapitre Vingt-Sept

- Vous semblez différente aujourd'hui.

Theresa but une gorgée de son café et croisa les jambes.

- Différente ? Comment ça ?, Ella se passa inconsciemment une main dans les cheveux, ne sachant pas si elle faisait référence à son apparence physique.

- Vous avez l'air d'avoir d'autres choses en tête. De bonnes choses.

- Oh oui..., les joues d'Ella rougirent. Theresa pouvait-elle vraiment dire qu'elle avait le béguin pour quelqu'un ?

- Ne soyez pas gênée. Je suis thérapeute. Je suis formée pour lire les gens. Theresa marqua une pause. Avez-vous revu Cam depuis la dernière fois que nous avons parlé d'elle ? Elle poursuivit quand Ella hocha la tête. Voulez-vous parler d'elle ? J'ai l'impression que Cam pourrait jouer un rôle important dans votre vie en ce moment.

- Oui... j'aimerais parler de Cam, Ella sourit. Elle pouvait parler de Cam toute la journée et toute la nuit. Je l'ai vue plusieurs fois, en fait. Nous sommes devenues amies. Elle hésita. Je ne sais pas si vous lisez les potins, mais il y a eu des spéculations sur le fait que nous sortions ensemble. Ce n'est pas vrai, mais nous avons passé beaucoup de temps ensemble.

- Je n'étais pas au courant de ces spéculations. Je ne lis pas ce genre d'articles, surtout pas lorsqu'ils concernent l'un de mes clients, a déclaré Theresa. Cela vous dérange-t-il ?

- Non, pas vraiment, admit Ella. Cela me dérange dans le sens où je ne veux pas que Cam en souffre.

Theresa acquiesça et nota quelque chose sur son bloc-notes.

- Vous avez mentionné la dernière fois que nous en avons parlé que vous aviez des sentiments sexuels pour elle. Cela a-t-il changé depuis ?

- Ils n'ont pas disparus, si c'est ce que vous voulez dire, dit Ella. Au contraire, ils sont devenus beaucoup plus fort. Elle soupira. J'ai envie de l'embrasser à chaque fois que je la vois, et la dernière fois que j'étais chez elle, je me suis endormie à moitié sur elle. Je ne peux même pas décrire ce que j'ai ressenti quand je me suis réveillée. C'était tellement incroyable que j'ai fait semblant de dormir pendant Dieu sait combien de temps après ça.

Elle continua à rougir, n'arrivant pas à croire qu'elle était si ouverte à ce sujet.

- Et pensez-vous que Cam partage ces sentiments ?, demanda Theresa.

- Je sais qu'elle me trouve attirante. Elle fait des remarques flatteuses, et la façon dont elle me regarde me fait penser qu'elle m'aime bien de cette façon. Depuis qu'elle m'a dit qu'elle était gay, je n'ai pas cessé d'analyser son comportement. Ella se racla la gorge. Et je ne sais pas si je me fais des idées, mais je jurerais qu'on a une alchimie hors norme quand on est ensemble.

- Avez-vous pensé à lui poser la question ?

- Oui, je l'ai fait, mais c'est difficile d'en parler. Nous parlons de tout, sauf de ça. J'ai essayé, mais elle a évité le sujet. Je lui ai pourtant fait mon coming-out.

- Vous l'avez fait ?, Theresa sembla positivement surprise. Et qu'est-ce que vous avez ressenti ? Faire votre coming-out à un ami pour la première fois ?

- Je me suis sentie bien. Je suis à l'aise avec Cam et la conversation s'est naturellement orientée dans cette direction. J'étais nerveuse, bien sûr, mais après, ce n'était pas grand-chose, et maintenant je commence à me demander pourquoi j'ai été si terrifiée par le fait que les gens sachent que j'aime les femmes pendant toutes ces années. Elle se mordit la lèvre. J'espérais que cette conversation débouche-rait sur autre chose, mais elle m'a juste offert son soutien, et nous en sommes restées là. Je l'ai invitée à venir à Palm Springs avec moi pour quelques jours, nous verrons ce qui se passera.

- Alors, vous voulez aller plus loin dans l'amitié ?

- Oui, dit Ella, à peine dans un murmure. Mais j'ai aussi peur de gâcher la première vraie amitié que j'ai eue depuis Helena. Elle secoua la tête. Je ne sais même pas si je suis prête pour quelque chose comme ça. Je ne suis toujours pas moi-même, et je ne suis pas sûre qu'il serait intelligent de ma part de me lancer là-dedans. Vous pensez que je suis prête ?

- Je pense que vous vous en sortez bien, Ella. Mais la question est de savoir si *vous* vous sentez prête. Je ne peux pas répondre à cette question pour vous.

- Je me sens prête. Je veux dire que j'y pense jour et nuit. Être avec elle est littéralement la seule chose à laquelle je pense.

Theresa sourit.

- Alors j'espère que ça va marcher pour vous.

201

- Vraiment ?, Ella fronça les sourcils. C'est tout ? Vous n'allez pas me dire que je suis peut-être attirée par elle parce qu'elle m'a sauvée ou parce qu'elle est la seule lesbienne que je connaisse ? Ou que j'ai juste envie d'expérimenter avec une femme et que je ne devrais pas le faire avec une amie ?

- Est-ce le cas ? Vous pensez qu'elle vous attire parce qu'elle est la seule lesbienne que vous connaissez ?

- Non. Ella secoua la tête. Absolument pas.

- Ou parce qu'elle vous a sauvée et que vous vous sentez en sécurité avec elle ?, Theresa lui lança un regard interrogateur. Vous avez manifestement beaucoup réfléchi à la question.

- Non. Je veux dire, je,me sens en sécurité avec elle, mais ce n'est pas la raison.

- Et vous ne l'utilisez pas seulement pour faire des expériences ?

- Non, je ne lui ferais jamais, jamais ça.

- Alors, vos intentions sont bonnes.

- Oh, Ella étudia la femme dont elle s'attendait à ce qu'elle lui pose un flot de questions, mais Theresa resta silencieuse et attendit qu'elle parle à sa place. Donc vous ne pensez même pas que je cherche une distraction parce que je traverse une période difficile ou que je devrais d'abord faire mon coming-out ?

- C'est à vous de décider. Si vous préférez faire votre coming-out en premier, alors vous devrez le faire. Avez-vous l'impression que vous le devez au monde ?

- Non, Ella s'esclaffa. Ça ne regarde personne.

Theresa acquiesça.

- Suivre une thérapie ou faire face à une perte ne signifie pas que votre vie doit être mise entre parenthèses, Ella. Beaucoup de gens font face à des difficultés toute leur vie. Et nous pouvons en parler pendant des heures, mais cela ne changera pas ce que vous ressentez ou ce que vous voulez vraiment. Je dirais que le fait que vous ressentiez à nouveau ces sentiments est un signe très positif et je peux imaginer que c'est effrayant pour vous, mais l'amour est imprévisible. Il vient quand il vient, et vous pouvez le prendre ou le laisser. Et lorsque vous faites le saut, il n'y a que deux possibilités : la bonne ou la mauvaise, et vous devez être prête pour les deux. Vous avez traversé beaucoup d'épreuves, mais vous êtes forte et le fait que vous vouliez cela ne signifie pas forcément que vous cherchez une distraction parce qu'elle vous fait vous sentir bien. Cela peut simplement signifier que vous le voulez, alors ne réfléchissez pas trop.

- Hmm.

Ella lui sourit alors que ses doutes se dissipaient lentement. Elle le voulait plus que tout. Elle espérait juste que Cam ressentait la même chose.

Chapitre Vingt-Huit

T u es impatiente de faire notre petite pause ?,
Ella ouvrit le coffre de sa voiture pour que Cam
puisse y mettre son sac de voyage.

- Oui, j'ai hâte de voir ta ville natale, Cam sourit et
referma le coffre, avant de serrer Ella dans ses bras. Viens
ici, c'est si bon de te revoir.

Ella avait l'air presque angélique, pensa-t-elle, vêtue
d'un short en lin et d'un haut blanc crocheté. Son bronzage
était marqué et ses cheveux blonds flottaient au vent.
Comme elle avait envie de passer une main dans ces
cheveux, de la tirer vers elle et de l'embrasser...

Ella s'accrocha à elle.

- C'est si bon de te voir aussi.

Elle inspira dans le cou de Cam et dut se forcer à lâcher
prise. Elle lui avait manqué plus qu'elle ne l'aurait cru, et
elle avait compté les jours où elles ne s'étaient pas vues.
Elles ne s'étaient pas vues depuis qu'elles s'étaient réveillées
ensemble sur le canapé, et malgré les sourires et l'ambiance
décontractée, Ella savait qu'elles devraient parler à un
moment ou à un autre. Toute la semaine, elle n'avait pas pu

penser à autre chose qu'à Cam, et maintenant qu'elle était assise à côté d'elle dans la voiture, son estomac n'arrêtait pas de palpiter.

- J'adore ta voiture, dit Cam en passant un doigt sur le cuir lisse de son siège. La décapotable jaune vif était à l'opposé du SUV noir qu'Ella conduisait habituellement. Mais je suppose que je ne m'attendais pas à autre chose de la part d'une magnifique star de cinéma mondialement connue.

Elle remua les sourcils, ce qui fit frémir encore plus Ella.

- Merci, Ella se sentit rougir. Techniquement, ce n'est pas la mienne. Maserati me laisse la conduire pour promouvoir leur marque. Je n'aurais pas choisi une voiture jaune moi-même, mais comme elle était gratuite et qu'elle roule à toute allure, j'étais évidemment ravie de l'avoir. Elle haussa les épaules. Soyons honnêtes, je ne pense pas que beaucoup de gens diraient non.

Quoi ? Tu as eu cette voiture gratuitement ?, Cam la regarda fixement. Tu as beaucoup de cadeaux ?

Ella acquiesça

- Oui. Des vêtements, principalement. Les créateurs me les envoient, et je reçois aussi des gadgets. Téléphones, ordinateurs portables,... Je renvoie généralement les choses que je n'utilise pas, ou je les donne, alors préviens moi si tu as besoin de quelque chose. Elle adressa un sourire à Cam. Je m'attends à recevoir un tas de vêtements de yoga, maintenant que tout le monde sait que c'est mon truc, alors je te préviendrai quand le premier paquet arrivera.

- Ça a l'air génial, compte sur moi.

Cam ferma les yeux alors qu'elles s'engageaient sur l'autoroute. C'était agréable de quitter la ville pour quelques jours. Elle ne s'était pas accordé beaucoup de congés depuis qu'elle avait ouvert le studio. Non pas qu'elle en ait eu besoin, son travail était on ne peut plus relaxant, mais un changement de décor n'était jamais une mauvaise chose. Elle avait eu hâte de revoir Ella, et elle avait beaucoup pensé à elle. En fait, leur dernière nuit sur le canapé ne l'avait pas quittée une seconde, et même si elle savait que c'était une mauvaise idée d'imaginer sa bouche sur celle d'Ella, elle n'arrivait pas à chasser cette pensée de son esprit. Maintenant qu'elle savait qu'Ella aimait les femmes, et que l'attirance était réciproque, il était difficile de continuer comme si ce n'était pas gros comme une maison.

- Tu as apporté ton bikini ?, demanda Ella.

- Oui, je l'ai fait. Tu possèdes une piscine ?

Ella arqua un sourcil et lui adressa un sourire.

- J'ai une piscine qui déchire *et* un jacuzzi.

- Évidemment, Cam se mordit la lèvre. Mon Dieu, maintenant tout ce qu'elle pouvait imaginer c'était elle et Ella dans une piscine ensemble. Tu vas souvent à Palm Springs ?, demanda-t-elle. Je ne me souviens pas que tu aies parlé d'y aller.

- Je n'y suis pas allée depuis la mort d'Helena", avoua Ella. C'était la maison secondaire que nous partagions. Nous avons grandi à Palm Springs, mais la maison de notre enfance était loin d'être aussi chic que cet endroit. Je l'ai mise à louer, mais j'ai décidé qu'il était temps de faire face au passé et de l'utiliser à nouveau, et en plus, c'est un endroit idéal pour se cacher. Les paparazzi ont tendance à rester à Los Angeles, alors j'aurai plus d'intimité quand ce putain de Tyler Kane fera son interview au Late Night demain.

- Trou du cul, grogna Cam. Qu'est-ce que tu crois qu'il va dire ?

- Je ne sais pas, et franchement, je m'en fiche. Si Tyler prétend que notre rendez-vous était un leurre pour taire ma sexualité, il admettra pratiquement qu'il est lui-même un imposteur. Et s'il leur dit simplement que je suis gay, il mentira aussi d'une certaine manière, puisque je ne le lui ai jamais avoué. Je pourrais probablement le poursuivre en justice pour cela, mais cela ne ferait qu'attirer davantage l'attention sur la situation. Ella soupira. S'il fait le fait malgré tout, je préfère être loin de Los Angeles. Maintenant, je suis tellement fatiguée de m'inquiéter de ce que Tyler va faire que je me dis que je ferais mieux d'en finir et de le laisser dire.

- Le laisser dire ?, Cam répéta. Faire ton coming-out devrait être ton choix, pas celui de Tyler. C'est une chose importante et tu devrais pouvoir le faire à ta façon.

- Je sais..., Ella accéléra, les repoussant toutes les deux dans leurs sièges. Mais dans mon métier, rien n'est sacré, et parfois nous devons accepter les choses telles qu'elles se présentent et les gérer comme elles viennent. C'est ce que c'est et pour l'instant, aller à Palm Springs est le meilleur moyen de faire face à cette petite merde égocentrique et flippante. J'espère qu'un changement de décor m'empêchera de m'énerver.

Cam souffla

- Je vais quand même le tuer si jamais je le vois. Elle se tourna vers Ella, qui semblait étonnamment calme face à la situation. Tu te sens prête à retourner là-bas ? Dans la maison que tu partageais avec Helena ?

- Je ne sais pas. Je suppose que je ne le saurai jamais si je n'essaie pas. Et j'ai l'impression que je peux faire face à tout quand je suis avec toi. J'ai vraiment hâte de faire une pause, et je ne ressens pas la peur que j'ai d'habitude quand j'envisage d'y aller.

Ella sourit, et Cam eut du mal à croire qu'il s'agissait de la même femme qui avait tenté de se noyer seulement huit mois avant. Elle semblait si épanouie maintenant, comme si elle avait décidé qu'il était temps d'aller de l'avant et de reprendre sa vie en main.

- Tu sembles heureuse, dit-elle.

- Je suis heureuse. Les yeux d'Ella rencontrèrent ceux de Cam pendant un moment, et Cam pourrait jurer qu'elle y vit une lueur de flirt. Pas toujours, bien sûr, ajouta-t-elle. Mais ces derniers temps, j'ai eu plus de bonnes journées que de mauvaises, et aujourd'hui est vraiment une bonne journée. Elle marqua une pause en mettant son clignotant pour tourner l'autoroute de San Bernardino. J'ai cessé de me sentir coupable lorsque je suis heureuse. Je suis toujours sous antidépresseurs, mais je me sens prête à diminuer la dose. Ella haussa les épaules. Alors oui, je vais bien.

- Je suis ravie que tu te sentes mieux, Cam posa une main sur la cuisse d'Ella. J'ai remarqué que tu souriais davantage. Et tu manges certainement beaucoup plus, c'est un bon signe, non ?

- Avec ta cuisine ? Comment pourrais-je ne pas le faire ?, Ella sourit. Qu'en est-il de ta maison ? Pourquoi ne l'as-tu pas vendue ? Pourquoi y as-tu emménagé ?

- Je n'en suis pas vraiment sûre, admit Cam. Je ne pouvais pas y mettre les pieds au début, et j'ai pensé à la vendre, bien sûr. Mais quand l'agent immobilier est passé, et qu'il en a parlé comme s'il s'agissait d'une simple transaction commerciale, ce qui était le cas pour lui bien sûr, et je ne peux pas le blâmer pour ça..., elle s'arrêta un instant, eh bien, je ne pouvais pas aller jusqu'au bout. Je voulais m'y accrocher, mais je ne pouvais pas non plus y vivre, alors je l'ai louée jusqu'à ce que je me sente assez forte pour y emménager. Je pense que je m'attendais à être malheureuse au début, mais ce n'était pas le cas. Avec le temps, j'ai commencé à comprendre que ma mère avait acheté cette maison un bon jour. Elle y a vu la beauté que je vois, et je sais qu'elle y a été heureuse pendant un certain temps. Je ne pense vraiment pas qu'elle l'ait achetée avec l'intention de s'y noyer un jour, c'est en tout cas ce que je me dis.

- C'est un endroit magnifique, dit Ella. Je suis contente que tu y aies emménagé. Sinon, tu n'aurais pas été là quand j'étais au plus bas. Elle déglutit difficilement, repoussant le souvenir. J'adore ta maison, elle est si accueillante, chaleureuse et personnelle. J'ai toujours voulu une maison qui reflète qui je suis, mais j'ai toujours été trop occupée et je n'ai jamais été sûre de qui j'étais non plus, je suppose. Mais je commence à me connaître maintenant, et j'ai l'impression que tu me connais aussi, que tu me vois telle que je suis.

Cam se retourna sur son siège pour regarder Ella, submergée par des sentiments qu'elle n'était pas censée éprouver.

- Je vais te dire qui tu es, dit-elle. Tu es gentille, intelligente, drôle, motivée, généreuse, forte et... Elle fit une pause. Et belle. Elle sourit en voyant les joues d'Ella rougir. Tu es tout cela et bien plus encore, mais je ne vais pas continuer parce que tu pourrais devenir trop imbue de toi-même.

Ella en rit.

- Merci de me faire sentir attirante, cela fait du bien à mon ego.

Au fur et à mesure qu'elles avançaient sur l'autoroute, elles apercevaient des collines, puis des montagnes dénudées sur leur droite, dont les sommets étaient encore recouverts d'un peu de neige. Laissant la ville derrière elles et traversant des paysages arides, l'excitation d'Ella grandissait, sachant qu'elles allaient avoir quatre jours entiers ensemble.

Après la sortie vers Palm Springs, des palmiers bordaient les deux côtés de la route, et le paysage commençait à devenir un peu plus vert. Le premier signe de vie était l'office de tourisme de Palm Springs, avant que n'apparaissent les villas, les restaurants et les commerces, tous peints dans des couleurs douces, jusqu'à ce qu'elles entrent dans le centre-ville, où la plupart des bâtiments étaient blancs. Des hibiscus, des aloès et des fleurs sauvages jaunes et violettes bordaient la route, créant une palette de couleurs spectaculaires.

- Le printemps est la meilleure période de l'année pour être ici, déclara Ella. À la fin de l'été, il n'y a plus beaucoup de couleurs.

Elle tourna à droite et s'enfonça dans les collines, où les petites routes étaient bordées de grands portails entourant de grandes maisons. Elle les dépassa toutes et monta encore plus haut jusqu'à ce qu'il n'y ait plus qu'une route étroite et poussiéreuse. Elle rentrait chez elle.

Chapitre Vingt-Neuf

O n y est. Ella conduisit la voiture à travers les grilles blanches et fit signe à son gardien qui les ouvrit pour eux. Bonjour, Sid.

- Bienvenue, Ella.

Quand Ella sortit de la voiture, Sid lui tendit la main, mais elle le surprit en le serrant dans ses bras.

- C'est bon de vous revoir. Elle le lâcha et se tourna vers Cam. Sid, voici mon ami Cam. Cam, voici Sid. Il s'occupe de « Flamingo House ». Ella regarda le grand jardin paysager, où une pelouse parfaite, d'un vert éclatant, s'étendait autour du bâtiment blanc d'un étage, seulement interrompue par un long étang magnifiquement entretenu. Elle se sentit un instant piquée au vif lorsque les souvenirs d'Helena et d'elle lui revinrent en mémoire, mais elle prit une profonde inspiration et afficha un sourire. Vous avez fait du bon travail, Sid, la pelouse est superbe.

- Merci, Ella. Je pense que vous serez également satisfaite du jardin.

Il ramassa les bagages d'Ella et se dirigea vers la maison.

- « Flamingo House » ?, Cam lança un regard amusé à Ella.

- Oui, elle s'appelait déjà « Flamingo House » quand nous l'avons achetée parce qu'il y avait des flamants roses dans le jardin. Ella montra la porte. Lorsque les anciens propriétaires ont déménagé et emporté les flamants roses, Helena et moi avons peint la porte en rose-orange pour que le nom ait au moins un sens.

- Je vois, Cam sourit à la vue de la porte aux couleurs vives au milieu du bâtiment blanc. C'est magnifique ici. On dirait une oasis, c'est tellement privé...

- C'est exactement pour cela que nous l'avons achetée. Ella prit la main de Cam. Viens, j'ai hâte de te montrer le reste.

La porte d'entrée s'ouvrait sur un couloir simple et moderne. On aurait dit une maison témoin, pensa Cam, car il n'y avait ni chaussures, ni manteaux, ni aucun désordre dans cet espace épuré qui débouchait sur un autre couloir avec trois portes à leur gauche. L'endroit était pourtant magnifique, avec des peintures lumineuses sur les murs et des fleurs fraîches sur un meuble sous un miroir argenté et orné.

- Toutes mes affaires personnelles sont entreposées au sous-sol, expliqua Ella lorsqu'elle vit Cam chercher des signes qui la reliaient à la maison lorsqu'elle la suivit dans le salon. Je ne voulais pas que les locataires sachent que c'était à moi, alors j'ai gardé une décoration minimale.

Elles pénétrèrent dans un long salon avec, au fond, un coin salon en contrebas où un canapé en velours vert vif en demi-cercle se tenait devant un large pilier avec une cheminée encastrée. L'ensemble de l'espace donnait sur les montagnes à travers de hautes parois vitrées. Malgré son aspect moderne, la maison semblait très ancienne. Le canapé semblait être une reproduction ou peut-être même un original des années soixante-dix, et le reste du mobilier s'inspirait clairement des années soixante-dix. Un bar à cocktails, nettoyé et poli à la perfection, était construit de l'autre côté du pilier, là où le sol était plus haut. Il y avait de grandes plantes et des fleurs fraîches partout, dans des pots en céramique aux couleurs vives et des vases en verre. Les tapis crème, jaunes et verts éparpillés sur toute la longueur du salon étaient épais et luxueux.

La mâchoire de Cam se décrocha lorsqu'elle leva les yeux vers le plafond, où un magnifique lustre en cristal couvrait la plus grande partie de l'espace au-dessus du coin salon.

- Est-ce qu'on vient de remonter le temps ?

Ella la rejoignit sous le lustre et sourit.

- Cette maison a été construite en 1969. Helena a réussi à trouver suffisamment de meubles originaux de cette époque pour décorer toute la maison. C'était l'une de ses nombreuses passions.

- C'est incroyable, Cam traversa la pièce, jetant un coup d'œil à l'extérieur à travers les murs de verre. Des deux côtés des fenêtres allant du sol au plafond, des rideaux de velours étaient tirés, leur couleur vert forêt étant assortie au canapé. Les fenêtres offraient une vue imprenable sur le désert, les montagnes au loin et le centre-ville de Palm Springs en contrebas. Elles se retournèrent lorsqu'elles entendirent la voix de Sid résonner dans la pièce.

- Où voulez-vous que je mette vos affaires ?

Ella secoua la tête et fit un signe de la main.

- Ne vous inquiétez pas, Sid, nous nous en occuperons. Merci d'avoir appelé le fleuriste pour moi et prenez le reste de la journée, tout ira bien à partir de maintenant.

- Merci, Ella. C'était agréable de vous revoir. Je garderai

mon téléphone allumé, alors faites-moi savoir si vous changez d'avis et si vous avez besoin de quoi que ce soit.

- Je le ferai, merci Sid, Ella lui adressa un sourire, puis entraîna Cam avec elle. Laisse-moi te montrer ta chambre pour que tu puisses ranger tes affaires. Elle retraversa le couloir et ouvrit la deuxième porte à droite. Celle-ci est la tienne.

La chambre dans laquelle elles entrèrent était décorée dans un mélange de tons crème et or. Le grand lit, recouvert d'une literie dorée, se tenait devant une tête de lit en velours, boutonnée en forme de cœur, et était orné d'oreillers luxueux. Sur la table de nuit se trouvait un téléphone filaire à cadran vintage, à côté d'une boîte de mouchoirs à imprimé floral qui semblait dater de la même époque.

- C'est plus qu'incroyable, Cam s'assit sur le lit et rebondit sur le matelas.

- Cette pièce n'a jamais été utilisée quand je vivais ici, alors je pense qu'il est temps, dit Ella, en faisant le tour de la pièce comme si elle la découvrait pour la première fois. Ma chambre est à ta gauche et l'ancienne chambre d'Helena est à ta droite. Son expression marqua sa tristesse un instant, mais elle se ressaisit vite. Je ne pense pas être prête à entrer là-dedans pour l'instant.

- Tu n'es pas obligée, prends ton temps, dit Cam d'un ton rassurant. Montre-moi plutôt ta chambre.

- D'accord. Ella fit signe à Cam de la suivre et ses yeux s'écarquillèrent de surprise lorsqu'elle ouvrit la porte de sa propre chambre.

- C'est dingue.

Cam passa une main sur le grand canapé en velours rose qui se trouvait en face d'un grand lit à sommier dans le même tissu. Le mur derrière le lit était recouvert d'un papier peint rose, vert et blanc à motifs de flamants roses, qui aurait été totalement ridicule s'il n'avait pas eu l'air si parfait et original, combiné au reste du mobilier. Le sol était recouvert d'un épais tapis rose pâle et les murs blancs étaient ornés d'énormes photographies encadrées de flamants roses, assorties au tapis. La couleur rose se retrouvait dans les moindres détails, des brosses à cheveux sur la coiffeuse en bois du milieu du siècle aux ampoules des lampes de chevet qui se trouvaient actuellement sur les tables de nuit rose fuchsia.

- Je sais que c'est fou et très exagéré, mais j'aime ça. Ella sourit. Ça ne me ressemble pas du tout, mais ça va bien avec la maison, tu ne trouves pas ? Elle écarta les rideaux roses, révélant une vue magnifique sur la cour privée. Et voici la cour arrière.

Elle ouvrit les portes coulissantes et s'avança sur la large terrasse en ardoise qui traversait l'arrière de la maison. Elle était presque au niveau de la piscine qui s'étendait sur toute la longueur de la maison, avec une section séparée à une extrémité où se trouvait le jacuzzi. Des chaises longues jaune vif étaient disposées sur la pelouse derrière la piscine, et des parasols des années soixante-dix à rayures blanches et jaunes les protégeaient. Le bougainvillier rose vif qui bordait le jardin contrastait magnifiquement avec la pelouse verte, la piscine bleue et les chaises jaunes, donnant à l'espace extérieur une ambiance joyeuse.

- Je vois que Sid a déjà sorti le mobilier pour nous. Helena voulait que le jardin ressemble à un décor tiré d'une photo de Slim Aarons, et je dirais qu'elle a réussi .

- Sans aucun doute, Cam se tourna vers Ella. Elle avait l'air d'être à sa place ici, dans sa tenue blanche, et Cam pouvait l'imaginer en train de nager et de bronzer avec sa sœur jumelle. Elle pouvait voir une pointe de tristesse dans les yeux d'Ella qui regardait la piscine. Tu vas bien ?

- Je vais bien. Je dois juste m'habituer à être ici sans Helena. Mais elle voudrait que je sois ici, que j'utilise la maison qu'elle a organisée avec tant de soin.

- Vous l'avez donc achetée ensemble ?

- Oui, nous l'avons achetée pour notre vingt et unième anniversaire. Nous avions déjà gagné pas mal d'argent grâce aux sitcoms et aux films que nous avions tournés. Helena voulait investir. À l'époque, elle envisageait déjà de quitter l'industrie du cinéma pour étudier l'architecture, et elle craignait de brûler toutes ses économies si elle n'investissait pas dans l'immobilier. Nous avons fait un testament pour que, si quelque chose arrivait à l'une de nous deux, l'autre obtienne la propriété exclusive du bien, le protégeant ainsi des mains avides de notre mère.

Ella ôta ses sandales, s'assit au bord de la piscine et plongea ses pieds dans l'eau fraîche. Cam s'assit à côté d'elle et fit de même.

- Je ne la vendrai jamais, poursuivit-elle, cette fois avec un petit sourire. Et à partir de maintenant, je vais l'utiliser davantage. Tu veux bien m'aider à sortir certaines de mes affaires de la cave demain ?

- Bien sûr.

Cam l'entoura d'un bras et Ella se pencha vers elle, posant sa tête sur l'épaule de Cam.

- Merci d'être ici avec moi, Cam. Cela rend les choses un peu plus faciles. Elle hésita. Ça te dérange d'aller te promener avec moi ? Il y a quelque chose que j'aimerais faire d'abord.

Chapitre Trente

—C'est elle.

La voix d'Ella tremblait lorsqu'elle parlait. Elle lâcha la main de Cam et déposa le bouquet de fleurs sauvages qu'elle portait sur la tombe devant elles. Elle les avait cueillies lors de leur marche vers le cimetière, traversant les champs pour rassembler les fleurs les plus éclatantes qu'elle pouvait trouver.

Cam la regarda s'agenouiller et enlever les mauvaises herbes autour de la pierre tombale sur laquelle on pouvait lire : « *Helena Temperley. Fille et sœur bien-aimée. 1990-2016* »

Le cimetière situé à la périphérie de Palm Springs était beau et calme. Il y avait de vieux arbres, une petite église moderne, une grande pelouse bien entretenue et une abondance de fleurs le long des allées. Une légère brise sifflait dans les arbres et des volutes de nuages flottaient au-dessus d'elles, le blanc duveteux étant presque translucide sur le ciel bleu. Cam remarqua que l'odeur était différente de celle de Los Angeles. Elle était plus douce, l'odeur sèche et terreuse de la chaleur et du désert se mêlant à la flore.

- Je ne suis pas venue ici depuis l'enterrement, dit Ella, en gardant son regard fixé sur le sol, tout en essayant d'avaler la boule qu'elle avait dans la gorge. Je voulais le faire, mais je n'ai pas pu. C'est trop...

Cam s'assit à côté d'elle et serra Ella contre elle lorsqu'elle se mit à pleurer. Les doux gémissements se transformèrent en sanglots plus importants alors qu'Ella se réfugia dans ses bras et enfouissit son visage contre sa poitrine. Cam lui caressa le dos et resserra son étreinte. Cela la déchira de voir Ella dans cet état, mais elle ne pouvait rien faire de plus.

- Helena voulait juste être comme tout le monde, alors elle a pris le bus. Ella continua de sangloter. Une fois qu'elle a déménagé à New York, elle a aimé faire des choses normales avec ses nouveaux amis, comme faire les courses, aller au parc et prendre le bus ou le métro. Elle disait que c'était plus détendu, que les gens ne se souciaient pas autant des autres et qu'il était plus facile pour elle de se fondre dans la masse. Je suppose qu'elle essayait de se rattraper pour avoir vécu dans une bulle pendant toutes ces années, et c'est ainsi que ce jour-là, elle était dans un bus avec son amie lorsqu'un camion leur a foncé dessus, juste à l'endroit où elle était assise. Les médecins pensent qu'elle est morte immédiatement après l'impact. Elle n'aurait pas su ce qui se passait et n'a pas souffert. Elle était juste là à un moment et l'instant d'après, elle n'était plus là.

Ella respira profondément, mais ne put empêcher ses larmes de couler sur son visage.

- C'est la faute du chauffeur du camion ?

- Je ne suis pas sûre, ce n'est pas encore clair. Il y a eu un problème de signalisation. Il n'a pas franchi le feu rouge, pas plus que le bus, mais il est possible qu'il roulait trop vite. Le camion était tellement lourd que le conducteur n'a pas pu freiner à temps. Des procédures judiciaires sont en cours, mais j'ai cessé de m'impliquer parce que cela m'épuisait, et quelle que soit l'issue, cela ne la ramènera pas.

- Et son amie ? Tu lui as parlé ?

- Oui. Je lui ai parlé un mois après l'accident. Elle a été gravement blessée et ne se souvient pas beaucoup de ce jour-là. Elle m'a dit qu'elles se rendaient à une fête. Ella resta silencieuse, passant ses doigts sur les fleurs qu'elle avait cueillies, respirant profondément pour tenter de s'empêcher de pleurer. Helena aimait les fleurs sauvages, dit-elle au bout d'un moment, lorsqu'elle se fut suffisamment calmée pour reprendre la parole.

- Ah oui ? Qu'est-ce qu'elle aimait d'autre ?, demanda Cam d'une voix douce.

Ella renifla à nouveau.

- Elle aimait tant de choses. Le désert, l'art, le design, la musique, les animaux, les biscuits, la danse..., elle laissa échapper un petit rire. Les femmes... C'était quelqu'un de bien, et elle était passionnée par tant de choses. Elle venait juste de commencer à vivre sa vie comme elle l'entendait. C'est tellement injuste.

- Je sais que c'est injuste.

- Je suis désolée. Ella enleva ses lunettes de soleil, essuya ses yeux qui semblaient pleins de poussière, et les remit en place. Je pensais que je n'aurais plus de larmes à présent, mais ce n'est clairement pas le cas.

Elle posa sa main sur celle de Cam qui reposait sur son épaule.

- Ne t'excuse pas. C'est normal de pleurer.

- J'aurais aimé qu'elle te rencontre.

- Peut-être qu'elle sait que je suis ici avec toi. Peut-être qu'elle sait tout, dit Cam.

- Ou peut-être qu'elle ne sait rien.

- Peut-être. Cam déglutit difficilement, incapable de trouver les mots pour la réconforter. Mais j'aime à penser que les personnes que nous avons perdues sont toujours présentes dans nos vies et qu'elles savent qu'elles nous manquent. Elle déposa un tendre baiser sur la joue d'Ella. Veux-tu rester seule un moment ?

Ella secoua la tête.

- Non, j'aimerais que tu restes, si ça ne te dérange pas.

Elle ramena la main de Cam sur son épaule et y appuya son visage.

- Bien sûr, Cam passa son autre main dans les cheveux d'Ella et la sentit frissonner. Quel est ton meilleur souvenir d'elle ?

- J'en ai tellement, Ella poussa un profond soupir. Mais je n'ose presque jamais penser à elle. Elle marqua une pause. Mes meilleurs souvenirs datent de l'époque où nous étions ici ensemble. Lors de nos pauses pendant le tournage, et les fois où elle était ici pendant ses vacances. Après avoir déménagé à New York, elle venait toujours à Palm Springs pendant ses vacances, et j'essayais d'être ici le plus souvent possible. Il n'y avait qu'elle et moi dans cette grande maison. Nous communiquions sans parler, nous terminions les phrases de l'autre pendant nos conversations et nous faisions toujours les mêmes observations à propos des autres personnes ou des choses qui se passaient autour de nous. Nous recevions rarement des gens, car le temps de qualité était devenu si rare à l'époque. Nous faisions des randonnées et nous nous accordions de longs déjeuners. Nous avons même campé dans le désert une nuit. Elle gloussa à travers ses larmes. À la fin, nous avons dû dormir dans la voiture parce que j'avais peur. Helena a toujours été la plus courageuse.

- Je ne te blâme pas. Je ne pense pas que je voudrais

dormir dans le désert non plus, avec tous les coyotes et les serpents à sonnette.

- Oui, Ella soupira. Bien que nous nous ressemblions beaucoup, nous étions différentes sur ce point. Helena était une enfant du désert, elle aimait le désert. J'ai toujours été plus attirée par l'océan, et c'est pourquoi j'aime Los Angeles. Mais Palm Springs a aussi ses charmes. Je crois que je m'en rends compte aujourd'hui plus que jamais.

- J'aime bien aussi, dit Cam. Ce n'est même pas loin de Los Angeles, mais j'ai l'impression que nous avons franchi une frontière. L'odeur, l'air sec, le paysage, la végétation et la lumière..., elle lâcha Ella et s'allongea sur le dos dans l'herbe, en regardant le ciel.

Le contact manqua immédiatement à Ella et elle s'allongea à côté d'elle, de sorte que leurs bras se touchaient, se demandant pourquoi même ici, devant la tombe d'Helena, elle avait encore besoin de cette proximité physique. Cam lui prit la main comme si elle pouvait lire dans ses pensées, et Ella laissa échapper un léger soupir, se sentant un peu mieux.

- Nous avions deux buses à queue rousse dans la cour, dit-elle. Elles nichaient dans l'un des arbres et l'une d'entre elles était plutôt docile, ce qui est rare. Je ne sais pas s'ils sont encore là, c'est possible. J'ai lu qu'elles pouvaient vivre jusqu'à vingt-cinq ans. Elle tourna la tête pour regarder Cam. Helena avait l'habitude de parler à la femelle, qui était la plus grande. Elle s'allongeait sur sa chaise longue et fixait la fauconne qui s'asseyait parfois sur le bord du toit et la regardait en retour. C'était bizarre, comme si elles avaient une sorte de lien. Helena avait lu que dans l'histoire des Amérindiens, les oiseaux étaient considérés comme hautement symboliques - on pensait qu'ils servaient de messagers entre le ciel et la terre - et cela la fascinait. Elle ne l'a jamais nourrie, mais la fauconne revenait sans cesse jusqu'à ce qu'un jour, elle se pose sur la table de la terrasse, juste devant elle. Je les observais depuis le salon et j'ai été surprise qu'Helena n'ait pas eu peur. L'oiseau aurait pu lui arracher les yeux, mais au lieu de cela, elle est restée assise, comme si elle appréciait simplement sa compagnie. C'est la dernière fois qu'Helena est restée à la maison. Je me suis toujours demandé ce qui se serait passé si elle avait été là. Si la fauconne aurait simplement sauté à l'intérieur ou si elle l'aurait rejointe sur la table pour le petit-déjeuner chaque matin. Elle soupira. Je suppose que je ne le saurai jamais.

- Non, tu ne le sauras pas, mais c'est un beau souvenir.

Cam resserra sa prise sur la main d'Ella, entrelaçant leurs doigts alors qu'elles étaient allongées là, l'une face à l'autre.

Quelque chose passa entre elles, une sorte de compréhension profonde. Une force invisible et pourtant si présente que Cam se sentait obligée de la saisir et de s'y accrocher. À ce moment-là, elles surent toutes les deux qu'elles n'étaient plus simplement des amies.

Chapitre Trente-Et-Un

Elles rentrèrent en fin d'après-midi. Leur longue promenade avait été calme au début, mais Ella avait recommencé à parler lorsqu'elles s'étaient approchées de la maison. Elle semblait aller mieux maintenant, voire soulagée, pensa Cam. Elle se souvint qu'elle avait elle-même ressenti cela, après s'être rendue sur la tombe de sa mère pour la première fois.

Elles avaient marché main dans la main pendant tout le trajet du retour, sans qu'aucune d'entre elles ne fasse de commentaire. Cam avait cessé de se dire que ce n'était qu'un geste de réconfort, car même si cela en faisait partie, c'était bien plus que cela. La façon dont Ella passait son pouce sur le dos de sa main, et la façon dont Cam resserrait sa prise à chaque fois qu'elle la regardait... Elles en avaient toutes les deux envie. Cam lâcha prise à contrecœur lorsqu'elles furent devant les portes. Elle avait besoin de distraction, un peu effrayée d'être seule avec Ella.

- Hé, je peux t'inviter à dîner en ville ?, demanda Ella, comme si elle pensait à la même chose. Je pourrais enfin te rendre la pareille après ta fabuleuse cuisine.

- Bien sûr. Mais tu n'as pas peur d'être reconnua ? Nous pouvons commander des plats à emporter si tu préfères rester ici.

- Non, j'adorerais sortir dîner. Ella sourit en tapant le code de sécurité du portail. Je n'en ai pas souvent l'occasion à Los Angeles, il y a trop de paparazzis qui traînent. J'ai apporté un super déguisement avec moi, juste pour être sûre. Elle s'arrêta alors qu'elles attendaient que le portail se referme, hésitant un instant avant de lever les yeux vers Cam. Alors, c'est un..., elle soupira de frustration en se traînant sur place. C'est un rendez-vous ?

Cam pouvait lire la nervosité dans ses yeux et ne savait pas quoi dire au début. La question était si directe qu'elle ne s'y attendait pas. L'excitation la gagna et elle tira sur l'encolure de son tee-shirt, ayant besoin de se rafraîchir.

- Je suis désolée. Oublie que je t'ai demandé, continua Ella en divaguant. J'ai pensé que peut-être toi et moi, eh bien, il y a eu cette... cette chose entre nous, mais je l'ai peut-être imaginée et...

- Non, l'interrompit Cam en lui reprenant la main. Tu n'as rien imaginé. Elle sourit et soutint son regard. J'aimerais que ce soit un rendez-vous, alors si tu le veux aussi...

- D'accord. Ella eut l'air soulagé en hochant la tête. Alors c'est un rendez-vous.

- Tu n'exagérais pas pas quand tu disais que tu avais un super déguisement. C'est ta tenue de prédilection pour les rendez-vous galants ?, plaisanta Cam en grignotant un gressin. Elle n'aurait pas reconnu Ella si elle ne l'avait pas vue se transformer. Ses lunettes brunes surdimensionnées de style seventies couvraient la moitié supérieure de son visage, et la longue perruque rose pâle de fille hippie au Coachella la faisait ressembler à une sorte de touriste new-age. Son look était complété par une robe d'été blanche, des sandales en cuir et une grande capeline blanche qui menaçait de s'envoler de sa tête. Cam avait mis une casquette de base-ball et une paire de lunettes de soleil, juste au cas où quelqu'un la reconnaîtrait, même si elle doutait que les gens fassent attention à elle lorsqu'elle était avec Ella.

Ella lui donna un petit coup de pied malicieux sous la table.

- Ne te moque pas de moi, j'ai vraiment essayé de faire en sorte que cette perruque soit belle. Elle but une gorgée de vin. Je n'ai jamais eu de vrai rendez-vous avant. Seulement des faux.

- Je m'en doutais, Cam se pencha et inclina la tête avec un sourire. Bon, si c'est un vrai rendez-vous, je suis sûre que tu me permettras de te dire que tu es superbe.

Ella lui lança un regard interrogateur.

- Merci, mais la perruque et...

- Non, Ella. Tu es magnifique. Tu l'es toujours.

Cam soutint son regard, sachant qu'il n'y aurait pas de retour en arrière. Maintenant qu'elles avaient établi qu'elles avaient un rendez-vous, elle voulait qu'Ella se sente spéciale, et elle voulait qu'elle sache exactement ce qu'elle pensait.

- Merci, toi aussi , dit Ella alors que ses joues se coloraient de plus en plus.

Elle sentit les poils de ses bras se dresser lorsque Cam effleura la table du bout des doigts. Le léger contact laissa une sensation chaude et persistante sur sa main qui se répandit dans tout son corps et s'installa entre ses cuisses. Le fait de savoir que c'était intentionnel lui donna envie de plus, et elle ne put empêcher un flot de pensées torrides de se bousculer dans son esprit. Elle sursauta presque lorsqu'elle entendit le serveur à côté d'elle, la tirant de son fantasme.

- Bienvenue, Mlle Temperley, murmura-t-il en plaçant deux petites salades devant elles. – Bonne dégustation de vos amuse-gueules.

Il sortit la bouteille de vin de la glacière placée à côté de leur table et remplit leurs verres.

- Oh mon Dieu, vous pouvez vraiment deviner que c'est moi ?

Ella leva les yeux vers lui et parla à voix basse. Elle avait toujours été une habituée du Palm Garden, mais cela faisait des années qu'elle n'était pas venue ici, et c'était une surprise totale que l'homme qu'elle reconnaissait vaguement ait déjà compris.

- Je suis désolée, je ne me souviens pas de votre nom...

- Jamie, dit le serveur. Je doute que quelqu'un d'autre sache que vous êtes ici, alors ne vous inquiétez pas, il lui adressa un sourire complice. Pour être honnête, c'est votre commande qui vous a trahie. Il n'y a pas beaucoup de gens ici qui demandent une salade César avec des raisins secs à la place des anchois.

Cam rit devant l'expression perplexe d'Ella.

- Je sais, c'est bizarre, non ?, convint-elle. Pas étonnant que la cuisine s'en souvienne. Tu devrais vraiment reconsidérer tes choix alimentaires, Ella. Je veux dire des raisins secs sur une salade César ? Allez, c'est juste bizarre. Comment as-tu pu trouver ça ?

Ella gloussa.

- Attends un peu. Tu vas ravaler tes paroles une fois que tu l'auras goûtée parce que c'est vraiment délicieux.

Cam et le serveur échangèrent un regard comique tandis qu'il sortait de sa posture professionnelle pendant un bref instant. Puis il se reprit et se racla la gorge.

- Je peux vous apporter autre chose ?

- Ce sera tout, Jamie. Ella lui tendit un billet de cinquante dollars. Et merci de garder cela entre nous.

Jamie lui rendit l'argent.

-Ce n'est pas la peine, Mlle Temperley. Nous n'avons jamais révélé vos choix alimentaires inhabituels, et nous ne nous étalerons certainement pas sur votre présence ici maintenant.

Il leur sourit avant de s'en aller.

- Quel gentil garçon, Ella le suivit du regard, surprise.

- Oui, c'est vrai. Tu es manifestement venue ici souvent, et ils t'apprécient, malgré tes choix alimentaires douteux, dit Cam. Mais tu sais, il y a beaucoup de gens gentils dans ce monde, Ella. Tu as peut-être eu de mauvaises expériences, mais tout le monde ne manque pas de sincérité.

- Je sais.

Ella laissa ses yeux se promener sur Cam. Elle était si sexy ce soir. Elle avait enfilé une chemise blanche et un jean échancré qui pendaient autour de ses hanches. Sa peau bronzée contre le tissu blanc de sa chemise et ses cheveux noirs ébouriffés la rendaient irrésistible, et Ella ne pouvait s'empêcher de regarder sa bouche. Derrière Cam, il y avait un magnifique décor de montagnes et un jardin rempli de plantes exotiques, de cactus, de fleurs et de palmiers. La nuit commençait à tomber, et pour la première fois, elle remarqua à quel point le Palm Garden était romantique. Les bougies vacillantes sur les tables, les guirlandes lumineuses scintillant dans les arbres et la douce musique classique en fond sonore.

- Tu crois qu'il a lu les articles ? Tu crois qu'il pense qu'on est en rendez-vous ?

- Je ne sais pas. Nous sommes en rendez-vous, n'est-ce

pas ?, Cam se lécha les lèvres, sachant que les yeux d'Ella étaient fixés dessus. Ça te dérangerait qu'il le sache ?

- Non, Ella soutint son regard et le feu brûla au plus profond de son ventre. Je serais très honorée s'il pensait que tu es ma petite amie. Je dirais que j'ai touché le jackpot si c'était le cas.

- C'est ce que tu dirais, hein ?, Cam remua sur son siège et laissa les sentiments qu'elle avait refoulés pendant des semaines revenir en un clin d'œil.

C'est reparti.

- Je serais aussi très honorée s'il pensait que je sortais avec toi.

Peut-être qu'on devrait y aller doucement. C'est peut-être une mauvaise idée. Ça ne pourra jamais bien se terminer. Suis-je juste une expérience pour elle ? Est-elle sérieuse ? Beaucoup de choses traversèrent son esprit à ce moment-là, mais ce qui sortit de sa bouche était tout à fait différent .

- Cela fait des semaines que je fantasme sur le fait de t'embrasser, dit-elle, laissant tomber son regard sur la bouche d'Ella.

Elle regarda Ella prendre une rapide inspiration alors que ses lèvres s'écartaient et qu'un regard de désir furieux s'installait sur son visage. Les secondes passèrent sans qu'aucune d'elles ne parle. L'air entre elles était chargé d'énergie sexuelle et elles retenaient leur souffle, attendant que l'autre parle.

- Tout va bien avec la nourriture ?, les interrompit Jamie. Il regardait leurs salades qui n'avaient pas encore été touchées.

- Merci, tout va très bien, dit Ella, l'air complètement troublé, en commençant à planter sa fourchette dans une feuille de laitue.

- Voulez-vous un peu plus de parmesan avec votre...

- Non, non, ça va, merci, Jamie.

Elle n'avait même pas entendu ce qu'il avait dit, incapable de détacher ses yeux de ceux de Cam. C'était le moment qu'elle attendait. Elle avait espéré, et peut-être même attendu, que quelque chose se passe entre elles pendant qu'elles étaient ici, mais entendre Cam dire qu'elle voulait l'embrasser l'avait tout simplement ébranlée. Elle ressentit une poussée d'excitation en buvant une gorgée d'eau, sans jamais rompre le contact visuel.

- Moi aussi, murmura-t-elle, reconnaissant enfin l'audace de Cam. C'est tout ce qu'elle parvint à dire.

Chapitre Trente-Deux

L e trajet en taxi jusqu'à la maison d'Ella avait été rempli de pensées non exprimées. Cam ne l'avait pas embrassée après leur long dîner - ce qui n'avait pas été désagréable mais pas non plus tout à fait naturel après leur confession réciproque - et Ella n'avait pas abordé le sujet.

Elles avaient abordé d'autres thèmes et avaient parlé de nourriture et de voyage, nerveuse à l'idée de continuer sur ce sujet brûlant lorsque le restaurant devenait plus fréquenté. En conséquence, leur conversation était restée inachevée, et lorsqu'elles étaient rentrées à la maison, Ella avait pris une douche tandis que Cam s'était installée sur le canapé pour lire un livre qu'elle avait apporté avec elle. Elle ne comprenait pas un mot de ce qu'elle lisait. Elle ne pensait qu'à Ella, nue sous la douche. *Veut-elle que je la rejoigne ? Aurais-je dû faire un pas vers elle ?*

Cam n'était généralement pas aussi confuse lorsqu'il s'agissait de femmes, mais elle n'avait jamais été dans une position où elle se souciait tellement de l'autre personne qu'elle était terrifiée à l'idée de gâcher une bonne chose avant même qu'elle ne commence. Et beaucoup de choses pouvaient arriver si elles allaient plus loin. Beaucoup de bonnes choses, mais aussi beaucoup de mauvaises.

- Tu veux te joindre à moi dans le jacuzzi ?

Cam faillit se lever du canapé en entendant la voix sulfureuse d'Ella. Elle se retourna et laissa ses yeux errer sur Ella, qui se tenait dans l'embrasure de la porte dans un bikini bleu vif, avec un regard malicieusement séducteur sur son visage. *Mon Dieu, elle est sexy.*

- Euh... oui, bien sûr, Cam sentit un frémissement d'anticipation tandis qu'elle soutenait son regard. Ella se lécha les lèvres de manière suggestive et ne se déroba pas. Donne-moi deux minutes. J'ai juste besoin de me changer.

Les deux minutes se transformèrent en dix minutes, alors que Cam essayait trois bikinis différents qu'elle avait apportés, s'inspectant dans le miroir sous tous les angles. D'habitude, elle n'était pas gênée par son apparence, mais le fait de voir Ella à l'instant avait fait battre son cœur plus rapidement, et elle savait qu'il allait se passer quelque chose. L'alchimie entre elles était hors du commun, et avec chaque jour qu'elles passaient ensemble, Cam avait de plus en plus de mal à s'empêcher d'agir selon ses envies physiques. Cependant, elle voulait qu'Ella fasse le premier pas parce qu'elle voulait qu'elle soit sûre. Et à ce moment précis ; Ella semblait aussi sûre qu'elle pouvait l'être.

Finalement, Cam opta pour un simple bikini triangulaire noir qui ne laissait pas grand-chose à l'imagination. Les poils de ses bras se dressèrent lorsqu'elle s'imagina assise à côté d'Ella dans le jacuzzi, leurs bras et leurs jambes se touchant...

- Tu as vraiment pris ton temps, dit Ella lorsque Cam

entra dans le bassin. L'eau chaude était merveilleuse sur sa peau, et le bras d'Ella frôlant le sien la fit frissonner. Tu t'es habillée pour moi ?

Ella versa deux coupes de champagne avec la bouteille posée sur le bord du jacuzzi et en tendit une à Cam. Le jacuzzi était la seule source de lumière dans le jardin sombre. Au-dessus d'elles, le ciel était parsemé d'étoiles, et cela leur donnait presque l'impression d'être dans leur propre petit univers. Cam lui adressa un sourire en coin, but une gorgée de son verre et s'approcha un peu plus, posant son verre à côté de la bouteille.

- Peut-être. Mais je dirais que tu t'es aussi habillée pour moi. Ou devrais-je dire que tu t'es habillée simplement ? Elle aurait juré avoir vu Ella frémir lorsque leurs cuisses s'étaient touchées, et elle se rapprocha encore plus pour jauger sa réaction. La poitrine d'Ella se soulevait et s'abaissait rapidement, ses petits seins émergeant de l'eau chaque fois qu'elle inspirait. Qu'est-ce qui ne va pas ? La grande Ella Temperley est-elle nerveuse ?, le ton de Cam était taquin et espiègle.

- Pourquoi serais-je nerveuse ?, les yeux bleus clairs d'Ella étaient plus sombres maintenant qu'elle se tournait vers elle. Il n'y avait aucun doute sur ce qu'elle voulait. Elle baissa les yeux sur les lèvres de Cam, puis les releva, rencontrant à nouveau ses yeux.

- Je ne sais pas, Cam lui lança un regard innocent. À toi de me le dire. Elle prit le verre d'Ella et le plaça à côté du sien.

Ella se mordit la lèvre en souriant, puis soupira de frustration et donna un coup d'épaule à Cam.

- Arrête de me taquiner, Cam. Elle prit une profonde inspiration, semblant plus hésitante que Cam ne l'avait

jamais vue. D'accord, je vais te poser la question franchement. Pourquoi ne m'as-tu pas encore faire d'avances ? J'attends que tu fasses quelque chose, n'importe quoi, depuis
toujours, mais tu ne le fais jamais. Tu as dit que tu voulais
m'embrasser...

Ella se tourna pour se mettre à califourchon sur les
genoux de Cam.

Cam laissa échapper un gémissement silencieux lorsqu'elle sentit le poids d'Ella sur elle, et ses mains se
portèrent immédiatement derrière le dos d'Ella pour la
rapprocher. Elle fixa les yeux suppliants d'Ella, respirant
rapidement elle aussi. Sa maîtrise d'elle-même s'était déjà
effondrée dès qu'elle avait vu Ella en bikini. Cam ne se
souvenait pas d'avoir jamais eu autant envie de quelque
chose qu'elle avait envie d'Ella en ce moment.

- Tu ne sais pas à quel point j'en ai envie ?, poursuivit
Ella, reflétant les pensées de Cam. Sa voix était tremblante
d'excitation à cause des bras puissants de Cam autour d'elle,
et de leurs corps pressés si étroitement l'un contre l'autre. Je
ne suis pas fragile, d'accord ? Je suis prête, et j'ai besoin que
tu m'embrasses, Cam. Je ferais le premier pas moi-même si
j'étais plus courageuse, mais...

Ses mots furent atténués par les lèvres de Cam sur les
siennes. Elle l'embrassa d'abord doucement, à la recherche
de signes indiquant qu'Ella pouvait être mal à l'aise. Cela lui
paraissait si juste et si bon qu'elle dut se forcer à se retenir.
Lorsque Cam entendit un doux gémissement et sentit Ella
frissonner, elle sépara ses lèvres et approfondit le baiser tout
en remontant ses mains et en les passant dans ses cheveux.
Même si elle savait ce qui allait arriver, et qu'elle avait
fantasmé à ce sujet un nombre incalculable de fois, rien
n'aurait pu la préparer à la tempête qui commençait à se
préparer en elle. Les lèvres douces et pleines d'Ella, sa

langue dansant avec la sienne, ses mains qui remontaient maintenant le long des bras de Cam vers son cou et se nichaient dans ses cheveux... Ella balançait ses hanches sur ses genoux de façon si sensuelle, ses gémissements étaient si profonds, que Cam faillit jouir, rien qu'en la sentant. Il y eut d'autres gémissements, plus forts cette fois, et Cam n'était pas sûre s'ils venaient d'elle-même ou d'Ella. Avant de se perdre complètement, elle se dégagea du baiser et leva les yeux vers Ella.

- Tu vas bien ?

- Oui... C'était incroyable, la poitrine d'Ella se soulevait et s'abaissait si rapidement que Cam en tremblait. Ses lèvres étaient encore humides de leur baiser brûlant et elle baissa son regard vers la bouche de Cam. Et j'en veux plus, murmura-t-elle en se penchant pour l'embrasser à nouveau.

- Alors laisse-moi te faire sentir encore plus incroyable, marmonna Cam contre ses lèvres avant qu'elles ne se replongent dans un autre baiser bouleversant avec encore plus d'urgence, plus de besoin. Elle baissa ses mains vers les fesses d'Ella et les passa sur son derrière ferme, faisant sortir un autre gémissement de sa bouche. Changeant de position, Cam souleva Ella de ses genoux, la poussa sur le banc en mosaïque du jacuzzi et se mit à califourchon sur elle. Les yeux d'Ella étaient pleins de désir, pétillants d'excitation et de besoin. Elle ne semblait plus nerveuse, mais simplement désespérée d'être touchée. Ses mains étaient à nouveau sur le dos de Cam et elles s'embrassèrent à nouveau, ses ongles griffant sa peau alors qu'elle longeait sa colonne vertébrale jusqu'à ses fesses. Cam poussa Ella contre le mur et approcha sa bouche de son cou, déposant une traînée de baisers jusqu'à sa clavicule, une main fermement ancrée dans les cheveux d'Ella, tirant sa tête en arrière.

- Putain !, Ella sursauta au contact et poussa instinctivement ses hanches vers le haut, une bouffée de chaleur se répandant entre ses jambes. Sa tête commença à tourner lorsqu'elle réalisa ce qu'elles étaient en train de faire, et ce qui était sur le point de se produire. Cela faisait si longtemps qu'elle désirait être avec une femme et ces dernières semaines, elle n'avait pensé qu'à Cam. Maintenant que son fantasme devenait enfin réalité, c'était presque trop difficile à gérer. Les baisers légers de Cam et le contact de sa langue sur sa peau envoyaient des secousses électriques à chaque terminaison nerveuse de son corps. C'est si bon..., elle inspira rapidement lorsque la main de Cam effleura son sein tandis qu'elle descendait vers son ventre et remontait.

- Tu n'as pas idée à quel point j'avais envie de t'embrasser, Cam passa sa langue sur les lèvres d'Ella, la faisant frissonner. Le besoin physique d'avoir Ella luttait contre son cerveau qui lui disait d'y aller doucement. Ce serait la première fois qu'Ella serait avec une femme, sa première vraie fois, et elle craignait que ce soit trop tôt.

Ella semblait avoir d'autres idées, cependant.

- S'il te plaît, supplia-t-elle contre la bouche de Cam, passant ses mains dans ses cheveux. J'ai vraiment besoin que tu me libères de cette douleur brûlante. J'ai l'impression d'être sur le point d'exploser. Elle s'éloigna et regarda Cam avec sérieux. S'il te plaît, touche-moi.

Les yeux de Cam rencontrèrent ceux d'Ella, elle était partagée entre l'hésitation et le désir.

- Tu es sûre ? Je ne veux pas que tu te précipites dans quelque chose pour laquelle tu n'es pas prête.

- Je n'ai jamais été aussi prête, le tremblement dans la voix d'Ella ressemblait presque à un gémissement. J'ai tellement envie de toi.

- J'ai aussi envie de toi, Cam se mordit la lèvre et déglutit difficilement. Il était impossible de penser correctement alors que tout son corps désirait Ella et que son esprit était en plein tourment. Allons à l'intérieur , dit-elle finalement. Est-ce que tu es d'accord ? Je veux que ce soit spécial.

- Tout ce que tu voudras, Ella prit la main de Cam et sortit du jacuzzi, émerveillée par son corps, seulement recouvert d'un bikini moulant qu'elle mourait d'envie d'enlever. Elle tendit à Cam une grande serviette blanche.

- Attends, Cam l'arrêta alors qu'elle était sur le point d'attraper sa propre serviette et l'attira dans la sienne à la place, l'enroulant étroitement autour d'elles deux. Un doux gémissement s'échappa de la bouche d'Ella lorsque leurs corps se touchèrent à nouveau. Cam pouvait sentir la chaleur fiévreuse de son corps maintenant, sans l'eau qui les entourait, et le désir brûlant de la toucher à nouveau ne fit que croître quand Ella se pressa plus près d'elle.

- Bon sang, murmura Ella. Je me sens...

- Je sais, Cam la serra dans ses bras et l'embrassa alors qu'aucune d'elles ne bougeait, trop absorbées par le fait de rester là, l'une près de l'autre, à respirer le besoin de l'une et de l'autre. Elle sentit Ella devenir molle dans ses bras et fut à peine capable de se tenir debout. Ta chambre ou la mienne ?

- La mienne, Ella se libéra de l'emprise de Cam et entra dans la maison, ses hanches se balançant de manière séduisante alors qu'elle guidait Cam jusqu'à sa chambre à coucher, où elle alluma les deux lampes de chevet. Debout à côté du lit, ses mains tremblaient en tirant sur les ficelles de son haut de bikini jusqu'à ce qu'il tombe par terre. Elle était nerveuse et excitée et semblait ne plus contrôler son corps. Elle descendit jusqu'aux ficelles de ses hanches, les tirant simultanément, faisant tomber son bas de bikini, tout en faisant face à Cam, qui l'observait depuis l'embrasure de la porte.

- Tu es si belle.

Les lèvres de Cam s'écartèrent tandis qu'elle fixait ses petits seins, puis elle croisa son regard. La chambre d'Ella était baignée d'une douce lumière, les nuances harmonieuses de rose se répandant sur ses draps de satin. La lueur séduisante des lampes de chevet faisait paraître ses cheveux soyeux couleur pêche, et sa peau sombre et lumineuse. Elle détacha son propre bikini et l'enleva, puis traversa la pièce, réduisant la distance entre elles. Levant une main vers le visage d'Ella, elle fit courir son doigt de sa joue jusqu'à son cou, puis laissa lentement ses doigts courir sur les seins d'Ella.

- Tu vas bien ?, demanda-t-elle à nouveau.

Ella acquiesça lentement, un petit sourire se dessinant sur ses lèvres. Elle sursauta lorsque les doigts de Cam effleurèrent son mamelon, puis suivirent la courbe de sa taille jusqu'à ses hanches. Elle avait très envie de la toucher elle aussi, mais ses insécurités soudaines et son manque d'expérience avec les femmes lui firent perdre la tête.

Que dois-je faire maintenant ? Et si je fais tout de travers ?

Comme si Cam pouvait lire dans ses pensées, elle prit les mains d'Ella dans les siennes et les plaça sur ses seins. Ella vit la chair de poule apparaître sur les bras de Cam et sentit ses mamelons durcir sous son contact. C'était la sensation la plus merveilleuse qui puisse être.

- Mon Dieu, ta peau est si douce.

- Détends-toi, dit Cam d'une voix douce. Détends-toi et profite. C'est tout ce que tu dois faire.

Ella laissa échapper le souffle qu'elle avait retenu en laissant ses mains se promener sur les seins de Cam, caressant sa peau douce et lisse. C'était surréaliste de toucher enfin les seins d'une femme et le fait qu'il s'agisse de ceux de Cam ne faisait qu'augmenter son excitation.

- Tu es parfaite. Ella fit glisser ses doigts sur le ventre plat de Cam. Si douce et féminine, mais si forte en même temps...

Cam les conduisit vers le lit, prit Ella dans ses bras et l'allongea. Elle l'embrassa, doucement, puis avec plus de détermination quand Ella l'attira vers elle et approfondit le baiser.

Ella haleta lorsque Cam coinça une jambe entre ses cuisses et l'embrassa de la manière la plus pressante, mais aussi la plus tendre - comme si faire en sorte qu'Ella se sente bien était son seul but dans la vie. Elle sentait qu'elle commençait à mouiller, que son centre avait envie d'être touché à nouveau, et elle écarta les jambes tandis que ses mains caressaient la taille de Cam et son derrière galbé. Sentir le corps de Cam sous ses doigts pendant qu'elles s'embrassaient était merveilleux et incroyablement sexy.

- Tu es incroyable, Ella, dit Cam en embrassant le cou d'Ella et ses seins. Elle mordit doucement son mamelon, puis fit tourner sa langue autour, ce qui fit gémir Ella et la fit se tordre de plaisir.

- Putain !, Ella jura. Regarder Cam lui faire ça était l'un des spectacles les plus excitants qu'elle ait jamais vus, sans parler de la chose la plus agréable qu'elle ait jamais ressentie. Putain..., s'écria-t-elle encore en soulevant sa poitrine, désireuse de plus. Tu n'as aucune idée de ce que tu me fais...

Cam prit le temps de couvrir de baisers chaque centimètre de la partie supérieure de son corps, écoutant les sons qu'Ella émettait pendant qu'elle la goûtait.

Ella ferma les yeux, s'abandonna à l'instant présent et oublia ses insécurités, surfant sur les vagues extatiques du plaisir tandis qu'elles s'exploraient mutuellement. Après de nombreuses années de désir pour une femme, elle était étonnée de voir à quel point ça lui semblait naturel et juste, comme si tout s'était mis en place au moment où Cam l'avait embrassée pour la première fois. Lorsque Cam déplaça sa main entre ses jambes et passa un seul doigt sur ses plis, Ella cria, serrant son poing dans les cheveux de Cam.

- Oh, mon Dieu..., Elle pencha la tête en arrière, son corps explosant presque sous l'effet de la sur-stimulation. S'il te plaît, n'arrête pas ce que tu es en train de faire.

- Tu veux dire ça ?, Cam déplaça lentement un doigt taquin vers le clito d'Ella, puis le laissa traîner pendant qu'elle regardait Ella se tordre d'extase. Elle le fit redescendre, inspirant rapidement en touchant l'humidité suave émise par Ella. Ella enroula ses jambes autour de ses hanches et l'attira plus près d'elle, puis fit un signe de tête, indiquant à Cam ce qu'elle voulait. Lentement, Cam la pénétra alors, enfonçant avec précaution deux doigts dans Ella tandis qu'elle s'abaissait à nouveau sur elle et l'embrassait.

Le gémissement qui s'échappa de la bouche d'Ella était fort et guttural, le résultat d'années de frustration sexuelle refoulée enfin libérée. Son corps tremblait de plaisir en sentant les doigts de Cam en elle, la remplissant et la pénétrant lentement, sa douce chaleur, et les lèvres tendres de Cam écrasées contre les siennes. Elle posa une main sur la joue de Cam et se dégagea du baiser.

- Attends... je veux..., elle hésita avant de regarder bravement Cam dans les yeux. Je veux te sentir aussi.

Les yeux de Cam s'assombrirent alors qu'elle la regardait, un petit sourire se dessinant sur ses lèvres. Elle se stabilisa sur son coude et ses genoux et souleva ses hanches, puis se retira d'Ella et prit sa main dans la sienne, la guidant entre ses jambes.

- Tu es si mouillée, chuchota Ella en glissant ses doigts dans les plis de Cam. C'était magique de toucher Cam comme ça, de voir et de sentir sa réaction et d'entendre ses doux gémissements.

- C'est ce que tu me fais, Cam chuchota. Elle pouvait voir dans le regard d'Ella que le fait de la toucher l'avait aussi excitée. Tu me rends folle.

Elle respira rapidement quand Ella plongea lentement un doigt en elle, puis un autre. Elle gémit plus fort et commença à se balancer d'avant en arrière sur la main d'Ella tandis que ses doigts s'enfonçaient plus profondément, puis elle recommença lentement à s'enfoncer dans Ella. Une chaleur ardente se répandit dans son corps, allumant une étincelle qui se transforma en un feu de forêt indomptable. Elle n'avait pas été intime avec quelqu'un depuis plus d'un an, et le fait d'avoir les doigts d'Ella à l'intérieur d'elle mettait son corps dans un état de plaisir délirant. Maintenant qu'elle avait goûté à elle, elle savait qu'elle n'en aurait jamais assez. Elles s'embrassèrent passionnément, se déplaçant comme une seule personne, toujours lentement mais avec plus d'urgence maintenant. Cam leva la tête et regarda les lèvres d'Ella s'écarter en un sourire. Elle approcha sa bouche de l'oreille d'Ella.

- Est-ce que c'est bien ?
- Mmh mmh. C'est si bien.

L'autre main d'Ella était dans les cheveux de Cam et elles gémissaient toutes les deux à chaque poussée. Cam pouvait voir qu'Ella était proche, alors elle poussa la paume de sa main sur son centre, faisant de lents mouvements circulaires pendant qu'elle entrait et sortait d'elle.

Ella se délectait des mouvements de Cam et de son baiser sensuel, tandis qu'elle sentait une lueur de satisfaction se répandre depuis son centre. Elle serra Cam contre elle en se crispant, ses jambes s'enroulant encore plus autour d'elle. Ses parois commencèrent à se contracter autour des doigts de Cam, et elle pouvait sentir que Cam était proche aussi. Elle tremblait, surprise par l'intensité de ce qu'elle ressentait alors qu'elle criait à nouveau, enfonçant ses ongles dans la peau de Cam. La sensation du centre de Cam, qui se resserrait contre le sien, força Ella à garder les yeux ouverts et à regarder Cam qui jouissait à son tour. C'était un spectacle magnifique que de voir son visage se transformer en une expression si primitive et si crue. Chaque vague de la jouissance de Cam l'envahissait également, comme si elles n'étaient rien d'autre que leurs corps, ensemble. Ella finit par enfouir son visage dans le cou de Cam, expirant profondément lorsque sa respiration se stabilisa et qu'elle reprit lentement ses esprits. Le lien qui les unissait à ce moment-là semblait indéfectible, et elle savait que ce n'était pas une erreur.

Cam s'effondra, s'allongeant tandis qu'elle reprenait le contrôle de son corps encore incandescent et mou. Leurs cœurs battaient de manière synchronisée, rapide et rythmée, les doigts de leurs mains libres maintenant entrelacés. Elle releva la tête et regarda Ella avant de déposer un doux baiser sur ses lèvres. Les yeux d'Ella étaient émaillés lorsque leurs regards se rencontrèrent. La convoitise avait disparu de son regard, remplacée par le calme et l'émerveillement.

- C'est... c'est si magnifiquement intime, murmura-t-elle. C'est comme si tu étais dans ma tête, dans mon âme... C'est comme si nous ne faisions qu'un.

Cam ne savait pas quoi dire, car elle n'aurait pas pu le formuler plus parfaitement qu'Ella ne l'avait fait.

- Oui, c'est le cas, dit-elle finalement d'une voix douce. Elle caressa la joue d'Ella, puis longea la ligne de sa mâchoire et le côté de son cou. Elle sentit son pouls qui était toujours plus rapide que la normale. Mais ce n'est pas comme ça avec tout le monde. C'est aussi spécial pour moi que pour toi.

- Je sais, Ella sourit. Je le sens.

- Voilà ce que c'est que d'être avec une femme, Ella était allongée sur le côté, sa tête reposant sur l'oreiller de Cam après des heures à faire l'amour et à discuter. Sa peau nue se sentait merveilleusement bien contre celle de Cam. Elle était si chaude, et maintenant qu'elles étaient sèches, la sensation de sa douceur n'en était que plus grande. Si j'avais su, je n'aurais probablement pas attendu aussi longtemps, elle leva les yeux vers Cam. Mais je suis contente d'avoir attendu, que tu sois ma première.

Elle n'avait toujours pas envie de dormir, craignant de se réveiller et de constater que la magie s'était estompée. Cam l'entoura de ses bras et l'attira plus près d'elle, faisant glisser la couette sur elles.

- Je suis soulagée de ne pas t'avoir déçue.

Elle sourit et remarqua qu'elle était à nouveau excitée, rien qu'à la sensation d'Ella, nue contre elle.

Ella rit.

- Tu te moques de moi ? Est-ce que j'ai l'air déçue ?

- Non, tu n'en a pas l'air, admit Cam. Elle se pencha et passa lentement sa langue sur la lèvre supérieure d'Ella. Ella trembla et gémit doucement, écartant les lèvres alors que leurs bouches se fondaient l'une dans l'autre dans un baiser fiévreux qui devint sauvage et passionné lorsque Cam les retourna et se cala entre ses jambes. Ella se déhancha et l'attira aussi fort qu'elle le put, enroulant ses jambes autour de la taille de Cam. Cam se dégagea du baiser et regarda Ella, dont les yeux étaient enflammés et pleins de désir.

- Je veux te goûter, murmura-t-elle.

- S'il te plaît, gémit Ella, se couvrant le visage de sa main lorsque Cam commença à l'embrasser le long de ses seins et de son ventre. Elle se sentait sur le point d'exploser et n'était pas sûre de pouvoir supporter toute cette sur-stimulation, mais pourtant, elle ne voulait rien de plus. Elle se mordit la jointure des doigts lorsque Cam embrassa la touffe de poils entre ses jambes, puis se tourna vers l'intérieur de ses cuisses, faisant remonter sa langue jusqu'à son centre.

- Putain !, haleta Ella lorsqu'elle sentit la langue chaude de Cam sur ses plis, se glissant entre eux, suivant son sexe de haut en bas dans un délicieux ralenti. C'était extrême-ment renversant. Sa main se tendit sous les couvertures pour attraper les cheveux de Cam, et elle en saisit une poignée, se poussant plus fort contre sa bouche.

Cam gémit et lécha sa longueur jusqu'à son clitoris. Elle aimait le goût d'Ella, elle aimait la façon dont elle réagissait à son contact, et elle se sentait étourdie de savoir qu'elle lui faisait ressentir ce qu'elle n'avait jamais ressenti auparavant.

- Tourne-toi, dit Ella en haletant.

Cam s'arrêta un instant, ne sachant pas vraiment ce qu'elle voulait dire.

- Tourne-toi, dit-elle à nouveau, avec plus d'urgence dans la voix. Je veux te goûter aussi.

Cam repoussa les couvertures et rencontra les yeux d'Ella. Une étincelle d'excitation la traversa, l'excitant encore plus, si c'était possible. Elle n'avait pas fait cela depuis l'époque où elle était à l'université. Pas depuis qu'elle avait commencé à expérimenter avec les femmes. Mais Ella voulait tout, et elle avait besoin de rattraper le temps et les expériences perdus. Elle sourit et se retourna, plaçant un genou de chaque côté des épaules d'Ella, avant de replonger pour la consommer à nouveau.

Les mains d'Ella tremblaient lorsqu'elle s'approcha pour caresser les fesses de Cam, puis elle leva la tête vers son centre humide, essayant par tous les moyens de ne pas se laisser distraire par les picotements chauds qui commençaient à monter dans son bas-ventre chaque fois que Cam passait sa langue contre son clitoris. Elle embrassa la peau humide de l'intérieur des cuisses de Cam et remonta entre ses jambes, se sentant plus courageuse lorsque Cam gémit et se repoussa contre son visage. Ella la lécha, d'abord avec précaution, puis avec plus d'insistance lorsqu'elle l'eut goûtée. Cam avait un goût sucré et acidulé et tellement, tellement bon... Elle voulait que cela dure mais elle était incapable de lutter contre l'orgasme qui menaçait de prendre le dessus. Désespérée de donner à Cam ce qu'elle voulait, elle aspira son clito dans sa bouche, comme Cam le faisait maintenant avec elle. Les sons gutturaux provenant de Cam la rendaient brumeuse et un peu folle à l'intérieur alors qu'elle se tenait en équilibre sur le bord de son propre orgasme, ne voulant pas encore basculer. Elle répéta le mouvement, encore et encore, alors même que de petites explosions la remplissaient, se répandant en vagues à mesure qu'elles augmentaient en intensité. Elle gémit en continuant d'amener Cam à l'orgasme, tremblant encore alors que le sien se calmait. Bientôt, des sons plus glorieux résonnèrent dans la chambre. Elle ferma les yeux lorsque Cam se libéra dans un cri de joie, et elle enfouit son visage dans son humidité, désirant tout.

Ella laissa retomber sa tête dans les oreillers, vidée et détendue. Cam s'effondra sur elle et laissa échapper un soupir satisfait. Elle prit le pied d'Ella et l'embrassa avant de se retourner et de ramper vers le haut, puis de tirer les couvertures sur elles.

- Viens ici.

Elle attira Ella dans ses bras et se blottit contre elle en embrassant son front et en lui caressant les cheveux, sachant qu'elle était une cause perdue.

Chapitre Trente-Trois

L a première chose que Cam vit en ouvrant les yeux fut du rose. Elle cligna des yeux plusieurs fois, fronçant les sourcils lorsqu'elle se retrouva face à un énorme portrait de flamant rose qui la regardait droit dans les yeux. Elle gloussa pour elle-même et se tourna vers Ella, qui respirait régulièrement contre son épaule, toujours endormie. Elle avait l'air si paisible et si douce, lovée dans les draps.

Cela faisait un moment que Cam ne s'était pas réveillée à côté d'une femme, et elle réalisa que ce serait une première pour Ella. *Est-ce que ça va aller pour elle ?* Elle le pensait. Ella n'avait pas vraiment semblé timide la veille au soir, et elle n'avait certainement pas donné à Cam l'impression qu'elle pourrait changer d'avis le lendemain.

Doucement, elle caressa la joue d'Ella, écartant des mèches de cheveux de son visage. Ella remua un instant, puis sourit dans son sommeil. Cam la regarda pendant un moment, se sentant béatement heureuse alors que des flashbacks inondaient sa mémoire. Malgré leur nuit tardive, son horloge interne l'avait réveillée à six heures, et elle était bien réveillée. Elles n'avaient pas fermé les rideaux la nuit dernière, car il n'y avait personne dans les environs, mais elle se doutait que Sid serait bientôt là pour s'occuper du jardin avant qu'il ne fasse trop chaud. La lumière matinale du désert entrait par les portes vitrées, inondant la pièce d'une lueur jaunâtre, presque sépia. *Où allons-nous maintenant ?* Cette pensée l'effrayait un peu. Ella était une actrice célèbre et refoulée, et elle était... elle était en train de tomber amoureuse d'elle. Fortement.

- Bonjour, dit Ella d'une voix douce.

- Je suis désolée, je ne voulais pas te réveiller. Cam l'entoura d'un bras et l'embrassa sur le front.

- Non, je suis contente que tu l'aies fait, Ella cligna des yeux plusieurs fois et soupira en se rapprochant. Quelle heure est-il ? Je ne dors jamais toute la nuit.

- Il est tôt. Six heures, je crois. Tu as du café dans la maison ? Je peux te réveiller dans quelques heures si tu veux dormir encore un peu.

- Il y a du café dans le placard de droite, et il devrait y avoir du lait d'amande dans le réfrigérateur. J'ai demandé à Sid de faire quelques courses avant que nous venions. Mais je ne veux pas dormir et je ne veux pas que tu te lèves. Je veux que tu restes au lit avec moi.

Ella adressa un sourire malicieux à Cam en passant une main sur son dos jusqu'à ses fesses, encore émerveillée par la douceur de sa peau. Elle se sentait merveilleusement bien, comme une nouvelle femme. C'était comme si le monde était différent aujourd'hui, mais en même temps, exactement comme il devait être.

Elle avait craint de paniquer, mais elle n'éprouvait que du bonheur et une excitation étourdissante, mêlés à un désir furieux qui avait pris en otage son corps tout entier. Chaque terminaison nerveuse était délicieusement sensible, et chaque contact était comme une surcharge sensorielle. Se réveiller à côté de Cam était sans doute l'une des meilleures choses qui lui soient jamais arrivées. Enfin, à part la nuit dernière, bien sûr. Elle frissonna en se rappelant leurs ébats torrides et leva les yeux vers Cam pour rencontrer ses yeux sombres qui lui disaient qu'elle avait les mêmes pensées qu'elle.

- J'ai envie de toi, Cam, murmura-t-elle en l'embrassant doucement.

- J'ai envie de toi aussi, Cam sourit contre ses lèvres et passa une main dans les cheveux d'Ella, les peignant lentement avec ses doigts. Puis elle s'éloigna, hésitant un instant. Mais nous devons probablement parler d'abord parce que je t'aime vraiment bien, Ella. Non..., elle secoua la tête. « T'aimer » est un euphémisme, parce que c'est bien plus que ça. Je suis en train de tomber amoureuse de toi, et j'ai besoin de savoir où cela nous va nous mener. Je ne suis pas comme ça d'habitude, mais avec toi..., sa voix diminua. Je ne sais pas si je peux continuer sans savoir où j'en suis et ce que tu ressens.

- Tu as raison, la voix d'Ella était douce et mélodieuse. Il faut qu'on parle. J'ai des sentiments pour toi depuis un certain temps, et après la nuit dernière, j'ai l'impression qu'ils se sont décuplés. Elle vit le soulagement se dessiner sur le visage de Cam en disant cela. Je veux être avec toi, mais je ne sais pas vraiment comment être avec quelqu'un. Je n'ai jamais eu de relation, et je n'ai même pas encore fait mon coming-out.

- Tu te débrouilles très bien, Cam sourit. On peut y aller doucement, et personne n'a besoin de savoir pour nous.

- D'une certaine manière, cela ne semble pas juste pour toi, dit Ella. Tu es tellement à l'aise avec toi-même et pour toi, sortir avec une femme refoulée...

- Je m'en fiche. Ce ne sera pas différent de ce que nous avions l'habitude de faire, à part que nous allons passer beaucoup de nuits ensemble, Cam prit la main d'Ella et l'embrassa. Écoute, je ne veux pas te mettre la pression. Ce n'est pas pour ça que je voulais te parler. Savoir que tu ressens la même chose pour moi me suffit, et si cela signifie que nous nous voyons une ou deux fois par semaine dans l'intimité de nos maisons, cela me convient tant que je peux me réveiller avec toi.

- Vraiment ?

- Oui, vraiment. Il faut que tu prennes ton temps et ça..., Cam fit un geste entre elle et Ella. Cela ne veut pas dire que je m'attends à ce que tu sortes du placard.

- Je sais que tu ne le fais pas, mais je veux le faire, un jour ou l'autre. Tout a changé. Je me sens différente. Je me sens merveilleuse, Ella soupira. Je m'inquiète surtout pour toi. La vie sous les projecteurs n'est pas facile. Pas pour moi, mais surtout pas pour quelqu'un qui n'en a pas l'habitude. Cela peut briser les gens.

- Ne t'inquiète pas pour moi, dit Cam en déposant un autre baiser sur son front. Avant que tout cela n'arrive, tu devras d'abord t'occuper de ton coming-out. Rien ne se passera tant que tu ne l'auras pas fait, à ton rythme, quand tu le voudras. Et si tu ne le fais pas, c'est aussi ton choix, et ça me va. En attendant, mes lèvres sont scellées, elle rit. Et après ça aussi, parce que je n'ai rien à dire à ces enfoirés. Et soyons réalistes. Personne ne s'intéresse à un professeur de yoga de toute façon. Ils vont bientôt se lasser d'écrire sur moi.

Ella gloussa, le sérieux disparaissant de son visage.

- Je n'en sais rien, tu es sacrément séduisante.

Cam sourit.

- Je suis contente que tu le penses, mais je ne pense pas

que ce soit suffisant pour commencer à me traquer à long terme.

- Peut-être pas, mais nous n'aurons pas un moment à nous si nous sommes ensemble dans un lieu public, c'est la réalité. Tu m'as dit que tu aimais ton intimité, alors je veux juste que tu saches dans quoi tu t'engages.

- Nous ferons face à ces défis quand nous en serons là, Cam attira Ella sur elle et soupira, la sensation du corps chaud et volontaire d'Ella et son sourire dissipant tous les doutes qui persistaient. Tant que je sais que tu ressens la même chose, je m'en fiche. Prenons les choses comme elles viennent et gérons-les ensemble, d'accord ?

- D'accord, Ella l'embrassa et coinça une jambe entre ses cuisses. Maintenant, s'il te plaît, refais ce que tu as fait hier soir, elle effleura les lèvres de Cam d'un air taquin. Tu sais, ce truc que tu fais avec ta langue.

Chapitre Trente-Quatre

Tu veux sortir un peu d'ici ?

Ella se pencha sur Cam, qui lisait sur l'une des chaises longues au bord de la piscine. Elles avaient passé la matinée à déballer les affaires personnelles d'Ella, et Sid les avait aidés à remettre ses vieilles photos sur les murs. À l'intérieur, des cartons étaient encore empilés dans le couloir, mais il n'y avait pas d'urgence et Ella ne voulait pas y consacrer trop de leur précieux temps.

Cam leva les yeux vers elle et sourit en se protégeant du soleil.

- Bien sûr. Tu as la fièvre de la cabane[1] ?

- Pas quand tu es dans ma cabane, plaisanta Ella. Mais je veux te montrer quelque chose. C'est un peu loin. Ça te dérange ?

- Ça ne me dérange pas de faire un tour en voiture, Cam se redressa et tira Ella sur ses genoux. En plus, j'ai besoin de

---

1. Vient de l'anglais « cabin fever » qui correspond à un état dans lequel une personne est malheureuse ou s'ennuie à force de passer trop de temps à l'intérieur.

me distraire de toi en bikini. Je ne peux même pas lire quand tu te promènes dans cet état. Non pas que j'aie particulièrement envie de lire, ajouta-t-elle. Sid est-il déjà parti ? Parce que je pense à des choses bien meilleures à faire, elle coinça une main sous le haut de bikini vert mousse d'Ella et passa sa langue dans son cou, jusqu'au lobe de son oreille. Je suis sûre que tu seras d'accord", chuchota-t-elle à son oreille tout en glissant son autre main dans le bas de bikini d'Ella et en lui enserrant le centre. Ella laissa échapper un gémissement et sa tête retomba contre l'épaule de Cam.

- Bon sang, Cam, haleta-t-elle, fermant les yeux pendant que Cam faisait pénétrer deux doigts en elle, caressant ses seins avec son autre main. La bouche de Cam était sur le cou d'Ella et sur son oreille, mordant doucement tandis qu'elle passait sa langue sur sa peau sensible. Sa poigne ferme et ses doigts habiles donnaient des jambes en coton à Elle. Je pense qu'il est parti chercher quelques affaires, mais il va bientôt revenir et... ; Ella gémit, ne parvenant pas à terminer sa phrase.

- Ce n'est pas grave. Je n'ai besoin que de deux minutes, lui chuchota Cam à l'oreille. Elle sourit lorsque les gémissements d'Ella devinrent plus forts. Ou peut-être que j'en ai juste besoin d'une.

Il n'y avait rien à des kilomètres à la ronde, si ce n'était le désert à leur gauche et la mer de Salton à leur droite, immobile et scintillante sous le soleil de l'après-midi. À l'exception de quelques camions et camping-cars, la route était calme. La terre était devenue encore plus aride après avoir passé la mer de Salton, avec seulement un peu de végétation et quelques arbres éparpillés des deux côtés de la route, la terre étant craquelée comme de l'argile sèche. Il y avait une vieille voie ferrée avec un train rouillé qui semblait être là depuis des décennies et quelques maisons qui avaient manifestement été abandonnées depuis longtemps.

- D'une certaine manière, cela ne semble pas être ton truc, plaisanta Cam en jetant un regard en coin à Ella. Mais je garde l'esprit ouvert.

- Honnêtement, je ne serais pas venue ici si Helena n'avait pas insisté pour que je l'accompagne il y a des années, Ella se tourna vers Cam et sourit. Mais je suis contente de l'avoir fait. Tu verras.

La végétation commença à devenir un peu plus dense, avec plus de buissons et de taches d'herbe, alors qu'elles approchaient une petite ville appelée Niland, où elles passèrent devant des fermes, des maisons, quelques petits commerces et deux motels décrépis. Cam rit lorsqu'Ella tourna à droite, sur une route poussiéreuse et désertique.

- Tu es sérieux ? Sais-tu au moins où tu vas ?

Ella rit aussi.

- J'espère que c'est le cas. Je crois que je m'en souviens encore

Elles étaient toutes deux silencieux lorsqu'elles passèrent devant des camping-cars et des tentes le long de la route, où de petites communautés itinérantes avaient installé leur campement. Environ un kilomètre et demi plus loin, Cam aperçut quelque chose de massif et de coloré. Elle n'arrivait pas à définir ce que c'était jusqu'à ce qu'elle s'en approchèrent et qu'Ella s'arrête devant ce qui semblait être un énorme sanctuaire chrétien, peint sur une montagne.

- Nous y sommes. La montagne du salut, Ella arrêta la voiture le long de la route. Viens, nous allons devoir marcher le reste du chemin.

Elle mit sa casquette et ses lunettes de soleil - son déguisement habituel lorsqu'elle n'était pas à la maison ou dans la voiture - et elles marchèrent sur le sol dur du désert en direction de la montagne. Au départ, un petit panneau dans le sol, soutenu par deux rochers, qui disait « Bienvenue », et des toilettes chimiques bleues, étaient les seules indications de vie sur ce coin de terre tranquille, mais à mesure qu'elles se rapprochaient, elles entendaient des voix provenant de l'un des nombreux bâtiments en forme de dôme qui se trouvaient sur les lieux et qui étaient également peints de couleurs vives. Cam s'arrêta dans son élan en contemplant ce spectacle surréaliste.

- C'est assez étonnant, tu ne trouves pas ?

Ella abaissa sa casquette sur son front et se tourna vers Cam.

- Tout à fait. Qu'est-ce que c'est ?, Cam regarda la chaîne de montagnes couverte de slogans et d'illustrations aux couleurs vives. Les mots « God is love » (Dieu est amour) ressortaient comme le texte le plus grand et le plus significatif, sous un énorme cœur rouge et à côté d'une cascade peinte à rayures bleues et blanches qui descendait le long de la montagne. Au sommet de la colline, une croix blanche projettait son ombre sur la terre. On dirait un immense sanctuaire chrétien. Combien de personnes ont travaillé là-dessus ?

- Principalement, un seul homme pendant trente ans, dit Ella. Il s'appelait Leonard Knight. Je n'ai jamais eu le plaisir de le rencontrer, mais Helena l'a rencontré une fois, et elle a dit que c'était un homme extraordinaire. Il vivait dans ce vieux camion de pompiers.

Elle désigna un camion également couvert de peinture et de versets bibliques, le mot « amour » étant répété à l'infini. D'autres voitures et camping-cars peints parsemaient le terrain, se fondant parfaitement dans le paysage artistique plus grand que nature à l'arrière-plan. Le soleil intensifiait les couleurs, les rendant presque accablantes à regarder.

- Il a aussi construit la montagne, poursuivit Ella. Tout était plat jusqu'à ce qu'il commence à empiler des bottes de foin qu'il a recouvertes d'argile d'adobe et de peinture au latex. Et maintenant, c'est..., Elle marqua une pause, cherchant les mots justes. Un lieu de culte, je suppose.

- Et d'amour, ajouta Cam, en lisant le mot encore et encore partout où elle regardait. Il y avait aussi des centaines de cœurs rouges.

- Et d'amour, répéta Ella en lui prenant la main. Là-bas, dit-elle en montrant un bâtiment en forme de dôme, c'est une maison qu'il s'est construite, mais il n'y a jamais emménagé parce qu'il préférait son camion finalement. Il y a aussi un musée. Elle les conduisit vers deux autres structures plus grandes, en forme de dôme. Tout est fait d'arbres morts, de vieux pneus et d'autres choses qu'il a trouvées dans le désert. Là encore, les bâtiments ont été recouverts d'argile et peints de fleurs, d'arbres, d'oiseaux et d'écritures bibliques.

Elles se promenèrent, admirant le land-art. Il y avait cinq autres touristes qui posaient pour des photos devant le musée, mais, respectueusement, tout le monde s'exprimait à voix basse. Elles entrèrent dans le bâtiment de fortune, dont l'intérieur était également peint de couleurs vives. Il y avait des notes et de petits objets personnels laissés par les visiteurs, et une famille d'oiseaux nichait dans les chevrons.

- Leonard est décédé en 2014, expliqua Ella, mais ses partisans poursuivent son œuvre. La peinture est achetée grâce à des dons, et des bénévoles travaillent à son expansion. J'ai fait un don au nom d'Helena l'année dernière.

- Je parie que cela leur permettra de tenir un certain temps, dit Cam en plaisantant. Elle se protégea les yeux alors qu'elles retournaient à l'extérieur, presque aveuglée par la lumière du soleil après avoir été dans la structure sombre similaire à une grotte. L'éclat du spectre des couleurs la submergea à nouveau et elle prit un moment. Comment se fait-il que je vive à Los Angeles et que je ne connaisse pas cet endroit ?, demanda-t-elle en prenant quelques photos de la montagne dans le ciel bleu. La montagne était vraiment magnifique avec son environnement neutre et sablonneux.

- Je parie qu'il y a beaucoup d'endroits ici que tu ne connais pas, Ella montra l'est. Il y a quelque chose d'autre un peu plus loin que je veux te montrer. Retournons dans la voiture, je suis en train de frire ici.

Après un court trajet, elles sortirent à nouveau de la voiture. Ella se couvrit les épaules avec une écharpe trouvée sur la banquette arrière, sa peau brûlant malgré les nombreuses couches de crème solaire.

- Viens, elle entraîna Cam avec elle sur le terrain poussiéreux. Toute cette zone s'appelle Slab City, dit-elle en montrant les alentours où des caravanes étaient installées au milieu de tentes et d'habitations de fortune. Des abris étaient construits à partir de vieilles palettes, de tissus et d'autres objets recyclés, et il semblait qu'un vieux réservoir d'eau géant faisait également office de maison. C'est la dernière zone déclassée et non contrôlée des États-Unis et, sur le papier, elle n'existe pas. La plupart des résidents sont permanents à cette période de l'année. Les snowbirds[2] ne viennent ici que pendant les mois d'hiver. Certains ont déménagé ici à cause de la pauvreté, d'autres parce qu'ils

---

2. Se dit des habitants américains qui se rendent du Nord vers le Sud en hiver.

veulent simplement vivre en autarcie. Au début, c'était très rudimentaire, mais aujourd'hui, certains habitants ont de l'énergie solaire et des maisons en parfait état de marche. Ils cultivent des produits et sont autonomes, à l'exception de l'eau, qui est livrée.

- J'essaie de comprendre comment les gens peuvent vivre sous cette chaleur, mais c'est difficile, dit Cam, bouillonnant déjà après leurs deux minutes de marche. Je suppose que c'est aussi Helena qui t'a emmenée ici ?

- Oui, elle était curieuse comme ça. Elle était curieuse comme ça. J'étais nerveuse à l'idée de venir ici parce qu'il n'y a pas de forces de l'ordre. Mais la plupart des gens ne veulent pas d'ennuis, ils veulent juste qu'on les laisse tranquilles, Ella haussa les épaules. Même si je représente probablement tout ce qu'ils détestent.

- Oui, je crois qu'on ne peut pas nier que tu es un panneau d'affichage ambulant pour le capitalisme, Cam sourit et sourit à un grand homme barbu qui leur fit signe de la main. Il portait une cape et un chapeau de cow-boy décoré d'épingles, de plumes, de nœuds et d'insignes. On a l'impression d'être dans un monde un peu post-apocalyptique. C'est complètement surréaliste et fascinant, mais nous ne pouvons tout de même pas aller fouiner chez les gens ?

- Bien sûr que non, dit Ella alors qu'elles s'approchaient d'un terrain où se trouvait quelque chose qui, de loin, ressemblait à un tas d'ordures. Mais nous pouvons jeter un coup d'œil là-bas. C'*est l'installation artistique d'East Jesus*, et elle est ouverte au public.

De près, Cam pouvait voir que les piles de « déchets » étaient en fait des installations artistiques, alors qu'elles passaient sous l'entrée du jardin de sculptures, construite à partir de vieux réservoirs d'eau, de fil de fer, de carillons, de vélos et d'une portière de voiture. Elles se promenèrent en admirant les sculptures : un mammouth fait de pneus éclatés, un mur de bouteilles, une baleine faite de sacs en plastique, une maison « en train de couler » et un immense mur de vieilles télévisions sur lesquelles étaient peints des slogans cyniques.

- Je n'aurais jamais pensé voir quelque chose comme ça, ici dans le désert. Cam prit quelques photos, puis tourna son téléphone vers Ella, qui sourit à l'appareil photo.

- Ouais, c'est cool, non ?, Ella leva les yeux vers elle. Prenons-en une ensemble, elle passa un bras autour de la taille de Cam et l'embrassa sur la joue tandis qu'elle brandissait son téléphone pour prendre une photo d'elles devant le mur de bouteilles. Notre première photo ensemble, dit-elle, la couleur montant à ses joues lorsqu'elle la regarda.

Cam lui rendit son baiser et lui lança un regard attendrissant.

- Tu rougis.

- Je sais ! J'ai juste réalisé en le disant à quel point j'avais l'air cucul.

- Non, pas du tout. C'est mignon, et cette photo sera accrochée au mur de ma chambre.

- En parlant d'être cucul, dit Ella en plaisantant. Elle la poussa du coude alors qu'elles retournaient à la voiture. Tu es déjà fatiguée ? On n'a pas beaucoup dormi la nuit dernière.

- Tu te moques de moi ?, Cam balaya sa main devant elle. J'adore ça. Je n'avais aucune idée que tu étais une telle connaisseuse du désert.

- Je connais un ou deux endroits, dit Ella en montant dans la voiture. Je te propose qu'on aille manger et qu'on fasse un détour par le parc national de Joshua Tree sur le chemin du retour. C'est assez incroyable la nuit.

- D'accord, faisons ça. Cam s'installa sur le siège passager et tendit à Ella une bouteille d'eau tirée de son sac. J'aimerais en voir plus, et je peux conduire jusqu'à la maison si tu veux.

Cam n'avait jamais aimé le désert, mais elle devait admettre qu'il lui plaisait de plus en plus. Même les bandes de terre les plus arides qu'elles traversaient étaient magnifiques. Il y avait quelque chose dans la façon dont la lumière frappait la terre couleur sable et le léger chatoiement de la chaleur au-dessus du sol qui rendait tout intriguant et mystérieux.

Elles entrèrent dans le parc national de Joshua Tree par l'entrée sud, après s'être arrêtées pour acheter de l'eau et de la nourriture en chemin. Ella les conduisit à Cottonwood Spring, une oasis dans le désert sec, bordée de palmiers et de peupliers d'Amérique, puis continua à travers le parc, où de vastes étendues étaient remplies d'arbres de Josué à l'aspect excentrique et hérissé. Le paysage ne ressemblait à rien de ce que Cam avait jamais vu ; les arbres étaient concentrés à certains endroits où l'on aurait dit qu'ils s'étaient rassemblés pour une grève, leurs branches levées comme des bras de manifestants s'agitant dans les airs.

Elles se rendirent ensuite au Cholla Cactus Garden, où elles s'arrêtèrent et sortirent de la voiture au moment où le soleil commençait à se coucher. Les plantes poilues et hérissées de pointes s'élevaient à perte de vue, certaines d'entre elles mesurant jusqu'à deux mètres de haut.

- Ils appellent aussi les cylindropuntias des ours en peluche, parce qu'ils sont si poilus, du moins ils le paraissent de loin, dit Ella. C'est ici que le désert du Colorado se fond dans le désert de Mojave. On peut clairement voir le paysage changer ici, où les arbres de Josué sont remplacés par des cylindropuntias, et où les montagnes Little San Bernardino s'aplanissent en collines ondulantes au lieu de gros rochers. C'est assez spectaculaire, non ?

- Ça l'est vraiment.

Éclairées par le soleil rasant, les plantes ressemblaient à des créatures, maintenant que le ciel s'assombrissait autour d'elles. Les dernières lueurs du soleil se déversaient sur la vallée, et le ciel se teintait d'un or rougeâtre avant de s'estomper dans un dégradé de rose et de violet plus sombre. Cam passa un bras autour d'Ella lorsqu'elles s'assirent sur un rocher pour regarder ce spectacle saisissant et ne le lâcha pas jusqu'à ce que le début de la nuit les recouvre, apportant un peu de fraîcheur dans l'air.

- Ça se refroidit très vite la nuit, Ella croisa les bras alors qu'elles retournèrent à la voiture. Il peut faire jusqu'à trente-huit degrés pendant la journée et descendre à dix-huit la nuit. Tu as froid ou tu es d'accord pour faire un arrêt de plus ? Les étoiles seront bientôt visibles. Le ciel est dégagé et il n'y a pas de lune ce soir, alors ça devrait être bon.

- Non, je n'ai pas froid. Mais j'aimerais avoir une veste à te donner.

Cam ne mentait pas, elle semblait brûlante dès qu'Ella était près d'elle. Après le coucher du soleil, un profond sentiment de calme s'était installé en elle et c'était l'une de ces rares journées qu'elle ne voulait jamais voir se terminer.

- Tu es si galante, plaisanta Ella en battant des cils. Ne t'inquiète pas, j'ai une couverture dans le coffre.

- Très intelligent.

- Hé, c'est juste une question d'expérience. J'ai vécu ici pendant des années, alors je mets toujours des tonnes d'eau et une couverture dans mon coffre avant de m'aventurer hors de Palm Springs. Helena et moi avions l'habitude de venir ici tôt le matin ou tard le soir, quand c'était plus calme et qu'il faisait trop sombre pour que quelqu'un nous reconnaisse. J'ai toujours été assez douée pour me fondre dans la masse, mais quand nous étions ensemble, c'était tout à fait différent; les jumeaux passent rarement inaperçus, surtout les jumeaux célèbres, elle sourit et secoua la tête. Je n'étais pas sûre de ce que je ressentirais en venant ici sans elle, mais je passe une très bonne journée.

- Moi aussi, je passe un très bon moment, Cam l'attira à elle et l'embrassa sur la tempe. Elle se sentait paisiblement heureuse, mais en même temps, presque un peu folle de tous les nouveaux sentiments qui avaient pris le contrôle d'elle. *Oh mon Dieu, je suis dans la panade.* Je ne peux pas dire que j'ai déjà cherché activement un endroit pour observer les étoiles. C'est un peu romantique, tu ne trouves pas ?, elle pencha la tête pour rencontrer les yeux d'Ella et lui lança un regard taquin. Es-tu secrètement une éternelle romantique ?

- Je ne sais pas, je pense que c'est possible, Ella passa doucement ses doigts sur sa main et sourit en montant dans la voiture. Tu l'es ?

Cam rougit, ne s'attendant pas à cette question.

- Je suppose que je le suis aussi, admit-elle alors qu'Ella démarrait. Je ne l'étais pas vraiment avant, mais avec toi, l'idée de la lumière des bougies et des étoiles m'excite. Est-ce que c'est niais ?

- Non, c'est adorable, dit Ella d'une voix douce. Je n'ai jamais compris pourquoi les gens aimaient tant mes films, surtout ceux qui étaient remplis de clichés trop romantiques. Mais je n'ai pas honte de dire que je comprends maintenant.

Elles reprirent la route en direction de Cottonwood dans un silence confortable, toutes deux aspirées par le paysage qui, dans l'obscurité, semblait tout à fait différent. Les silhouettes noires des arbres de Josué étaient sinistres, les grands ressemblant à des monstres en colère et les plus petits à des cadavres sortant de leur tombe, les bras liés les uns aux autres. Ella s'arrêta sur une aire de repos au bord de la route et sortit la couverture de son coffre.

- Mettons-nous au chaud, dit-elle en s'asseyant sur le capot de la voiture. Elle drapa la couverture autour d'elles et se blottit contre Cam tandis qu'elles faisaient face aux plaines du parc. Le ciel étoilé au-dessus d'elle était le genre de ciel que Cam n'avait jamais vu qu'en photo : des millions de petites taches blanches scintillant sur le bleu nuit infini.

- Je me sens si petite en ce moment, murmura-t-elle comme si elle craignait de troubler l'ordre public.

- Moi aussi, Ella poussa un profond soupir. Il semble impossible d'être ici sans penser à l'univers - à la vie et à la mort - et sans se demander pourquoi nous sommes ici, n'est-ce pas ? J'y pensais beaucoup quand j'étais vraiment au plus bas. Je suppose que j'essayais désespérément de trouver une raison de continuer et je savais que regarder les étoiles était ce qui se rapprochait le plus de la vérité. Tout cela me paraissait tellement inutile à l'époque. Elle marqua une pause. J'y pense encore, mais pas de manière mélodramatique. C'est plutôt une sensation d'émerveillement que je ressens maintenant.

- L'émerveillement est une bonne façon de le décrire. C'est comme le plus bel art, qui attend d'être compris , dit Cam.

Elle se tourna vers Ella, stupéfaite par sa beauté ce soir. Le vent de la route avait fait voler ses cheveux en une crinière ébouriffée, et son sourire contagieux illuminait tout son visage à chaque fois que leurs regards se croisaient. Elle releva la tête lorsqu'elle réalisa qu'elle la fixait.

- C'est la Voie lactée ?, demanda-t-elle en pointant du doigt une tache de lumière concentrée qui s'estompait en une ellipse irrégulière de part et d'autre.

- Oui, Ella eut l'air impressionné. Elle n'est pas aussi brillante qu'elle l'est habituellement au cœur de l'été, mais elle est assez visible ce soir. Nous avons aussi des pluies de météores ici ; je pense que le mois d'août est un bon mois pour cela. Je n'en ai vues qu'une fois, mais je ne l'oublierai jamais. Helena et moi avions décidé de prendre un bain de minuit après avoir entendu aux informations qu'une grosse pluie était attendue. Nous ne pensions pas voir grand-chose puisque nous étions à la maison, mais nous avons quand même éteint toutes les lumières une heure avant. Nous étions en train de flotter sur nos matelas gonflables de piscine lorsque le phénomène s'est déclenché, et il a duré des heures. C'était à couper le souffle.

- As-tu fait un vœu ?

- J'en ai fait un.

- Et est-ce que ça s'est réalisé ?, Cam s'allongea, posant sa tête contre le pare-brise de la voiture. Ella fit de même et réfléchit un moment avant de répondre à la question.

- Oui, je pense que oui, elle parut un peu embarrassée par son aveu et sortit son téléphone de son sac à main pour faire défiler l'écran, essayant clairement de s'éloigner du sujet. Puisque je suis désespérément romantique de toute façon, je pourrais aussi bien mettre de la musique, elle connecta son téléphone aux haut-parleurs de la voiture et mit une reprise de la chanson Vincent de Don McLean.

- *Ça*, c'est niais, lui dit Cam en la taquinant.

- Hé, c'est la première chose qui m'est venue à l'esprit, Ella gloussa. Tu sais, les étoiles et tout ça... En plus, j'aime bien la mélodie.

- Oui, je l'aime bien aussi, mais ne dis à personne que j'ai dit ça.

Cam ouvrit son bras pour qu'Ella puisse poser sa tête sur sa poitrine. Elle passa ses doigts dans les cheveux d'Ella, savourant le moment pendant qu'elles écoutaient une version acoustique de la chanson, interprétée par un artiste que Cam ne connaissait pas. Plus elle explorait Ella, plus elle en découvrait, et ce qu'elle découvrait l'amenait à l'aimer encore plus. Elle savait désormais qu'Ella était bien plus que ce que les médias lui avaient laissé croire, et elle espérait de tout cœur que, d'une manière ou d'une autre, cela pourrait fonctionner. Parce que même si Ella était célèbre, riche et aimée par des millions de personnes - et qu'elle était une professeure de yoga anonyme qui ne connaissait rien de son monde - en fin de compte, elles n'étaient que deux personnes qui s'étaient trouvées l'une l'autre dans les circonstances les plus étranges.

Quelles étaient les chances qu'Ella ait tenté de mettre fin à ses jours juste devant sa maison ? Et quelles étaient les chances que Cam l'ait vue et ait réussi à la sauver ? Et quelles étaient les chances qu'après tout cela, elles soient maintenant allongées sur le capot de la voiture d'Ella, au milieu du désert, à regarder les étoiles ensemble ? Lorsqu'elle tourna la tête pour lui dire cela, les lèvres d'Ella effleurèrent les siennes, chaudes et tendres. Le désir monta immédiatement en elle et se déversa comme une digue rompue alors qu'elle sombra dans le baiser. Et dans ce moment précieux, à travers le désir et quelque chose qui se rapprochait de l'amour, elle était un peu triste, sachant qu'il n'y aurait plus jamais de moment comme celui-ci.

Chapitre Trente-Cinq

- **J**e pourrais m'habituer à cet endroit, Cam prit le menu que le serveur lui tendait et s'installa confortablement dans son fauteuil. Et j'aime particulièrement la politique qui consiste à laisser son téléphone près de la réception. Les gens se parlent vraiment ici, au lieu de regarder leur téléphone tout le temps.

Ella acquiesça.

- J'aime bien le Palm Garden aussi. C'est un peu ennuyeux d'aller au même endroit deux jours de suite, mais au moins on est en sécurité ici. C'est bien de savoir que personne ne prendra de photos de nous.

Elle ouvrit son propre menu, ce qui était plutôt inutile puisqu'elle savait déjà ce qu'elle allait commander. Cam avait remarqué qu'elle ne lisait pas vraiment et se mit à rire.

- S'il te plaît, dis-moi que tu ne vas pas encore demander des raisins secs sur ta salade César.

- Bien sûr que je vais le faire, Ella leva les yeux au ciel pour l'effet comique, puis ferma son menu et se pencha vers Cam en lui lançant un regard de drague. Une fois que j'ai trouvé quelque chose qui me plaît, je ne peux plus m'en passer. Tu n'as pas remarqué ?

- Oh, j'ai bien remarqué, Cam effleura le pied d'Ella sous la table. Tu es insatiable.

- Je pourrais dire la même chose de toi, le sourire d'Ella s'effaça lorsqu'elle aperçut deux personnes qui suivaient un serveur dans le jardin jusqu'à une table à l'arrière. Putain, murmura-t-elle. Putain, putain, putain.

- Quoi ?, Cam regarda Ella, puis par-dessus son épaule dans la direction où Ella regardait, les yeux écarquillés. Ella tira davantage son chapeau de soleil sur son front et s'enfonça dans sa chaise, se cachant derrière Cam.

- C'est ma mère. Qu'est-ce qu'elle peut bien faire ici ?

- Ta mère ?n Cam jeta un nouveau coup d'œil par-dessus son épaule. Celle qui porte une longue robe verte et le carré blond ? Elle n'a pas l'air assez âgée pour être ta mère. L'homme avec lequel elle se trouvait semblait plus jeune qu'Ella, mais d'après leur langage corporel, elle en conclut qu'ils avaient un rendez-vous. Elle se retourna rapidement lorsque la femme regarda dans leur direction.

Oui, c'est elle. Ne te laisse pas tromper, elle a fait de la chirurgie esthétique. Ça, et elle m'a eue, ou plutôt nous a eues, alors qu'elle n'avait que dix-huit ans.

- Hé, ne t'inquiète pas. On pourrait partir discrètement et aller ailleurs ?

Ella acquiesça.

- Oui, je veux vraiment partir, je ne veux pas qu'elle me voie. Elle a finalement arrêté d'essayer de me contacter après que j'ai bloqué son numéro et je..., elle regarda son jus de concombre, puis chercha sa carte de crédit dans son sac à main et la sortit d'une main tremblante.

- Ne t'inquiète pas, sors d'ici et attends dans la voiture. Je paierai les boissons.

Vivre

Au moment où Cam dit cela, le soleil fut bloqué par quelqu'un derrière elle, projetant une ombre sur leur table. Au visage d'Ella, elle comprit qu'il était trop tard.

- Ella... C'est si bon de te revoir, dit une voix féminine avec un frémissement émotionnel.

Ella leva les yeux, la panique se lisant sur son visage.

- Non, maman. Je t'ai dit que je ne voulais pas te parler. Elle se reprit et baissa la voix. Retourne à ton toy boy[1] là-bas. Il a l'air de s'ennuyer et je n'ai rien à te dire.

- Mais chérie, tu m'as tellement manqué. J'ai essayé de t'appeler des centaines de fois et si tu me laissais t'expliquer...

- Il n'y a rien à expliquer, la voix d'Ella était dépourvue d'émotion lorsqu'elle coupa la parole à sa mère. Pars, s'il te plaît.

Cam se retourna et tomba nez à nez avec le portrait craché d'Ella. Les personnes ignorant la situation auraient probablement supposé qu'il s'agissait de sa sœur aînée. Elle était flamboyante et bien trop habillée pour un déjeuner de semaine. Sa robe kaftan verte pendait sur une épaule, assortie à ses sandales à perles et à ses lunettes vertes à miroirs qu'elle tenait à la main. Maintenant qu'elle était plus proche, Cam pouvait voir que les reflets sur son front étaient la preuve qu'elle avait été soumise à une quantité substantielle de Botox. Ses lèvres étaient plus charnues que celles d'Ella et clairement artificielles, mais à part cela, la ressemblance était remarquable. Le visage en forme de cœur, les grands yeux bleu clair, les sourcils foncés et arqués, les lèvres légèrement pulpeuses... La mère d'Ella la regarda alors, comme si elle venait de réaliser que sa fille

---

1. Se dit d'un jeune homme séduisant qui fréquente une femme plus âgée et fortunée.

271

n'était pas seule. Un sourire nerveux se dessina sur son visage lorsque leurs regards se croisèrent.

- Bonjour. Vous devez être Camila Saunders. J'ai lu des choses sur vous dans la presse à scandale, dit-elle. Alors, c'est vrai ? Vous sortez ensemble ? Elle posa une main sur l'épaule de Cam quand elle ne répondit pas. Je suis Bernice Temperley, la mère d'Ella. Je suis ravie de vous rencontrer.

- Son nom n'est pas Bernice, c'est Betty, ricana Ella, coupant la parole à sa mère avant que Cam n'ait eu le temps de répondre. Et qui je fréquente ne te regarde pas, maman, poursuivit-elle. Maintenant, c'est très simple. Soit tu pars, soit nous partons. Je m'en fiche tant que tu ne fais pas de scène.

- D'accord. Bernice se ressaisit et respira profondément. Je ne ferai pas d'esclandre si tu m'écoutes deux minutes. Deux minutes, c'est tout ce dont j'ai besoin.

Sans attendre de réponse, elle tira une chaise libre de dessous une autre table et s'assit à côté de Cam, face à Ella.

- Je vais vous laisser discuter, dit Cam, qui s'apprêtait à se lever.

-Non, s'il te plaît, ne pars pas, la supplia Ella en lui tendant la main. J'aimerais vraiment que tu restes ; nous pourrons aller ailleurs quand ma mère aura fini son discours de deux minutes, elle regarda sa mère, comment as-tu su que j'étais ici, d'ailleurs ? Tu m'as suivie ?

Bernice secoua la tête.

- Non, je vis ici, alors je viens tout le temps. Je suis retournée à Palm Springs il y a quelque temps. Ce n'est pas comme s'il me restait quelque chose pour me retenir à Los Angeles.

- Ne joue pas la victime. C'est de ta faute.

- Je sais. Bernice semblait vaincue, mais elle continua

quand même. Tu me manques tellement, Ella. J'aimerais que nous soyons à nouveau amies.

- Nous n'avons jamais été amies, les sourcils d'Ella se froncèrent, comme si elle n'arrivait pas à croire ce que disait sa mère. Tu as toujours été mon manager d'abord, et ma mère ensuite. L'amitié n'a jamais fait partie du contrat.

- Tu as raison. J'ai toujours été ton manager en premier, et c'était une erreur ; je m'en rends compte maintenant. Mais ne pas t'avoir dans ma vie a été incroyablement difficile. J'ai eu beaucoup de temps pour réfléchir et je suis tellement désolée pour ce que je t'ai fait.

- Tu veux dire me voler ?, la férocité dans les yeux d'Ella effraya presque Cam. Elle avait toujours parlé doucement, elle était même parfois timide, mais là, la colère rayonnait de tous ses pores. Dis les choses telles qu'elles sont, maman. Tu m'as volé, c'est aussi simple que ça, elle leva la main lorsque sa mère s'apprêta à répondre. Tu sais quoi ? Je t'aurais pardonné toutes les fois où tu m'as fait ça. Transférer ma gestion à Tom a été la meilleure décision qui soit, mais peut-être, juste peut-être, notre relation personnelle aurait pu se remettre de ces coups-bas que tu as faits. Pas la confiance, mais je pensais vraiment qu'une partie de notre relation aurait pu être sauvée. Je veux dire, tu es ma mère après tout, et je n'avais personne d'autre..., les larmes montèrent aux yeux d'Ella. Mais les journaux d'Helena... Je ne peux pas te pardonner ça. Faire ça, publier des extraits de son journal pour que le monde entier puisse les lire... C'était dégueulasse.

- Je sais que je l'ai toujours poussée à être quelqu'un qu'elle n'était pas, dit Bernice d'une voix brisée. Je savais qu'elle n'était pas intéressée par l'industrie du divertissement, et pourtant, pendant des années, je lui ai fait passer des auditions, je l'ai relookée et je l'ai conduite à des talk-shows et à des interviews, tout comme je l'ai fait avec toi. J'ai créé un personnage à partir d'elle, à partir de vous deux. Je sais que c'est ma faute si elle n'a jamais su ce qu'elle voulait vraiment faire de sa vie avant d'avoir une vingtaine d'années, mais je l'aimais, et sa mort m'a brisée, tout comme elle t'a brisée, et je me suis sentie terriblement coupable qu'elle ait eu si peu de temps pour vivre sa vie comme elle l'entendait, une expression de regret s'installa sur son visage. D'après les photos que j'ai vues et ce que j'ai lu, ses années d'université ont été les plus heureuses, et je voulais réparer cela d'une manière ou d'une autre. Je voulais que le monde sache qui elle était vraiment. Pas la star de cinéma à succès qui participait à des soirées huppées, posait pour des magazines glamour et sortait avec de beaux chanteurs de boys-band pendant son adolescence. Mais l'Helena qui aimait l'architecture, la musique et les festivals. L'Helena intelligente, créative et compatissante. L'Helena qui aimait qui elle aimait et qui ne se souciait pas de ce que les autres pensaient d'elle. Je ne t'ai jamais demandé ce que tu voulais non plus. Et maintenant que je vous ai perdues toutes les deux, je me rends compte que j'ai fait une grosse erreur.

Elle fit une pause, baissa la voix

- J'essayais juste de réparer ce que j'avais fait de mal.

- Tu n'aurais pas pu faire plus mal si tu avais essayé. Tu n'avais pas le droit d'entrer par effraction et de voler ces journaux, et tu n'avais pas le droit de les publier. Combien le livre t'a-t-il rapporté, hein ? Un ou deux millions ? Ou est-ce que c'était plus que ça ? Cela en valait-il la peine ?

Bernice ne répondit pas, les couleurs lui montant aux joues.

- Nous partons, Ella se leva et prit la main de Cam. Tu devrais retourner à ton rendez-vous. Ce garçon n'a pas l'air d'être assez grand pour commander lui-même. Ella insista

274

sur le mot « garçon ». Quel âge a-t-il d'ailleurs ? Vingt-deux ans ? Elle souffla. Qu'est-ce que tu fous à sortir avec quelqu'un qui a la moitié de ton âge ?

Bernice baissa les yeux, son regard était devenu glacial.

-Je me sens seule, c'est tout. Je me sens tellement seule, Ella.

Ella grimaça un instant lorsque sa mère dit cela, mais elle lui tourna quand même le dos et partit.

Chapitre Trente-Six

Je ne voulais pas te traîner ici pour te mêler à tout ce drame, Ella aida Cam à déballer le plat à emporter qu'elles avaient pris sur le chemin du retour à la maison. Je suis sûre que tu peux t'en passer.

- Ne dis pas ça. Je suis là pour toi, Cam commença à disposer les sushis dans deux assiettes et leur servit à toutes les deux un verre de bourbon qu'elle avait trouvé dans l'un des placards de la cuisine, sentant qu'Ella avait besoin d'un verre. Non pas que boire soit une solution, mais la façon dont elle avait tremblé sur le chemin du retour indiquait à Cam que revoir sa mère avait bouleversé Ella et peut-être que cela la calmerait un peu. Tu veux en parler ?

- Non, pas vraiment, Ella but une gorgée de sa boisson et poussa un long soupir. J'ai adit tout ce que je voulais lui dire, et je crois que c'est fini, elle se tourna vers Cam. Tu as vu le type avec qui elle était ? Je veux dire, c'est quoi ce bordel ? Il avait une vingtaine d'années, il était plus jeune que moi.

- Elle est probablement très seule.

- Elle ne sera jamais seule. Elle préfère sa propre compagnie. Et même si elle se sentait seule, ce n'est pas comme si je m'en souciais.

- Tu t'en soucies, Ella. Je l'ai vu dans tes yeux.

- Tu n'as aucune idée de ce que je ressens, les yeux d'Ella s'écarquillèrent à mesure qu'elle parlait. Elle n'était pas habituée à ce que les gens s'opposent à elle. Cela arrivait rarement, et les rares fois où c'était le cas, c'était générale-ment de la part de Tom, qui tournait autour du pot avec précaution, jamais de façon aussi directe. Je suis désolée, ce n'est pas ce que je voulais dire, reprit-elle immédiatement. Mais tu dois comprendre qu'il est impossible que je lui pardonne.

- Tu as raison, Ella. Je n'ai aucune idée de ce que tu ressens vraiment. Mais tu es aussi une sorte de livre ouvert pour moi. Je peux dire quand quelque chose t'affecte, la voix de Cam était calme et douce, alors qu'elle se concentrait sur l'assiette. Je comprends que tu ne puisses pas lui pardonner, mais il n'y a pas de honte à admettre que revoir ta mère, après si longtemps et après tout ce qui s'est passé, t'a boule-versée, elle se tourna vers Ella et croisa son regard, je suis de ton côté, mais ça ne veut pas dire que je dois toujours être d'accord avec toi.

- Je sais, l'expression sévère d'Ella s'adoucit lentement lorsqu'elle plongea son regard dans celui de Cam. Elle était stupéfaite de voir à quel point Cam pouvait lui faire oublier les choses rien qu'en la regardant. Lorsqu'elle tendit la main pour toucher sa joue, Cam l'attrapa avec la sienne et l'em-brassa si tendrement qu'Ella sentit une boule s'installer dans sa gorge. Tu as raison, murmura-t-elle. Je pense qu'elle se sent seule. Cela ne change rien, cependant.

- Non, ça ne change rien, mais les gens peuvent changer quand ils sont au plus bas. Je ne dis pas que tu dois lui pardonner, mais ne la rejette pas complètement parce que tu pourrais le regretter un jour, Cam lâcha la main d'Ella et lui tendit l'assiette. Prenons ça dehors, d'accord ? Nous n'avons pas besoin de parler de ta mère pour l'instant. Juste, réfléchis-y.

Ella regarda les sushis pendant un moment avant de s'esclaffer. Les aliments étaient disposés de façon à former un visage souriant, avec une bouche de rouleaux californien, un nez de wasabi, des yeux de rouleaux de thon maki, des sourcils de gingembre mariné et des cheveux de sashimi de saumon.

- Tu es incroyable, dit-elle en reposant son assiette. Elle enroula ses bras autour du cou de Cam et se mit sur la pointe des pieds pour l'embrasser longuement.

- Viens, l'eau est vraiment bonne, Cam éclaboussa Ella qui la regardait nager depuis la chaise longue.

- Je ne sais pas. J'en ai envie mais j'ai un peu paniqué la dernière fois que j'ai pensé à aller dans ma piscine à Los Angeles..., Ella se mordit la lèvre. Je ne suis plus très à l'aise dans les eaux profondes.

- Je comprends, mais je suis là. Tu iras bien une fois que tu seras dedans, Cam sourit. Accroche-toi juste à moi.

Ella fixa les épaules musclées de Cam alors qu'elle se suspendait au bord de la piscine. Elle ne ressentait pas la panique qu'elle avait ressentie cette nuit-là à la maison. En fait, elle se sentait tout le contraire, attirée par le corps en bikini de Cam comme si c'était la seule chose à laquelle elle pouvait penser. Elle avait finalement relégué au second plan la confrontation avec sa mère, encore un peu irritée que cela ait jeté une ombre sur leurs vacances parfaites.

- Tu me promets que tu me serreras dans tes bras ?, demanda-t-elle

Cam sourit.

- Quoi... tu penses sérieusement que je ne vais pas te mettre la main dessus dès que tu entreras ici, dans cette tenue ?

- Très bien, alors.

Ella rit en se levant de la chaise longue, se dirigea vers le bord de la piscine en bikini rayé blanc et marine et s'assit en laissant pendre ses jambes dans l'eau. Le bras de Cam était autour de sa taille dès qu'elle se baissa. Elle soupira à la fraîcheur de l'eau et à la peau de Cam contre la sienne.

- Tu vois ? Ce n'était pas si mal, non ?

La main de Cam se porta sur ses fesses et les serra tandis qu'elle s'accrochait au bord de la piscine avec son autre main. Ella enroula ses bras autour de son cou et l'embrassa.

- Non, ça va. En fait, c'est vraiment, vraiment agréable, le cœur d'Ella se mit à battre plus vite, mais cela n'avait rien à voir avec la peur. Chaque fois qu'elle était proche de Cam, chaque fois que Cam la regardait comme elle le faisait maintenant, comme si elle la désirait plus que tout, l'adrénaline montait en elle et elle la désirait avec chaque fibre de son corps. Tu es si belle, murmura-t-elle. Et quand tu me tiens, rien d'autre ne semble avoir d'importance et j'aime ça. J'aimerais que nous puissions rester ici pour toujours. Juste toi et moi, loin de tout..., elle secoua la tête. Je suis désolée, je sais que tu as une vie, des amis et un travail que tu dois reprendre, mais je ne me suis pas sentie comme ça depuis longtemps. Je me sens heureuse ici. *Tu* me rends heureuse.

Un large sourire se dessina sur la bouche de Cam, qui se rapprocha encore un peu plus.

- Tu me rends heureuse aussi et crois-moi, il n'y a rien

que je préférerais faire que de rester ici avec toi. Mais la réalité est que tu es toujours Ella Temperley et que le monde entier te connaît. Il peut sembler séduisant de se cacher ici dans le désert, mais ce n'est pas une solution à long terme.

- Je sais, Ella se mordit la lèvre et croisa le regard de Cam. J'ai juste besoin de trouver comment être moi-même à nouveau. Mon nouveau moi, au grand jour.

- Mais tu n'as pas changé, Ella, Cam posa une main sur sa joue. Tu es toujours la même femme extraordinaire que tu as toujours été et si tu décides de faire ton coming-out, je te promets que ce ne sera pas aussi effrayant que ça en a l'air pour l'instant.

Chapitre Trente-Sept

Des nouvelles de la situation de Tyler Kane ?, demanda Cam.

Elles avaient décidé de partir en randonnée aujourd'hui et préparaient un pique-nique dans la cuisine. Après une séance de yoga matinale, une baignade et un café au bord de la piscine, elles portaient toutes les deux des peignoirs moelleux. Celui d'Ella était rose, assorti à sa chambre, et celui de Cam était un modèle crème et or qu'elle avait trouvé dans la sienne.

- Oui, je viens de recevoir un message de Tom. Il m'a promis de m'envoyer un récapitulatif parce que je n'ai pas voulu le regarder hier soir. Ella mit les fruits que Cam était en train de couper dans des récipients en plastique et les plaça dans son sac à dos. En gros, Tyler a dit dans l'interview qu'il me trompait et que j'ai complètement paniqué quand il a avoué. Elle leva les yeux au ciel. Je ne l'avais pas vu venir, mais je suppose qu'il était terrifié à l'idée que les gens sachent qu'il y a quelqu'un dans ce monde qui n'est pas attiré par lui. Il s'est excusé publiquement d'avoir été infidèle, apparemment. Tom dit que le téléphone a sonné toute la matinée, mais il a fait savoir aux tabloïds que je ne ferai pas de commentaires, pour ne pas avoir à confirmer ou infirmer l'histoire.

- C'est bien, non ? Qu'il ait inventé une histoire stupide ?, Cam passa à la préparation du taboulé, en versant de l'eau chaude sur la semoule de blé.

- Oui, je suppose que c'est une bonne chose. C'est un peu embarrassant pour moi, maintenant que j'ai l'impression d'avoir été trompée par Tyler Kane. Ella fit une grimace et se mit à rire.

- Imagine ça. Cam rit aussi et tendit à Ella un concombre et deux tomates. Tu peux les couper pour moi ? Je te promets que ça ne te piquera pas les yeux.

- Ha ha, très drôle, Ella donna une petite tape sur les fesses de Cam et commença à les couper pendant que Cam assaisonnait et remuait le taboulé, en y ajoutant une poignée d'herbes. Alors, tu as fait beaucoup de randonnées ?

Cam haussa les épaules.

- Seulement un peu. Je vais parfois dans les collines d'Hollywood. Est-ce que ça compte ?

- Bien sûr que ça compte. Ces sentiers sont longs et difficiles, Ella inclina la tête. Peu importe, ils sont probablement très faciles pour toi, alors au moins tu pourras me porter si je suis fatiguée.

- Personne ne se fera porter, princesse, Cam sourit en soulevant Ella sur l'îlot de cuisson et en se glissant entre ses jambes. Elle lui caressa les cuisses et se pencha pour l'embrasser. Mais je peux t'échauffer si ça peut t'aider.

- Tu continues à me surprendre, Ella. Je pensais vraiment que nous allions faire une randonnée dans un centre commercial, plaisanta Cam en garant la voiture d'Ella au centre d'accueil de la réserve Whitewater après une demi-heure de route. Elle avait du mal à croire qu'il y avait autant de verdure ici, après avoir traversé le paysage aride jusqu'au Canyon pendant les huit derniers kilomètres. Sans vouloir t'offenser, tu n'as pas l'air d'être du genre à venir ici.

- Et je ne t'ai pas prise pour une conductrice folle, Ella peignait avec ses doigts ses cheveux qui s'étaient transformés en un désordre indomptable après la conduite avec le toit de la décapotable baissé. À quelle vitesse as-tu roulé ?

- Hé, je n'ai pas l'occasion de conduire une bête comme ça tous les jours, et ce n'était pas comme s'il y avait beaucoup de voitures sur la route, Cam tapota le capot de la voiture comme pour la féliciter de sa bonne conduite.

Ella rit.

- Eh bien, tu peux l'emprunter quand tu veux, Madame Indy 500. Mais pour répondre à ta question, non, je ne suis pas une grande randonneuse, je l'admets volontiers. Je me suis dit que s'il y a une chose que ma mère ne fait pas, c'est bien la randonnée, alors au moins, je n'aurai pas à m'inquiéter de la croiser. Je ne pense même pas qu'elle possède une paire de baskets.

Cam acquiesça.

- Bien. Je comprends maintenant. Mais tu es déjà venue ici, n'est-ce pas ? Tu connais le chemin ?

- Oui, je suis venue ici plusieurs fois. Cela fait des années que je ne suis pas venue, mais c'est plutôt agréable d'être de retour, Ella mit son sac à dos, sa casquette et ses lunettes de soleil et Cam fit de même. Et te voir dans ce petit short est un bonus. Ella laissa ses yeux parcourir les jambes musclées et hâlées de Cam dans le petit short en jersey gris, puis remonta sur son T-shirt blanc ample et si fin qu'il était presque transparent, laissant apparaître le contour d'un bikini noir en dessous. Tu veux que je te remette de la crème solaire ?

Cam s'esclaffa.

- Je pense que les trois couches que tu m'as mises tout à l'heure seront plus que suffisantes, mais je te remercie de ta proposition. As-tu besoin d'un autre massage ?

Ella lui lança un regard dragueur.

- Toujours. Mais je pense que cela peut attendre que nous soyons dans un endroit plus privé, elle baissa la voix pour ne pas attirer l'attention sur elle. Le sentier de la boucle de Canyon View devrait être assez calme. Nous pourrions même trouver un endroit pour nous seules.

Elle prit la main de Cam alors qu'elles passaient devant un petit camping avec de l'herbe, de grands arbres et un étang vert émeraude derrière le centre. Des libellules tournoyaient au-dessus de l'eau et une couleuvre se prélassait paresseusement sur un rocher en plein milieu de l'étang, attirant l'attention des touristes et des visiteurs locaux. Elles profitèrent de l'occasion pour passer inaperçues et marchèrent le long du fond de la vallée, près d'une rivière, appréciant le bruit de l'eau se déversant sur les rochers et l'odeur de la verdure. C'était paisiblement silencieux et le vent était immobile, la vallée de la rivière étant protégée par d'énormes formations rocheuses qui formaient les parois du canyon. L'eau claire et fraîche contrastait fortement avec la chaleur étouffante du désert, et elles furent soulagées de trouver une petite plage où elles déposèrent leurs sacs avant de plonger dans la rivière pour se rafraîchir.

- Mon Dieu, c'est agréable, Ella ferma les yeux et s'avança prudemment dans la rivière peu profonde, puis s'aspergea le visage d'eau. Il n'était même pas midi et elle avait l'impression de brûler vivante. Cam lança de l'eau dans sa direction, et Ella cria lorsque les gouttes froides la frappèrent de toutes parts.

- Hé, arrête ça !, elle rit et éclaboussa en retour Cam, se rapprochant d'elle alors qu'elle continuait de l'attaquer. Cam gloussa et l'attrapa pour essayer de l'arrêter, mais elle trébucha sur un rocher glissant et tomba dans l'eau avec Ella sur elle.

- Putain, c'est froid !

Deux passants s'arrêtèrent un instant pour vérifier qu'elles allaient bien, puis continuèrent leur chemin lorsqu'ils les entendirent rire.

- Regarde ce que tu as fait, maintenant nous sommes toutes les deux mouillées, dit Ella en ricanant alors qu'elle se mit à cheval sur Cam et l'embrassa. Cam lui rendit son baiser, avidement, en l'attirant plus près d'elle. Se souvenant soudain de l'endroit où elles se trouvaient, elle détacha sa bouche de celle d'Ella et regarda autour d'elle.

- Je ne pense pas que ce soit ce que tu avis en tête lorsque tu as dit que tu ne voulais pas attirer l'attention sur toi. Deux femmes s'embrassant dans la rivière à côté d'un sentier populaire...., elle sourit et effleura les lèvres d'Ella, incapable de résister à un dernier baiser.

- Ouais... ce n'était pas la meilleure idée, approuva Ella, ses yeux pleins de désir maintenant. Elle se leva à contre-cœur et aida Cam à se lever aussi, puis baissa les yeux sur son débardeur. Je suis contente d'avoir mis du noir aujourd'-hui, plaisanta-t-elle en désignant le T-shirt blanc de Cam qui ne laissait plus rien transparaître. Il collait à ses seins et à son ventre, laissant apparaître son maillot de bain et même ses abdominaux en dessous. Non pas que cela me dérange, cela me motivera certainement à atteindre cette crête tranquille plus rapidement.

Cam rit en retroussant les manches courtes jusqu'à ses

épaules, essora un peu d'eau et fit un nœud à l'ourlet, dévoilant son ventre. Je suis contente de rendre service.

Elles traversèrent la rivière un peu plus loin et suivirent le sentier vers le haut. Le sentier se rétrécissait à certains endroits, avec une chute abrupte d'un côté, donnant sur la rivière. En chemin, elles aperçurent des vaches sauvages et, plus haut, des mouflons sur la ligne de crête du canyon. Elles étaient toutes deux essoufflées lorsqu'elles atteignirent le sommet. La vue depuis la crête était d'une beauté époustouflante, avec un paysage plat et sec et des formations rocheuses hétéroclites à l'est, et des montagnes basses couvertes d'une riche végétation à l'ouest. Une table de pique-nique au milieu d'une grande étendue de fleurs sauvages jaunes et violettes semblait être l'endroit idéal pour faire une pause.

- La nature est magnifique ici, dit Cam en s'asseyant à côté d'Ella. Elle prit une gorgée d'eau et lui tendit la bouteille.

- Oui, je suis contente que nous soyons venues ici, Ella se rapprocha d'elle. Mais c'est dommage que ton T-shirt ait séché si vite.

Cam arqua un sourcil et sourit.

- Tu ne pourrais pas être plus gay si tu essayais.

- Je sais, Ella lui adressa un sourire en coin tout en déballant leur repas. Je commence à réaliser ce que j'ai loupé pendant toutes ces années.

Elle posa les fruits et le taboulé sur la table et tendit une fourchette à Cam.

- Je n'en doute pas. J'en déduis donc, d'après ta réaction au T-shirt mouillé, que tu es officiellement une femme à seins maintenant ?

Ella prit un air amusé en pensant à cela.

- Oui, je suppose que c'est le cas. Mais quand il s'agit de toi, je suis obsédée par chaque partie de ton corps.

- Le sentiment est tout à fait réciproque, Cam passa un bras autour d'Ella, l'attira à elle et l'embrassa sur la joue. Elle se tourna pour regarder par-dessus son épaule lorsqu'elle entendit quelque chose bruire derrière elle. Oh mon Dieu, regarde.

Ella se retourna aussi, lentement.

- C'est un lynx roux, chuchota-t-elle. Je n'en ai jamais vu dans la nature auparavant.

- Moi non plus, dit Cam en baissant la voix. C'est beaucoup plus grand que ce à quoi je m'attendais. Sont-ils dangereux ?

Le gros chat au pelage gris fauve et brun s'immobilisa sur le chemin, ses grandes oreilles pointues se déplaçant dans différentes directions tandis qu'il les regardait droit dans les yeux.

- Je n'en suis pas sûre. Ils ne sont pas censés avoir peur de nous ?, Ella n'avait pas l'air très sûre d'elle. Elle poussa un soupir de soulagement lorsque le chat aperçut un groupe de randonneurs qui avait atteint la crête. Il s'enfuit, disparaissant de la vue en quelques secondes.

Cam avait l'air soulagé elle aussi.

- Maintenant, je comprends pourquoi tu n'as pas apprécié camper dans le désert, ce n'est pas mon truc non plus. Mais c'est magnifique. Je ne savais pas qu'il y avait des lynx ici, ce n'est pas comme si nous étions au milieu de nulle part.

- Apparemment, il y en a beaucoup, mais ils s'approchent rarement des gens. Peut-être qu'il en avait après notre déjeuner, Ella remonta sa casquette sur sa tête lorsque le groupe passa devant eux, et lorsque Cam les salua, elle leur adressa également un signe de tête poli. Il y a des serpents à sonnettes et des ours ici aussi, tu sais. Elle gloussa en voyant les yeux de Cam s'écarquiller. Et moi qui pensais que tu étais une dure à cuire.

- Hé, je n'ai jamais prétendu que j'étais une dure à cuire. Cam ouvrit sa boîte à lunch et remua sa fourchette dans le taboulé. Je ne suis qu'une professeure de yoga maigre. Si un ours croise notre chemin, c'est chacune pour soi, elle sourit. Je plaisante. Je me battrai carrément contre un ours pour toi.

Ella rit.

- Ah oui ? Et un serpent ?

- Hmm... un serpent, c'est discutable. En fait, je suis terrifié par les serpents. Quelle est ta phobie ?

- Je ne sais pas..., Ella y réfléchit. En fait, je suis assez effrayée par les mille-pattes. Je ne vais pas m'évanouir ou quoi que ce soit, mais s'ils sont vraiment gros, je sors de la pièce en courant, et je peux même crier.

Cam lui adressa un sourire amusé.

- D'accord, je pourrais certainement te sauver d'un mille-pattes, donc tu es en sécurité avec moi.

- Alors je te sauverai des serpents, confirma Ella. J'ai vu Sid les retirer de la cour plusieurs fois, je pense que je saurais quoi faire. As-tu déjà été mordue ?

- Une seule fois, à Goa. J'en avais déjà peur bien avant, alors cela n'a fait qu'aggraver ma phobie, expliqua Cam. Ce n'en était pas venimeux, mais j'ai été mordue à la cheville et ma jambe a été très enflée et raide pendant trois ou quatre jours. Vanya a dû me faire rouler sur une chaise de bureau que nous avions empruntée à la réception.

Ella rit à nouveau.

- Je peux imaginer cette scène. C'était comment l'Inde ?

- C'était génial. Je ne suis allée à Goa que parce que c'est là que se déroulait mon cours de yoga, mais c'était magnifique et coloré. Les marchés nocturnes sont incroyables, les églises sont magnifiques et tout est très vivant. L'école de yoga se trouvait dans un petit village le long d'une plage tranquille. Nous avions des cours sur la plage tous les matins et tous les soirs, de la méditation l'après-midi et de la nourriture délicieuse toute la journée. C'était un défi physique, mais en même temps la vie était vraiment simple, et je l'ai beaucoup apprécié. Vanya et moi sommes arrivées le même jour et nous sommes devenues amies presque immédiatement. Greg nous a rejointes deux semaines plus tard ; il est maintenant le fiancé de Vanya. Il n'est resté qu'un mois parce qu'il était entre deux emplois. Greg n'avait pas l'intention de perfectionner ses compétences en yoga comme Vanya et moi. Il avait simplement besoin d'une pause dans la vie d'entreprise et la technologie, alors il a sauté les cours avancés le soir, et ils l'ont mis à travailler dans la cuisine à la place, Cam rit. Je suppose que le séjour n'a pas vraiment répondu à ses attentes, mais c'était très amusant de le voir se cacher chaque fois qu'ils l'appelaient pour faire la cuisine la première semaine. Ce qui était encore plus drôle, c'était de le voir se cacher pour regarder son téléphone toutes les heures. Le centre de villégiature avait une politique d'interdiction des téléphones, nous n'étions donc autorisés à les utiliser qu'à partir de 21 heures, et je ne pense pas qu'il avait déjà passé une journée de sa vie sans. Mais à la fin, il a lâché l'affaire et s'est amusé à cuisiner et à se vider l'esprit. Nous avons tous pris ce rythme confortable, et je pense que cela l'a détendu, lui a fait prendre la vie moins au sérieux. C'est la même chose pour moi, je suppose.

- J'aurais bien besoin d'une telle pause. J'ai toujours voulu aller dans un endroit où personne ne sait qui je suis.

Un endroit où je peux engager la conversation avec des inconnus, manger de la nourriture locale et explorer sans que les gens ne chuchotent mon nom.

- Je ne pense pas qu'il y ait beaucoup d'endroits dans le monde où les gens ne te connaissent pas. Peut-être quelque part dans la forêt amazonienne, ou peut-être en Mongolie intérieure ?, Cam s'esclaffa. L'Alaska ?

- Cela me paraît bien. Peut-être après mon prochain film. Tu viendras avec moi ?, Ella avait dit cela sur le ton de la plaisanterie, mais Cam sentait qu'elle le pensait.

Elle sourit, attira Ella et l'embrassa.

- Évidemment. J'adorerais venir avec toi.

Chapitre Trente-Huit

Ça te dérange de rester à la maison ce soir ?, demanda Ella après qu'elles soient rentrées et se soient douchées ensemble. J'aimerais aller dîner, mais j'ai peur de revoir ma mère. Je ne sais pas où elle traîne ces jours-ci, à part au Palm Garden, et je n'ai pas vraiment envie de prendre le risque

Elle se sécha les cheveux, puis les entortilla dans une grande serviette blanche qu'elle fixa sur sa tête. Cam s'approcha derrière elle et lui lança un regard taquin dans le miroir. Elle était encore nue lorsqu'elle passa ses bras autour de la taille d'Ella et l'embrassa dans le cou. Ella regarda leur reflet et sourit en se disant que c'était étrange et merveilleux de se voir ainsi, avec une autre femme.

- Bien sûr, restons à l'intérieur. Pourquoi ne te détendrais-tu pas pendant que je fais des courses ou que je prends un plat à emporter ?

- Tu veux juste emprunter ma voiture, taquina Ella.

- Peut-être, Cam approcha sa bouche de l'oreille d'Ella, et Ella gémit lorsqu'elle lui mordit le lobe de l'oreille. Mais emprunter ta voiture n'est pas la première chose à laquelle je pense en ce moment.

- Ah oui ? Qu'est-ce qui te traverse l'esprit ?, chuchota Ella.

Elle regarda Cam détacher son peignoir et l'ouvrir. Lorsqu'elle leva les yeux, leurs regards se croisèrent dans leur reflet tandis que Cam passait le bout de ses doigts sur ses seins, faisant durcir ses mamelons.

- Je veux que tu regardes, murmura Cam, son souffle lourd contre l'oreille d'Ella.

Ella acquiesça lentement, ses yeux toujours fixés sur ceux de Cam. Son corps tremblait d'excitation tandis qu'elle baissait le regard vers la main de Cam sur ses seins, la serrant contre sa poitrine. L'autre main de Cam caressait son ventre, jusqu'à la petite touffe de poils entre ses jambes. Ella haleta lorsqu'elle l'effleura de ses doigts. Elle était tellement excitée qu'elle ne savait pas quoi dire. Bien que cela n'avait pas d'importance, la main de Cam qui descendait le long de son sexe gonflé lui ôtait toute pensée logique, et elle ne serait pas capable de parler si elle essayait. Ella se regarda dans le miroir tandis que la main de Cam couvrait son centre.

- Tu me rends folle, murmura-t-elle, son souffle se coupant à chaque mot.

Lentement, Cam commença à la masser, en faisant des cercles avec ses doigts, juste là où Ella en avait besoin. Ses mouvements étaient si sensuels et suggestifs qu'Ella sentit immédiatement la tension monter entre ses jambes. Un désir charnel l'envahit et elle tourna les hanches, augmentant la friction. Regarder Cam lui faire cela était si sexy et érotique qu'elle comprit soudain pourquoi les gens avaient des miroirs dans leur chambre. Les yeux de Cam étaient sombres et sauvages, et Ella pouvait sentir son souffle s'accélérer contre son cou et son oreille tandis qu'elle fixait sans vergogne leur reflet. Le bras puissant de Cam était toujours autour d'elle, caressant ses seins. Son autre main lui écarta les jambes, avant que ses doigts ne descendent plus bas. Ella haleta et cria, gémissant lorsque Cam la pénétra. Elle remua les hanches, ayant besoin de la sentir plus profondément. Ses yeux se concentrèrent sur la main de Cam et elle regarda ses doigts disparaître en elle, encore et encore, jusqu'à ce qu'elle tombe à la renverse, frissonnant contre son corps nu. Elle laissa échapper un soupir profond et délicieux, tomba en avant et se stabilisa contre le lavabo. Un sourire s'étendit sur son visage lorsque ses yeux se fixèrent à nouveau sur ceux de Cam dans le miroir.

Cam se pencha au-dessus d'elle et lui sourit.

- Tu as aimé ça ?

Ella secoua la tête et s'esclaffa.

- Tu te moques de moi ? Je pense que je pourrais être accro à toi.

Ella aplatit le dernier carton et le poussa derrière le canapé. Elle avait fini de les déballer pendant que Cam faisait les courses et la cuisine, et elle avait trouvé beaucoup de choses qu'elle pensait avoir perdues : des accessoires de films qu'elle avait tournés, sa collection de T-shirts préférés, la bouteille d'eau qu'elle avait l'habitude de transporter partout, sa vieille veste en jean, des albums-photos et des dizaines de paires de chaussures. Cela n'avait pas été facile lorsqu'elle était tombée sur certains cartons d'Helena, mais plus Ella déballait, plus cela devenait facile, et elle était heureuse de pouvoir enfin faire face à ses affaires sans être submergée par la tristesse des souvenirs.

Elle regarda autour d'elle, essayant de comprendre

pourquoi la maison semblait si différente ce soir. Il y avait maintenant des photos sur les murs, et certaines de ses récompenses étaient exposées sur les étagères. Il y avait des chaussures dans le couloir, des manteaux sur les cintres, des jetés et des coussins sur les chaises et le canapé, et des chandeliers sur les tables. Mais même si la maison avait l'air beaucoup plus accueillante, ce n'était pas ce qui faisait la différence. Elle se tourna vers la table à manger, où Cam avait allumé les bougies qu'elle avait achetées dans la journée. De la musique jouait doucement en arrière-plan et une délicieuse odeur régnait dans la cuisine et aux alentours.

- Je vois que tu as trouvé mes enceintes Bluetooth, dit-elle en souriant à Cam qui chantait sur une chanson de style bossa nova.

- Oui. J'espère que cela ne te dérange pas, Cam n'attendit pas de réponse et lui tendit un verre de vin qu'elle venait de verser. Voilà, princesse.

- Merci, Ella but une gorgée et son corps s'inonda de chaleur lorsqu'elle réalisa que Cam avait redonné vie à la maison. Le comptoir de la cuisine était plein d'assiettes remplies de différentes tapas, et Cam se déplaçait comme si elle connaissait déjà l'espace de fond en comble. Ella sourit au son du couteau de Cam contre la planche à découper et au grésillement de l'ail dans la poêle. Lorsqu'elle regarda dehors, elle vit quelque chose de brillant.

- Qu'est-ce que c'est que tout ça ?, elle se dirigea vers le bord de la piscine, où Cam avait dressé la table de la terrasse. Elle était recouverte d'une nappe blanche et décorée de bougies et d'un grand vase rempli de roses roses. Elle avait également trouvé l'interrupteur des lumières de l'arbre, dont la lumière douce jetait une atmosphère romantique sur la cour arrière. Cam, c'est incroyable.

- Tu as dit quelque chose ?, Cam passa la tête par la

porte, puis se précipita vers Ella lorsqu'elle vit des larmes couler sur ses joues. Hé, qu'est-ce qui ne va pas ?

- Tout va bien, Ella se jeta autour de son cou et la serra dans ses bras. C'est si parfait et si adorable...

Cam lui rendit son étreinte, puis la souleva et la fit tourner sur elle-même, ce qui fit à nouveau rire Ella.

- Je voulais juste te préparer un bon dîner, dit-elle lorsqu'elle la reposa. D'après la réaction d'Ella, elle était presque sûre qu'elle n'avait pas beaucoup été invitée à dîner dans sa vie, du moins pas dans le sens romantique du terme. Et tu mérites le monde entier, alors ne pleure pas, s'il te plaît.

Ella s'essuya les joues et s'assit lorsque Cam lui tendit une chaise.

- Ces derniers jours ont été les meilleurs et les plus excitants de ma vie, dit-elle en la regardant. Alors pardonne-moi si je suis un peu dépassée.

- Je les ai beaucoup appréciés aussi, dit Cam en s'agenouillant et en l'embrassant. Et je peux dire honnêtement que personne ne m'a jamais fait ressentir ce que tu me fais ressentir.

Ella déglutit difficilement et retomba dans les bras de Cam.

- Je ne savais même pas que cela existait jusqu'à il y a deux jours. Le sentiment d'être ensemble, de faire partie de cette merveilleuse chose intime que deux personnes partagent... Je sais que je peux paraître naïve, mais je n'avais aucune idée de la grandeur de ce que l'on peut ressentir.

- Tu n'es pas naïve. Tu es loin d'être naïve, Cam passa ses doigts dans les cheveux d'Ella. J'ai tellement de chance de t'avoir.

Ella sourit.

- Tu sais, je me disais que tu pouvais parler de nous à

Vanya. Peut-être pas de notre rencontre, mais c'est ta meilleure amie et je ne veux pas que tu te sentes obligée de lui mentir.

- En es-tu sûre ?

- Oui. Vanya a l'air solide. Si j'étais aussi proche de quelqu'un, je voudrais le lui dire aussi, alors vas-y.

- D'accord. Cela facilitera les choses, je suppose. Je me demandais ce que je lui dirais à mon retour demain ; je n'ai pas donné la raison de mes vacances, alors elle aura réfléchi sur la question pendant des jours.

Ella rit.

- Alors libère-la de sa curiosité.

Cam acquiesça, soulagée qu'Ella en ait parlé.

- Je le ferai, elle regarda par-dessus son épaule et agita les sourcils en direction d'Ella alors qu'elle retournait dans la maison. Attends là. Je vais apporter la nourriture.

- C'est le meilleur repas que j'ai mangé depuis des années, Ella posa sa fourchette et se recula sur sa chaise, rassasiée et satisfaite après des heures de discussions, de repas, de rires et de boissons. Je suis tellement contente que nous soyons venues ici.

Elle avait un éclat dans les yeux en disant cela.

- Moi aussi, Cam sourit en se levant et en faisant le tour de la table, puis se plaça derrière elle, passant ses doigts dans ses cheveux. Les cils d'Ella papillonnèrent à ce contact. Tout était si intense avec Cam, chaque contact si sensuel et tentant. Elle le sentait partout, de la tête aux orteils, tandis que le léger contact de ses doigts se répandait dans tout son corps. La voix sulfureuse de Cam résonna dans son oreille. Tu veux aller te baigner ?

- Oui, Ella se leva également, se tourna vers elle et retira sa robe. Elle regarda Cam laisser échapper le souffle qu'elle avait retenu, visiblement excitée de voir son corps presque nu. Ella dégrafa son soutien-gorge et le laissa tomber au sol, puis baissa lentement sa culotte, révélant son corps luisant d'une sueur sensuelle. Il faisait chaud ce soir, la température reflétant la fébrilité qu'Ella ressentait à l'intérieur. Tu entres en premier. Je suis encore un peu nerveuse avec l'eau, chuchota-t-elle.

- D'accord, Cam enleva son T-shirt, tout aussi lentement, avant de baisser son short. Ella la regarda fixement pendant qu'elle enlevait ses sous-vêtements et plongeait gracieusement dans l'eau. Lorsque Cam refit surface et nagea vers elle, ses cheveux étaient plaqués vers l'arrière et de l'eau dégoulinait sur son visage. Elle était sexy sans le moindre effort et totalement irrésistible alors qu'elle posait ses coudes sur le bord de la piscine et lui tendait la main. Viens ici.

Ella se laissa tomber dans l'eau tandis que les bras de Cam l'enlaçaient. Elle les fit tourner, plaqua Cam contre la paroi de la piscine et se pressa contre son corps. Elle gémit doucement, puis lui adressa un sourire séducteur.

- Profitons de notre dernière nuit, d'accord ?

Leur moment fut interrompu par un cri fort et rauque qui les fit se retourner et lever les yeux vers la maison. Le cœur d'Ella se mit à battre dans sa gorge lorsqu'elle vit une buse à queue rousse, perchée sur le bord du toit.

- C'est elle, chuchota-t-elle. Ce doit être elle, elle a à peu près la même taille et elle est assise au même endroit. C'est tellement étrange... elle ne devrait même pas être active la nuit.

Cam suivit le regard d'Ella et sentit un frisson lui parcourir l'échine en voyant l'oiseau majestueux, dont la silhouette se transformait lorsqu'elle déployait ses ailes, comme pour annoncer son retour. Il y eut un autre cri, avant qu'elle ne se pose et ne reste là, à les regarder.

- Elle est belle, chuchota Cam. Elle s'attendait à ce que l'oiseau s'envole d'une minute à l'autre, mais ce ne fut pas le cas. Ella passa un bras autour de son cou et s'appuya sur le bord de la piscine à côté d'elle, posant sa tête sur son épaule, immobile et silencieuse.

Chapitre Trente-Neuf

Tu veux aller prendre un café avant que je te dépose au studio de yoga ?, demanda Ella alors qu'elles rentraient en ville. Sur le chemin du retour de Palm Springs, elle avait essayé de trouver des excuses pour passer plus de temps avec Cam, se sentant réticente à lui dire au revoir, et maintenant elle se retrouvait à ralentir alors qu'elle approchait d'un café près du studio de Cam.

Cam sourit en regardant sa montre et posa une main sur la cuisse d'Ella.

- Bien sûr. J'ai encore quarante minutes ; mon cours n'est pas avant deux heures.

Elle était surprise qu'Ella veuille s'asseoir dans un endroit public avec elle, mais elle soupçonnait qu'elle était encore sous l'emprise des moments essentiellement privés qu'elles avaient eus ces quatre derniers jours.

- Génial.

Ella tourna dans le petit parking et manœuvra habile-ment vers un endroit ombragé avant de mettre son déguisement habituel, composé de sa casquette et de ses lunettes de soleil.

Cam mit aussi sa casquette, même si c'était plus par habitude maintenant.

- Pourquoi ne vas-tu pas t'asseoir et je vais chercher les cafés, proposa-t-elle.

- Non, c'est bon, je vais les chercher. Glacé ?, Ella adressa un doux sourire à Cam qui acquiesça et entra d'un pas rapide tandis que Cam leur trouvait une table. Un trio de mamans avec des poussettes à une table voisine chuchotaient derrière leurs mains en suivant Ella des yeux, puis regardaient Cam avec curiosité. Cam fit semblant de ne pas les avoir vues lorsqu'elle s'assit, tournant plutôt son regard vers le trottoir.

- Voilà, Ella posa deux grands cafés glacés et s'assit à côté d'elle. Ce n'était pas si mal. Je crois que personne ne m'a reconnue, murmura-t-elle.

- Merci, Cam décida de ne pas lui parler des mamans, qui les regardaient toutes les deux maintenant, ne voulant pas gâcher la bonne humeur d'Ella. Elle but une gorgée de son café et se tourna vers elle. Merci pour cette belle pause, Ella. Elle savait qu'elle avait un sourire niais sur le visage, mais était incapable de l'effacer. Et merci de m'avoir apporté le petit déjeuner au lit, ajouta-t-elle dans un murmure. C'était super gentil.

- De rien, les yeux d'Ella pétillaient d'amusement. Et c'est gentil de ta part d'avoir mangé les œufs brouillés qui avaient le goût et l'apparence de caoutchouc brûlé. Elle gloussa doucement. Je vais m'améliorer, je te le promets.

- Tu te moques de moi ? Ces œufs étaient incroyables. C'est comme si tu avais porté la cuisine à un tout autre niveau, plaisanta Cam, tout en gardant la voix basse.

- Oui, je pense que j'ai peut-être inventé un nouveau

matériau de construction, Ella se recula sur son siège et but une gorgée de son café. Alors, et maintenant ? Quand est-ce que je te reverrai ?, elle regarda Cam, ne sachant toujours pas comment elle avait pu la faire se sentir aussi bien. Ses yeux passaient des fossettes de Cam à ses yeux et sourcils foncés, se disant qu'elle n'avait jamais vu quelqu'un d'aussi magnifique qu'elle. Elle lutta contre l'envie de tendre la main pour longer la ligne de sa mâchoire et de sa bouche, et imagina comment les lèvres de Cam s'écarteraient si elle effleurait sa lèvre inférieure avec son pouce.

Cam mâcha sa paille, ne sachant pas si elle devait dire ce qu'elle s'apprêtait à dire. Mais elle avait remarqué la façon dont Ella la regardait, et elle était presque sûre qu'elle ressentait la même chose.

- Que penses-tu de ce soir ? Tu veux venir chez moi ?, elle hésita. À moins que tu aies besoin d'un peu de temps pour toi bien sûr...

- Non, le visage d'Ella se transforma en un sourire encore plus grand alors qu'elle secouait la tête. Non, je n'ai pas besoin de temps pour moi, et maintenant que je ne travaille plus, c'est le moment idéal.

- D'accord, on se voit ce soir. Nous pourrons regarder un autre épisode de la série que nous avons commencée, Cam arrêta Ella, alors qu'elle s'apprêtait à poser une main sur son genou. Non, Ella. Je pense que ces femmes derrière nous sont en train de parler de nous.

- Oh, Ella retira sa main et rabattit sa casquette sur son visage. Tu es sûre ?

- Non, je n'en suis pas certaine, mais si c'est le cas, tu voudrais probablement ne pas le faire.

- Tu as raison. Elles parlent probablement de moi. Je serais surprise si je n'étais pas partout dans les tabloïds aujourd'hui à cause de l'interview de Tyler Kane et le fait d'être ici avec toi ne fait qu'ajouter à la confusion générale. Mais tu sais quoi ? Je ne m'en préoccupe plus vraiment. Si les gens nous voient ensemble, qu'il en soit ainsi. Il n'y a rien à dire si on ne se bécote pas le visage, elle leva les yeux au ciel. Ce n'est pas tout à fait vrai parce qu'ils parleront de toute façon, mais ce que je veux dire, c'est que je me fiche qu'ils spéculent.

- Bonne attitude, approuva Cam.

- Oui, pas vrai ? Tu penses que je devrais parler à Tom ? Lui parler de nous ?

Cam haussa les épaules.

- C'est à toi de décider. Tu veux lui dire ?

Ella soupira.

- Bon sang, maintenant tu parles comme Theresa.

- Vraiment ? Putain, on dirait Theresa, non ?, Cam rit. Mais je le pensais vraiment. Tu ne devrais lui dire que si tu es prête à le faire. Mais garde à l'esprit que rien n'est jamais aussi grave que tu le penses et qu'il pourrait te soutenir de façon surprenante.

- Tom ? Oui, c'est ça, Ella laissa échapper un petit rire sarcastique, se leva et attrapa son café. Ce n'est pas vraiment dans son intérêt financier que je lui dise que je suis gay. Elle passa son bras dans celui de Cam alors qu'elles retournaient à la voiture. Mais tu sais quoi ? Je crois que je vais quand même le lui dire.

Chapitre Quarante

Es-tu à l'aise avec la situation actuelle ?, demanda Theresa après qu'Ella lui eut raconté son voyage à Palm Springs et ce qui s'était passé entre elle et Cam. Elle avait parlé sans relâche pendant vingt minutes, ne laissant que très peu de choses de côté, y compris la rencontre avec sa mère.

- Vous voulez dire avec Cam ou avec ma mère ?

- Commençons par Cam, Theresa sourit.

- D'accord... Oui, je suis à l'aise avec ça, Ella haussa les épaules. Je suppose que j'ai eu toute ma vie pour me préparer à accepter ma sexualité, ce n'est pas comme si je ne savais pas que j'aimais les femmes. Mais ce n'était jamais que dans mes fantasmes, et maintenant que c'est réel, tout prend un sens. J'ai du sens. Je me sens..., dit-elle en prenant un moment. Je me sens tellement vivante.

Theresa prit une note, puis leva les yeux vers elle.

- C'est fantastique, Ella.

- J'ai l'impression que j'étais en panne d'essence et que quelqu'un a fait le plein et m'a emmenée faire un tour très rapide. Je suis encore sous l'effet de l'adrénaline. Je sais qu'il est très tôt et que tout peut arriver, mais le simple fait de pouvoir ressentir autant d'émotions me donne beaucoup d'espoir, Ella sourit. J'ai aussi l'impression que je dois enfin prendre des décisions, même si cette idée me fait un peu peur.

- Vous faites référence à votre coming-out ?

- Oui.

- Cam veut-elle que vous le fassiez ?

- Non ; Ella fit un geste dédaigneux de la main. Ce n'est pas comme ça. Cam ne me met aucunement la pression, mais je suis fière d'être avec elle, alors oui, bien sûr qu'elle a quelque chose à voir avec mon changement d'avis. C'était tellement agréable d'être en public avec elle. Je pense que la mort d'Helena m'a fait comprendre que la vie est imprévisible et qu'elle peut se terminer en un clin d'œil. Je ne veux pas perdre plus de temps à vivre dans le mensonge, elle prit une grande inspiration, j'ai décidé de le dire à mon manager.

- C'est un grand pas. C'est bien pour vous, Ella, Theresa jeta un coup d'œil à Ella par-dessus le bord de ses lunettes. Vous vous en sortez bien.

- Je vous remercie. Je le pense aussi.

- Et pour en venir à votre mère, avez-vous l'impression que certains problèmes ont été résolus après votre conversation avec elle ? Nous avons convenu lors d'une de nos séances précédentes qu'il serait bon de lui parler pour que vous puissiez essayer d'évacuer une partie de votre colère, mais il ne semble pas que cette conversation ait été très adulte.

- Ce n'était pas le cas ; j'étais prise au dépourvu et furieuse.

- La blâmez-vous pour la mort d'Helena ?

- C'est ce que vous pensez ?, demanda Ella, sur la défensive. Elle se rendit compte qu'elle avait resserré les poings et que ses ongles s'enfonçaient dans sa peau.

- Non, je vous pose une question.

Theresa écrivit quelque chose en attendant la réponse d'Ella.

- Je veux la blâmer. Notre mère n'a cessé de pousser Helena de plus en plus vers quelque chose qu'elle ne voulait pas et finalement, elle l'a éloignée. Si Helena n'avait pas été à New York à l'époque, elle n'aurait pas eu d'accident de bus et tout se serait bien passé. Helena était au mauvais endroit au mauvais moment, et c'est notre mère qui l'y a conduite. Elle a choisi New York parce qu'elle voulait être loin d'elle et de Los Angeles, Ella soupira. Mais en même temps, je sais qu'en fin de compte, c'était un accident malencontreux et que ma mère n'y est pour rien. Si Helena n'avait pas choisi le siège avant dans ce bus, elle serait toujours là, elle hésita, je sais aussi que ma mère est dévastée et qu'elle ferait n'importe quoi pour revenir en arrière, alors non, même si j'ai envie de la blâmer, je ne le fais pas.

- Êtes-vous sûre de cela ?

- Oui, Ella hésita, puis poussa un soupir résolu. Non, je ne suis pas sûre. Peut-être qu'une partie de moi lui en veut, au fond.

Theresa hocha simplement la tête, comme si elle le savait déjà.

Chapitre Quarante-Et-Un

- Qu'a fait ma fille dernièrement ?, demanda Vanya d'un ton taquin. Je ne t'ai pas vue depuis une éternité, Cam.

Elle se retourna sur sa chaise et roula jusqu'au bureau de Cam lorsque celle-ci entra, un large sourire aux lèvres.

- Cela fait quatre jours, Vanya. C'est loin d'être une éternité.

Elle leva les yeux au ciel et rit, puis s'essuya le visage avec la serviette qui pendait à son cou. Elle avait été tellement pleine d'énergie qu'elle soupçonnait d'avoir trop fait travailler ses élèves. Elle ne prit pas la peine de demander à Vanya si elle voulait du café et plaça deux tasses sous la machine. Vanya voulait toujours du café, mais pour une raison inconnue, elle détestait le faire elle-même.

- Quoi qu'il en soit. Ton téléphone était éteint et tu as pris un congé mystère, alors je veux savoir ce que tu faisais. À moins que tu ne veuilles que je devine ?

- Non, je ne veux pas que tu devines, Cam ne put réprimer un autre sourire en tendant à Vanya une tasse de café noir et en mélangeant un peu de lait d'amande dans son propre café. On peut garder ça entre nous ?

- Ça ? Le café, tu veux dire ?, Vanya feignit l'ignorance en buvant une gorgée de son café. C'est respectable mais pas top secret.

Cam rit.

- Cette conversation.

- Bien sûr, je suis désolée. Je suis juste contente que tu sois de retour, j'ai parlé toute seule ici, l'expression de Vanya devint plus sérieuse. Alors ?

- J'étais avec Ella.

Cam s'assit derrière son bureau et posa ses pieds sur le tabouret situé en dessous, tout en allumant son ordinateur portable.

- Je le savais, Vanya poussa un petit cri d'excitation et donna une tape sur le poing de Cam. Je le savais, je le savais, je le savais. Vous avez fait des choses cochonnes ensemble, n'est-ce pas ? Ne réponds même pas à ça, je le vois à ton regard.

- Ce n'est pas comme ça. Ella n'est pas une conquête. Elle est... vraiment géniale et je tiens beaucoup à elle. C'est pourquoi cela doit rester entre nous.

Vanya acquiesça.

- Mes lèvres sont scellées, elle soupira. Mon Dieu, elle est si belle. Je parie qu'elle est magnifique nue.

Cam regarda Vanya et leva un sourcil.

- Combien de fois dois-je te rappeler que tu n'es pas gay ?

- Tu as raison, je ne le suis pas. Juste un peu pour Ella Temperley, ajouta-t-elle avec un sourire malicieux. Alors... que s'est-il passé ? Je veux les détails croustillants.

- Nous sommes allées chez elle à Palm Springs, et nous avons passé un excellent moment.

Cam se sentait comme une adolescente ; ses pensées et ses sentiments étaient sens dessus dessous, elle était agitée et pleine d'énergie. Elle n'avait pas cessé de penser à Ella une seconde depuis qu'elle l'avait déposée et elle avait hâte de la revoir le soir-même.

Vanya l'étudia.

- Et ? Détails ?

- Tu n'auras pas de détails, bébé. C'est tout.

- Oh, je t'en prie. Ce n'est pas juste. Tu dois me donner quelque chose, Vanya roula jusqu'à son propre bureau, espérant que la distance persuaderait Cam d'en dire un peu plus. Quel type de lingerie porte-t-elle ? Est-ce qu'elle en porte au moins ? Vous avez fait l'amour ? Vous l'avez fait, n'est-ce pas ? Combien de fois ?

Cam froissa un morceau de papier de son bloc-notes et le lança sur Vanya.

- Ça suffit. Comme je l'ai dit, c'est tout ce que tu sauras. Maintenant, remettons-nous au travail. J'ai un autre cours à donner après avoir vérifié mes messages.

- Ennuyeux, protesta Vanya. Elle réussit à garder le silence pendant un bref instant, puis se tourna à nouveau vers Cam, ses yeux s'écarquillant lorsqu'une idée lui vint à l'esprit. Oh mon Dieu, tu l'amèneras à mon mariage en tant que plus-un ? Ce serait le plus beau cadeau de mariage que tu puisses me faire.

- Non, Cam lui lança un regard amusé. Bien sûr que je ne vais pas l'amener à ton mariage. Ella a besoin d'intimité, surtout après tout ce qu'on a écrit sur elle. Comment crois-tu qu'elle se sentira à un mariage où cinq cents personnes essaieront de prendre une photo d'elle ? Ta belle-mère la ferait probablement poser entre Greg et toi sur vos photos de mariage, juste pour avoir une célébrité sur sa cheminée.

6 Mais nous n'allons plus organiser un mariage gigan-

tesque, dit Vanya, l'air plus que suffisant. J'ai suivi ton conseil et j'ai réussi à trouver un vignoble que j'adore, et ils ne prennent que cent vingt personnes pour les événements, alors nous avons désinvité tous ceux que nous ne connaissons pas et nous leur avons dit que le mariage était annulé. Mais la date est la même. Elle fouilla dans son sac, puis s'approcha de Cam et lui tendit une enveloppe.

Cam fut surprise de l'ouvrir et d'étudier la nouvelle invitation, belle et simple, avec une photo en noir et blanc de Vanya et Greg sur le devant. L'aspect et la sensation étaient complètement différents de ceux de l'invitation originale aux bords dorés incrustés d'une photo dans laquelle Vanya se détestait.

- C'est vraiment joli. Alors tu as désinvité des gens ? Je parie que Sour-Face veut te tuer maintenant.

- Mmh mmh. Elle le veut, mais Greg et moi avons convenu que c'est ce que nous voulons, et je ne la laisserai plus jamais me donner des ordres. Nous avons retransféré les fonds du mariage à ses parents, puis nous leur avons envoyé la nouvelle invitation, Vanya haussa les épaules. Je sais qu'ils viendront, de toute façon. C'est leur fils unique et je pense que le père de Greg s'est rendu compte que Sour-Face a été un peu trop intrusive ces derniers mois. C'est le chaos, bien sûr. Personne ne parle à personne en ce moment, mais je suis persuadée que tout finira par s'arranger et que toutes les personnes que nous avons invitées seront là, elle sourit. Et tu sais quoi ? Je ne le redoute même plus. À vrai dire, j'ai hâte d'y être.

Cam se leva et serra Vanya dans ses bras.

- C'est bien, chérie. Je suis fière que tu te défendes, elle sourit. Et je suis très excitée d'être ton témoin.

Vanya la serra dans ses bras, puis recula d'un pas et la regarda fixement.

- Alors, tu vas l'amener ?

Cam rit et secoua la tête.

- Je ne sais pas. Je lui demanderai, mais nous ne nous connaissons pas depuis si longtemps, et je ne sais pas où cela va nous mener.

- Oh, je vois bien où ça va vous mener, s'empressa de dire Vanya. Ça se dirige tout droit vers le coucher de soleil, entouré de pétales de rose, d'arcs-en-ciel, de licornes et de champagne rose. Alors, est-elle vraiment gay ? Qui l'aurait cru, hein ?

- Je ne sais pas, mentit Cam. Parler à Vanya de leur statut était une chose, mais parler de la sexualité d'Ella en était une autre. Nous avons une connexion spéciale, mais comme je l'ai dit, je ne sais pas où cela va nous mener.

Elle prit une bouteille d'eau sous son bureau et en avala une longue gorgée.

- Bien sûr, grogna Vanya. J'essaierai de ne pas être trop curieuse, elle baissa la voix en prenant un magazine sur son bureau et le brandit devant Cam. Alors, qu'en est-il de l'interview de Tyler Kane ? Est-ce qu'elle est sortie avec lui ou est-ce qu'il a tout inventé ?

- Bien sûr qu'il a tout inventé. Ella ne sortirait jamais avec un idiot comme lui, mais c'est entre nous.

- Hmm... C'est ce que je pensais. J'ai dit à Greg que je ne croyais pas qu'Ella Temperley s'abaisserait à sortir avec un tel porc égocentrique. Elle est trop intelligente pour ça, Vanya leva les yeux lorsque quelqu'un frappa à la porte. Entrez.

- Hé les filles !, Jason, du bar à jus de fruits, passa la tête dans le coin et regarda Cam. Il y a un homme qui veut te voir, Cam. Il dit qu'il est intéressé par des leçons privées. J'ai dit à que vous étiez complet et qu'il y avait une liste d'attente, mais il n'a pas voulu abandonner. Avez-vous une minute pour lui ?

- Oui, j'arrive, Cam se leva et suivit Jason jusqu'à la réception, où un gros homme barbu l'attendait. Il n'avait pas l'air d'un passionné de yoga ou de quelqu'un qui pouvait même atteindre ses orteils, mais Cam se fichait qu'il soit un débutant. Tout le monde devait commencer quelque part, et elle aimait les défis.

- Bonjour, je suis Cam Saunders, dit-elle en lui serrant la main alors qu'elle s'assit à sa table.

- George Christopher.

L'homme eut l'air nerveux lorsqu'il lui jeta un rapide coup d'œil avant de se tourner vers son téléphone.

- Enchantée, George. Je crois que mon collègue Jason vous a déjà dit que nous avons une liste d'attente assez longue, mais je serais ravie de vous présenter le programme. Peut-être aimeriez-vous plutôt en savoir un peu plus sur les cours collectifs ? Nous allons bientôt ouvrir un deuxième studio, il y aura donc à nouveau des places disponibles.

Cam but une gorgée d'eau.

- Ce serait génial, Cam Saunders, George semblait n'écouter qu'à moitié, toujours concentré sur son téléphone. Est-ce que je peux vous poser quelques questions d'abord ?

- Bien sûr, allez-y, dit Cam, un peu confuse de savoir pourquoi il s'adressait à elle avec son nom complet.

- Merci, George inclina son téléphone vers Cam, puis demanda, avez-vous une relation sexuelle avec Ella Temperley ?

- Quoi ?, Cam fronça les sourcils, ne saisissant pas tout de suite la question tant elle est inattendue. Puis ses yeux s'écarquillèrent lorsqu'elle réalisa qu'il la filmait.

- Avez-vous une relation sexuelle avec Ella Temperley ?, demanda une nouvelle fois George.

- Comment osez-vous ?, Cam se leva et tenta de lui arracher le téléphone des mains, mais George se leva également et le tint au-dessus de sa tête, faisant un pas en arrière. Cam sentit la colère monter et dut se forcer à ne pas se montrer physique avec lui parce qu'à ce moment-là, elle avait vraiment envie de le frapper. *Pas ici, Cam. C'est ton studio de yoga. Pas de bagarre ici.*

- Jason, tu veux bien m'aider à raccompagner George à la sortie ?, cria-t-elle. Même si je doute que ce soit son vrai nom.

Elle prit le bras de George et le poussa vers la porte. Jason arriva en quelques secondes et lui prit l'autre bras.

- Il y a un problème ?

- Oui, il y en a un. George n'est pas le bienvenu ici. Ni maintenant, ni jamais.

- Hé, laissez-moi partir, je peux sortir tout seul. George tenta de se dégager de leur emprise alors qu'ils l'emmenèrent sur le parking. C'est du harcèlement, je faisais seulement la conversation, et vous n'avez même pas encore répondu à ma question.

- Non, ce que *vous* faites, c'est du harcèlement, George. Maintenant, donnez-moi ce téléphone.

Cam s'assura de resserrer son emprise sur lui autant qu'elle le pouvait tout en essayant de lui tirer le bras. Il n'allait pas s'en sortir sans avoir au moins quelques bleus. Elle avait envie de lui donner un coup de pied dans les couilles, mais à présent, les gens les observaient depuis la réception, et elle savait qu'il valait mieux ne pas faire de scène.

- Vous voulez que je le mette au sol ?, demanda Jason, tout aussi conscient que leurs clients les regardaient.

- Pas la peine, vous pouvez avoir mon téléphone, hurla George. Je vous laisserai l'effacer si vous me laissez partir.

S'il vous plaît, laissez-moi partir. Vous me faites mal, mec. Puis il se tourna vers le public et cria :

- Aidez-moi ! Ils me font mal !

- C'est bon, laissez-le partir, dit finalement Cam, espérant que George se calmerait. Mais dès que Jason eut lâché son bras, George se retourna et donna un coup de coude dans l'épaule de Cam. Quand elle lâcha son bras pour attraper son épaule douloureuse, il s'enfuit.

- Enfoiré, marmonna Jason avant de s'élancer à sa poursuite. Malgré sa taille, George était rapide et atteignit sa voiture avant que Jason ne puisse le rattraper. Il lui adressa un sourire avant de claquer la portière et de s'enfuir en faisant crisser les pneus.

- Vous allez bien ?, demanda Jason lorsqu'il revint, haletant.

- Oui, ça va, dit Cam, encore secouée par l'incident.

- Je jure que je le retrouverai et que je le tuerai, les mains de Jason se transformèrent en poings.

- Ne vous embêtez pas, Jason. C'est peut-être le premier, mais j'ai le sentiment que ce ne sera pas le dernier. À partir de maintenant, envoyez tous les nouveaux clients à Vanya ou dites-leur qu'ils devront attendre l'ouverture de notre deuxième studio au centre-ville.

- D'accord, Jason hésita alors qu'ils rentraient à l'intérieur. Était-il ici à cause de vous et d'Ella Temperley ?

- Oui.

Cam décida de ne pas en dire plus.

Chapitre Quarante-Deux

– **P**lus de titres, Ella. Tom abattit le magazine sur son bureau, la frustration suintant de tous ses pores. Est-ce vraiment si difficile de trouver un autre professeur de yoga ?

Il montra la photo de Cam sortant de la voiture d'Ella devant le studio. Il y avait d'autres photos d'elles, dont une prise alors qu'elles prenaient un café ensemble après leur retour de Palm Springs. L'affaire avait été relativement calme pendant deux jours, mais les dernières publications étaient pleines de nouvelles photos et de nouvelles spéculations.

Ella regarda la photo prise à l'extérieur du café et réalisa qu'une des femmes assises derrière elles avait dû la prendre et la vendre. D'après la façon dont Cam lui chuchotait à l'oreille, on aurait dit qu'elle était sur le point de l'embrasser. La photo ne la contrariait pas, elle lui semblait mignonne. Mais la colère monta lorsqu'elle tourna la page et vit une photo de Cam seule, entrant dans Pure Studio, manifestement inconsciente de la personne qui la suivait. « *La femme qui a séduit Ella Temperley* », disait le titre.

- Connards, marmonna-t-elle, furieuse qu'ils aient suivi Cam aussi.

- Des connards qui peuvent faire ou défaire ta carrière, dit Tom d'un ton sec. Je ne sais pas pourquoi tout le monde est si obsédé par cette histoire de lesbiennes. Même l'interview de Tyler Kane n'a pas beaucoup aidé, il soupira. Et ton agent m'a appelé ce matin. Il a besoin de savoir ce qu'il en est parce qu'il veut - je cite - s'assurer qu'il t'associe à des projets plus « appropriés ». Franchement, je pense que certaines personnes pourraient trouver plus risqué de t'engager après ce drame. Je sais que tu ne veux pas l'entendre, mais j'aimerais vraiment te présenter à nouveau quelqu'un, et j'apprécierais que te ne fasses pas de scène cette fois-ci.

- Non, Ella secoua la tête et se réinstalla sur son siège, ignorant le reste des magazines que Tom lui tendait. Ça suffit, Tom. J'ai fini de jouer, et je ne vais certainement pas me trouver un autre professeur de yoga.

Tom la regarda longuement et fixement.

- Ella, tu es actuellement pressentie pour jouer le rôle principal dans l'un des plus gros films prévus cette année. Pourquoi diable te saboter de la sorte ?

- Parce que c'est vrai, Ella ferma les yeux un instant et se frotta la tempe, se fortifiant. Ils ont raison. Cam et moi sommes ensemble. Nous ne l'étions pas quand ils ont commencé à spéculer sur nous, mais nous le sommes maintenant. Elle est la meilleure chose qui me soit arrivée depuis longtemps, et je ne vais pas lui manquer de respect, ni à moi-même, en prétendant que je sors avec quelqu'un d'autre, elle déglutit difficilement pendant le long silence qui suivit. Alors oui, je *suis* gay. Je l'ai toujours été.

- Qu'est-ce que..., le visage de Tom devint pâle, et ses yeux se mirent à regarder dans toutes les directions, sauf celle d'Ella. Elle pouvait presque l'entendre paniquer et réfléchir à la manière de résoudre le problème. Donc vous êtes ensemble. Tom avait toujours été un grand résolveur de problèmes, mais bien sûr, il n'y avait pas de solution cette fois-ci. Il ne pouvait pas la déshomosexualiser d'un coup de baguette magique, et même s'il le pouvait, Ella ne voulait pas qu'il le fasse. Il prit un air déconfit en s'adossant à son siège et en tripotant son stylo. Pourquoi ne me l'as-tu pas dit plus tôt ?, demanda-t-il finalement, d'une voix un peu moins dure.

- Cela aurait-il fait une différence ?

- Non, admit-il.

- Je ne te l'ai jamais dit parce que je n'ai jamais rencontré quelqu'un de spécial auparavant, Ella cala ses mains tremblantes entre ses cuisses. Elle faisait son coming-out à son manager, de toutes les personnes. Mais c'est le cas maintenant.

- Peux-tu lui faire confiance ?, demanda Tom.

- Avec ma vie, Ella se mordit la lèvre en réalisant l'ironie de la chose.

- D'accord, dans ce cas, nous pouvons gagner du temps. Garder le silence jusqu'à ce que tu aies signé pour ce film, puis garder le silence encore un peu. Nous ne voulons pas avoir l'air d'avoir attendu que l'encre sèche pour faire l'annonce. En attendant, je vais réfléchir à la meilleure façon de l'annoncer à tes fans. Peut-être une interview, peut-être les réseaux sociaux, ou peut-être qu'il vaut mieux rester discrète et les laisser spéculer davantage, il soupira. Ou peut-être qu'il vaut mieux que tu décides toi-même du comment et du quoi. C'est ta vie après tout et faire son coming-out est une chose très personnelle.

- Tu veux dire que tu ne penses pas que je devrais le cacher ?, Ella fronça les sourcils. Elle ne savait pas trop à quoi elle s'attendait, mais ce n'était pas ça.

- Hé, je n'aime peut-être pas ce que tu viens de me dire... d'un point de vue purement commercial, ajouta Tom. Mais je travaille pour toi depuis sept ans, Ella, et je te considère en quelque sorte comme une amie, indépendamment de ce que tu peux penser de moi. Je veux que tu sois heureuse, et je n'ai certainement pas de problème avec le fait que tu sois gay, ce serait absurde. Je ne peux pas nier que je m'attends à ce que cela affecte tes revenus.

- Je me fiche que cela ait une incidence sur mes revenus, déclara Ella. Mais je veux continuer à travailler, bien sûr, et je me sens prête à prendre des risques dans des rôles au cinéma et à faire quelque chose de différent. Ce blockbuster dont tu parles sans cesse... ne m'intéresse pas vraiment. Je sais qu'il paie bien et que beaucoup de gens voudront le voir, mais ce n'est qu'un film de plus dans une longue rangée de films identiques dans ma filmographie. J'ai toujours voulu essayer des rôles plus stimulants et m'éloigner des comédies romantiques me donnerait l'occasion de prouver que je peux le faire.

- Tu es sérieuse, Ella ?, Tom était encore plus pâle. Es-tu en train de me dire que tu es gay *et* que tu aimerais t'éloigner des comédies romantiques, tout cela en même temps ?

- C'est ce que je suis en train de dire, dit simplement Ella. J'ai l'impression que c'est le bon moment. Il est logique de s'éloigner du type de rôle que j'ai joué. Bientôt, le monde entier saura que j'aime les femmes, et si le public a un problème avec le fait que je joue une hétérosexuelle heureuse dans la vie , et si je ne me soucie plus tellement de jouer ces rôles, alors pourquoi n'essaierais-je pas autre chose ?

Tom soupira.

- Je suppose que tu as raison. Mais pour cela, il faudra d'abord que quelqu'un te propose un rôle sérieux, il y réfléchit un instant. Tu es peut-être une star, mais te confier un autre rôle est toujours un risque pour les réalisateurs de films indépendants. Et n'oublie pas qu'ils supposeront qu'ils n'ont pas les moyens de te payer.

- Alors fais-leur savoir que je suis ouverte aux négociations, Ella claqua la main sur le bureau. J'irai aux auditions, comme tout le monde. Je m'assiérai dans la longue file d'attente toute la journée, tous les jours, s'il le faut. Je m'en fiche.

Tom acquiesça en étudiant Ella.

- Et tu es sûre de ça ?

- Oui, j'en suis sûre, elle fouilla dans son sac et lui tendit un dossier, j'ai sélectionné quelques scénarios qui m'intéressent. Si l'une de leurs équipes de casting me demande d'auditionner, je laisserai tout tomber et je serai là en un clin d'œil.

- Très bien, Tom se racla la gorge. Tu sais, en tant que manager, j'aurai toujours tes intérêts à cœur, et si c'est ce que tu veux vraiment, alors je ferai tout ce qui est en mon pouvoir pour que cela se produise pour toi. Je vais appeler ton agent et j'aurai une longue et bonne discussion avec lui, il soupira et secoua la tête. Ce ne sera pas facile pour toi, mais sache que je suis toujours là si tu veux parler. Et si tu veux un conseil, vis ta vie comme tu l'entends et ne commente rien avant d'être prête. Quand tu le seras, fais-moi savoir si tu as besoin d'aide.

- Merci, Tom, Ella avait redouté cette conversation, mais elle avait maintenant l'impression qu'un poids avait été enlevé de ses épaules. Peut-être avait-elle mal jugé Tom après tout. C'est bon de savoir que tu es de mon côté.

- Hé, je suis ton manager. De quel autre côté serais-je ?, il se leva et raccompagna Ella jusqu'à la porte. Je vais jeter un coup d'œil à ta liste et me renseigner sur les projets . Je te rappelles dans quelques jours.

Il tressaillit quand Ella passa ses bras autour de son cou et le serra dans ses bras en se dressant sur la pointe des pieds. Il lui rendit son étreinte, visiblement un peu mal à l'aise avec cette intimité soudaine. Il n'y avait pas beaucoup de vraies étreintes de nos jours, surtout pas à Hollywood. Mais il sourit tout de même en resserrant son étreinte autour d'elle.

- Prends soin de toi, Ella. Tout va bien se passer.

Chapitre Quarante-Trois

J e suis désolée qu'il t'ait harcelée.

Ella étudia la vidéo, dans laquelle Cam était filmée en gros plan dans son studio. Elles regardaient son téléphone dans la cuisine de Cam, grimaçant toutes les deux de dégoût lorsqu'elle la lança.

- Avez-vous une relation sexuelle avec Ella Temperley ?, la voix de George était forte et claire. Après la question, il y avait un demi-plan du visage de Cam, pris de haut.

- Oui, dit Cam avec colère.

Puis la vidéo était coupée, avant qu'elle ne termine sa phrase qui n'avait rien à voir avec le sujet. La nouvelle était devenue virale et même si Cam avait essayé de l'ignorer, elle continuait à recevoir des messages d'amis et de membres de sa famille lui demandant si elle l'avait vue et si c'était vrai. Même des cousins à qui elle n'avait pas parlé depuis des années semblaient soudain avoir son numéro.

- Ne sois pas désolée, ce n'est pas ta faute, Cam passa une main dans les cheveux d'Ella. Je vais juste m'abstenir de parler aux étrangers pendant un moment.

Ella soupira.

- Ils font ça tout le temps. Je n'ai jamais pensé qu'ils s'en prendraient directement à toi comme ça... Tu es sûre que tu es toujours d'accord avec ça ?

- D'accord avec quoi ? D'avoir une relation sexuelle avec toi ?, Cam plaisanta en les guidant vers le réfrigérateur et en poussant Ella contre celui-ci. Oui, dit-elle, en faisant la même grimace de colère que dans la vidéo.

Ella rit.

- Je suis contente que tu trouves toujours ça drôle. Ce que je voulais dire, c'est est-ce que tu veux garder tes distances pendant quelques jours, pour laisser les choses se calmer dans les médias ? J'ai peur qu'ils ne commencent à te suivre à la trace, maintenant.

Cam passa sa langue sur la lèvre supérieure d'Ella, puis l'embrassa, longuement et lentement.

- Non, dit-elle lorsqu'elle se dégagea du baiser. Je ne veux pas garder de distance. Et toi ?

- Absolument pas, la respiration d'Ella était saccadée, et Cam pouvait voir que ses actions l'excitaient au plus haut point.

- Bien. J'aime bien cette réponse, Cam lui adressa un sourire malicieux. Maintenant, plus important... as-tu déjà été baisée durement contre un réfrigérateur ?

- Non..., Ella inspira rapidement lorsque Cam souleva sa robe et passa une main sur sa taille avant d'effleurer ses seins. Je ne peux pas dire que ça a été le cas. Elle fit une pause, gémissant lorsque Cam dégrafa son soutien-gorge et passa une main dessous. Mais je suis ouverte aux nouvelles expériences.

Cam sourit contre ses lèvres et son pouce effleura le mamelon d'Ella.

- Tourne-toi, chuchota-t-elle.

Ella se mordit la lèvre et la fixa un moment, un regard

trouble de désir brûlant dans ses yeux avant qu'elle ne se tourne vers le réfrigérateur. Cam souleva à nouveau sa robe et Ella cria de surprise en sentant la surface froide de l'acier inoxydable contre son ventre et ses seins. Les aimants du réfrigérateur se plantaient dans sa peau, mais elle s'en fichait. Son corps avait traité la demande avant son cerveau, et elle pouvait sentir l'humidité se répandre en son centre. Le souffle de Cam était lourd dans son oreille alors qu'elle enroulait un bras autour de la taille d'Ella et glissait sa main dans le devant de sa culotte. Son autre main disparut à l'arrière, caressant ses fesses avant de la glisser plus bas entre ses jambes et d'enfoncer deux doigts en elle.

- Oh mon Dieu... oui..., Ella tendit la main derrière elle et saisit les cheveux de Cam qui la remplissait tandis que son autre main frottait son clito, fortement et rapidement. Cam se rétracta, puis la pénétra plus profondément alors qu'Ella se repoussait contre sa main, lui faisant comprendre qu'elle en voulait plus. Plus vite, haleta-t-elle. S'il te plaît, prends-moi, Cam.

Elle se prépara à la tempête de plaisir qu'elle savait venir et essaya de rester stable sur ses jambes quand Cam entra et sortit d'elle plus rapidement, la baisant pendant qu'elle faisait courir ses doigts de haut en bas dans ses plis, embrassant et mordant son cou et son lobe d'oreille jusqu'à ce qu'Ella se transforme en un amas de gémissements de plaisir.

Les aimants, les cartes et la paperasse tombèrent sur le sol, les sons étant atténués par ses gémissements. Lorsqu'elle fut sur le point d'atteindre l'orgasme, Cam prit fermement le centre d'Ella et garda ses doigts à l'intérieur d'elle tandis qu'Ella se repoussait sur sa main. Elle poussa un grand cri et rejeta sa tête contre l'épaule de Cam, frissonnant sous sa forte emprise. Elle tomba en avant, posant son front contre le réfrigérateur pendant qu'elle récupérait, prenant de longues et profondes respirations.

- Merde, Cam, tu es..., elle se tut lorsqu'elle ne trouva pas le mot juste pour décrire ce que Cam lui faisait ressentir et gloussa à la place.

- Quoi, c'était mauvais ?, demanda Cam en souriant contre son oreille. Elle savait que ce n'était pas mal ; Cam était assez confiante dans ses capacités à plaire aux femmes, mais la réaction d'Ella la surprenait.

- Non, non..., Ella rit. Tu sais certainement comment calmer une fille, tu es tellement incroyable que je n'ai même pas de mots pour le dire. J'aimerais pouvoir te faire la même chose. Je n'ai pas beaucoup d'expérience en matière de sexe et...

Cam la retourna pour lui faire face.

- Mais c'est exactement ce que tu me fais, Ella. Tu me rends folle. Tu me fais perdre la tête quand tu me touches. Personne ne s'est jamais approché de la façon dont mon corps réagit lorsque nous faisons l'amour.

- Vraiment ?, Ella la regarda et sa bouche se transforma en un sourire.

- Oui, vraiment. Tu n'as pas remarqué ?

Le sourire d'Ella s'élargit, et elle se sentit soudain un peu plus confiante. Oui, elle avait remarqué l'expression de Cam lorsqu'elles faisaient l'amour, et elle ressentait ses orgasmes comme si c'étaient les siens, mais l'entendre le dire était une chose tout à fait différente. Décidant de prendre les choses en main, elle posa une main sur la poitrine de Cam et les poussa en direction du canapé.

- Je crois que j'ai remarqué que tu aimais que je te touche, dit-elle en enlevant le T-shirt de Cam, comme toujours, s'émerveillant de ses abdominaux fermes.

Cam se laissa tomber dans les oreillers et gémit quand

Ella se posa sur elle et arracha son soutien-gorge de sport. En quelques secondes, la bouche d'Ella était sur ses seins, sa langue tournant autour de ses mamelons avant de les sucer et de les mordre doucement. Cam lutta contre l'envie de fermer les yeux alors que l'euphorie l'envahissait, parce qu'elle voulait regarder Ella. La queue de cheval d'Ella s'était desserrée et des mèches de cheveux pendaient devant son visage tandis que sa bouche descendait le long du ventre de Cam. La bretelle fine de sa robe d'été pendait sur son épaule bronzée, et elle était éblouissante tandis qu'elle embrassait le corps de Cam jusqu'à ce qu'elle s'agenouille sur le sol et baisse son pantalon de yoga et sa culotte. Cam déglutit difficilement. La lueur d'excitation dans les yeux bleus cristallins d'Ella évoqua encore plus son besoin quand Ella posa ses deux mains sur ses genoux, les écarta et s'installa entre ses jambes.

- Qu'est-ce que tu..., Cam cria de surprise lorsque la langue d'Ella passa sur ses plis avec une lenteur aguicheuse et séduisante, puis se posa sur son clito. Elle dut se forcer à ne pas lâcher prise, parce que le plaisir était presque plus grand que ce qu'elle pouvait supporter, et elle voulait que cela dure. Putain, Ella..., elle passa sa main dans les cheveux d'Ella tandis que son corps se resserrait.

Gémissant plus fort, Cam se déhancha contre sa bouche tandis que les endorphines s'engouffraient dans son sang. C'était si bon qu'elle était incapable de garder les yeux ouverts plus longtemps, le désir pulsant entre ses jambes réclamant d'être libéré. Les fermant, elle rejeta la tête en arrière contre l'accoudoir du canapé et se mordit la jointure des doigts, des vagues de chaleur prenant le dessus. Lorsqu'elle revint à elle, la bouche d'Ella était toujours sur son centre, l'embrassant. Cam la regarda et gloussa.

- Crois-moi, tu n'as aucune raison de manquer d'assurance.

Elle souleva le menton d'Ella pour la regarder, sachant qu'elle ne se lasserait jamais de ces yeux bleus.

- Bien, Ella se hissa sur le canapé et la chevaucha, sa robe lui collant à peine au corps maintenant. Parce que tu es coincée avec moi, elle adressa un sourire à Cam et lui prit les mains. J'ai parlé de nous à Tom.

- C'est vrai ?

- Oui. Il essayait de me caser à nouveau et je n'en pouvais plus.

- Waouh. Je ne m'attendais pas à ce que tu le fasses si vite, mais je suis fière de toi, Cam croisa ses doigts dans ceux d'Ella. Comment a-t-il réagi ?

- Il était choqué, bien sûr, mais aussi étonnamment encourageant, comme tu avais dit qu'il pourrait être. Je l'ai peut-être sous-estimé ; en fait, il a été très gentil une fois la panique passée. Il m'a dit de prendre mon temps et qu'il me soutiendrait quand je serais prête, elle s'arrêta un instant. Les dernières semaines ont été des montagnes russes et après ma première nuit avec toi, j'ai l'impression qu'une bombe a explosé. Je n'ai plus le choix, je dois être honnête avec moi-même. Continuer à vivre comme je l'ai fait n'est plus une option. Je veux être ouverte et libre de faire ce que je veux.

- Et qu'est-ce que tu veux ?, demanda Cam.

Ella n'avait pas besoin d'y penser, car la réponse était simple.

- Je te veux, murmura-t-elle.

- Et je te veux aussi.

Cam se sentit émue lorsqu'elle serra Ella dans ses bras et enfouit son visage dans son cou. C'était le tournant qu'elle avait espéré, mais qu'elle n'avait jamais cru voir arriver.

- Laisse-moi nettoyer ce désordre, Ella se pencha et ramassa les aimants qui étaient tombés et les replaça sur la porte du réfrigérateur avant de ramasser les autres objets qui s'étaient retrouvés par terre. C'est trop mignon que tu aies des aimants.

- Vraiment ? Beaucoup de gens ont des aimants.

- Personne que je connaisse.

Cam rit.

- Mais je suppose que les gens que tu connais prennent leur jet privé pour aller dans des endroits exotiques quand ils le veulent. On ne peut pas comparer ça à des gens normaux qui sont excités à l'idée d'aller quelque part.

Ella rit aussi.

- C'est vrai. Mais tu dois savoir que je n'ai pas de jet privé et que je n'ai pas beaucoup voyagé. Je veux dire, j'ai visité des endroits, bien sûr. Mais c'était toujours pour le travail et je n'ai jamais eu beaucoup de temps pour explorer. C'est quelque chose que j'aimerais vraiment faire plus souvent, prendre le temps, tu sais ?, elle plissa les yeux en remarquant quelque chose sur le dessus de la pile qu'elle tenait dans ses mains. Hé, ce n'est pas ton ami Vanya ?, elle étudia l'invitation au mariage de Vanya tout en la replaçant sur le réfrigérateur de Cam et en la fixant avec un aimant « Paris ». L'invitation était grande et somptueuse, avec des bordures dorées entourant la photo de fiançailles de Vanya et Greg.

- Oui, elle se marie le mois prochain. C'est sa belle-mère qui a conçu cette invitation. Leur mariage était censé être un grand événement avec cinq cents personnes, mais ils ont changé d'avis et maintenant ils auront un mariage plus intime.

Cam chercha la nouvelle invitation dans son sac et la tendit à Ella.

- Oh, c'est beaucoup plus joli, Ella gloussa. Je suis désolée, c'est mal de dire ça ?

Cam leur versa à toutes deux un verre de vin blanc et lui en tendit un.

- Non, pas du tout, Vanya serait d'accord avec toi. Greg est un type formidable, mais elle est un peu moins enthousiaste à propos de sa future belle-mère, qui a choisi cette photo.

Ella rit.

- C'est si grave, hein ?

- Je ne sais pas. Vanya a tendance à être un peu dramatique, mais j'ai rencontré la dame en question deux fois. Les deux fois, elle m'a fait courir tout l'après-midi pour faire des corvées pour elle et je n'ai pas osé dire non, alors je pense qu'elle n'a pas tort.

Ella ouvrit l'invitation et lut les détails.

- Qui est ton plus-un ?

- Personne. Je suis son témoin et j'y vais seule, Cam s'appuya sur l'îlot de cuisine et but une gorgée de son vin. À moins que tu ne veuilles venir ? Je ne veux pas que tu te sentes obligée de venir, ajouta-t-elle rapidement. Je dis juste que l'invitation est ouverte si tu veux être mon invitée.

- Vraiment ?, Ella se mordit la lèvre, une rougeur apparaissant sur ses joues. On dirait que ce sera un mariage extraordinaire et... Puisque toi et moi sortons ensemble..., elle hésita. On sort ensemble ?

Cam s'esclaffa.

- Tu veux que je rende les choses officielles ?, elle posa

son verre et attira Ella contre elle. Parce que je serais très heureuse de t'appeler ma petite amie.

Ella rougissait encore plus fort maintenant qu'elle effleurait ses lèvres contre celles de Cam.

- J'aime bien petite amie.

- J'aime bien ça aussi. Et bien sûr, j'aimerais que tu viennes avec moi. J'ai juste supposé que tu ne serais pas à l'aise avec ça. Ce n'est pas un grand mariage, mais il y aura quand même du monde et les gens prendront des photos.

- Ça va aller, Ella grimaça. À moins que Vanya ne veuille pas que je vienne, bien sûr. Je ne veux pas détourner l'attention d'elle pour son grand jour, elle secoua la tête. Je suis désolée, j'aurais dû y penser avant.

- Ne t'inquiète pas pour Vanya. C'est ta plus grande fan et elle serait ravie que tu sois là. En fait, elle m'a pratiquement supplié de t'emmener.

- Vraiment ?

- Oui, je voulais te le demander, mais tu m'as devancée. Vanya est très bonne lorsqu'il s'agit de rester impassible, mais elle a dû perdre au moins cinq ans de sa vie pour contenir son excitation quand tu es entrée dans notre bureau ce matin-là, Cam rit. Alors oui, elle sera enchantée si tu viens.

Ella tendit le bras et passa une main dans les cheveux de Cam.

- D'accord, dans ce cas, j'aimerais bien venir avec toi.

- Très bien. Je vais réserver une chambre pour nous deux, alors.

Cam prit son téléphone et envoya un message à Vanya, l'informant qu'elle amenait une invitée.

Chapitre Quarante-Quatre

-**M**erde. Ils sont là, Ella regarda à travers les portes coulissantes. Sur la plage, deux photographes munis d'énormes appareils photo la fixaient sans vergogne. L'un d'eux se grattait l'entre-jambe. Connards.

- Qui est là ?, Cam apporta son café et suivit le regard d'Ella jusqu'aux marches qui menaient au porche. Oh... ces gars-là. Ils n'ont pas mis longtemps à comprendre où j'habitais, hein ?

- Ils sont pleins de ressources. Je suis désolée.

- Ne le sois pas, ce n'est pas ta faute, Cam referma son peignoir et ajusta aussi celui d'Ella. Ils ne pourront pas prendre de photos à travers la vitre, mais c'est ennuyeux de ne pas pouvoir s'asseoir dehors et prendre notre café tran-quillement.

- Bienvenue dans ma vie, Ella se tourna vers elle. J'en ai l'habitude, mais pas toi. Et bien sûr, ils finiront par se lasser de nous, mais cela prendra des semaines et cela peut sembler une éternité quand on est surveillé vingt-quatre heures sur vingt-quatre. Elle marqua une pause. Et crois-

‌‌‍‌‍

moi, quand je sortirai, ils seront vingt au lieu de deux. Ça ne fera qu'empirer.

Cam acquiesça en y réfléchissant.

- Tu as raison, dit-elle en entourant de ses bras la taille d'Ella par derrière et en l'embrassant sur la joue. Cela va empirer, mais rien ne m'éloignera de toi, et certainement pas ces rats, elle hésita un instant, puis lâcha Ella, se dirigea vers la cuisine et prit un torchon. Tu sais quoi ? Ces photos ne valent rien si nos visages n'y figurent pas. Elle découpa deux petits trous et plaça le torchon sur son visage, qu'elle fixa avec une ficelle. Nous allons les attaquer à notre tour, pour voir s'ils aiment ça. Elle tendit à Ella un autre torchon et marmonna derrière le tissu :

- Tiens. Fais-en un pour toi aussi.

- Tu es sérieuse ? Quel est le plan ? On ne peut pas vraiment les blesser.

- Non, mais nous pouvons endommager leurs appareils photo. Et de l'eau toute simple est parfaite pour cela.

- D'accord... C'est peu conventionnel et un peu extrême, Ella rit. Mais ça me semble amusant.

Elle prit le torchon et mesura l'emplacement de ses yeux. Une fois leurs visages couverts et leurs déguisements sécurisés, Cam remplit deux grands seaux d'eau et en donna un à Ella.

- N'oublie pas, dit-elle, tiens le seau bas. Ils ne le verront que lorsqu'il sera trop tard. Ils essaieront de nous prendre en photo quoi qu'il arrive, même si nous avons le visage couvert, de sorte qu'ils regarderont vers le haut à travers leur objectif, sans remarquer ce qui se passe ailleurs.

- Bien sûr, faisons-le.

Ella riait encore plus fort maintenant, se sentant étourdie par la perspective de se venger enfin des gens qui avaient rendu sa vie misérable, encore et encore. Elle aimait la façon dont Cam était capable de s'amuser avec ça, et même elle s'amusait avec ça maintenant.

- Nous ne faisons de mal à personne, chuchota Cam en ouvrant les portes coulissantes. C'est juste de l'eau, mais ça va endommager leurs précieux appareils photo et en plus, ils sont en train de s'introduire sur ma propriété. Cette marche inférieure est la mienne et j'ai le droit de verser de l'eau dessus quand je veux, en portant ce que je veux sur mon visage. Et j'ai l'impression que c'est le bon moment pour nettoyer les marches. Ella la suivit et elles se dirigèrent vers le bord du porche, juste au-dessus de l'endroit où les deux hommes étaient assis. Es-tu prête ?

Ella acquiesça.

- Je suis prête.

Elles se penchèrent sur la balustrade, regardant les photographes confus. Ils avaient entendu les portes coulissantes s'ouvrir et se tenaient maintenant sur les marches inférieures, leurs objectifs pointés vers le ciel. L'un des hommes fronça les sourcils en regardant brièvement par-dessus son appareil photo et en voyant leurs visages couverts de torchons, mais il était déjà trop tard pour courir, et deux seaux d'eau déferlaient sur eux.

- Putain de salopes !, jura l'un d'eux. L'autre, trop paniqué pour parler, secouait frénétiquement son appareil photo avant d'enlever son T-shirt pour l'essuyer.

Ella s'esclaffa et prit une photo d'eux avec son téléphone.

- Je sais que je ne devrais pas m'abaisser à leur niveau, mais c'est trop beau pour ne pas être publié sur Twitter. De toute façon, il est temps que je me remette à utiliser les réseaux sociaux ; cela fait plus de deux ans et demi et je perds peu à peu des followers.

Elles allèrent chercher leur café à l'intérieur, puis s'assirent sous le porche et les regardèrent partir. Ella télé-chargea la photo avec la légende : « *Deux de moins, trente-huit de plus à faire. #bringiton.* » Ensuite, elle prit un selfie d'elle-même et de Cam, leurs visages encore couverts par les torchons, et la téléchargement aussi avant qu'elles ne les enlèvent. « *#waterwarriors* », ajouta-t-elle.

- Ils sont vraiment quarante ?, demanda Cam en lisant la publication.

- Plus ou moins. Ceux qui travaillent pour des maga-zines en tout cas. Les pigistes sont les pires et je n'ai aucune idée de leur nombre. De nouveaux visages apparaissent sans cesse et je les reconnais à peine maintenant. Les free-lances n'ont peur de rien parce qu'ils n'ont rien à perdre et tout à gagner. Ils travaillent pour eux-mêmes donc ils ne peuvent pas être licenciés et ils portent souvent un déguisement afin de ne pas être poursuivis en justice non plus. Mais les deux qui étaient là me harcèlent depuis des années et je peux dire honnêtement que je ne me suis pas sentie aussi eupho-rique depuis longtemps, elle posa une main sur la cuisse de Cam. Merci, c'était une excellente idée.

Cam sourit, se pencha et l'embrassa.

- Je suis contente d'avoir pu t'aider, elle but une gorgée de son café et s'esclaffa. Tu sais, il y a d'autres possibilités. Nous pourrions commander des pistolets à eau, peut-être même un canon à eau si cela existe ?

Les yeux d'Ella s'écarquillèrent et elle saisit à nouveau son téléphone.

- Cam Saunders, tu es un génie.

Elle chercha des pistolets à eau et elles rirent en cher-chant les plus puissants qu'elles pouvaient acheter. Ella soupira en rangeant son téléphone deux heures plus tard, après avoir passé sa commande.

- Autant s'amuser un peu avec ça, non ? D'ailleurs, mes

followers ont l'air d'adorer le tweet. Il est déjà devenu viral, alors j'espère que les tabloïds auront autre chose à écrire que sur ma sexualité.

- Je déteste que les choses soient aussi tordues dans ton industrie, dit Cam, en posant deux tasses de café fraîches.

- Oui, moi aussi. Je veux être jugée sur ma capacité à jouer, pas sur la personne avec qui je couche. Cela ne devrait pas faire de différence.

- Mais malheureusement, c'est le cas. Es-tu inquiète pour ta carrière ?

- Un peu. Mais une carrière ne signifie rien si je ne peux pas être qui je suis et sortir avec qui je veux. Je suis impatiente d'essayer de nouvelles choses, de m'aventurer dans des territoires inconnus. Je veux jouer des personnages forts et passionnants et travailler sur des films qui font la différence. Mais avant tout, je veux être avec toi, Cam. Je suis folle de toi, alors globalement, je me soucie beaucoup moins de ma carrière qu'avant parce que ce n'est plus la seule chose dans ma vie.

Cam sentit une chaleur se répandre en elle aux mots d'Ella.

- Je suis folle de toi aussi, dit-elle dans un murmure alors que leurs yeux se croisèrent. Mais je ne veux pas que ce soit une idée romantique ou spontanée à cause de la façon dont nous nous sommes rencontrées. Je veux que ce soit réel et durable, sans être contaminé par le fait que tu sois célèbre et que nous soyons toutes les deux des femmes. Nous sommes plus fortes que tout ensemble, et je sais que nous pouvons faire en sorte que ça marche, quoi qu'il arrive, elle regarda les yeux d'Ella se remplir de larmes et sourit. Je suis là pour toi et tout ira bien, je te le promets.

Chapitre Quarante-Cinq

- Cam !, Vanya criait en sonnant trois fois à la porte avant que Cam n'ait le temps de répondre.

- Hé, bébé, qu'est-ce que tu fais ici ?

- Je suis désolée, je sais que c'est ton jour de repos, Vanya ouvrit la porte plus grand, se laissant entrer. Il fallait que je te parle en tête-à-tête, considère que c'est une longue pause déjeuner.

- Je me fiche de savoir quand et combien de temps durent tes pauses déjeuner, tu le sais, Cam lui jeta un regard curieux. Tu vas bien ?

- Oui, je vais bien, Vanya regarda autour d'elle et baissa la voix. Tu es seule ?

- Oui, pourquoi ?, Cam l'étudia, légèrement amusée. Elle voyait bien que ce n'était pas grave et d'ailleurs, Vanya débarquait régulièrement comme ça. Du café ?, elle se dirigea vers la machine à café et leur en prépara un chacune.

- Merci, Vanya prit la tasse et se pencha sur le comptoir de la cuisine, soupirant dramatiquement comme si elle ne pouvait plus tenir sur ses jambes. Je suis vraiment stressée en ce moment, Cam. C'est grave.

Cam prit une gorgée de son café.

- Stressée par quoi ? Le mariage ?

- Non. En fait, oui. Vanya leva les yeux, simulant la panique. Ella Temperley vient à notre mariage.

- Je sais. Je pensais que tu voulais que je l'amène.

- C'est ce que je veux !, la voix de Vanya monta d'un cran. Mais je ne m'attendais pas à ce que cela se produise et maintenant que tu l'amènes, je suis terrifiée à l'idée qu'elle ne s'amuse pas.

Cam rit et serra son amie dans ses bras.

- Vanya, c'est *ta* journée, pas celle d'Ella. Elle ne fait que m'accompagner et si tu ne te sens pas à l'aise avec sa présence, je le lui dirai et elle comprendra.

- Noooon..., Vanya secoua la tête. Non, non, non, non. Je veux qu'elle vienne, mais je ressens cette terrible pression de devoir l'impressionner. Tu ne comprends pas ça ?

Cam la regarda fixement, essayant vraiment de se mettre à la place de Vanya. Elle se rendit compte que même si Ella n'était qu'Ella pour elle, Vanya la mettait clairement sur un piédestal, comme des millions d'autres personnes dans le monde.

- Tu te sentirais mieux si tu apprenais d'abord à la connaître ? Nous pourrions dîner ici, et tu pourrais amener Greg ?

- Vraiment ? Tu penses qu'elle sera d'accord pour ça ?

- Oui. Ella est chez moi la plupart du temps. Je suis sûre qu'elle aimerait apprendre à vous connaître tous les deux.

Vanya acquiesça lentement, comme si elle n'arrivait pas à y croire.

- Cela aiderait, je suppose..., elle se mordit la lèvre et

tripota son anneau nasal. D'accord. Alors, quand est-ce qu'on va faire ça ? Qu'est-ce que je dois porter ? Qu'est-ce qu'on apporte ?

- Pourquoi pas vendredi ?, suggéra Cam. Ella ne travaille pas mais je vais vérifier avec elle au cas où et je te dirai ce soir. Pas besoin d'apporter quoi que ce soit.

- Vendredi nous convient.

Elles se tournèrent toutes deux vers la porte qui s'ouvrait.

- Chérie, je suis à la maison,, chanta Ella en entrant avec une énorme boîte en carton. La boutique en ligne sur laquelle nous avons passé commande ne pouvait pas livrer cette semaine, alors Raphaël et moi sommes allés chercher les jouets au magasin. J'ai hâte que tu les vois. Elle déposa sa marchandise, puis leva les yeux, surprise, en voyant Vanya. Oh, bonjour. C'est Vanya, n'est-ce pas ?, elle s'approcha de Vanya, qui se tenait clouée au sol, et lui donna un baiser sur chaque joue. Je suis contente de te revoir. J'espère que Cam t'a dit que je t'avais emprunté tes vêtements de yoga. Tu les as récupérés ? J'espère vraiment que ça ne t'a pas dérangée.

Vanya se ressaisit et sourit, se rappelant soudain qu'Ella lui avait posé une question et qu'elle était censée y répondre.

- Non, cela ne me dérange pas du tout. Tu as aimé le cours ?

- Oui, j'ai aimé. Cam m'a mise sur la liste d'attente, donc je pourrai m'inscrire une fois que toute cette folie aura disparu, Ella haussa les épaules. Tu vois ce que je veux dire.

- Je viens d'inviter Vanya et Greg à dîner vendredi, les interrompit Cam, en remarquant que Vanya était sur le point de s'évanouir, bien qu'elle soit assez douée pour cacher son excitation. Es-tu libre, Ella ?

- Oui, je suis libre. Ça a l'air sympa. Ella fit un grand

sourire à Vanya en tirant sur l'encolure de son T-shirt et en s'éventant de l'autre main. Il fait si chaud dehors. J'ai transpiré comme un porc en essayant de sortir cette boîte de la voiture et j'ai vraiment besoin d'une douche. On se voit vendredi, alors ?, elle se dirigea vers la salle de bain, laissant derrière elle une Vanya déconcertée. J'ai hâte d'y être !

- Moi aussi !, Vanya cria après elle puis se tourna vers Cam. Oh mon Dieu, elle est vraiment gentille... comme une vraie personne.

- Vanya, c'*est* une vraie personne, Cam rit et termina son café en raccompagnant Vanya à la porte, la renvoyant subtilement sur son chemin pour qu'elle puisse se mettre sous la douche avec Ella. Alors, vendredi, disons sept heures et demie ? Oh, et inutile de préciser que tu diras à Greg de garder ça entre nous.

- Nous serons là et je lui dirai, Vanya fronça les sourcils en jetant un coup d'œil à la boîte dans la cuisine et agita son doigt, le visage et le cou couverts de taches rouges. Est-ce que ce sont... des sex-toys ?, murmura-t-elle.

- Quoi ?, Cam resta silencieuse pendant un moment, analysant la question alors qu'elle comprenait soudain qu'Ella avait utilisé le mot « jouets ». La boîte était assez grande pour contenir un petit réfrigérateur et l'idée qu'elle soit remplie de sex-toys l'amusait au plus haut point. Oh ceux-là, dit-elle en adressant à Vanya un clin d'œil amusé alors qu'elle ouvrait la porte. Oui, ça en est. Des tas et des tas de sex-toys.

Chapitre Quarante-Six

-De quoi j'ai l'air ?, Ella lissa sa robe de cocktail noire devant le miroir de la chambre de Cam. J'ai l'impression que c'est trop formel.

Cam ferma le tiroir qu'elle était en train de fouiller et se tourna vers elle.

- Tu es magnifique, comme toujours.

- Tu es sûre ? Est-ce que je devrais porter quelque chose de plus décontracté ?

- Cela n'a pas d'importance, Cam s'assit sur le lit et attira Ella sur ses genoux. Tu es toi et tu es belle. Ce que tu portes ne fait aucune différence.

- Oui, mais je suis sur le point de rencontrer officiellement ta meilleure amie et son futur mari pour la première fois et je n'ai aucune expérience en matière d'interactions sociales privées. Je suis vraiment nerveuse, Cam, alors aide-moi, Ella soupira. Je n'ai jamais été à un petit dîner et je n'ai jamais rencontré une meilleure amie.

Cam embrassa Ella et lui passa une main dans les cheveux.

- Crois-moi, si tu pouvais voir Vanya en ce moment, tu

ne te sentirais pas nerveuse. Je pense qu'elle a déjà eu deux crises de panique rien qu'à l'idée de dîner avec toi ce soir.

- Eh bien, c'est réciproque, Ella fit la moue et soupira de défaite. Je pense que je vais mettre quelque chose d'autre de toute façon. Appelle-moi si tu as besoin d'aide pour le dîner.

- Merci beaucoup de nous avoir invités, Vanya entra dans le salon de Cam, Greg à son bras, scruta la pièce à la recherche d'Ella et baissa la voix. Où est-elle ? J'ai eu l'impression d'être une célébrité en entrant ici. Il y a trois paparazzis garés devant.

Cam haussa les épaules et embrassa Vanya sur la joue.

- Oui, il y en a deux sur la plage aussi, alors j'ai pensé qu'il valait mieux manger à l'intérieur. Ella est en train de s'habiller, elle ne mentionna pas qu'Ella avait déjà changé cinq fois de tenue et se tourna vers Greg. Greg, mon homme. Comment vas-tu ?

- C'est toujours un plaisir de te voir, Cam, il la serra dans ses bras. Et ça sent toujours aussi bon.

- Merci. J'espère que le goût sera bon aussi, Cam tira un siège pour lui et Vanya à la table à manger et tendit à Greg une bouteille de vin blanc fraîche pour qu'il l'ouvre et la verse. Il était habillé de façon décontractée, en jean et chemise blanche en lin. Vanya avait également l'air décontractée dans une robe en jean, mais Cam pouvait voir qu'elle avait fait beaucoup d'efforts pour se coiffer et se maquiller. Elle avait elle-même enfilé un jean et une chemise blanche. Elle était encore entrouverte depuis sa dernière séance de pelotage avec Ella, alors elle la boutonna rapidement. Elle se retourna en entendant la porte de la chambre se refermer. Te voilà, son cœur manqua un battement quand Ella entra dans la pièce et lui sourit. Elle s'était encore changée, avec une robe blanche en coton qui lui arrivait aux genoux et un cardigan gris cette fois. Elle était pieds nus et avait l'air angélique avec ses cheveux lâchés, seule une fine chaîne en argent avec une perle en forme de goutte encadrant son cou.

- Bonjour Vanya, je suis contente de te revoir, Ella s'approcha de Vanya et la serra dans ses bras. Et toi, tu dois être Greg, je suis ravie de te rencontrer.

- De même, Greg eut l'air un peu décontenancé. Honnêtement, j'ai d'abord cru à une blague quand Vanya m'a dit que nous allions dîner avec vous, et je ne l'ai certainement pas crue quand elle m'a dit que vous étiez le cavalier de Cam à notre mariage. Il fronça les sourcils et passa son regard de Cam à Ella et vice-versa. Mais je suppose que j'avais tort. Alors, vous êtes vraiment ensemble ?

- Officieusement...., Ella passa un bras autour de Cam. Oui, c'est vrai. Elle adressa à Cam un doux sourire en levant les yeux vers elle. Tu as besoin d'aide pour le repas ?

- Non, j'ai tout sous contrôle. Pourquoi ne pas t'asseoir ? J'en ai pour cinq minutes. Cam retourna à son îlot de cuisine, heureuse de la conversation instantanée qu'elle entendait. Ella semblait n'avoir aucun problème à trouver des sujets de conversation et Vanya avait réussi à garder son sang-froid une fois de plus.

Elle commença à déposer des entrées végétariennes sur un grand plateau en bois : de gros morceaux de mozzarella marinée, de grandes tranches de tomates mûres, du basilic frais, des olives Kalamata charnues et des artichauts grillés avec de l'huile de parmesan et du poivre noir. Elle posa le tout sur la table, accompagné de ciabatta fraîches au romarin et d'une bouteille d'huile d'olive. Elle ouvrit ensuite les portes du porche pour laisser entrer la brise marine, mit de la musique bossa nova et plaça le haut-parleur à l'extérieur.

- Pourquoi as-tu mis ça dehors ?, demanda Greg.

- Pour que les photographes sur la plage ne puissent pas entendre nos conversations, expliqua Cam. Nous sommes devenus très inventives au cours de la semaine écoulée et nous nous amusons même à le faire maintenant.

- Oh mon Dieu, j'ai vu ton tweet et ça m'a fait rire à gorge déployée, dit Vanya en se tournant vers Ella. Vous avez vraiment jeté de l'eau sur eux

- Oui. Et ils ne sont pas revenus. Mais il y en a de nouveaux, bien sûr. Il y en a toujours de nouveaux, Ella montra le porche. Nous avons également recouvert la balustrade du porche d'une bannière de charité. Ainsi, même s'ils parviennent à prendre un cliché, une organisation caritative aura au moins un peu de visibilité. Nous pourrons la remplacer par autre chose la semaine prochaine si vous avez une cause qui vous tient à cœur.

- Astucieux, Vanya rit. Vous pourriez peut-être y mettre notre annonce de mariage, dit-elle en plaisantant. J'ai toujours voulu être célèbre, elle secoua la tête et se reprit lorsque Greg lui donna un coup de coude. Je plaisante, ça doit être vraiment ennuyeux de les avoir là tout le temps.

Ella rit aussi.

- Je suis habituée, mais Cam ne l'est pas, alors nous essayons de garder notre intimité autant que possible. Ils ne savent rien, à part que nous passons beaucoup de temps ensemble et il vaut mieux que cela reste ainsi, pour l'instant. Mais tu sais, une petite farce de temps en temps et puis ça ne fait de mal à personne, sa bouche se transforma en un sourire en coin. Tu étais sérieuse à propos de l'annonce du mariage ? Parce qu'on pourrait tout à fait faire ça.

- Ella ?!, Cam, qui s'était assise à côté d'elle, faillit

s'étouffer avec une olive lorsqu'elle éclata de rire. C'est juste bizarre.

Ella haussa les épaules.

- Qui s'en soucie ? Vanya veut être célèbre, ne serait-ce que pour un jour ou deux et crois-moi, c'est plus que suffisant, ajouta-t-elle en buvant une gorgée de vin. Pourquoi ne pas les embêter un peu plus ? Ils vont être complètement déboussolés en bas, elle désigna la direction générale de la plage où se tenaient les paparazzis.

- Je suis partante, dit Vanya, qui avait du mal à contenir son excitation. Et Greg aussi.

Greg leva les yeux au ciel.

- Depuis quand tu parles à ma place ?

- Depuis que nous nous marions dans trois semaines. Je serai coincée avec ta mère pour le reste de ma vie, alors c'est le moins que tu puisses faire, Vanya le regarda en battant des cils.

- Très bien. On ne peut pas dire le contraire, dit Greg en levant la main.

- D'accord, alors, gloussa Cam, agréablement surprise par la tournure amusante qu'avait prise la conversation. Ce sera bannière. Notre cadeau de mariage. Mais je ne peux pas te promettre qu'elle fera la une des tabloïds ; je ne suis pas sûre que l'annonce du mariage d'une gérante de studio de yoga suscite beaucoup d'intérêt.

- Peut-être pas, mais j'ai une idée pour un divertissement après le dîner qui pourrait aider sur ce point, dit Ella avec un regard malicieux sur son visage. Mais d'abord, la nourriture. J'adore la cuisine de Cam, pas vous ?

Vanya et Greg acquiescèrent.

- La meilleure, dirent-ils à l'unisson.

- Gardez de la place pour le plat principal.

Cam fit circuler la planche et coupa le pain. Elle était

un peu nerveuse pour ce soir, mais elle s'amusait maintenant, et elle pouvait voir qu'il en était de même pour Ella. Elle posa une main sur sa cuisse et Ella la couvrit de la sienne en lui lançant un regard affectueux.

Vanya, qui avait assisté à ce moment d'affection, était intriguée.

- Alors, comment vous êtes-vous rencontrées, Ella ? Cam m'a dit que vous vous étiez rencontrées sur la plage, mais l'histoire ne s'arrête pas là. Je veux dire, vous évoluez dans des cercles complètement différents et les chances que vous engagiez la conversation et restiez en contact, eh bien, je dirais qu'elles sont assez faibles, non ?

Ella réfléchit attentivement à sa réponse. Elle ne voulait pas gâcher la bonne ambiance en disant la vérité à Vanya, mais elle ne voulait pas non plus mentir. Elle s'en tient donc à l'histoire que Cam avait déjà racontée à Vanya.

- Il n'y a pas grand-chose à dire. Il a commencé à pleuvoir, je me suis retrouvée mouillée et Cam m'a offert une serviette et des vêtements secs pour rentrer chez moi. C'est tout, rien de romantique. Je les ai ramenés le lendemain et nous avons bien discuté, alors je lui ai donné mon numéro. Nous sommes ensuite devenues amies et nous avons fini par découvrir que nous avions des sentiments l'une pour l'autre.

Il n'était pas juste de réduire la relation complexe et magnifique qu'elles entretenaient à quelques phrases, mais il fallait s'en contenter, du moins pour l'instant.

- Et vous ?, demanda-t-elle avec un intérêt sincère, changeant de sujet. J'ai entendu dire que vous vous étiez rencontrés à Goa. Racontez-moi.

- Êtes-vous prêts à vous amuser ?, Ella tendit à Cam et Greg des découpages du visage de Vanya qu'elle avait imprimés après le dîner. Elle avait percé les yeux et collé des élastiques sur les côtés

- Je n'arrive pas à croire que je fais ça, dit Greg en se couvrant le visage avec le masque de bricolage et en attachant les bandes derrière ses oreilles. Je suis un adulte avec un vrai travail d'adulte et c'est vraiment juvénile.

- Oh allez Greg, ça va être amusant, Vanya, qui était la seule à ne pas porter de masque, étudiait la sélection de pistolets NERF Super Soaker dans la grande boîte. Bordel Ella, tu as dû dépenser une fortune pour ces armes. Ils ont même…, elle regarda à nouveau la boîte, puis éclata de rire. Je comprends maintenant. Les jouets, hein ?

Cam acquiesça et lui adressa un sourire insolent.

- Les meilleurs jouets du monde.

- Une pression d'air étonnante aussi, ajouta Greg en testant l'un d'entre eux dans l'évier, soudain un peu plus intéressé par le projet. Et une pompe alimentée par une batterie, c'est fou.

- Oui. Ils n'étaient pas bon marché, Ella fit un clin d'œil. Mais ils ont une portée de trente mètres, elle adressa à Greg un signe de tête approbateur lorsqu'il fit son choix, un peu étourdi et éméché par le vin. Bon choix. Excellente prise en main, souffle puissant et il a l'air plutôt cool aussi, plaisanta-t-elle en lui tendant l'arme. Elle choisit une arme plus petite pour elle, afin de pouvoir filmer pendant l'attaque. Elle plaça ensuite son téléphone sur une tige à selfie et les photographia avec leurs masques et leurs armes multicolores. « *Prêts pour la bataille. #bringiton* », tweeta-t-elle avec leur photo.

- Attendez, nous aurons besoin de ça aussi, dit Greg, qui se sentait tout excité maintenant et prêt à se battre. Il affichait un sourire de gamin en faisant défiler le téléphone de Cam et en mettant la chanson du thème de S.O.S.

Fantômes, ce qui fit lever les yeux aux trois photographes lorsqu'ils traversèrent le porche et se penchèrent par-dessus la balustrade, les arrosant d'eau. Ils jurèrent et crièrent alors qu'ils se jetaient sur leurs appareils photo pour les protéger et rampèrent jusqu'au coin de la maison.

Un couple d'adolescents sur la plage filmait les photographes. Lorsqu'ils étaient hors de vue, ils pointèrent leurs téléphones vers les quatre personnes sous le porche qui ressemblaient toutes à Vanya, y compris la vrai Vanya, agitant leurs pistolets à eau en l'air et célébrant la victoire.

Il était plus de minuit lorsque Vanya et Greg partirent. Cam ne se souvenait pas d'une soirée où elle avait autant ri, et Ella souriait encore lorsqu'elle ferma la porte après leur avoir dit au revoir.

- C'était très amusant, Ella entoura la taille de Cam de ses bras et l'embrassa. C'est ce que font les gens normaux ? Manger, parler et rire sans se vanter ou essayer de se surpasser les uns les autres ?

- À peu près, Cam lui rendit son baiser. Je suis contente que tu aies passé un bon moment.

- Oui, nous devrions absolument recommencer et j'ai vraiment hâte d'être au mariage maintenant, elles retournèrent sur le canapé, un peu ivres de tout le vin qu'elles avaient consommé. Cam se laissa tomber dans les coussins et Ella s'allongea, la tête sur les genoux de Cam, les jambes pendantes sur l'accoudoir du canapé. Elle attrapa son téléphone sur la table basse, curieuse de le voir s'allumer sans cesse. Oh, mon Dieu. J'ai déjà plus d'un demi-million de likes, elle se redressa et fronça les sourcils, faisant défiler ses notifications. C'est dingue. Regarde.

Cam prit son téléphone et étudia le tweet, dont le nombre de re-tweets augmentait de seconde en seconde.

- On dirait que les gens trouvent ça drôle et que #*water-warriors* est vraiment un truc maintenant, elle s'esclaffa en faisant défiler la page vers le bas. Voici une vidéo qu'un de ces enfants a prise sur la plage, elle la montra à Ella, et elles rirent en se regardant elles-mêmes, brandissant leurs pistolets à eau avec des masques de Vanya. Tout le monde demande qui est la femme sur la vidéo. Je pense que Vanya reçoit plus d'attention qu'elle n'en attendait.

- Je suis désolée, c'est ma faute, Ella grimaça. Je ne m'attendais pas à ce que ça devienne viral et je me suis peut-être peu emportée.

- Ne t'inquiète pas, c'est bon, Cam gloussa en se penchant pour déposer un baiser sur le front d'Ella. Merci d'avoir offert à mon amie la meilleure nuit de sa vie. Je pense que Vanya n'arrêtera jamais d'en parler.

Chapitre Quarante-Sept

- J'ai six mots à te dire. Meilleure. Nuit. De tous les temps, Vanya posa un sac cadeau sur le bureau de Cam et lui adressa un sourire en coin. Et merci à vous deux de m'avoir rendue virale sur Twitter.

- Oh oui, comment ça se passe ?

- Toujours à la mode, Vanya sourit. Je me sens un peu célèbre maintenant. Quoi qu'il en soit, j'ai acheté un cadeau pour toi et Ella.

- Bébé, tu n'aurais pas dû, Cam lui envoya un baiser. Tu sais que toi et Greg êtes toujours les bienvenus, et oui, c'était amusant. Ella s'est bien amusée aussi.

- Je suis contente qu'elle l'ait fait. Elle est vraiment charmante, Vanya montra le sac. Ouvre-le.

Cam sourit en sortant deux magnifiques peignoirs en coton blanc avec ses initiales et celles d'Ella brodées sur la poche.

- Je te remercie. Elles sont ravissantes, c'est si gentil de ta part, elle fronça les sourcils devant ce cadeau si attentionné. Quand est-ce que tu les a faits faire ?

- Hier, après le travail. Il y a une boutique géniale à

Santa Monica qui fait de la personnalisation sur place. Ils offrent même un verre de champagne pendant que tu attends.

- Elles ont l'air chères. Tu n'avais pas besoin de faire ça.
- Bien sûr que si. J'ai passé une nuit merveilleuse et en plus, vous avez toutes les deux besoin de quelque chose à porter lorsque vous vous habillerez pour tous les événements publics auxquels vous participerez ensemble. Tu ne peux pas laisser Ella porter ton vieux peignoir miteux ?, Vanya baissa la voix. J'ai vu une brosse à cheveux extraordinaire dans la salle de bain et un recourbe-cils que je convoitais depuis un moment, alors je sais qu'Ella a bon goût. Elle leva un doigt, empêchant Cam d'ajouter un mot. Au fait, est-ce qu'elle a emménagé avec toi ? Je supposé que c'était le cas, puisque j'ai vu que l'armoire de ta salle de bain était remplie de ses affaires. Oh, et n'oublions pas l'énorme pile de vêtements et de lingerie sur ton lit parce qu'ils n'étaient définitivement pas à toi.

- Pourquoi étais-tu dans notre... je veux dire, *ma* chambre ?, demanda Cam en se corrigeant.
- Désolée. J'ai juste fait le tour de la maison après avoir été aux toilettes, Vanya haussa les épaules. J'étais un peu pompette, alors j'ai fouiné.
- L'ivresse n'a rien à voir avec ça, tu es toujours curieuse.
- D'accord, je l'admets, je suis curieuse. Mais tu n'as toujours pas répondu à ma question.
- Bien sûr qu'elle n'a pas emménagé, dit Cam en posant ses pieds sur le bureau. Nous ne sommes ensemble que depuis trois semaines, il est encore trop tôt. De plus, Ella a un penthouse à Hollywood et une villa à Palm Springs. Pourquoi voudrait-elle emménager avec moi ?

Elle réalisa que c'était vraiment agréable de pouvoir

discuter de sa relation avec Vanya, maintenant qu'elle n'avait plus à lui mentir.

- Oui, c'est un bon point, Vanya réfléchit un instant. Alors, tu vas emménager avec *elle* ?

Cam leva les yeux au ciel.

- Laisse tomber, Vanya. Personne n'emménage avec l'autre pour l'instant. Et si ou quand ça en arrivera là, on trouvera une solution. Ella reste généralement chez moi parce qu'elle aime la vue et qu'elle aime faire du yoga avec moi le matin, et pour l'instant, nous sommes heureuse comme nous sommes.

- Oui, mais vous devez avoir pensé à ce qui va se passer à long terme.

- Pas vraiment, avoua Cam. Elle avait été tellement prise dans leur petite bulle qu'elle appréciait simplement de passer du temps avec Ella.

- Sérieusement ?, Vanya reprit son air dramatique. Eh bien, il faut que tu commences à y penser, bébé. Si Ella fait son coming-out et rend la chose officielle, et que vous allez vivre ensemble, ta vie va changer du tout au tout. Tu auras du personnel, des femmes de ménage et peut-être même un chauffeur, et n'oublie pas que la plupart des gens connaîtront ton nom et que tu auras peut-être même tes propres fans. Ta vie privée sera réduite à néant et tu seras bien plus isolée dans ta relation avec que si tu fréquentais une femme anonyme. Vous ne pourrez peut-être jamais aller faire du shopping ensemble, vous promener sur la plage ou déjeuner dans un restaurant populaire, alors tu peux dire adieu à ton bar à tacos préféré, du moins quand tu es avec elle.

Sa voix monta d'un cran lorsqu'elle poursuivit

- Tu seras scrutée publiquement sur tout ce que tu feras lorsque tu seras aux côtés d'Ella, sans compter que tu devras faire face à toutes les femmes qui se jetteront sur elle.

Ensuite, il y aura bien sûr les tabloïds, qui vendront des histoires insinuant que l'une d'entre vous ou les deux trompent l'autre... Je pourrais continuer encore et encore.

- Tu y as manifestement beaucoup plus réfléchi que moi, Cam poussa un profond soupir et s'enfonça un peu plus dans son fauteuil. Eh bien, Ella n'a pas de chauffeur et cela ne me dérangerait pas d'avoir une femme de ménage. En outre, personne ne s'intéressera à moi. Je ne suis que sa petite amie et si des fans fous se jettent sur elle, je n'ai pas de raison d'être jalouse. Ella a été dans le métier toute sa vie, elle sait comment s'y prendre avec eux. Elle hésita. Je suppose que je devrais faire quelques petits changements, comme déplacer ma séance de yoga matinale sous le porche et garder mes stores baissés face au trottoir, mais ce n'est pas un sacrifice et en ce qui concerne les tabloïds, je ne les lis pas. Et à propos des tacos..., elle sourit. Si c'est Ella ou les tacos, je ne mangerai plus jamais de tacos de ma vie.

Vanya s'assit sur le bureau de Cam et lui prit la main.

- Tu as raison. Je ne voulais pas paraître négative ; tu sais que je suis la plus grande avocate de votre relation. Je suis juste très protectrice à ton égard. Pas par rapport à Ella bien sûr, je vénère le sol sur lequel elle marche... mais par rapport à tout ce qui vient avec elle.

- Je sais et c'est gentil, mais tu n'as pas besoin de t'inquiéter pour moi. Je peux le gérer. Je suis ici presque tous les jours de toute façon et avec le nouveau système de carte-clé, personne qui n'est pas le bienvenu ne pourra entrer.

- C'est vrai, mais il y aura des changements plus radicaux que cela ici aussi. Vanya prit sa voix professionnelle. Et je veux dire cela d'une bonne manière. Nous aurons plus de clients célèbres ici et dans notre nouveau studio, juste par association, ce qui signifie que nous aurons besoin de plus de sécurité. Et je ne t'ai pas encore dit que notre liste d'attente a triplé en une semaine. C'est fou.

- Triplé ?, s'exclama Cam. Bon sang, nous ferions mieux de nous occuper du nouveau studio et de prendre une décision, elle ouvrit le dossier qui se trouvait sur son bureau et qui contenait les détails des espaces potentiels qu'elles avaient étudiés. Je sais que le loyer est élevé, mais j'aime beaucoup celui avec la terrasse sur le toit. Et toi ?

- Moi aussi, agréa Vanya. Et avec autant d'attrait, nous devrions augmenter le prix de l'adhésion pour celui-ci et le rendre un peu plus intelligent, de sorte que les gens obtiennent ce pour quoi ils paient. Cela couvrirait le loyer plus élevé et nous donnerait peut-être une marge de manœuvre pour en lancer un troisième plus tard.

- Un troisième ? Bon sang, tu es en feu, Vanya, Cam brandit la brochure et sourit. D'accord, faisons-le. Es-tu prête à devenir mon associée ?

- Ton associée ?, Vanya la dévisagea. Tu veux dire associée officielle ?

- Oui. Tu m'as dit l'année dernière que tu voulais participer financièrement et maintenant que nous ouvrons un deuxième studio et, comme tu viens de le dire, peut-être même un troisième, tu ne pourras pas tous les gérer. Le sourire de Cam s'élargit, sachant qu'elle allait rendre Vanya très heureuse. Nous aurons donc besoin de nouveaux directeurs, ce qui te donnera l'occasion de t'occuper de la situation dans son ensemble et, comme nous en avons discuté, je te vendrai vingt pour cent de la société avant que nous ne nous développions, afin que tu puisses profiter des fruits de ton travail. Je te donnerai même cinq pour cent gratuitement, ce que tu pourras considérer comme un bonus pour avoir été si formidable pendant toutes ces années. Qu'en penses-tu ? Greg est-il toujours d'accord pour te prêter l'argent ?, sa chaise faillit basculer lorsque Vanya se jeta son cou. Je suppose que c'est un oui ?

- Oui ! Bien sûr que c'est oui, Vanya se mordit la lèvre, pour une fois à court de mots. Oh mon Dieu, c'est tellement excitant, j'ai hâte de le dire à Greg. Merci, Cam, j'avais vraiment besoin d'un défi.

- Je sais que c'est ce dont tu avais besoin. Et cela fait un moment que je veux te l'offrir, mais j'attendais de voir quelles étaient nos options en termes d'expansion. Je suis désolée que cela ait pris autant de temps, elle s'arracha à Vanya, qui l'étranglait presque avec son étreinte. Tu as dit que tu t'ennuyais. Est-ce que devenir virale sur les réseaux sociaux et avoir ta propre entreprise en une semaine est assez excitant pour toi ?

- Il y a certainement assez d'excitation, Vanya était rayonnante. Oh mon Dieu, j'ai un nouveau titre de travail maintenant, n'est-ce pas ?

- Oui, fais ton choix, Cam rit de l'enthousiasme de son amie. Tant que ce n'est pas princesse présidente ou présidente mondiale ou quelque chose de fou comme ça, je suis ouverte aux suggestions.

Chapitre Quarante-Huit

Ella sortit de l'audition d'un pas assuré. Elle avait été terriblement nerveuse aujourd'hui, mais le fait que tout se soit passé à la dernière minute avait rendu les choses un peu plus faciles. Elle n'avait pas auditionné depuis si longtemps qu'elle avait oublié ce que c'était que de passer des nuits blanches pour un rôle. Et elle voulait vraiment celui-ci.

Le rôle principal est celui d'une héroïnomane en voie de guérison qui tentait de se racheter une conduite en consacrant sa vie à aider d'autres toxicomanes à se désintoxiquer. Le rôle était à la fois difficile et passionnant. Elle devait reconnaître que Tom s'était vraiment démené pour lui obtenir cette audition. Les demandes d'audition concernant les scénarios qu'Ella avait présélectionnés avaient commencé à arriver une semaine seulement après leur conversation et voilà où elle en était, douze jours plus tard.

Elle monta dans son SUV et mit la musique à fond en quittant l'hôtel de Bel-Air où elle venait de donner la performance de sa vie. Malgré la circulation dense, elle appréciait la traversée de Los Angeles aujourd'hui. Elle baissa sa vitre pour laisser entrer le soleil et prit une longue et profonde inspiration. La seule idée de voir Cam bientôt la faisait sourire. Elle avait passé la nuit dans son propre appartement, se préparant pour l'audition, et non seulement Cam lui avait manqué, mais aussi la maison confortable de la plage, et le fait de se réveiller avec l'odeur et le bruit de l'océan.

C'était étrange de faire une pause dans son travail, mais elle aimait ça. Elle avait hâte de visiter le centre de santé mentale qu'elle avait récemment parrainé et de parler aux thérapeutes et aux bénévoles qui devaient se réunir le lendemain pour la réunion de préparation à l'ouverture du nouveau centre d'accueil. Elle composa le numéro de Raphaël, qui décrocha immédiatement.

- Bonjour. Tout est prêt pour demain ?

- Hé Ella. Oui, tout est prêt. Vous êtes toujours d'accord pour que je vienne vous chercher à dix heures ?

- Tout à fait. Merci de vous occuper du reste des ordinateurs et des téléphones. Ont-ils tout ce dont ils ont besoin ?

- Tout ce dont ils ont besoin et plus encore. Alors, je passe vous prendre à votre appartement ou vous serez chez votre amie ?, pour la première fois, le ton de Raphaël était un peu taquin.

- Je serai chez Cam. Et c'est ma petite amie, ajouta Ella en souriant.

- Oh, d'accord, Raphaël s'esclaffa. J'avais l'impression qu'elle l'était, mais je ne voulais pas faire de suppositions.

- Il n'y a pas de problème. Merci d'avoir été si discret à ce sujet, Ella sourit, les couleurs lui montant aux joues. Désolée, j'ai oublié de vous envoyer son adresse par SMS, je vais le faire maintenant. Son téléphone s'alluma, montrant un appel entrant de Tom. Je dois y aller, Tom m'appelle. À demain !

Ella accepta l'appel et attendit que Tom parle.

- Ella.

- Tom, elle imita son ton sérieux, se sentant un peu étourdie.

Tom se racla la gorge.

- Tu te moques de moi ?

- Jamais. Qu'est-ce qu'il y a ?

- Eh bien, j'ai de bonnes nouvelles pour toi. Tom n'avait pas l'air très enthousiaste, mais il ne l'était jamais. Je viens d'avoir au téléphone le directeur de casting de *La Bataille de Reva*. Il ne voulait pas te le dire avant d'avoir donné une chance à tout le monde, mais il a dit qu'ils ont su dès ton audition que tu étais la bonne personne pour le rôle. Ils te veulent pour le film, Ella. Apparemment, tu fais une Reva convaincante.

Ella ne dit rien, trop déconcertée pour parler. Ses mains tremblaient sur le volant et son cœur battait à tout rompre.

- Ella ? Tu es toujours là ?

- Oui, je suis là. Je n'arrive pas à y croire, elle poussa un grand cri de victoire, libérant toute l'énergie qu'elle avait accumulée aujourd'hui, puis rit à gorge déployée. Oh mon Dieu, je suis tellement heureuse en ce moment.

- Ne te réjouit pas tout de suite. Ils ont quelques conditions avant que tu ne signes, Tom fit une pause, ils veulent te couper les cheveux. Courts et déstructurés, ont-ils dit, peu importe ce que ça veut dire. Je ne m'attends pas à ce que ce soit joli. Ils veulent aussi que tu prennes du poids pour les scènes finales.

- Bien sûr, pas de problème, s'empressa de dire Ella. Autre chose ?

- Non, c'est juste ça. Alors... tu es d'accord pour faire ça ?, Tom semblait surpris de la facilité avec laquelle elle avait accepté le contrat après l'avoir harcelée pendant des mois au sujet d'autres rôles.

- Bien sûr. J'ai l'impression que c'est toi qui as un problème avec ça.

- Non, je n'ai pas de problème. Je suis heureux que tu aies obtenu le rôle que tu voulais, Tom soupira de défaite, réalisant clairement qu'il était en train de mener une bataille perdue d'avance. Son amour américain s'évaporait lentement devant lui, se transformant en quelque chose de bien moins prévisible et commercial. Félicitations, Ella. Je te transmettrai les détails. Profite des célébrations.

Chapitre Quarante-Neuf

- Coucou. Comment s'est passée ton audition ?, Cam leva les yeux de son ordinateur portable quand Ella rentra à la maison.

Ella jeta son sac à main sur le canapé, s'approcha de Cam et embrassa son cou et sa joue jusqu'à ce que Cam se retourne sur sa chaise et l'attire sur ses genoux.

- Ça s'est bien passé, en fait, Ella effleura les lèvres de Cam, puis l'embrassa lentement et profondément. Vraiment bien, poursuivit-elle.

- Vraiment ? C'est super, Cam passa une main dans ses cheveux.

- Oui, j'étais très nerveuse. Comme je te l'ai dit, je n'avais pas auditionné depuis des années, mais j'étais bien préparée et ils ont aimé. La directrice de casting a dit qu'elle était surprise que j'aie réussi.

- Cela signifie que tu as de bonnes chances d'obtenir le rôle, n'est-ce pas ?

Ella sourit en agitant son téléphone en l'air.

- Tom m'a appelée alors que j'étais sur le chemin du retour. J'ai le rôle !

Cam cria de surprise.

- Félicitations ! C'était ton premier choix, n'est-ce pas ? Celui d'une héroïnomane en voie de guérison ?

- Oui, Ella s'esclaffa. Je n'aurais jamais cru que j'en jouerais une jour, mais c'est ainsi.

- Je suis tellement fière de toi !, Cam se leva, souleva Ella et la fit tourner plusieurs fois avant de se rasseoir. Quand commences-tu à filmer ?

- Dans trois mois, ce qui devrait me laisser plus de temps que nécessaire pour me préparer. Nous tournons principalement à Los Angeles et quelques semaines au Mexique. Je suis très enthousiaste. Le réalisateur est vraiment talentueux et il y a un mélange d'acteurs super intéressants et en devenir qui ont déjà signé pour le film, Ella se leva, se dirigea vers le réfrigérateur et en sortit une bouteille de champagne qu'elles avaient ramenée de leur séjour à Palm Springs. Nous devrions fêter cela.

Son sourire était étourdissant lorsqu'elle l'ouvrit, versa deux coupes et en tendit une à Cam avant de s'asseoir à nouveau sur ses genoux.

- À la tienne, Cam trinqua son verre à celui d'Ella et en prit une gorgée, puis l'embrassa à nouveau.

- À la mienne, Ella se tourna vers l'ordinateur portable de Cam. Alors, qu'est-ce que tu fais ?

- Je suis en train de finaliser quelques papiers avec mon avocat. Vanya est maintenant officiellement copropriétaire de Pure Studio et nous avons signé le bail pour notre deuxième emplacement aujourd'hui.

Cam appuya sur la touche Envoi de son mail et ferma son ordinateur portable, souriant d'une oreille à l'autre. Elle était heureuse de cet arrangement et encore plus heureuse de pouvoir enfin récompenser Vanya pour son travail acharné.

- Oh mon Dieu, j'ai oublié que c'était aujourd'hui. Cela veut dire que je te félicite aussi, professeure de yoga, propriétaire d'une entreprise multiple, petite amie, Ella lui lança un regard dragueur. On devrait vraiment fêter ça maintenant.

- Qu'est-ce que tu avais en tête ?, Cam souleva l'ourlet du haut en soie marine d'Ella et passa une main dans son dos. Tu veux sortir ?

Ella frissonna à son contact.

- Non..., ses yeux étaient remplis de désir lorsqu'elle se pencha et effleura les lèvres de Cam. Je veux aller au lit.

- Voilà.

Cam ferma son peignoir avant de sortir sous le porche avec deux tasses de thé à la camomille. Il était presque minuit et la plage était déserte. Les paparazzis n'étaient pas venus depuis deux jours, ce qui leur avait permis de s'asseoir davantage à l'extérieur. La nuit était sombre, et le bruit calme des vagues était si apaisant qu'elle n'avait pas pris la peine de mettre de la musique. Elle aimait cet endroit, et elle aimait qu'Ella soit là aussi. À présent, cela lui semblait si naturel qu'elle ne pouvait plus imaginer sa vie sans elle. Elles n'avaient pas parlé d'arrangements formels. Au lieu de cela, Ella avait lentement apporté de plus en plus de vête-ments, de chaussures et d'articles de toilette, les plaçant discrètement sur l'une des étagères les moins surchargées de l'armoire de Cam. Cam posa ses pieds sur la balustrade du porche, béatement détendue et heureuse après deux heures de « célébration » au lit.

- Merci, dit Ella d'une voix douce. Elle prit une gorgée prudente de son thé. Tu sais, j'ai oublié de te dire que la première de *La Promesse du printemps* a lieu dans trois semaines.

Cam fronça les sourcils, faisant défiler mentalement les projets dont Ella lui avait parlé.

- C'est celui que tu as terminé l'année dernière ? Celui très à l'eau de rosesur la princesse infiltrée ?

Ella s'esclaffa.

- Oui. Ce n'est pas le travail dont je suis le plus fière, mais je m'attends à ce que ce soit un succès et je me demandais si tu aimerais être mon invitée ?

- Ton invitée ? En tant que rendez-vous ?, Cam regarda Ella avec surprise. C'est un événement important, Ella. Tu sais que m'amener comme cavalière confirmerait les ragots, n'est-ce pas ?

- Je sais. Ella prit la main de Cam et l'embrassa. Mais il est temps.

- D'accord... dans ce cas, bien sûr que je t'accompagnerai. Ce serait un honneur pour moi. Elle sourit. Mais je ne porterai pas de robe.

- Tu n'es pas obligé de porter une robe. Je peux demander à l'un des stylistes avec qui je travaille de t'arranger un très beau smoking si tu veux ?, suggéra Ella. Mais il faut que tu arrêtes de me faire ce sourire sexy parce que ça me donne envie de te sauter dessus encore une fois et je n'arrive même pas à penser correctement, elle ressentit une nouvelle poussée d'excitation en voyant l'étincelle dans les yeux de Cam lorsqu'elle posa une main sur sa cuisse. Qu'est-ce que c'est ?, demanda-t-elle en sentant quelque chose dans la poche du peignoir de Cam.

- Oh, j'ai oublié. C'était sur le paillasson à l'instant.

Cam sortit une enveloppe de sa poche et la lui tendit . Ella fronça les sourcils.

- C'est étrange. D'habitude, mon courrier va à mon appartement ou à Tom.

- Je ne l'ai pas vu plus tôt et il n'y a pas de timbre. Quelqu'un a dû le déposer.

- Hmm..., Ella l'ouvrit et déplia la lettre manuscrite. Son sourire s'effaça immédiatement lorsqu'elle réalisa de qui elle provenait. Bon sang, c'est de ma mère. Elle doit avoir compris où tu habites et que je suis ici.

Elle envisagea de la déchirer, puis se ravisa et la lut. Une fois qu'elle eut terminé, la tristesse que Cam n'avait pas vue depuis longtemps revint dans son regard.

- Tout va bien ?

- Oui, je pense que oui.

Ella lui tendit la lettre et Cam la lut.

« *Chère Ella,*

Je ne sais plus quoi faire. Pendant un an, j'ai espéré et prié pour te revoir, mais depuis que nous nous sommes croisées au Palm Garden, je me sens plus seule que jamais. Perdre une fille était, et est toujours, un enfer, mais te perdre toi aussi maintenant, c'est quelque chose que je ne peux pas supporter.

Je comprends pourquoi tu ne veux plus me voir. J'ai trahi ta confiance plus d'une fois et j'ai été une mère et une directrice exécrable. Je comprends aussi que tu sois en colère à propos des journaux d'Helena, mais il faut que tu saches que je ne les ai jamais pris pour l'argent, que j'ai donné à l'ami d'Helena qui a survécu à l'accident et qui est toujours en rééducation. Helena et toi avez toujours été le centre de mon univers et tout ce que j'ai toujours voulu, c'est que le monde voie à quel point vous étiez toutes les deux spéciales. Je sais maintenant que je suis allée trop loin, j'ai eu tort de ne pas vous permettre à toutes les deux de faire vos propres choix de carrière et de suivre vos propres chemins. Je n'ai pas eu l'impression de connaître la vraie Helena avant d'avoir lu son journal intime. Elle a toujours été proche de toi, mais lorsqu'elle a déménagé à New York, elle m'a surtout évitée et même si je ne peux pas lui en vouloir, je voulais juste apprendre à la connaître. Quand je t'ai vue avec cette femme, que je suppose être ta petite amie, avec l'air d'être amoureuses et heureuses ensemble, j'ai compris que je ne te connaissais pas vraiment non plus. Je t'ai toujours dit ce que tu devais faire, au lieu de te demander ce que tu voulais. Alors je te demande maintenant, s'il te plaît de me laisser te connaître, comme ta mère. Si tu ne veux plus me voir, je respecterai ta décision. J'espère que tu as pu te remettre sur pied après avoir perdu ta sœur et j'espère que tu trouveras le bonheur avec cette femme dont tu sembles folle.

Je serai toujours là pour toi et je t'aime,
Maman. »

Cam rendit la lettre à Ella sans rien dire. Ella la prit avec un regard lointain et la mit dans sa poche, la mâchoire serrée et le regard dans le vide.

- Je ne peux pas m'occuper de ça maintenant, dit-elle d'une voix tremblante. Et je ne veux pas en parler. Est-ce qu'on peut aller se coucher, s'il te plaît ?

- Bien sûr.

Cam ne discuta pas. Ella était manifestement bouleversée, et elle supposait que la lettre avait fait remonter toutes sortes de souvenirs qu'elle avait essayé de mettre de côté ou d'oublier. Elle ferma la porte pendant qu'Ella allait se coucher. Lorsqu'elle retira sa robe de chambre et s'installa à côté d'elle, elle vit qu'Ella pleurait, recroquevillée sur le côté. Tout ce qu'elle voulait, c'était que tout aille mieux, mais elle ne pouvait rien faire pour atténuer la douleur. Elle entoura Ella d'un bras et l'attira contre elle, lui caressant doucement les cheveux. Au bout d'un moment, les légers gémissements s'arrêtèrent et la respiration d'Ella devint régulière, tandis qu'elle sombrait dans un sommeil agité.

Chapitre Cinquante

Ella redressa les épaules et afficha un sourire en attendant que Raphaël faisait marche arrière dans la petite allée de Cam. Elle se sentait encore un peu morose après avoir lu la lettre de sa mère et elle ne savait pas trop pourquoi cela l'avait tant affectée. Elle avait toujours été capable de se couper de sa mère sur le plan émotionnel, mais peut-être que Theresa avait eu raison de lui dire que cela la rattraperait tôt ou tard si elle n'apprenait pas à le gérer.

Aujourd'hui, rien ne se mettrait sur son chemin, alors elle se ressaisit et se prépara à rencontrer l'équipe de merveilleux spécialistes et bénévoles qui se consacraient à l'amélioration de la vie des jeunes. Elle avait fourni les fonds, et Raphaël avait coordonné le projet avec le directeur de la clinique, Ella s'impliquant de plus en plus au cours des deux dernières semaines. Ella et Raphaël avaient acheté des meubles, des ordinateurs et des téléphones pour le centre d'appel et les salles de réunion, des instruments de musique et des objets d'art pour l'atelier, et tout ce dont ils avaient besoin pour faire fonctionner la clinique. Elle avait égale-

ment payé le bail pour trois ans, après avoir appris les difficultés financières de l'organisation

Il était étonnant de voir à quelle vitesse quelque chose
pouvait se mettre en place lorsque tout le monde unissait
ses forces. Tout comme leurs deux autres cliniques sans
rendez-vous, le nouveau centre *Help LA* abriterait deux
thérapeutes qualifiés et une équipe de bénévoles qui appor-
teraient leur soutien, une oreille attentive et une thérapie
par la musique et l'art - tout en travaillant ensemble pour
donner confiance aux enfants et lutter contre la solitude et
l'isolement. Cela lui faisait du bien de faire enfin quelque
chose qui n'était pas centré sur elle-même, et elle avait
apprécié de voir les résultats positifs et les visages heureux
des bénévoles au fur et à mesure de l'avancement des
travaux.

- Bonjour Raphaël, Ella lui tapa sur l'épaule en montant
dans la voiture.

- Bonjour Ella. Félicitations pour le rôle, j'ai reçu votre
message, il l'étudiéa attentivement. Tu as fait la fête ? Tu as
l'air fatiguée.

- Non, je me suis juste couchée tard, Ella fouilla dans
son sac et lui tendit un cadeau emballé. J'ai acheté un petit
cadeau pour ton neveu en revenant de l'audition d'hier.

- Ella... c'est tellement gentil. Vous n'aviez pas besoin de
faire ça.

- Bien sûr que si. Je n'étais pas sûre de ce dont il avait
besoin, alors j'ai mis un bon d'achat dans le gobelet ; je suis
sûre que votre sœur adorerait choisir quelque chose
pour lui.

- Merci, c'est très gentil, il sourit. Ma sœur n'y croira pas
si je lui dis que ça vient de vous.

- J'aimerais bien les rencontrer un jour. Vous pouvez
toujours les amener à l'une de nos réunions matinales.

Le sourire de Raphaël s'élargit.

- D'accord, je ferai ça. Il se tourna vers elle alors qu'il s'arrêtait à un feu rouge. Vous savez, j'ai du mal à vous reconnaître depuis que j'ai commencé ce travail. Vous étiez toujours amicale et gentille, mais si vide et si triste en même temps. Ça ne vous dérange pas que je dise ça ?

- Non, pas du tout. Vous avez raison, j'ai l'impression d'être une personne différente. Ce n'est pas toujours facile, mais je profite de la vie et c'est quelque chose que je ne pensais pas voir arriver un jour, déclara Ella. Je ne dirais pas que c'est nécessairement grâce à Cam. J'ai travaillé dur sur moi-même pour arriver là où je suis, mais je ne vais pas nier que ça aide de rencontrer quelqu'un de spécial. Elle marqua une pause. Vous avez une petite amie ?

- Je vois quelqu'un occasionnellement, Raphaël sourit timidement. Un gars que j'ai rencontré à la salle de sport. Mais ça fait un moment que c'est occasionnel et j'aimerais aller plus loin. Mais je ne sais pas ce qu'il en pense.

- Oh, vous êtes gay aussi. Ella fronça les sourcils. N'est-ce pas fou comme on en sait si peu l'un sur l'autre ?

Raphaël acquiesça.

- L'agence par laquelle vous m'avez engagé m'a dit de ne pas dépasser les limites personnelles. Dans les deux sens. Mais je pense que nous avons déjà franchi cette limite.

- Oui, nous l'avons fait, Ella haussa les épaules. Ils m'ont dit la même chose, mais je ne me soucie plus vraiment si c'est pareil pour vous. Elle sourit, ressentant soudain l'envie de savoir tout ce qu'il y avait à savoir sur ce type merveilleux qui avait été si loyal, si gentil et si patient avec elle ces derniers mois. Alors, vous allez lui parler ?

- Je ne sais pas. Vous pensez que je devrais ?

- Oui, parlez-lui, dites-lui ce que vous ressentez. Il a de la chance de vous avoir et l'honnêteté est le meilleur moyen.

S'il ne ressent pas la même chose, au moins vous saurez à quoi vous en tenir.

- C'est effrayant d'avoir des conversations honnêtes. Raphaël haussa les épaules. Et je ne suis pas très doué pour parler.

- Oui, je sais que c'est effrayant, Ella poussa un long soupir. Je ne suis pas très douée non plus.

- Je dois dire que nous avons été surpris que vous vouliez nous aider, dit Nancy, la présidente de *Help LA*. Ella et Raphaël étaient assis dans la salle de loisirs avec vingt-cinq bénévoles, deux thérapeutes, le responsable du recrutement, le responsable des installations et le responsable du financement. Sans vouloir vous offenser, ajouta-t-elle, nous sommes une très petite organisation et nous n'avons pas beaucoup de visibilité. Il est rare que des célébrités s'impliquent dans de petites organisations caritatives, car elles n'en retirent pas grand-chose elles-mêmes. Je ne prétends pas du tout que c'est la seule raison pour laquelle les célébrités font du bénévolat, ajouta-t-elle rapidement. Mais je suis sûre que vous conviendrez que cela joue souvent un rôle important dans leur décision.

- Vous avez raison, c'est souvent le cas, dit Ella. Les grandes organisations sont en mesure d'aider à grande échelle, et je suis sûre que beaucoup de gens les choisissent pour cette raison, la plupart par pure bonté d'âme. Mais les organisations caritatives locales sont également essentielles, surtout lorsqu'il s'agit de quelque chose d'aussi délicat que la santé mentale. Avoir une porte ouverte avec des visages amicaux et des professionnels qui peuvent aider à changer la vie de quelqu'un est inestimable. Vous faites un travail formidable et je voulais faire quelque chose dans ma propre communauté. Elle prit un moment et s'éclaircit la gorge. Je voulais aussi aider parce que j'ai moi-même souffert d'une grave dépression. Je suis dans une position privilégiée qui me permet de m'offrir toute une équipe de thérapeutes. Non pas que j'aie toute une équipe, je n'en ai qu'une, dit-elle en laissant échapper un petit rire nerveux. Elle m'a beaucoup aidée et je pense honnêtement que je ne serais pas là aujourd'hui si elle n'avait pas été là, Ella n'avait pas l'habitude de parler d'elle aussi ouvertement et cela l'intimi-dait un peu, mais elle continua, sachant que beaucoup de volontaires avaient vécu la même chose. Mais beaucoup de gens n'ont pas la chance de pouvoir se payer de l'aide, en particulier les jeunes qui sont sans abri ou dans une mauvaise situation à la maison. Sans vous, ils n'auraient nulle part où aller. Croyez-le ou non, je sais ce qu'est la soli-tude. Parfois, le simple fait d'avoir quelqu'un à qui parler peut suffire, mais parfois les gens ont besoin d'une aide plus profonde. C'est formidable que vous offriez les deux, elle regarda le groupe et croisa le regard de chacun d'entre eux. C'était un espace sûr, elle le savait. Je vous le dis en toute confiance, mais je vous promets que je parlerai de mes expé-riences personnelles dans un avenir proche, lorsque le moment sera venu, car je suis sûre que nous sommes tous d'accord pour dire qu'il est important de parler de ce sujet, d'autant plus que les problèmes de santé mentale sont encore stigmatisés.

- Merci d'avoir partagé cela, Nancy fixa Ella un instant, puis lui adressa un sourire chaleureux, semblant à la fois surprise et touchée par sa confession. Et nous vous sommes vraiment reconnaissants de votre aide pour le nouveau centre.

- De rien, Ella sourit. Je sais que l'argent peut faire bouger les choses, mais ce n'est pas moi qui travaille ici jour après jour. C'est vous qui le faites. C'est pourquoi ce n'est pas moi qui devrais parler à la presse cet après-midi, elle regarda Donna, une jeune femme qui était bénévole depuis qu'elle avait elle-même demandé de l'aide à l'organisation, cinq ans auparavant. Après leur rencontre plus tôt dans la matinée, elle savait que beaucoup de bénévoles étaient ici pour cette même raison . Laissez Donna parler, Ella désigna Donna, dont le visage s'illumina. Elle a bénéficié personnellement de votre organisation et je pense que les gens devraient entendre son histoire. À moins que vous ne vouliez pas être filmée, bien sûr, ajouta-t-elle, donnant à Donna l'occasion de refuser. Si vous le faites, je vous annoncerai et je me tiendrai à côté de vous si cela peut vous faciliter la tâche.

On frappa à la porte et Raphaël lui tapota l'épaule.

- C'est le gâteau, murmura-t-il, alors que l'un des bénévoles faisait entrer le livreur chargé de cinq boîtes géantes.

- Ah, le gâteau. Merci, Raphaël, Ella se leva et se dirigea vers la cuisine. Raphaël a commandé beaucoup de gâteaux pour que nous puissions tous célébrer. Nous allons faire un peu plus de café, alors servez-vous.

Chapitre Cinquante-Et-Un

- Prête pour le grand jour ?, Cam demanda à Vanya après son cours.

Vanya était encore allongée sur son tapis de yoga, fatiguée par une séance intense.

- Je n'en ai aucune idée, elle se redressa et haussa les épaules, l'air abattu. Je continue à penser que j'ai oublié quelque chose, mais j'ai vérifié deux fois le lieu, l'orchestre, le DJ, les décorations, les robes des demoiselles d'honneur, ma robe, le sari de ma mère, le smoking de Greg, la limousine, le gâteau et je pense que tout est arrangé. Ma mère s'occupe de la nourriture et je sais qu'elle fera un excellent travail, alors je devais évidemment donner à Sour-Face quelque chose à faire aussi. Je lui ai demandé de s'occuper des fleurs, puisqu'elle prétend toujours être une experte en matière d'arrangements. Non pas que cela veuille dire quoi que ce soit ; cette femme dit qu'elle est experte en tout. Mais oui, c'est bon. J'ai même demandé à Greg de revoir le plan de table hier soir et tout va bien... je crois, ajouta-t-elle. Oh Cam, je suis si nerveuse.

- Pourquoi es-tu nerveuse ?

Lise Gold

- Je ne sais pas. C'est quelque chose d'important, de s'engager avec quelqu'un pour la vie.

Cam sourit.

- Heureusement, à notre époque, il est possible de changer d'avis, mais ce n'est pas ce qui va se passer. Greg est un homme merveilleux et vous êtes très heureux ensemble. Pourquoi le mariage changerait-il cela ?

- Tu as raison, Vanya soupira et se frotta la tempe. J'espère juste que sa mère se comportera bien. En dehors de nos conversations sur les fleurs, elle m'a plus ou moins ignorée depuis que je lui ai dit que j'organisais moi-même le mariage et elle a été consternée quand je lui ai dit qu'il n'y aurait pas de thème « blanc » ; je ne pense pas qu'elle me fasse confiance pour y arriver.

- Et tu vas prouver que la puissante Sour-Face a tort ?, Cam lui tendit la main et l'aida à se relever. Je peux t'aider pour des choses de dernière minute ? Ella a dit qu'elle pouvait aussi t'aider si nécessaire.

- Vraiment ? Ella a dit ça ?, comme toujours, le visage de Vanya s'éclaira d'un grand sourire rien qu'à son évocation. C'est très gentil, mais je ne peux pas penser à quoi que ce soit pour l'instant. Comment va-t-elle d'ailleurs ?

- La situation s'est un peu calmée avec les paparazzis. Ils ne sont plus garés devant la maison et ne traînent plus sur la plage, donc c'est bien. Elle a travaillé avec l'association de santé mentale dont elle t'a parlé l'autre soir au dîner ; ils ouvrent un nouveau centre dans l'est de Los Angeles, Cam sourit. Oh, et elle a fait son coming-out à son manager.

Vanya s'exclama de surprise.

- Non, elle ne l'a pas fait.

- Mmh mmh, Cam ne mentionna pas son nouveau rôle au cinéma, car il s'agissait encore d'une affaire confidentielle.

378

- Alors... vous êtes officiellement ensemble maintenant ou quelque chose comme ça ?

- Pas encore, mais je vais être sa cavalière à la première de *La Promesse du printemps*, Cam rit lorsque Vanya semblait sur le point de s'évanouir alors qu'elles entraient dans leur bureau.

- Et tu me dis ça seulement maintenant ?

- Quand est-ce que j'étais censée te le dire ?, Cam fit entrer Vanya, puis referma la porte derrière elle.

- Sans déc', Vanya leva les yeux au ciel. Pourquoi pas le moment où tu as appris que tu y allais ? Oh non, attends. J'ai oublié que tu es Cam Saunders et que tu ne t'intéresses pas à ce genre de choses, elle prit un journal sur son bureau et brandit. Tu vas être partout là-dessus. Tu n'es pas un peu nerveuse ? Allez, tu n'es qu'un être humain, Cam.

- Bien sûr, je suis un peu nerveuse. Je n'aime pas être sous les feux de la rampe, mais je l'accompagne pour la soutenir. Et puis, je suis fière d'être sa cavalière.

- Tu as intérêt à être fière, Cam. C'est l'actrice la plus talentueuse et la plus belle du monde, si tu veux mon avis, et tout le monde va être jaloux de toi parce que tu n'es pas seulement sa petite amie, mais sa toute première petite amie, Vanya la regarda attentivement. Tu y as pensé, n'est-ce pas ?

- Non, je ne peux pas dire que je l'ai fait, Cam s'assit à son bureau, l'air un peu déconfit. Mais tu sembles mieux informée que moi sur les tenants et les aboutissants d'Hollywood, alors je te crois sur parole.

Vanya acquiesça

- Informée est un euphémisme et je vais t'aider à traverser cette épreuve. Alors, que vas-tu porter ?

- Un smoking.

- C'est tout ? Un smoking ?

- Oui, un très beau smoking, qu'est-ce qui ne va pas avec ça ? L'un des stylistes avec lesquels travaille Ella m'en a commandé un très chic, alors je suis sûr qu'il sera bien, Cam haussa les épaules. Je m'attends à ce que ce soit un peu fou pendant un moment, mais ça ne sert à rien de s'inquiéter des conséquences avant d'y être.

- Bien sûr, Vanya leva les yeux au ciel. Si seulement je pouvais être aussi calme que toi. Tu es sur le point d'être exposée au monde et je fais une dépression rien qu'en pensant à mon mariage.

- Hé, ne t'inquiète pas tant que ça. Te connaissant, ton mariage sera génial. Ella et moi avons vraiment hâte d'être à samedi, Cam lui lança un regard rassurant. Rentre chez toi, repose-toi et on te voit dans deux jours.

Chapitre Cinquante-Deux

- Tu es sûre de toi ?, Cam savait qu'il ne servait à rien de demander, car le chauffeur d'Ella était déjà en train de s'arrêter devant le lieu de la cérémonie.

Ella était magnifique dans une robe bohème de couleur pêche, son visage étincelant d'un produit brillant que sa maquilleuse avait appliqué. La moitié supérieure de ses cheveux était tirée en arrière en une tresse lâche et le reste de ses longues mèches blondes pendait sur ses épaules comme une cascade dorée. Cam s'était également mise sur son trente-et-un pour l'occasion et portait un pantalon de satin noir avec une ceinture assortie et une chemise blanche.

- J'en suis sûre.

Ella lui fit un clin d'œil sexy, lui faisant comprendre qu'elle était excitée à l'idée de faire quelque chose de normal, même si « normal » signifiait assister à un mariage avec sa toute première petite amie.

Elles sortirent de la voiture qui s'arrêta devant les portes d'un grand manoir blanc à Malibu. Ella attendit que Cam fasse le tour et l'aide à sortir.

- Merci, elle resserra sa prise sur la main de Cam. S'il te plaît, ne me lâche pas aujourd'hui, dit-elle presque à voix basse. Nous sommes ensemble, je me fiche de ce que les gens pensent.

Cam acquiesça et lui sourit.

- Ne t'inquiète pas, je ne te lâcherai pas.

Ils furent accueillis par l'un des garçons d'honneur, qui vérifiait la liste des invités et laissait entrer tout le monde. Il regarda Cam, puis Ella et soutint son regard d'un air confus.

- Cam Saunders plus un. Oui, je t'ai ici, balbutia-t-il, ne quittant pas Ella des yeux. Mais tu es...

- Merci, dirent-elles toutes les deux à l'unisson, continuant à marcher rapidement alors qu'elles entendaient des chuchotements et des halètements derrière eux.

- Ils iront bien une fois qu'ils auront surmonté le premier choc, rassura Cam en voyant que d'autres personnes les dévisageaient. Elles furent conduites dans une grande salle de réception avec un magnifique plafond peint à la main et des lustres en cristal, où l'on distribuait des coupes de champagne. Le fond de la salle donnait sur des vignobles à perte de vue. Des champs de différentes nuances de vert s'étendaient sur le paysage vallonné derrière une grande cour où se trouvaient de longues tables dressées avec du linge blanc, des verres en cristal, de la porcelaine blanche, des roses roses et des feuilles de vigne.

- C'est tellement joli, dit Ella, émerveillée par les décorations.

- Oui, elle a vraiment réussi, Cam se retourna lorsqu'elle entendit une voix narquoise derrière elle.

- Hé, jeune fille, où penses-tu aller avec ça ? Tu es bien trop jeune pour boire.

La femme qui parlait dominait d'un air menaçant l'une des demoiselles d'honneur, que Cam reconnut comme étant Shruti, la cousine de Vanya.

- Ce n'est pas pour moi, c'est pour Vanya, balbutia Shruti.

- Donne-moi ça. Vanya ne boit pas d'alcool avant la cérémonie. Il n'est que 15 heures, pour l'amour de Dieu !

La femme tapa deux fois du pied pour faire valoir son point de vue, puis grogna pour elle-même en se frottant la tempe et se détourna de la jeune fille, qui s'éloigna après lui avoir tendu le verre.

Ella fixa également la femme et baissa la voix.

- Ce doit être Sour-Face.

- C'est bien elle, murmura Cam en tirant doucement Ella avec elle, gardant la tête baissée pour éviter la mère de Greg. Je lui dirai bonjour plus tard. Chaque chose en son temps. Elle prit une autre coupe de champagne sur le plateau d'un serveur et suivit Shruti dans le couloir, Ella sur ses talons. Elle frappa deux fois à la porte par laquelle la jeune fille venait de disparaître.

- Hé, psst, c'est moi.

- Dieu merci, tu es là !, Vanya les entraîna dans la suite où elle se préparait. Cela fait une heure que j'attends un verre. Elle accepta avec reconnaissance le verre que Cam lui tendait et en prit une longue gorgée, puis soupira de soulagement. C'est mieux. Pourquoi est-ce si difficile d'obtenir un verre ici ?

- C'est la mère de Greg, dit Shruti en haussant les épaules, avant de fixer Ella, les yeux écarquillés. Il était clair que la jeune fille était émerveillée.

- Elle a raison. Sour-Face est en forme aujourd'hui, Cam

rit en faisant tourner Vanya. Mais qui s'en soucie ? Tu es absolument magnifique, bébé.

- C'est vrai, dit Ella en serrant Vanya dans ses bras. Et tes cheveux avec les fleurs... c'est si adorablement mignon.

- Merci, Vanya fit un grand sourire. Shruti l'a fait. Elle veut devenir coiffeuse et elle est déjà très douée avec un fer à friser.

- Tu as fait du bon travail, Shruti, Ella lui adressa un sourire chaleureux, sentant que Shruti était peut-être en train de fangirler sur elle.

- Merci, les joues de Shruti rougirent et elle tripota nerveusement son corsage. Je trouve qu'elle est jolie aussi.

- J'ai fait mon propre maquillage parce que je ne voulais pas me promener avec un visage maquillé toute la journée et je suis très satisfaite de mon apparence.

Vanya passa une main recouverte de henné dans ses longs cheveux noirs qui avaient été bouclés en vagues nonchalantes. Elle portait un bandeau de fleurs rose pâle assorti à sa robe bustier de satin rose dont le haut des bras était recouvert d'un large volant asymétrique. La robe était longue et fluide, et le tissu scintillait dans la lumière lorsqu'elle se déplaçait. Une fine chaîne en or, attachée à son anneau nasal, montait jusqu'au cartilage de son oreille, où elle était fixée par un clou en or, et elle avait d'autres chaînes en or autour du cou, ornées de pierres précieuses roses.

- Ces bijoux sont un petit clin d'œil à mon héritage indien. Je pense que ma mère va apprécier, dit-elle avec un sourire heureux. Elle ne m'a pas encore vue, elle est trop occupée à diriger le personnel de cuisine.

- Je trouve que tu as l'air d'une rock star. Je n'ai jamais vu une mariée aussi cool de ma vie, Ella lui tapota le bras de manière rassurante. Tu es prête ?

Vanya prit une grande inspiration.

- Je suis prête. Je n'ai pas vu Greg depuis hier et il me manque vraiment, alors oui, je suis excitée, elle avala le reste de son champagne. Comment se présente la salle ? Ils étaient encore en train de l'installer quand je suis arrivée.

- C'est fabuleux. Tu vas l'adorer, lui dit Cam. Tout semble sous contrôle, mais je ne nie pas que je suis un peu nerveuse. Je n'ai jamais été témoin auparavant.

- Ne t'avise pas de dire ça, Vanya lui donna un coup de coude joueur. Tout ce que tu as à faire, c'est de te souvenir de ton nom quand tu signeras sur la ligne pointillée. C'est moi qui suis sous pression, alors ressaisis-toi.

- Tu as raison. Je pense que j'arriverai à me souvenir de mon nom, Cam gloussa et prit la main d'Ella. Eh bien, nous ferions mieux de retourner là-bas. Greg va bientôt t'attendre.

- D'accord. Je te verrai là-bas. Oh, et Cam ?, Vanya gloussa et souleva sa robe, regardant ses pieds en remuant ses orteils peints avec un vernis rose vif. Devine quoi ? Sour-Face va s'effondrer parce que je vais marcher pieds nus.

Cam éclata de rire, suivie par Ella et Shruti.

- J'ai hâte de voir sa tête.

Cam et Ella prirent place au premier rang, face au belvédère situé au bord de la cour où devait se dérouler la cérémonie. Il était recouvert de lin blanc et les colonnes de bois ornées de feuilles de vigne et de pivoines roses. Un photographe prenait des photos des invités pendant que l'officiant de mariage, vêtu d'un élégant costume noir, se préparait sous le belvédère. Une violoncelliste vêtue d'une longue robe rose était assise derrière lui et accordait son instrument.

- Ça vous dérange si je prends une photo ?

Ella se crispa un instant lorsque le photographe tourna son objectif dans leur direction, mais elle sourit et acquiesça.

- Bien sûr, allez-y.

Elle faillit tomber de sa chaise lorsque la mère de Greg, s'assit et se poussa contre elles, s'incrustant sur la photo avec un large sourire.

- Oh, encore une, dit-elle en se penchant davantage pour prendre une autre photo. Puis elle se tourna vers Ella et lui tendit la main. Bonjour Ella. Je suis ravie de vous rencontrer. Je suis Aubrey, la mère de Greg.

- Bonjour Aubrey, je suis ravie de vous rencontrer aussi.

Cam se pencha à son tour et lui serra la main.

- Bonjour Aubrey, c'est un plaisir de vous revoir, n'ayant pas remarqué une étincelle de reconnaissance dans les yeux d'Aubrey, elle poursuivit, je suis Cam, le témoin et l'associée de Vanya.

- Oh, bien sûr. Bonjour, Cam.

Aubrey lui fit un signe de tête amical et se concentra à nouveau sur Ella. Elle ne s'intéressait visiblement à rien d'autre qu'à la célèbre actrice, qui était apparemment la seule lueur d'espoir dans le fiasco de ce mariage.

- C'est magnifique, n'est-ce pas ?, lui dit Ella. C'est tellement romantique. Vanya a vraiment fait un travail extraordinaire.

Elle voyait bien qu'Aubrey faisait tout ce qui était en son pouvoir pour ne pas faire la moue à ce commentaire.

- Oui, et bien, ce n'est pas comme cela que nous faisons habituellement les mariages dans *notre* famille. C'est un peu petit et peu conventionnel, mais je suppose qu'elle a fait de son mieux.

Leur conversation fut interrompue par des murmures et des applaudissements lorsque Greg se dirigea vers l'avant et prit place à côté du pasteur. Il salua Cam et Ella, puis sourit à quelques-uns de ses amis qui se moquaient de sa cravate rose. Cam fut rejointe par la mère de Vanya, qui s'assit à côté d'elle et l'embrassa sur la joue.

- Bonjour Cam. Tu es magnifique, ma chérie.

- Je vous remercie. Vous aussi, Mme Singh. C'est vraiment très joli, Cam passa une main sur le tissu brodé d'or de son sari. Comment se passe la préparation du repas ?

Mme Singh se recula sur son siège et poussa un profond soupir.

- Je pense que tout est sous contrôle, dit-elle, un peu nerveusement. Il y a intérêt, j'ai passé les deux dernières nuits à faire les préparatifs.

- J'ai déjà mangé votre nourriture, alors je ne doute pas que ce sera délicieux, la rassura Cam.

Le ministre les fit taire, qui fit ensuite un signe à la violoncelliste. Elle joua magnifiquement, d'abord doucement, puis plus fort, tandis que Vanya descendait l'allée couverte de pétales de roses avec son père. Cam se sentit submergée par l'émotion en regardant sa meilleure amie rejoindre Greg et lui prendre la main. Puis la musique du violoncelle diminua et le pasteur commença à lire un passage de *La mandoline du capitaine Corelli* de Louis De Bernières.

« *L'amour est une folie passagère, il entre en éruption comme les volcans, puis s'apaise. Et lorsqu'il s'apaise, il faut prendre une décision. Vous devez déterminer si vos racines se sont tellement entremêlées qu'il est inconcevable que vous vous sépariez un jour. Car c'est cela l'amour. L'amour, ce n'est pas l'essoufflement, ce n'est pas l'excitation, ce n'est pas la promulgation de promesses de passion éternelle...* »

Cam prit la main d'Ella dans la sienne pendant qu'il continuait, et entrelaça leurs doigts. Elle pouvait sentir qu'Ella devenait également émotive à la façon dont elle continuait à serrer sa main et à se pencher sur elle. Mme Singh lui saisit l'autre main, l'écrasant presque alors qu'elle sanglotait pendant le reste de la cérémonie.

- Qui a dit que le vin et la cuisine indienne n'allaient pas ensemble ?, Vanya leva son verre en guise de toast tandis qu'ils dînaient aux longues tables dans la cour. Elle était hors d'elle après la cérémonie et était probablement la mariée la plus détendue qu'Ella ait jamais vue. Sur la terrasse derrière eux, un groupe de blues jouait de vieux classiques et devant eux, les vignobles étaient dorés, caressés par le soleil couchant.

Elle s'était amusée à rencontrer de nouvelles personnes, une fois passé le choc de la rencontre avec une vraie star de cinéma, et elle ne s'était pas du tout sentie mal à l'aise. Le fait qu'il s'agissait d'un mariage intime avait bien sûr aidé. Les gens étaient là pour Vanya et Greg, pas pour être vus et se faire de nouveaux contacts. C'était simplement un évènement social merveilleux avec des invités sympathiques, une nourriture fantastique, une atmosphère romantique et de la bonne musique, et elle n'aurait pas pu être plus heureuse, assise à côté de Cam qui était totalement mignonne lorsqu'elle était un peu pompette. Les anciens amis de Greg à l'université étaient hilarants, et sa famille était un peu guindée, mais néanmoins très amicale. Ella avait finalement réussi à échapper à la mère de Greg, qui l'avait entraînée sur plusieurs photos depuis la cérémonie, lui indiquant poliment mais fermement où et comment poser.

La famille de Vanya était charmante et bavarde, la plupart des femmes étant vêtues de saris colorés et fluides et les hommes de kurtas ou de costumes. Après les samosas et

les pakoras, la table était garnie de mets encore plus délicieux, et l'on faisait maintenant circuler du riz parfumé, des
salades, des sauces au yaourt, du paneer aux épinards, des
pains farcis épicés, des currys et d'autres plats végétariens.
Pour Ella, c'était un plaisir de participer à quelque chose,
plutôt que d'être le centre d'attention, mais Vanya aimait
manifestement que ce soit « son » jour et elle était la plus
bruyante de tous, au grand amusement de tout le monde.
Greg avait l'air heureux lui aussi, tout amoureux de sa
nouvelle femme.

- Cette nourriture est si bonne, dit-elle à Cam en lui
passant un bol de salade.

- Oui, pas vrai ? Je n'ai dîné que deux fois chez les
parents de Vanya, mais c'est la meilleure nourriture que j'ai
jamais mangée, elle sourit, et je suis d'accord avec Vanya, ça
se marie bien avec le vin, quoi qu'en disent les gens.

- Tu es super mignonne quand tu es un peu ivre,
chuchota Ella en lui serrant la cuisse.

- Alors tu veux toujours danser avec moi tout à l'heure,
même si je vais être un peu chancelante sur mes pieds ?

Ella se retourna lorsqu'elle entendit Shruti ricaner à
côté d'elle.

- Hé, qu'est-ce qu'il y a de si drôle, petite ?, Vanya avait
demandé à tout le monde de se décaler un peu pour que
Shruti, qui voulait absolument s'asseoir à côté d'Ella, puisse
les rejoindre sur le long banc.

Shruti rougit et passa son regard d'Ella à Cam et vice-
versa.

- Vous sortez vraiment ensemble ?, demanda-t-elle, un
peu trop fort.

Ella faillit s'étouffer en entendant la question et
remarqua qu'une dizaine de paires d'yeux étaient braqués
sur elle à présent. Mais il ne s'agissait pas des regards mora-

lisateurs auxquels elle était habituellement soumise, et personne n'avait l'air d'être sur le point de se faire de l'argent avec sa réponse. Il s'agissait plutôt de regards amusés et attendris par l'innocent manque de subtilité d'une enfant de treize ans. Non pas que ce qu'elle disait maintenant fasse la moindre différence, elle était ici en tant que cavalière de Cam et ce qui se passait entre elles était assez évident. Elle lança un regard complice à Shruti et se pencha vers elle.

- Tu promets de ne le dire à personne ?, lui chuchota-t-elle à l'oreille.

Shruti acquiesça, les yeux écarquillés.

- Je te le promets.

- D'accord, Ella lui fit un clin d'œil. Oui, nous sortons ensemble.

Shruti cria de surprise et couvrit sa main avec sa bouche.

- Tu es lesbienne, dit-elle, encore une fois trop fort, ce qui fait rire les autres invités.

- Oui, je le suis, Ella prit une bouchée de sa nourriture comme si ce n'était rien, mais à l'intérieur elle était un peu secouée de l'admettre devant une table pleine de gens. Elle se sentait cependant libérée, et c'est pourquoi elle haussa les épaules et se tourna vers Shruti avec un sourire. Qu'en est-il de toi ?

Shruti rougit à nouveau, encore plus fort cette fois. Elle jeta un coup d'œil à ses parents, qui étaient assis à l'autre bout de la table, et décida qu'elle pouvait répondre en toute sécurité.

- Je crois que je le suis aussi, chuchota-t-elle en couvrant l'oreille d'Ella. Mais je ne suis pas sûre parce que j'aime bien aussi Ben dans ma classe.

- Ce n'est pas grave, Ella lui frotta l'épaule. Tu n'as pas besoin de choisir un camp. Sors avec celui ou celle qui fait chanter ton cœur, elle arqua un sourcil. Même si tu es peut-être un peu jeune pour sortir avec quelqu'un.

- Cam fait-elle chanter ton cœur ?, demanda Shruti d'un ton taquin.

Ella prit la main de Cam sous la table et la caressa doucement. Cam, qui avait entendu la conversation, lui adressa un doux sourire et lui donna un baiser sur la joue, ce qui fit sourire Ella jusqu'aux oreilles.

- Oui, elle fait chanter mon cœur, chérie.

Chapitre Cinquante-Trois

C'est tellement beau ici. Ella s'assit dans l'herbe au fond de la cour, surplombant les vignobles. Le ciel était sombre, mais la pleine lune brillait ce soir, éclairant les collines d'une lumière mystérieuse. L'arrière-cour du manoir était calme, seules quelques personnes fumaient sur la terrasse. Je devrais vraiment sortir plus souvent. Il y a tellement de choses à voir en dehors d'Hollywood, et ce mariage était extraordinaire. Tu crois que Vanya et Greg se sont bien amusés ?

Cam s'assit à son tour et l'entoura de son bras.

- Je pense qu'ils ont passé une bonne journée. Et toi ?

- Oui, Ella lui prit la main et la fit descendre plus bas sur son épaule. J'ai assisté à de nombreux mariages extravagants de célébrités, mais je ne me suis jamais autant amusée qu'aujourd'hui. Et on voit qu'ils s'aiment clairement, ce n'est pas juste un coup de pub ou une idée folle qui semble géniale sur le moment mais qui ne fonctionne pas à long terme. Elle prit une profonde inspiration, appréciant le vent fort qui balayait ses cheveux. As-tu déjà pensé à te marier ?

- Non, jamais, admit Cam. Je n'ai jamais été avec quelqu'un à long terme avec qui j'étais sûre de vouloir passer le reste de ma vie, elle hésita, en fait, j'ai peut-être pensé que je voulais passer le reste de ma vie avec Sam, ma première petite amie, mais c'est ce que tout le monde pense de son premier amour, non ? Et même à l'époque, je ne pensais pas à me marier, j'étais bien trop jeune pour ça. Mais maintenant que je t'ai rencontrée, je ne peux pas dire que ça ne m'a pas traversé l'esprit aujourd'hui, elle s'esclaffa. Oh mon Dieu, je rougis. Et toi ?

- Je n'y ai jamais pensé non plus. Jusqu'à aujourd'hui, ajouta Ella, son visage rougissant également. Elle y avait pensé plusieurs fois aujourd'hui, s'imaginant avec Cam sous le belvédère où Vanya et Greg s'étaient tenus cet après-midi-là. Elle savait que c'était idiot, puisqu'elles ne se connaissaient pas depuis très longtemps, mais ce qu'elle ressentait pour Cam était si fort qu'elle ne pouvait plus s'imaginer sans . Était-ce de l'amour ? Elle n'en était pas sûre. Tout ce qu'elle savait, c'est que c'était pur et beau et que cela la rendait forte. Ce n'était pas quelque chose que je voyais dans mon avenir, poursuivit-elle. Rêver de me marier un jour signifiait que je devais d'abord faire mon coming-out et je n'avais même pas commencé à y penser jusqu'à récemment, elle haussa les épaules. Ce n'est pas comme si j'avais été élevée dans les valeurs du mariage de toute façon. Mon père n'a jamais été dans les parages et ma mère a été célibataire pendant la majeure partie de sa vie, à l'exception de petits amis fugaces qui venaient s'installer à la maison pour quelques mois. Elle ne manquait pas d'action, mais elle ne les aimait pas beaucoup non plus. Je pense qu'ils n'étaient qu'une commodité. Sa vie s'articulait toujours autour d'Helena et de moi. C'est étrange qu'elle n'ait jamais été aussi obsessionnelle avec les hommes jusqu'à maintenant.

- Cela n'a pas dû être facile pour elle, en tant que mère

célibataire, déclara Cam. Pas de mari, pas de travail et imagine la panique quand tu apprends que tu vas avoir des jumeaux.

- Non, je suppose que non.

- Et sa famille ?, demanda Cam.

- Ma mère s'est enfuie de chez elle à l'âge de seize ans. Elle n'a jamais parlé de mes grands-parents. Je ne sais même pas s'ils sont encore là. Elle a parlé une fois de son frère, qui a fait des allers-retours en prison au cours des vingt-cinq dernières années, mais ils ne sont plus en contact. Je pense qu'elle n'a pas eu une enfance formidable. J'y ai réfléchi dernièrement. Peut-être que ce n'était pas entièrement égoïste. Peut-être qu'elle était juste déterminée à nous donner tout ce qu'elle n'a jamais eu, Ella haussa les épaules. Elle ne savait pas quand s'arrêter et peu importe combien d'argent nous gagnions, ce n'était jamais assez.

- Peut-être. Rien n'est jamais tout blanc ou tout noir.

- Oui, j'ai pensé à la lettre aussi.

Ella enfouit sa tête dans le creux du bras de Cam et baissa les yeux.

- Je sais que tu l'as fait, Cam la rapprocha. Tu veux aller la voir ?

- Je pense que oui. Je sais que j'ai le droit d'être furieuse, mais je ne peux pas m'empêcher d'avoir pitié d'elle. Je l'ai crue quand elle a dit qu'elle se sentait seule parce que je suis passée par là aussi, et je ne souhaite cela à personne, elle se tourna vers Cam. Tu avais raison, mais j'étais tellement bouleversée que je ne voulais pas y penser. En plus, je ne supporte pas bien la confrontation et je ne voulais pas me sentir responsable d'elle après tout ce qu'elle m'a fait subir, alors qu'elle est tout ce que j'ai. À part toi, ajouta-t-elle en souriant.

Cam lui embrassa doucement la tempe.

- Alors tu devrais aller la voir.

- Vraiment ?

- Oui. Pas seulement parce que c'est ta mère, mais parce qu'au fond de toi, tu le veux. Je sais que tu le veux. Et elle...

- Hé, les tourterelles !, Vanya arriva derrière elles, interrompant leur conversation. Ivre, elle s'assit à côté de Cam, manquant de trébucher. Waouh, c'est une belle vue, hein ?

- C'est magnifique. Tu t'es si bien débrouillée, bébé. Comment te sens-tu ?, demanda Cam.

- Heureuse, la réponse de Vanya est courte et honnête. J'ai fait ce qu'il fallait. Honnêtement, je ne sais pas pourquoi j'étais si nerveuse. Parce que devinez quoi ? Greg est l'amour de ma vie. Et devinez quoi d'autre ? Sour-Face danse là-dedans, elle se recula et désigna le manoir derrière elle. Cette femme s'amuse pour une fois, même si elle ne me l'avouera jamais en face. Mais... je m'en fiche, j'ai une preuve vidéo.

Cam rit.

- Je parie que tu t'en es assurée.

Elle ramena Vanya en position assise et passa un bras autour d'elle, se sentant chanceuse d'avoir à ses côtés les deux femmes les plus extraordinaires de sa vie.

- C'est merveilleux de savoir que quelqu'un vous soutient toujours, vous savez ? Que quelqu'un est toujours là pour vous, dit Vanya en bredouillant un peu. Je l'aime. Je l'aime tellement.

- Nous savons que tu l'aimes, Ella serra la main de Cam et Cam serra la sienne. Hé, tu veux de l'eau ?, demanda-t-elle quand elle remarqua que les yeux de Vanya étaient baissés. Je sais que c'est agréable ici, mais tu ne veux pas rater la fin de ta fête, n'est-ce pas ? Et je suis sûre que Greg meurt d'envie de danser à nouveau avec toi.

- Tu as raison, Vanya prit la bouteille d'eau qu'Ella lui

tendait et en avala le contenu d'un trait. Oh, mon Dieu, je crois que je vais avoir besoin d'un café très fort aussi. Elle se mit à hoqueter tandis que Cam l'aidait à se lever et réarrangeait rapidement sa robe. Cam accrocha son bras à celui de Vanya et Ella lui prit l'autre bras. Ils ne t'ont pas trop harcelée, n'est-ce pas, Ella ? Nos invités ?

Ella s'esclaffa.

- Non, pas du tout. Tout le monde a été très gentil, même Sour-Face, dit-elle d'un ton impassible. Allez, je prendrais bien un café moi aussi.

Chapitre Cinquante-Quatre

Ella était restée silencieuse pendant le trajet jusqu'à Palm Springs. Elle tournait distraitement une mèche de cheveux autour de son doigt, encore et encore, tout en appuyant sa tête sur son bras au-dessus de la portière de la voiture. Cam lui jetait des coups d'œil discrets pendant qu'elle conduisait, sachant qu'Ella était nerveuse à l'idée de revoir sa mère. Elles n'avaient pas appelé à l'avance, mais Ella était certaine que sa mère serait à la maison puisqu'il n'était pas encore l'heure du déjeuner. Apparemment, Bernice Temperley ne s'aventurait dehors que s'il y avait de l'alcool. Après que Raphaël eut réussi à savoir où elle habitait, elle avait essayé de convaincre Ella de prévenir sa mère de leur venue, mais Ella ne voulait rien entendre. Peut-être espérait-elle trouver sa mère avec l'un de ses toy boys, ce qui lui donnerait une excuse pour repartir si elle changeait d'avis.

- Je ne pense pas que je devrais venir avec toi, dit-elle en prenant la main d'Ella. C'est entre toi et ta mère.

- Oui, tu as raison, Ella déglutit difficilement. Tu resteras près de la maison, au cas où je voudrais partir ?

Elle fut surprise de constater que le GPS indiquait qu'elles étaient presque arrivées, puisqu'elles se trouvaient au centre-ville. Elle s'attendait à ce que sa mère vive dans une grande villa dans les collines, mais au lieu de cela, elles furent guidées vers une modeste maison de ville, à côté d'un restaurant rétro.

- Je vais attendre là-dedans, d'accord ?, Cam gara la voiture devant le restaurant blanc aux lignes épurées, car il n'y avait pas de place devant la maison.

- D'accord, Ella prit une grande inspiration et acquiesça. Je ne serai pas longue.

- Prends le temps qu'il te faut.

Ella sonna à la porte et lissa sa robe d'été vert menthe. Ses cheveux étaient tirés en arrière en une longue tresse et elle portait de petites boucles d'oreilles en perles avec un collier assorti. Elle ne savait pas exactement pourquoi elle avait ressenti le besoin de s'habiller de manière aussi conservatrice. Peut-être se rebellait-elle inconsciemment. Sa mère l'avait toujours encouragée à s'habiller selon les dernières tendances et cette tenue était loin d'être dans ce cas. Elle jeta un coup d'œil aux fenêtres, remarqua que les rideaux étaient tirés et vérifia l'heure sur son téléphone. *10 heures.* Elle sonna à nouveau et attendit que la porte s'ouvre enfin.

- Ella..., Bernice essuya le sommeil de ses yeux et ferma son peignoir. Elle cligna des yeux plusieurs fois, comme si elle cherchait à comprendre ce qui se passait, puis elle sortit et serra Ella dans ses bras. Tu es là. Je n'arrive pas à croire que tu sois là.

Elle se mit à sangloter contre l'épaule d'Ella, laissant cette dernière dans une position inconfortable où elle ne savait pas quoi faire de ses bras. Sa mère n'avait jamais été physique avec elle et elle ne se souvenait pas d'avoir été prise dans ses bras. Elle compatissait, mais la repoussait quand même un peu, ayant besoin d'une certaine distance.

- Salut.

Bernice essaya de se calmer et sourit à travers ses larmes.

- Salut, entre.

Elle ouvrit davantage la porte et la fit passer par un couloir étroit, jusqu'à un salon sombre. Il n'était pas grand, mais il avait l'air accueillant, avec des photos et des peintures sur les murs couleur citron pâle. Les rideaux étaient blancs avec un motif floral gris et le sol carrelé était recouvert d'un tapis confortable blanc cassé. Ella avait l'impression que l'intérieur avait été livré avec la maison, car il était loin du style tape-à-l'œil habituel de sa mère.

Elle retint son souffle lorsque ses yeux se posèrent sur une grande photo encadrée d'Helena et d'elle, accrochée au mur derrière le canapé couleur crème. Elle avait été prise la veille du départ d'Helena pour New York, dans leur maison de Palm Springs. Ella avait organisé une fête d'adieu pour elle et, malgré leurs relations tendues avec leur mère, elle était là aussi. Sa mère avait-elle pris cette photo ? Ella ne s'en souvenait pas. En gros plan, elles avaient l'air heureuses, un bras autour de l'épaule de l'autre. À part leur coiffure et leur maquillage, elles étaient identiques. Helena avait teint ses cheveux en brun foncé jusqu'aux épaules et avait une frange bien marquée. Les cheveux d'Ella étaient blonds et lâchés, comme elle avait l'habitude de le faire. Son visage presque sans maquillage lui donnait l'air d'une gentille fille ennuyeuse, à côté d'Helena dont les yeux étaient soulignés par un eye-liner noir épais et beaucoup de mascara.

- S'il te plaît, assieds-toi. Puis-je t'offrir à boire ?, Bernice se précipita vers les fenêtres et ouvrit les rideaux, grimaçant un instant lorsque la lumière vive pénétra à l'intérieur

Ella s'assit sur le canapé. Un oreiller était couché sur le côté et une couverture était jetée sur l'accoudoir du canapé, comme si sa mère y avait dormi. La bouteille de vin vide posée sur la table basse devant elle et la tasse de café à côté lui firent mal. Elle n'avait même pas pris la peine de verser le vin dans un verre. Comme si sa mère savait ce qu'elle pensait, elle débarrassa rapidement la table basse.

- Un café si tu en as, Ella se déplaça sur son siège, évitant le contact visuel.

- Bien sûr.

Sa mère jeta un rapide coup d'œil à l'horloge sur le mur et emporta le tout dans la cuisine. Elle revint cinq minutes plus tard avec deux tasses de café, et jeta le regard du canapé au fauteuil, puis du fauteuil au canapé, décidant finalement s'asseoir sur le fauteuil.

- Merci beaucoup d'être venue, Ella, cela signifie tout pour moi.

Ella resta silencieuse pendant un moment avant de rencontrer les yeux de sa mère, qui étaient fatigués et rougis aux bords.

- Je ne sais pas vraiment pourquoi je suis venue..., elle hésita. Mais j'ai reçu ta lettre et je suis ici maintenant, alors parlons"

- D'accord, le visage de Bernice s'éclaira légèrement. Comment vas-tu ?, demanda-t-elle en s'asseyant sur le bord de sa chaise et en posant ses coudes sur ses genoux.

- Je vais bien, Ella lui fit un petit sourire. Je vais beaucoup mieux. J'ai été une vraie épave pendant longtemps, mais je m'en sors. J'ai reçu de l'aide et je peux voir la lumière au bout du tunnel maintenant. Je ne sortirai peut-être pas complètement du tunnel, mais je peux profiter de la vie sans Helena et je sais que c'est ce qu'elle aurait voulu pour moi. Elle remarqua que sa mère tripotait ses ongles, comme elle le faisait elle-même lorsqu'elle était nerveuse. Comment vas-tu ?

Bernice eut presque l'air choqué d'entendre cette question, mais peut-être que personne ne lui avait posé cette question depuis longtemps.

- Je vais être honnête avec toi, Ella. J'ai été triste, très triste. Parfois, je ne sais pas pourquoi je sors du lit ou pourquoi je suis ici, elle fit une pause. Il y a un type qui dort dans mon lit et je ne me souviens même pas de son nom, alors je m'excuse d'avance s'il se réveille et entre. Ce sont les nuits, tu sais. Les nuits sont les pires et je n'arrive pas à dormir parce que je n'arrête pas de penser, alors j'ai besoin de compagnie pour rester saine d'esprit. Malgré cela, je n'ai pas réussi à dormir la nuit dernière, alors je suis venue ici et j'ai essayé de boire pour m'endormir. J'ai essayé les somnifères, bien sûr, mais le médecin a cessé de me les prescrire parce que j'en prenais trop.

Ella acquiesça.

- J'ai arrêté de les prendre aussi. Ça finira par s'arranger.

- Oui, j'en suis sûre, Bernice n'avait pas l'air convaincue en disant cela. Alors, c'était ta petite amie ? Cam Saunders, la femme avec qui tu étais au Palm Garden ? Je suis désolée d'avoir posté la lettre à sa porte, mais je sais que tu as dit à Tom de couper ma correspondance et je ne savais pas où tu habitais maintenant. Son nom était dans les tabloïds, il n'a pas été difficile de la trouver.

- Cam, oui. Elle est professeure de yoga et a son propre studio à West Hollywood. Mais je suppose que tu as lu ça aussi. Elle m'attend au restaurant d'à côté.

- Vous êtes heureuse ensemble ?

- Oui, je suis folle d'elle.

Bernice soupira.

- Et voilà que j'ai essayé de te présenter des garçons célèbres pendant toutes ces années. Pourquoi ne m'as-tu rien dit ?

- Comment pouvais-je te le dire ?, Ella essaya de ne pas hausser le ton, mais à la place, elle serra les poings. Je devais être une star. Je devais être célèbre, jolie, talentueuse, populaire et toutes ces choses que tu m'as poussée à devenir. On m'a appris très tôt qu'il était important d'être vue avec des personnes influentes et qu'il était intelligent de sortir avec de beaux acteurs masculins, alors dis-moi honnêtement, maman, qu'aurais-tu fait si je t'avais dit que j'étais gay ?, elle poursuivit lorsque sa mère ne répondit pas. Tu m'aurais dit de garder ça pour moi, de serrer les dents et de faire semblant d'avoir le béguin pour celui qui était le garçon-star le plus convoité d'Hollywood à l'époque. Tu m'aurais dit qu'il faut parfois faire des sacrifices pour obtenir ce que l'on veut vraiment. N'est-ce pas ce que tu as toujours dit ?

- Tu as raison, Bernice eut l'air abattu, mais elle acquiesça lentement. J'aurais probablement dit ça, elle secoua la tête, mon Dieu, j'ai été une si mauvaise mère.

Ella la regarda pleurer, mais ne chercha pas à la réconforter. Il s'était passé trop de choses pour cela. Mais contre toute attente, elle ressentit quelque chose. Quelque chose qui lui donnait envie de rester et de parler davantage.

- Tu as fait ce que tu pensais être juste, dit-elle finalement. Bon, peut-être pas tout le temps, ajouta-t-elle en repensant aux occasions où de grosses sommes d'argent avaient disparu de son compte. Et ne crois pas que je puisse te pardonner le livre, quelles que soient tes motivations... Mais j'ai aussi de bons souvenirs de toi, et je t'aimais. Je crois que je t'aime encore, tu es ma mère après tout.

Bernice leva la tête, une étincelle d'espoir scintillant dans ses yeux.

- Vraiment ?

- Oui, bien sûr. Je me souviens à quel point tu étais fière de moi quand j'obtenais un nouveau rôle ou quand je gagnais un prix. Je me souviens que tu mettais tout ton temps et toute ton énergie pour nous et que toute ta vie tournait autour de nous. Je sais que tu voulais bien faire, mais c'est devenu incontrôlable.

- J'ai été trop gourmande, dit Bernice d'une voix faible. Je n'avais pas besoin d'argent ; je prenais déjà vingt pour cent en tant que votre manager et je menais une vie très confortable. Mais je voulais plus. Une autre maison, une autre voiture... Je n'avais rien en grandissant et le fait d'avoir soudainement accès à tout ce luxe m'a fait perdre toute perspective. Les choses matérielles étaient importantes pour moi, je croyais même qu'elles me rendaient heureuse. Je n'ai pas réalisé que la seule chose qui comptait était juste devant moi, jusqu'à ce qu'il soit trop tard, elle renifla et se racla la gorge. Il n'y a pas d'excuses pour ce que j'ai fait, et je ne m'attends pas à ce que tu me pardonnes, mais si nous pouvions nous voir de temps en temps... peut-être pourrions-nous construire une sorte de relation.

Ella étudia sa mère en réfléchissant à ce qu'elle avait dit. Sa mère semblait être une personne différente et elle ne savait pas si elle était manipulatrice ou si la perte de sa fille l'avait changée. Cela ne lui ressemblait pas du tout.

- Peut-être pourrions-nous essayer, s'entendit-elle dire. Je ne peux rien te promettre mais je vais débloquer ton numéro pour que tu puisses m'appeler quand tu seras à Los Angeles et peut-être qu'on pourrait aller boire un café ou déjeuner ensemble si je suis libre.

- J'aimerais beaucoup.

Le soulagement de sa mère était presque palpable lorsqu'elle laissa échapper le souffle qu'elle avait retenu et adressa un sourire chaleureux à Ella.

Leur conversation fut interrompue par l'ouverture de la porte et elles levèrent toutes deux les yeux pour découvrir un jeune homme dans l'embrasure, seulement couvert par une serviette enroulée autour de sa taille. Ce n'était pas le même homme qu'Ella avait vu au Palm Garden, mais il aurait pu l'être car il était tout aussi jeune, avait les mêmes cheveux blonds et la même carrure musclée.

- Tu as quelque chose à manger dans la maison, B ?, demanda-t-il. Puis ses yeux s'écarquillèrent lorsqu'il vit Ella. Putain..., murmura-t-il. Tu es Ella Temperley. Son regard se porta sur Bernice. Temperley, marmonna-t-il pour lui-même quand il eut le déclic. Vous devez être...

- Je pense qu'il est temps que tu t'en ailles maintenant, dit Bernice, l'air plus qu'embarrassé. Je n'ai rien à manger dans la maison et j'aimerais être seule..., elle grimaça, je suis désolée, quel est ton nom déjà ?

- Dewey. Dewey jeta un autre regard à Ella. Bien sûr, je vais y aller. Mais est-ce que je peux prendre une photo avant de partir ? Mon téléphone est dans la chambre, donne-moi une minute pour le prendre."

- Non, Dewey. Pas de photos, dit froidement Bernice en se levant et en ouvrant la porte du couloir, puis en indiquant la chambre. Et habille-toi, s'il te plaît, j'ai de la visite.

- C'est bon, je dois y aller de toute façon.

Ella se leva à son tour, heureuse que l'interruption lui ait donné une raison de partir. C'était la première fois depuis des années qu'elles parlaient sans se disputer et elle pensait qu'il valait mieux partir au cas où elle se fâcherait à nouveau.

- Oh, mais tu n'as pas besoin..., Bernice s'apprêtait à

protester mais se ravisa, sentant bien que se séparer dès maintenant était la meilleure chose à faire. Elle acquiesça. Bien. Merci beaucoup d'être venue me voir, j'aimerais beaucoup te revoir bientôt.

Ella se dirigea vers le couloir, essayant d'esquiver une autre étreinte.

- Prends soin de toi, dit-elle en ouvrant la porte. Et demande de l'aide. Boire n'est pas une solution. Crois-moi, je parle en connaissance de cause.

- Je sais, Bernice saisit la main d'Ella. À bientôt, n'est-ce pas ?

- Oui. Appelle-moi. Ella pressa rapidement sa main et partit.

Chapitre Cinquante-Cinq

- Je suis heureuse d'apprendre que vous avez décidé de voir votre mère, Theresa leva les yeux de son bloc-notes et adressa un sourire chaleureux à Ella. Vous vous sentez mieux pour ça ?

- Oui, je me sens mieux, Ella s'enfonça un peu plus dans son fauteuil et posa ses pieds sur le pouf. Il était si confortable qu'elle en avait commandé un pour elle-même. C'était vraiment étrange de s'asseoir avec elle, mais je suis contente d'y être allée. Nous n'avons pas beaucoup parlé d'Helena, comme vous l'aviez suggéré. Ce n'était qu'une courte visite, mais nous nous reverrons et nous pourrons aviser de la situation. Je ne sais pas comment cela va se passer, mais je suis prête à faire des efforts et à essayer de prendre un nouveau départ plutôt que de ressasser le passé.

- Excellent. Theresa semblait inhabituellement joyeuse aujourd'hui, comme si elle était plus que satisfaite des progrès d'Ella. Et vous vous sentez prête pour votre grande soirée de demain ?

Ella rit.

- Non, je suis terrifiée.

- C'est tout à fait naturel. Faire son coming-out en amenant sa première petite amie à un grand événement est une démarche audacieuse.

- Je n'avais pas l'intention de faire preuve d'audace, déclara Ella. C'est un événement important pour moi et je veux que Cam en fasse partie. Je suis tellement fière d'être avec elle et honnêtement, je ne peux pas imaginer qu'elle ne soit pas là. Je parlerai à la presse dans les jours qui suivront la première, à un moment donné. Au début, j'avais l'impression que cela ne regardait personne, mais maintenant je pense qu'il serait bon pour moi d'être plus ouverte à ce sujet. Cela pourrait encourager mes fans LGBTQ+, qui ont des difficultés, à faire leur coming-out eux aussi. J'ai rencontré cette jeune fille à un mariage, et je ne pense pas qu'elle ait dit à ses parents qu'elle était bisexuelle. Peut-être qu'elle ne veut pas leur dire, mais si elle le fait, et si je peux donner à quelqu'un comme elle un peu de courage pour en parler, alors je pourrai utiliser mon influence de manière positive.

- C'est une très bonne idée, Theresa leva également les pieds, et Ella remarqua que c'était la première fois qu'elle la voyait aussi détendue. Je vais vous faire part de quelque chose de personnel, j'espère que cela ne vous dérange pas.

- Non, faites donc, Ella pencha la tête, curieuse de l'étrange tournure que prenait leur conversation.

- L'autre jour, ma femme lisait un tabloïd. Comme je vous l'ai dit, je ne les lis pas moi-même, mais elle l'avait laissé ouvert sur une page au hasard alors qu'elle courait vers la porte pour signer un paquet. J'ai vu une photo de vous et Cam, et ça m'a fait sourire. J'ai soudain compris qui était cette professeure de yoga diablement séduisante et comment vous aviez atterri ici, dans mon cabinet.

- Oui, Ella sourit. C'est elle qui m'a orientée vers vous. Elle m'a dit que vous l'aviez beaucoup aidée.

- J'en suis ravie. Je ne peux pas en parler, bien sûr, mais je vous prie de lui transmettre mes salutations.

- Je le ferai. Alors, votre femme vous avez dit ?

- Oui. Les thérapeutes peuvent être gays aussi, vous savez, Theresa fit un clin d'œil amusé à Ella et elles se mirent à rire toutes les deux. Comme je suis en train de partager de toute façon, poursuivit-elle, je crains de devoir vous dire que je fermerai mon cabinet dans trois mois, mais j'ai une poignée de thérapeutes vraiment géniaux vers lesquels je peux vous orienter.

- Vous fermez le cabinet ?, Ella était déconcertée. Voir Theresa chaque semaine était devenu une telle partie intégrante de sa vie qu'elle ne pouvait pas imaginer qu'elle ne soit plus là. Pourquoi ?, elle secoua la tête. C'est privé, je n'aurais pas dû...

- Non, ce n'est rien, je suis heureuse de vous le dire. Ma femme a accepté une offre d'emploi à Tel-Aviv et je l'accompagne. Je prends un peu de temps pour écrire enfin un livre, ce que j'avais envie de faire depuis quelques années.

- Waouh, ça a l'air génial.

- Ça l'est. J'aime l'idée de m'immerger dans une culture différente pendant un certain temps, de voyager un peu et de voir plus de choses dans le monde.

- Je peux dire que vous êtes excitée, Ella l'étudia. Vous êtes différente aujourd'hui.

- Je suis enthousiaste, oui, mais pas seulement pour des raisons personnelles. Cela m'apporte de la joie de voir mes clients heureux après avoir lutté si longtemps, Theresa tendit un dossier à Ella. Voici quelques informations sur les thérapeutes que je recommande. Ils sont tous excellents à mon avis. Nous pouvons poursuivre nos séances comme d'habitude au cours des douze prochaines semaines, mais entre-temps, vous devrez me faire savoir si vous êtes intéressée par l'un ou l'autre de ces thérapeutes, afin que je puisse vous recommander le plus tôt possible.

- Pensez-vous que j'ai besoin d'un nouveau thérapeute ?, demanda Ella.

Theresa réfléchit un moment, puis secoua la tête.

- Je pense que vous pouvez vous débrouiller seule maintenant, et je pense que vous le savez aussi. Mais si vous êtes plus à l'aise à l'idée de continuer, c'est très bien, bien sûr. Certaines personnes suivent une thérapie pendant des années, voire des décennies, simplement parce que cela leur donne un sens de la direction et de la clarté.

Ella se mordilla la lèvre en feuilletant les pages.

- Je pense que je vais bien, dit-elle en rendant le dossier à Theresa. J'ai l'impression que c'est la fin d'une période très sombre, ou qu'un nouveau chapitre de ma vie commence. Non pas parce que vous partez, mais parce que des changements passionnants sont sur le point de se produire. Des changements qui changent la vie. Je me sens forte et même si j'ai peur, je suis prête à affronter l'avenir, quel qu'il soit, elle marqua une pause. Et j'ai Cam, bien sûr. Je crois que je l'aime. Non, se corrigea-t-elle, je sais que je l'aime.

Le sourire de Theresa s'élargit.

- L'amour est une chose magnifique. C'est fascinant et complexe, et c'est l'émotion la plus importante de l'expérience humaine. Vous avez de la chance.

- Je sais, Ella ressentit une étrange sensation après l'avoir dit à haute voix. Elle était toute chaude et floue à l'intérieur, car elle pouvait enfin admettre ce qu'elle ressentait depuis des semaines. Je ne vous ai pas remerciée pour ce que vous avez fait pour moi. Je t'en suis très reconnaissante.

- Pas besoin de me remercier, c'est mon travail, Theresa leva les yeux lorsque quelqu'un frappa à la porte. Merci, Bree !, dit-elle, assez fort pour que sa réceptionniste l'entende. Elle consulta sa montre, puis secoua la tête, confuse. Mon Dieu, regardez-moi ça. Je n'avais pas réalisé que nous avions dépassé le temps imparti, cela ne m'était jamais arrivé auparavant. Mon prochain rendez-vous attendra.

Ella gloussa, se leva et ramassa son sac à main.

- Je vous verrai la semaine prochaine, alors.

- Oui, je vous verrai la semaine prochaine. Bonne chance pour demain. Theresa lui serra la main. Que le nouveau chapitre commence.

Chapitre Cinquante-Six

- Comment se passe la vie de femme mariée, Mme Singh-Watson ?, demanda Cam lorsque Vanya arriva au travail avec une demi-heure de retard.

- C'est génial, Vanya afficha un grand sourire en s'asseyant derrière son bureau. Ce n'est pas très différent d'avant, mais c'est quand même agréable d'être une équipe sur le papier, elle se mordit la lèvre et sourit. Désolée d'être en retard. Nous étions en train de faire l'amour. Du vrai sexe le matin. Ce n'était pas arrivé depuis qu'on a commencé à sortir ensemble.

- C'est bien pour toi, Cam arqua un sourcil avec curiosité. Alors, la lune de miel a ravivé l'étincelle, hein ? Comment s'est passée votre semaine au paradis ?

- Hawaï était génial. Incroyable, évidemment. Mais ce n'était pas ça, Vanya jeta un coup d'œil à la porte et baissa la voix. Tu te souviens que je t'ai dit que j'avais surpris Greg en train de regarder un film porno ? La vidéo avec le vibromasseur ?

- Euh, oui, mais je ne veux pas vraiment y penser. Greg

415

est aussi mon ami, et il m'a fallu des semaines pour me sortir cette image de la tête.

Vanya continua, l'ignorant.

- Eh bien, j'en ai commandé un. Un vibromasseur, pour notre lune de miel. Je me suis dit que c'était son truc, et je me suis dit pourquoi ne pas essayer, hein ?, elle siffla, s'éventa dans un geste exagéré. Eh bien, laisse-moi te dire que ça nous a ouvert les yeux à tous les deux. Nous l'avons utilisé toute la semaine, et même hier soir quand nous sommes rentrés et ce matin. Il aime regarder...

- Non, non, non, non !, Cam se boucha les oreilles, ferma les yeux et se mit à fredonner. Je suis vraiment heureuse pour toi, mais tu es sérieusement en train de m'en dire trop, dit-elle lorsqu'elle rouvrit les yeux et constata que Vanya avait cessé de parler. Je ne veux pas savoir.

Vanya haussa les épaules, un large sourire se dessinant sur son visage.

- C'est comme tu veux. Je dis juste que tu devrais peut-être en avoir un, elle alluma son ordinateur portable, ouvrit un dossier sur son bureau et se retourna vers Cam. Tu es excitée pour ce soir ? Comment est le smoking ?

- Je ne suis pas sûr que l'excitation soit la bonne façon de décrire mes sentiments, Cam rit. J'ai un peu peur, en fait. C'est quelque chose d'énorme, elle soupira. J'essaie de me préparer mentalement à la tempête que va provoquer notre première apparition publique ensemble, mais à part ça, le smoking est super. Elle ouvrit une photo sur son téléphone et la montra à Vanya, qui se roula vers elle sur sa chaise. J'ai fait un essayage il y a trois jours, mais il était tellement parfait pour moi qu'il n'y a pas vraiment eu besoin de retouches. La robe d'Ella est magnifique aussi, je ne sais pas comment je vais faire pour ne pas la toucher.

- Putain, Cam. Tu es une bête sexy !, Vanya fixa la

photo de Cam en costume et siffla à nouveau. Je sais que je n'étais pas très enthousiaste à l'idée du smoking, mais ça, c'est..., elle leva les yeux vers Cam et rit. Si je n'étais pas mariée...

- Dégueu, ne dis pas ça, Cam rit aussi en arrachant le téléphone des mains de Vanya. Alors, tu approuves ?

- Sans déc', Vanya frotta l'épaule de Cam. Je sais que c'est important et je veux que vous sachiez que Greg et moi sommes là pour vous deux, Cam. Et vous pouvez toujours rester avec nous si vous avez besoin de fuir. Je sais que tu aimes notre chambre d'amis.

- J'aime beaucoup votre chambre d'amis et j'apprécie particulièrement la baignoire jacuzzi dans la salle de bains attenante.

- Les avantages d'un mari riche, Vanya fit un geste de la main pour montrer son alliance.

- Un mari riche, gentil et génial, Cam adressa à Vanya un sourire reconnaissant. Nous pourrions accepter votre offre, si le pire devait arriver.

- Quand tu veux, bébé. Alors, vous deux, c'est bon, hein ?

- Oui, c'est plus que bon. Je..., Cam hésita. Je l'aime.

Les yeux de Vanya s'écarquillèrent et elle rebondit sur sa chaise.

- Tu l'aimes !, répéta-t-elle dans un cri d'excitation. Je le savais, je le savais, je le savais. Son enthousiasme fit à nouveau rire Cam. Je ne te l'avais pas dit ? Hein ? À propos des licornes, des arcs-en-ciel et du champagne rose ? Tu lui as déjà dit ?

- Non, Cam savait que son visage devenait rouge et s'empressa de le couvrir de ses mains. Elle n'avait aucune idée de la raison pour laquelle elle extériorisait ses émotions maintenant, mais elle se sentait bien de l'avoir dit à voix haute. Je ne lui ai pas encore dit, je viens juste de m'en rendre compte.

Vanya se leva et recouvra Cam, couvrant son visage de baisers.

- Tu dois lui dire. Crois-moi, elle ressent la même chose. J'ai même dit à Greg, le soir après le dîner chez toi, que j'étais convaincue que vous étiez faites pour être ensemble. C'est comme si le destin avait décidé que vous étiez faits l'une pour l'autre. La façon dont elle te regarde...

- Tu le penses vraiment ?

- Oui, vraiment. Et ce soir va être génial, Vanya lui prit la main et serra rapidement Cam dans ses bras. Je vais préparer la chambre, juste au cas où.

Chapitre Cinquante-Sept

- Tu es incroyablement sexy. Ella laissa ses yeux errer sur Cam, qui portait son tout nouveau smoking noir. Elle ajusta le nœud papillon de Cam et passa une main dans ses cheveux noirs pendant qu'elles attendaient que le chauffeur d'Ella se gare dans son allée. Et tu le portes comme aucune autre femme n'a jamais pu le faire.

- Merci, mais c'est toi qui es la plus sexy ici.

Cam tendit la main vers les fesses d'Ella et les pressa, juste avant qu'elles ne montent dans la limousine. Les cheveux d'Ella étaient relevés en une coiffure glamour et elle portait un maquillage subtil et une paire de boucles d'oreilles simples en diamant. La robe noire d'Ella, dos nu, laissait peu de place à l'imagination, et Cam ne pouvait s'empêcher de regarder le côté de sa cage thoracique où les courbes de ses seins étaient visibles car la robe se coupait en un V bas dans le dos.

Ella gloussa lorsqu'elle la surprit en train de la fixer.

- J'ai pensé que tu apprécierais un peu de décolleté latéral.

- C'est comme ça que ça s'appelle ? Un décolleté latéral?, Cam rit aussi. Dans ce cas, je suis définitivement une
fan du décolleté latéral. Elle passa un doigt de l'aisselle
d'Ella à sa taille, ce qui fit frissonner Ella. Es-tu nerveuse ?

- Oui, Ella prit une grande inspiration, puis expira
lentement. C'est la première fois que j'amène un vrai cavalier à une première. Après ce soir, il n'y aura plus aucun
doute quant à savoir si nous sommes ensemble ou non.
Surtout pas avec ton look si sexy et... soyons honnêtes... gay.
Elle gloussa en appuyant sur le bouton qui fermait le mur
d'intimité entre elles et le chauffeur, puis sembla réfléchir à
quelque chose pendant un moment. Tu sais ce que j'ai
toujours voulu faire ?, un sourire se dessina sur ses lèvres
tandis qu'elle relevait sa robe et se mettait à califourchon sur
Cam. Ses yeux étaient enflammés lorsqu'elle la regarda et
caressa la ligne de sa mâchoire. Il n'y avait aucun doute sur
ce qu'Ella voulait ; Cam ne connaissait que trop bien ce
regard maintenant.

- Si cela implique de faire des choses coquines à l'arrière
d'une limousine, je ne vais pas dire non à ça.

Cam gémit doucement quand Ella frôla ses lèvres, puis
réclama sa bouche dans un baiser passionné.

- C'est bien. Alors nous sommes sur la même longueur
d'onde, chuchota Ella.

- Tu me tues, Ella.

Cam pouvait sentir les battements rapides du cœur
d'Ella contre le sien et le fait de savoir qu'elle l'excitait ne
faisait qu'attiser son désir. Elle tira la tête d'Ella en arrière
par les cheveux et embrassa son cou. Les ongles de son autre
main s'enfoncèrent dans le dos d'Ella, puis descendirent et
se glissèrent sous sa robe, entourant ses fesses. Ella gémit et
fit glisser les bretelles spaghetti de ses épaules, révélant ses
seins lorsque sa robe tomba à sa taille. Elle sursauta lorsque

la bouche de Cam descendit jusqu'à eux, prenant un mamelon rose et dur dans sa bouche. Elle commença à se déhancher, à frotter son corps contre l'abdomen de Cam lorsque celle-ci la mordit, juste assez fort pour la faire tenir en équilibre sur cette délicieuse frontière entre la douleur et le plaisir. Elle ne se souciait pas du fait qu'elles se rendaient à son premier événement public de l'année, et elle ne se souciait pas du fait que ses cheveux étaient ébouriffés ou sa robe froissée. Elle voulait Cam, elle avait besoin d'elle plus que tout en ce moment.

- Oh mon Dieu. S'il te plaît, baise-moi, Cam.

Cam leva les yeux vers elle, un désir charnel suintant dans son regard.

- Il nous entend ?, demanda-t-elle d'une voix rauque, en parlant du chauffeur.

- Non, seulement si j'appuie sur l'interphone...

Le reste des mots d'Ella fut étouffé par un autre baiser profond et passionné tandis que Cam glissait un bras puissant autour de sa taille. Son autre main passa de ses fesses à sa cuisse et se glissa entre les jambes d'Ella. Leur baiser s'intensifia lorsqu'elle sentit l'étang d'excitation à travers la culotte d'Ella.

- Je vais te faire jouir si fort, marmonna-t-elle contre la bouche d'Ella, tout en glissant sa main dans la culotte d'Ella et en passant ses doigts sur son humidité. Elle embrassa à nouveau les seins d'Ella , passa sa langue sur ses mamelons et gratta ses dents sur sa cage thoracique, désespérée d'avoir tout son corps en même temps.

- Bon sang.

Ella se couvrit la bouche avec sa main pour étouffer un gémissement bruyant lorsque Cam enfonça deux doigts en elle.

Cam regarda les paupières d'Ella papillonner tandis

qu'elle bougeait ses hanches sur sa main, s'abandonnant à elle. Ella était plus belle que Cam ne l'avait jamais vue et une fois de plus, elle devait se rappeler que c'était réel. Que le pire moment de la vie d'Ella avait débouché sur quelque chose de si bon, de si vrai et de si honnête entre elles qu'il était difficile d'imaginer sa vie sans elle à présent. Leur lien semblait incassable, leur connexion fluide et intuitive, et Dieu qu'elle avait besoin d'elle

Elle les retourna, allongea Ella sur les longs sièges en cuir noir et s'abaissa sur elle, toujours en elle. Un talon aiguille noir tomba du pied d'Ella lorsqu'elle enroula ses jambes autour de la taille de Cam et l'attira dans un baiser, gémissant plus fort maintenant tandis que Cam continuait à la baiser, avec une lenteur taquine. Ella était toujours un plaisir à regarder, mais lorsqu'elle était excitée et qu'elle se donnait entièrement à Cam, rien n'était comparable à ce regard de désir dans ses yeux. Cam était fascinée par son visage, incapable de détourner le regard. Elle sentit les parois d'Ella se contracter autour de ses doigts, tandis qu'elle frémissait et haletait, couvrant sa bouche avec sa main une fois de plus pour retenir un cri long et guttural. Elle tremblait, respirait rapidement, ouvrant les yeux et regardant Cam, les yeux écarquillés.

- Tu as certainement tenu ta promesse, dit-elle entre deux respirations, faisant de son mieux pour se calmer. Puis elles rirent toutes les deux quand Ella essuya les traces de gloss de la bouche de Cam. Elle garda son pouce sur ses lèvres, les caressant, et lorsque leurs yeux se croisèrent, elle passa doucement son autre main dans les cheveux de Cam.

Le sourire de Cam s'estompa et son expression devint sérieuse lorsqu'elle sentit son cœur se gonfler d'émotion.

- Je t'aime, murmura-t-elle.

Ella parut d'abord surprise. Le silence entre elles

semblait durer une éternité, mais la larme qui coulait sur sa joue en disait plus que mille mots ne pourraient le faire. Elle déposa un tendre baiser sur la bouche de Cam, s'attardant un long moment comme pour trouver le courage de parler.

- Je t'aime aussi, la voix d'Ella était douce et mélodieuse. Personne ne m'a jamais dit ça avant. Personne. Elle essaya de toutes ses forces de retenir ses larmes, consciente de son mascara qui allait bientôt se transformer en un désordre noir sur ses joues, mais elle n'y parvint pas. Et je suis heureuse que tu sois la première.

Elle attira Cam contre elle et réalisa qu'à cet instant, elle se sentait presque entière à nouveau, comme si le morceau qui avait été arraché à son âme après la mort d'Helena avait été partiellement remplacé, d'une manière ou d'une autre. Ce n'était pas la même chose et ce ne serait jamais la même chose. C'était un amour différent, mais il était beau, passionné, parfois écrasant et suffisant pour faire chanter son cœur de joie. Cam avait l'air émue elle aussi, mais elle souriait à travers ses larmes. Leurs regards se tournèrent vers l'avant de la voiture lorsque la limousine s'arrêta brusquement et que la voix du chauffeur retentit dans l'interphone.

- Nous y sommes, Mlle Temperley.
- Merde, déjà ?, murmura Ella.

Elles se redressèrent, et elle laissa échapper un doux gémissement lorsque Cam retira ses doigts d'elle, puis les porta à sa bouche et les lécha d'une manière qui provoqua une nouvelle poussée d'excitation en elle. Ella n'arrivait pas à penser correctement après ce qu'elles venaient de se dire, mais elle était euphorique et se sentait capable de faire face à n'importe quoi. Dehors, elle vit des hordes de journalistes et de photographes qui l'attendaient le long du tapis rouge. Elle appuya sur le bouton de l'interphone.

- Merci. Pouvez-vous nous donner cinq minutes, s'il vous plaît ?

Elle essuya frénétiquement ses joues pour tenter d'enlever les traces de mascara.

- J'ai bien peur de ne pas pouvoir le faire, Mlle Temperley. Il y a douze autres limousines qui attendent derrière nous.

Ella soupira et ramena les bretelles de sa robe sur ses épaules avant de sécuriser les mèches de cheveux libres derrière ses oreilles, puis de remettre ses talons.

- Je comprends, nous serons prêtes dans une minute, elle se tourna vers Cam. De quoi j'ai l'air ?

- L'air de quelqu'un qui vient d'être baisé. Je pense que ce serait mieux sans ça, mais à part ça, tu es magnifique, Cam rit en retirant les épingles à cheveux qui dépassaient de l'arrière de la tête d'Ella, libérant ses cheveux qui s'étaient accumulés en une masse désordonnée à la base de son cou. Elle passa ses doigts dans ses cheveux, puis brossa la dernière trace de mascara sous les yeux d'Ella. Je suis désolée, j'aurais dû y penser avant de...

Ella la fit taire avec un baiser et sourit.

- Ne sois pas désolée, elle appuya son front contre celui de Cam et murmura, je t'aime tellement et je suis si fière d'être ici avec toi.

- Moi aussi. Cam jeta un regard en biais sur la foule à l'extérieur et sentit la nervosité monter, malgré l'éclat joyeux qui la plongeait dans une brume béate. Elle passa une main dans ses cheveux, essayant les dompter après que les mains d'Ella se soient acharnées dessus. Attends... De quoi j'ai l'air ?

Ella lui envoya un baiser lorsqu'elle réalisa qu'il n'y avait plus de temps à perdre, car le chauffeur avait fait le tour de la voiture et leur ouvrait la porte.

- Tu es parfaite, comme toujours, elle sortit, attendit que Cam la suive et lui prit la main, puis lui fit un signe de tête rassurant. Tout ira bien, Cam, elle se pencha vers elle et chuchota, et ne t'inquiète pas, je sais que ça a l'air intimidant mais ce ne sont que des caméras et tu peux ignorer toutes les questions qu'ils te poseront.

- Bien sûr, Cam avait l'impression qu'Ella avait dit cela pour se mettre à l'aise plus qu'autre chose, mais elle acquiesça quand même et lui adressa un sourire confiant. Ignorer tout le monde, marmonna-t-elle pour elle-même alors qu'elles avançaient sur le tapis rouge en se tenant par la main. Elle cligna des yeux plusieurs fois, prise au dépourvu par les flashs qui l'aveuglaient presque, et se sentit un peu idiote d'avoir sous-estimé l'impact écrasant de cette courte marche. Faisant abstraction du bruit et des questions qui leur étaient adressées, elle essaya de calmer ses nerfs tout en continuant à sourire.

Elle n'avait jamais connu Ella comme l'actrice célèbre qu'elle était. Pour Cam, elle était son amie, une personne merveilleuse, belle et douce, et maintenant aussi son amante. Le fait d'être là, avec des fans qui criaient après Ella, lui a fit prendre conscience de la réalité et elle se sentie immensément fière d'elle. *Reprends-toi, Cam. Tu es ici pour soutenir Ella, pas l'inverse.* L'étreinte d'Ella suffit à la détendre un peu lorsqu'elles arrivèrent à la fin du tapis, devant l'entrée du théâtre, où les photos étaient prises. Ella leva les yeux vers elle et gloussa, en ajustant le nœud papillon de Cam qui pendait dans un angle bizarre.

- Je suppose que nous avons toutes les deux l'air un peu malmené.

Elle passa ses doigts dans les cheveux de Cam, puis

essuya la dernière trace de gloss aux coins de sa bouche. Cam rit aussi et enleva une épingle à cheveux qu'elle avait oubliée dans les cheveux d'Ella. Lorsqu'elle la mit dans sa poche, elle se rendit compte que les gens riaient.

- Je pense que ce que nous avons fait est assez évident, chuchota-t-elle à l'oreille d'Ella.

Ella prit son visage dans ses mains et fixa son regard.

- Alors autant confirmer leurs soupçons. Elle se pencha vers elle et l'embrassa doucement, puis sourit contre les lèvres de Cam, qui passa ses bras autour de sa taille et la tira plus près. Les cris se firent plus forts et les photographes se donnèrent des coups de coude pour les photographier. Ella se dégagea du baiser et sourit. Je suis désolée, je n'avais pas prévu de faire ça.

Elle se retourna vers la foule et passa un bras autour de la taille de Cam tout en saluant ses fans qui criaient son nom.

Chapitre Cinquante-Huit

Waouh, c'était intense, dit Cam alors qu'elles rentraient chez elles après la première. Elles avaient sauté à l'after car Ella avait décidé que ce serait probablement un peu trop vu le nombre de journalistes présents. Elle posa une main sur la cuisse d'Ella et se tourna vers elle. Comment te sens-tu ? Je veux dire, le monde entier sait que tu es gay maintenant, je ne pense pas que tu aies besoin de le préciser davantage.

Ella sourit. Elle n'avait pas cessé de sourire de toute la soirée.

- Je me sens bien, dit-elle. Je me sens plus légère. C'est comme s'il y avait eu un nuage sombre au-dessus de moi pendant des années et que j'avais peur qu'il pleuve. Et puis, quand il a enfin commencé à pleuvoir, ce n'était que de l'eau et j'ai réalisé qu'elle ne pouvait pas me faire de mal. Alors oui, je vais bien. Mieux que bien, même.

- Je suis contente que tu ne le regrettes pas, Cam passa un bras autour d'Ella et l'attira contre elle. Et maintenant quoi ? Tu vas être au centre de l'attention dans les semaines à venir.

Ella acquiesça en posant sa tête sur la poitrine de Cam.

- Oui, ça va devenir fou, mais je vais faire avec. Mais pas ce soir. Ce soir, je veux qu'il n'y ait que toi et moi. Tu es toujours d'accord pour que je reste chez toi ? Il pourrait y avoir beaucoup de paparazzi sur la plage demain.

- Bien sûr. Je veux passer chaque minute libre avec toi, Ella.

- Moi aussi, Ella hésita un instant. Tu sais, j'ai pensé à vendre mon appartement. Je n'y suis presque pas et je ne l'ai jamais vraiment aimé de toute façon. Je ne m'y sens pas chez moi. Pas comme chez toi.

- Vraiment ?, le cœur de Cam se mit à battre plus vite. Tu peux toujours emménager avec moi pendant que tu cherches un autre endroit. Elle déposa un baiser sur le sommet de la tête d'Ella et huma le parfum de son shampoing. Elle n'avait jamais beaucoup aimé le chèvrefeuille ou la noix de coco auparavant, mais depuis qu'elle s'était habituée aux produits capillaires d'Ella, ils étaient ses préférés. Je veux dire, tu pourrais emménager de façon permanente, bien sûr. J'adorerais ça, mais c'est peut-être trop tôt pour toi et ce n'est pas exactement une vie de luxe.

Ella leva les yeux vers elle.

- Donc tu dis que tu aimerais que j'emménage avec toi ?

- Bien sûr que j'aimerais ça. Je ne vois rien de mieux que de me réveiller avec toi chaque matin, Cam marqua une pause, mais je suis aussi consciente que ma maison n'est rien comparée aux endroits chics dans lesquels tu as l'habitude de vivre.

Un grand sourire se dessina sur le visage d'Ella.

- J'adore ta maison, Cam. Je n'ai pas besoin d'espace, de dressings ou de luxe. Tout ce que j'ai toujours voulu, c'est une vraie maison avec quelqu'un avec qui je veux passer le reste de ma vie. Alors oui, si tu veux que j'emménage, je serai ravie de le faire, elle sourit. Et si tu changes d'avis et décides que c'est trop tôt, ce n'est pas comme si je manquais d'argent. Je peux toujours louer quelque chose dans les environs. Je peux être un peu désordonnée et je suis une piètre cuisinière, comme tu le sais, et..., les lèvres de Cam sur les siennes la firent taire. Lorsqu'elle se dégagea et regarda Cam, elle avait les larmes aux yeux pour la deuxième fois de la journée.

- Je me fiche de tout cela, Ella. Je veux juste être avec toi, autant que possible, nuit et jour, alors faisons-le. Toi et moi.

Ella acquiesça et sourit en reniflant.

- D'accord. Toi et moi.

Chapitre Cinquante-Neuf

Ella ouvrit les portes coulissantes du porche et fut choquée de voir une équipe de tournage, une douzaine de photographes et une cinquantaine de personnes attendant sur la plage avec leurs téléphones, prêts à les prendre en photo. La foule se déplaça comme un seul homme lorsqu'elle sortit, les mains se levèrent, les objectifs pointés vers elle, tout en criant son nom. Son cœur se mit à battre dans sa gorge lorsqu'elle réalisa l'importance de l'événement. Embrasser Cam hier soir lui avait semblé la chose la plus naturelle et la plus juste à faire, mais maintenant elle allait devoir en assumer les conséquences. Elle recula lentement jusqu'au salon, laissant la porte ouverte et rejoignant Cam qui préparait du café.

- Bonjour princesse. Ils sont là depuis six heures, dit Cam sans lever les yeux, en versant du lait d'amande dans son café. C'est une bonne chose que j'aie pris un jour de congé parce que leurs voitures bloquent mon allée.

Elle n'avait pas l'air de s'en émouvoir, remarqua Ella. En fait, Cam souriait en l'embrassant. Ella respira profondément en lâchant prise et but une gorgée de son café.

- Je crois qu'il est temps de parler, dit-elle en se tournant vers Cam. Ils sont trop nombreux, on ne peut pas les combattre indéfiniment. Veux-tu venir avec moi ?

- Bien sûr, Cam passa une main dans ses cheveux et sourit lorsqu'une mèche de la tête de lit blonde d'Ella se redressa. Tu as raison, il n'y a pas d'autre moyen de s'en débarrasser. Devrions-nous nous changer ?

Elles portaient toutes les deux les robes blanches que Vanya leur avait achetées, les yeux encore endormis. Ella haussa les épaules.

- Je suis bien comme ça, ils m'ont déjà vue. Tu veux te changer ?

- Non, finissons-en, Cam prit la main d'Ella dans la sienne alors qu'elles sortaient sous le porche et descendaient les marches. Serre ma main deux fois si tu veux partir.

Ella acquiesça.

- Tu fais de même.

Elles s'assirent l'une à côté de l'autre au milieu des marches, toute deux avec leur café à la main. Le silence soudain leur indiqua que leur geste était totalement inattendu. Quelques photographes levèrent les yeux, s'attendant à ce qu'une cascade d'eau se déverse sur eux d'une minute à l'autre.

- Ne vous inquiétez pas, ce n'est pas une attaque, Ella sourit à la foule en la regardant. D'ailleurs, je vois que vous avez tous vos lentilles étanches et vos housses maintenant, alors ça ne servirait pas à grand-chose. Il y eut un rire dans la foule et Ella se dit qu'elle était en sécurité ici. Quiconque les atteindrait physiquement serait en infraction et pourrait être arrêté. Je suppose que vous êtes ici parce que vous voulez des réponses à vos questions, alors allez-y, dit-elle en prenant la main de Cam. Malgré la confusion qui régnait dans l'assistance, il ne fallut qu'une fraction de seconde pour que la première personne pose une question.

- Ella, pourquoi avez-vous caché votre sexualité ? Aviez-vous honte ? Ou aviez-vous peur que cela limite les rôles que l'on vous proposerait au cinéma ?

Ella secoua la tête en regardant la femme qui avait posé la question.

- Je n'ai honte de rien. Ma vie est privée, c'est tout. Je choisis de divulguer ce que je veux, où je veux et quand je veux, elle lui adressa un sourire poli. Cela dit, la situation à Hollywood a influencé ma décision de rester discrète jusqu'à présent. Un bon acteur devrait être capable de jouer n'importe quel rôle, pas seulement ceux auxquels les gens l'identifient, mais malheureusement, ce n'est pas comme ça que ça fonctionne actuellement dans mon métier. En outre, je n'avais jamais rencontré quelqu'un pour qui j'étais prête à risquer ma carrière ou à bouleverser ma vie. Cela a changé lorsque j'ai rencontré Cam.

Elle ne put s'empêcher de sourire en prononçant son nom.

- Vous admettez donc que vous entretenez une relation sexuelle avec Camila Saunders ?

Ella rit devant l'obscénité de la question.

- Oui, totalement. N'est-ce pas évident ?, elle regarda leurs mains entrelacées lorsque son sourire élargit, puis elle se tourna vers les caméras. C'est ma petite amie. Elle s'appelle Cam et je l'aime.

Cam sentit un sourire niais se dessiner sur son visage, et elle embrassa Ella sur la joue pour tenter de le cacher. À ce moment-là, une frénésie de flashs d'appareils photo éclata alors qu'Ella était bombardée de questions.

- Où vous êtes-vous rencontrées ?, demanda l'un des journalistes à l'avant.

Ella se mordit la lèvre et regarda Cam, qui lui lança un regard rassurant.

- Quoi que tu dises, je suis avec toi, murmura-t-elle. Mais tu n'as pas à partager quoi que ce soit que tu ne veuilles pas partager.

Ella acquiesça, prit une profonde inspiration et se retourna vers la foule, devenue silencieuse, qui attendait sa réponse.

- Nous nous sommes rencontrées ici, à la plage, dit Ella. Ou plutôt sur le rivage, si je me souviens bien. J'ai essayé de me noyer, il y a presque neuf mois, et Cam a risqué sa propre vie pour me sauver" Elle marqua une pause, un peu nerveuse devant le silence inquiétant qui suivit les halète-ments et les murmures attendus. C'était le jour de mon anniversaire. L'anniversaire d'Helena et le mien, poursuivit-elle. Je suis très déprimée depuis la mort de ma sœur. Je me sentais incroyablement seule et je ne voyais pas d'issue. Il y avait une tempête ce matin-là et dès que j'ai marché vers la mer, j'ai été emportée par le courant. Je n'ai pas réalisé à quel point je voulais vivre jusqu'à ce que je sois aspirée par le courant et qu'il n'y ait plus aucun moyen de revenir. Elle resserra sa prise sur la main de Cam, tandis qu'une larme coulait sur sa joue. Cam a plongé et m'a sauvée. Elle aurait pu se noyer elle-même, mais elle a réussi à nous sortir toutes les deux de là. Nous ne nous sommes pas vues pendant longtemps après cela, et j'ai cherché de l'aide. Quand je me suis sentie un peu plus forte, je l'ai revue et nous sommes devenues amies, elle haussa les épaules, et je ne peux pas nier qu'elle m'attirait, bien sûr, je veux dire, regardez-la.

Des rires s'élevèrent de la foule, puis d'autres flashs d'ap-pareils photo suivirent.

- Comment allez-vous maintenant, Ella ?, demanda une autre femme, derrière une caméra.

- Je vais... beaucoup mieux ; Ella sourit tandis que Cam essuyait une larme sur sa joue et la serrait contre elle. J'ai appris à faire face à la mort de ma sœur et même si elle me manque tous les jours, je peux à nouveau rire, apprécier les petites choses et surtout, je peux aimer. Mais j'ai de la chance, j'ai eu une thérapeute extraordinaire et des médicaments pour m'aider. Beaucoup de jeunes n'ont pas ce luxe parce qu'ils n'en ont tout simplement pas les moyens ou parce qu'ils ont peur d'en parler à leurs amis ou à leur famille. Elle tourna son regard vers la plus grande caméra qu'elle voyait, saisissant l'occasion. C'est pourquoi je me suis impliquée dans *Help LA*. C'est une petite organisation caritative qui fait un travail formidable au sein de la communauté locale. La santé physique est importante, mais la santé mentale l'est tout autant. Parfois, une thérapie, des médicaments ou même quelque chose d'aussi anodin que le fait d'avoir quelqu'un qui écoute vos problèmes ou vos craintes peut faire la différence entre la vie et la mort. Elle leva la main lorsque quelqu'un s'apprêta à poser une autre question et éleva la voix. Attendez, laissez-moi terminer pendant que j'ai votre attention, je n'ai pas encore fini de répondre à la question. Dans le monde, entre dix et vingt pour cent des enfants et des adolescents souffrent de dépression ou de troubles mentaux. Cela peut influencer leur développement, leur confiance en eux et leur capacité à vivre une vie épanouie. Malheureusement, les troubles mentaux sont encore largement stigmatisés, alors qu'ils peuvent parfois être résolus simplement en parlant et/ou en prenant des médicaments. *Help LA* vise à briser la barrière de l'isolement en ouvrant ses portes et en invitant les jeunes de la communauté à parler de leurs problèmes, et en fournissant des services complets et réactifs dans un cadre sûr. Elle sourit, satisfaite que tout le monde écoutait à présent. Il va sans dire que *Help LA* a besoin de dons, mais aussi de béné-voles, alors consultez leur site web pour plus de détails et découvrez comment vous pouvez faire la différence en apportant votre aide.

- Merci, Ella, quelqu'un a dit. Passons maintenant à la question suivante, qui, j'en suis sûr, préoccupe tout le monde. Que pensez-vous qu'il se passera au niveau de votre carrière maintenant que vous avez fait votre coming-out ?

Ella parvint à réprimer un roulement de d'yeux devant la brièveté de leur capacité d'attention.

- Je ne sais pas. Honnêtement, je ne sais pas, elle haussa les épaules et sourit, se penchant vers Cam. J'ai un projet très excitant à venir et j'ai hâte d'en faire partie. C'est tout ce que je peux dire pour l'instant.

- Cam, allez-vous demander Ella en mariage ?, cria quel-qu'un d'autre.

Cam grimaça, surprise qu'une question lui soit adressée plutôt qu'à Ella. Elle eut des sueurs froides lorsque l'atten-tion de tous fut tournée vers elle, puis se souvint qu'elle était ici pour soutenir Ella et qu'elle devait rester elle-même.

- Je suis sûre que je le ferai un jour, dit-elle en déposant un autre baiser sur la joue d'Ella. Je l'aime et oui, bien sûr, j'aimerais épouser ma petite amie un jour. Peut-être même qu'elle aimerait m'épouser en retour, elle gloussa lorsqu'une symphonie de soupirs et d'acclamations retentit sur la plage. Ella lui serra la main deux fois et elle continua, mais pour l'instant, ce serait bien si nous pouvions avoir un peu d'inti-mité pour profiter du temps que nous passons ensemble.

Elle se leva et passa son bras autour d'Ella. Elles furent surprises de constater que le chaos des questions s'était calmé et que certains journalistes et badauds avaient même décidé de partir. Ella lui adressa un sourire tandis qu'elles remontaient les marches.

- Je crois qu'ils s'en vont, chuchota-t-elle.
- Je pense que oui.

Épilogue

En rentrant à la maison, Ella remarqua que le foyer de la véranda était allumé. Les ombres douces et vacillantes des flammes et l'odeur du bois brûlé la firent sourire lorsqu'elle traversa la pièce et sortit. Bien que les nuits de novembre soient fraîches à Los Angeles, Cam était généralement dehors lorsqu'elle rentrait chez elle. La journée de tournage avait été longue et elle était heureuse que les scènes les plus éprouvantes sur le plan émotionnel soient terminées.

- Hé, princesse, Cam se retourna sur sa chaise et ouvrit la couverture.

- Hé, Ella s'assit de travers sur ses genoux et l'embrassa tandis que Cam enroulait la couverture autour d'elles. Tu m'as manqué. Comment s'est passée ta journée ?

- C'était bien. Sympa et détendu.

Ella rit.

- Sympa et détendu, hein ? Dixit la femme qui dirige les deux, et bientôt trois, studios de yoga les plus populaires de Los Angeles.

- C'est une question de délégation et de bonnes

personnes. Vanya est celle qui a l'ambition brûlante. Je me contente d'enseigner et de développer les programmes, elle sourit. Comment s'est passée ta journée ?

- C'était bien. Plutôt intense, mais dans le bon sens du terme. Nous avons tourné la scène qui m'inquiétait. Tout s'est bien passé.

- Je ne m'attendais pas à autre chose de ta part, Cam lui massa la cuisse. Et maintenant que tu as trois semaines de congé pour prendre du poids, je t'ai préparé des lasagnes végétariennes bien grasses avec du fromage en plus. Elles sont dans le four, elles devraient être encore chaudes, elle lui fit un clin d'œil. Il y a aussi de la glace au praliné dans le congélateur.

Ella gloussa.

- Merci, j'attendais cette pause avec impatience. De la nourriture, de la nourriture, de la nourriture et encore de la nourriture. Au fait, as-tu réussi à prendre quelques jours de congé ? Je me disais que nous pourrions peut-être aller à Palm Springs pour quelques jours. Ma mère veut me revoir, et j'ai pensé que nous pourrions nous retrouver au Palm Garden pour mon anniversaire, Ella leva les yeux au ciel. Et par « nous », je veux dire toi, moi, maman et son dernier toy boy. Celui-ci s'appelle Chris, si je me souviens bien.

Cam rit.

- D'accord... alors Chris maintenant, hein ? Eh bien, j'ai réussi à trouver un remplaçant pour cinq jours, alors j'aimerais bien rencontrer ta mère, elle écarta une mèche de cheveux du visage d'Ella. Ils étaient plus courts maintenant, mais elle était encore plus belle. Le carré coupé avec une frange la rendait sexy sans effort et incroyablement mignonne à la fois, et Cam ne pouvait pas s'empêcher de passer ses mains dans ses cheveux à la moindre occasion. Alors, tu veux fêter ton anniversaire ?, elle ressentit une étincelle d'excitation en pensant aux deux chatons qu'elle irait chercher chez son collègue Jason pour en faire la surprise à Ella. Une chatte errante avait donné naissance à une portée dans son jardin et les deux adorables frères roux avaient immédiatement fait fondre le cœur de Cam lorsqu'il lui avait montré la photo. Elle savait qu'Ella serait aux anges.

Ella acquiesça.

- Oui, je le veux. Rien d'important, juste un déjeuner. Je me sens prête.

- C'est très bien. Je parie que ta mère sera heureuse aussi. Je suis contente que tu lui parles à nouveau et j'ose à peine le dire, mais je crois que je pourrais même l'aimer un peu, Cam haussa un sourcil quand Ella grimaça. Hé, elle est plutôt amusante et qui sait ? Chris est peut-être le prince charmant qu'elle attendait.

À ce moment-là, elles éclatèrent toutes deux d'un rire incontrôlable, ne sachant que trop bien que Chris serait un adepte de la musculation ayant la moitié de l'âge de Bernice, avec un vocabulaire très limité et des manières de table encore plus limitées.

- J'aimerais juste qu'elle apprenne de ses erreurs, Ella se leva et alla chercher une bouteille de vin rouge et deux verres dans la cuisine. Quoi qu'il en soit, je lui ferai savoir que nous venons et que nous avons hâte de rencontrer Chris. Oh, et au cas où tu l'aurais oublié, Vanya et Greg viennent dîner demain.

Elle se rassit sur les genoux de Cam et versa le vin.

- Je sais, Cam prit le verre et le fit tinter contre celui d'Ella. J'en ai parlé à Vanya aujourd'hui, elle apporte le dessert, elle hésita. J'espère que ça ne te dérange pas, mais j'ai aussi invité Neil.

- Neil ?, Ella fronça les sourcils. Comme dans Neil

Messenger ?, elle s'esclaffa. Bon sang, vous vous êtes vraiment bien entendus lors du dîner de retrouvailles la semaine dernière, n'est-ce pas ?

- Oui, je l'aime bien, il est drôle. Je lui ai dit qu'il pouvait venir accompagné, mais il a dit qu'il préférait venir seul et qu'il était impatient d'avoir une conversation d'adultes. On dirait qu'il a le même problème que ta mère.

Ella gloussa en s'adossant à Cam. Elle but une gorgée de son vin et regarda les flammes devant elles danser dans le vent. Les rafales devenaient de plus en plus fortes et le bruit des vagues tourbillonnantes se transformait en un puissant fracas lorsqu'elles touchaient le rivage. Elle aimait s'asseoir ici avec Cam, et elles avaient passé de nombreuses nuits comme celle-ci, à profiter simplement de la vue.

- Je crois qu'un orage se prépare, dit Cam.

- Oui, je le sens aussi, Ella soupira et prit la main de Cam, repensant à ce matin-là, presque un an auparavant maintenant. Quelle différence une année peut faire, hein ?

- J'étais en train de penser la même chose, Cam resserra sa prise sur la main d'Ella et déposa un doux baiser sur sa joue. Et comme c'est étrange que nous soyons ici maintenant, ensemble.

Une expression sérieuse se dessina alors sur le visage d'Ella.

- Si tu ne m'avais pas sauvée, eh bien..., elle haussa les épaules. De toutes les plages où j'aurais pu aller l'année dernière, je suis venue ici. Tu crois que c'était le destin ?

- Je ne sais pas, Cam ferma les yeux et inspira profondément contre les cheveux d'Ella. Mais je sais que je t'aime plus que tout et que ça me touche de te voir heureuse.

- Je t'aime aussi.

Ella se tourna vers Cam, des larmes brillaient dans ses yeux. C'étaient des larmes de joie, réalisa-t-elle en s'essuyant les joues. Il n'y avait pas eu beaucoup de larmes de tristesse ces derniers temps. Elle avait emménagé avec Cam et chérissait chaque moment passé avec elle. Les journées étaient un cadeau, plutôt qu'un défi, et chaque matin où elle se réveillait dans les bras de Cam, elle avait l'impression de rentrer à la maison.

- Tu sais, poursuivit-elle, la mort de ma sœur a été pour moi la douleur dans sa forme la plus pure et la plus conflictuelle. Le chagrin était comme une photographie haute résolution, si nette qu'il était impossible d'échapper à la réalité, et la seule façon d'en adoucir les contours était de continuer à la regarder jusqu'à ce qu'elle m'engourdisse, elle sourit. Mais tout comme les photographies s'estompent avec le temps, brouillées par un filtre doux et décolorées par le soleil, les souvenirs sont redevenus supportables, et même parfois beaux.

- Je vois ce que tu veux dire, Cam but une gorgée de vin, puis posa son verre sur la table, regardant l'océan. Ça ne disparaît pas, mais ça se transforme en une sorte d'acceptation étrange.

- Oui, Ella s'arrêta un instant. Je n'ai jamais connu la perte avant, mais je n'ai jamais connu un amour comme celui-ci non plus. Et tu sais quoi ? Tu as été ma chaleur, ma lumière et le filtre qui rend tout un peu plus beau et un peu plus rempli d'espoir. Et Dieu, Cam, je t'aime plus que les mots ne pourront jamais l'exprimer.

Cam se sentit toute retournée par les mots d'Ella.

- Tu es tout pour moi, Ella. Tu es..., sa voix s'éteignit et elle leva les yeux lorsqu'elle remarqua quelque chose du coin de l'œil. Une ombre sombre se dirigeait vers elles, se balançant dans le ciel. Attends... qu'est-ce que c'est ?

Le regard d'Ella se tourna également vers le ciel et ses yeux s'écarquillèrent lorsqu'elle vit qu'il s'agissait d'une buse à queue rousse. Elle planait au-dessus d'eux, s'appuyant sur le vent, ses ailes majestueuses stagnant jusqu'à ce qu'elle plonge et se pose sur la rambarde du porche, juste en face d'elles. L'impact de l'atterrissage fut dur et soudain, et le cœur d'Ella faillit sortir de sa poitrine lorsque l'oiseau poussa un cri et la regarda.

- Hé, murmura-t-elle, une fois le premier choc passé, puis sourit quand l'oiseau pencha la tête comme pour la saluer à son tour. Malgré sa taille, et les flammes reflétées par le foyer dans les yeux féroces de l'oiseau, il avait une attitude douce, presque gentille, alors qu'il était simplement assis là, curieusement en train de l'étudier. Ella fut surprise par les mots qui sortirent alors de ses lèvres. Comment m'as-tu trouvée ?

Bien sûr, elle ne s'attendait pas à une réponse, mais elle se retrouva tout de même à l'attendre.

- Est-ce que..., Cam fronça les sourcils et se tut, tout aussi choquée. Tu penses vraiment que c'est la même ?

Elle sentit Ella frissonner contre elle et sa main s'accrocher à ses cheveux. Beaucoup de choses lui passèrent par la tête à ce moment-là, mais elle ne les exprima pas. C'était fou de penser que le faucon du jardin d'Ella à Palm Springs avait volé jusqu'ici, juste pour la voir, mais quelque chose au fond de ses tripes allait à l'encontre de toute logique et lui disait que c'était exactement ce qu'il avait fait.

- Je pense que oui. Ella continua à regarder l'oiseau dans les yeux comme si elle était hypnotisée. Cela n'a aucun sens, mais oui, je pense que c'est elle. Elle n'était pas tout à fait sûre que par « elle », elle entendait le faucon, ou quelque chose d'un niveau spirituel plus élevé. Quoi qu'il en était, c'était étrange et merveilleux, presque magique. Elle sourit à l'oiseau et acquiesça, les larmes coulant sur son visage. Merci d'être venue me voir. Je... Avant qu'elle ne puisse terminer sa phrase, l'oiseau pencha à nouveau la tête, puis battit des ailes avant de s'envoler dans la nuit. Tu me manques, murmura-t-elle, plus pour elle-même cette fois.

Le faucon disparut aussi vite qu'il était venu, et ni Ella ni Cam ne surent quoi dire dans les minutes qui suivirent. Ella resta dans la chaleur de l'étreinte de Cam et sentit un étrange sentiment de paix s'installer en elle. Elle était heureuse, elle allait de l'avant, mais surtout, elle était si reconnaissante d'être en vie.

Conclusion

J'espère que vous avez aimé lire Vivre autant que j'ai aimé l'écrire. Si vous avez apprécié ce livre, pourriez-vous envisager de le noter et de le commenter ? Les critiques sont très importantes pour les auteurs et je vous en serais très reconnaissante !

Inscrivez-vous à ma newsletter mensuelle et recevez une nouvelle gratuite:

https://BookHip.com/XQMDKJW

À propos de l'auteur

Lise Gold est une auteure de romans d'amour lesbiens. Son attitude romantique, son enthousiasme pour les voyages et son amour pour les histoires qui font du bien sont au cœur de son écriture. Née à Londres d'une mère norvégienne et d'un père anglais, et ayant grandi entre le Royaume-Uni, la Norvège, la Zambie et les Pays-Bas, elle se sent chez elle à peu près partout et a une curiosité sans fin pour les nouvelles destinations. Elle suit le principe « écris ce que tu connais » et on la trouve souvent dans des endroits exotiques en train de faire des recherches ou de trouver l'inspiration pour son prochain roman.

Designer pendant quinze ans et chanteuse semi-professionnelle, Lise a toujours été une créative dans l'âme. Ses romans sont le résultat d'une quête d'une nouvelle passion après avoir démissionné de son emploi de designer en 2018.

Lorsqu'elle n'écrit pas depuis la table de sa cuisine, Lise cuisine, fait de la gym ou chante à tue-tête quelque part, de préférence du country ou du blues. Elle vit à Londres avec ses chiens El Comandante et Bubba.

Du même auteur

Chance Encounters

Songbirds of Sedona

Red Rock Ranch

Mistletoe Motel

The Turning Tides of Us

Sous le pseudonyme Madeleine Taylor

The Good Girl

Online

Masquerade

Santa's Favorite

Traductions en espagnol

Verano Francés

Vivir

Nada Más Que Azul

Luciérnagas

Solo Para Socios

Traductions en allemand

Members Only: Nur für Mitglieder

Traductions en hindi

Zindagi